Linea Harris

Bitter & Sweet

Verlorene Welt

PIPER

Zu diesem Buch

Kurz vor dem Ende der Sommerferien bekommt Jillian einen besorgniserregenden Brief von der Verborgenenorganisation. Sie wird zu einer Anhörung vorgeladen, bei der geklärt werden soll, ob sie eine Hexe oder ein Dämon ist. Und ihr Leben wird noch komplizierter, als das dritte Schuljahr an der Winterfold Akademie beginnt. Jillians Exfreund Ryan geht ihr offensichtlich aus dem Weg und ist zudem immer häufiger mit einer hübschen Vampirin zu sehen. Plötzlich taucht ein Gerücht auf, das die ganze Akademie ins Chaos stürzt und Jillian zum Verhängnis werden könnte. In der Zwischenzeit plant der dunkle Dämonenfürst Leviathan bereits seinen nächsten Schachzug, um die Welt unter seine finstere Herrschaft zu zwingen…

Linea Harris ist seit 2012 als Werbetexterin und Grafikdesignerin tätig. Nach dem Abitur und einer Ausbildung zur Bürokauffrau veröffentlichte die junge Mutter 2014 ihre erste phantastische Trilogie »Bitter & Sweet« und landete damit einen großartigen Erfolg. Zuletzt erschien ihr Fantasyroman »Silva & Baal« im Piper Verlag. Die Thüringerin wohnt heute mit ihrer Familie in einem idyllischen Ort mitten im grünen Herzen Deutschlands.

Linea Harris

BITTER & SWEET

Verlorene Welt

PIPER

Von Linea Harris liegen im Piper Verlag vor:
Bitter & Sweet. Mystische Mächte
Bitter & Sweet. Geteiltes Blut
Bitter & Sweet. Verlorene Welt
Bitter & Bad. Dunkle Legenden
Bitter & Bad. Glühender Verrat
Bitter & Bad. Entfesselte Kraft
Silva & Baal

Ungekürzte Taschenbuchausgabe
ISBN 978-3-492-28253-6
August 2021

Umschlaggestaltung: zero-media.net, München
Umschlagabbildung: FinePic®, München
Satz: Eberl & Kœsel Studio GmbH
Gesetzt aus der Mendoza Roman
Druck und Bindung: CPI books GmbH, Leck
Printed in the EU

»Wenn der Wind der Veränderung weht, bauen die einen Mauern und die anderen Windmühlen.«

Chinesisches Sprichwort

Jillians Stundenplan im dritten Schuljahr

	Montag	Dienstag	Mittwoch	Donnerstag	Freitag
08.00 – 09.00	Englisch	Geschichte	Mathematik	Magie	VO-Gesetz
09.00 – 10.00	Englisch	Geschichte	Mathematik	Magie	VO-Gesetz
10.00 – 10.30	–	–	–	–	–
10.30 – 11.30	Dämonologie	Wahlfach 2 Grundlagen der Mairajagd	Artenkunde	Magie	Verteidigung
11.30 – 12.30	Dämonologie	Wahlfach 2 Grundlagen der Mairajagd	Artenkunde	Magie	Verteidigung
12.30 – 13.30	–	–	–	–	–
13.30 – 14.30	Wahlfach 1 Waffenkunde	Verteidigung	–	Sport	Wahlfach 3 Offensive Magie
14.30 – 15.30	Wahlfach 1 Waffenkunde	Verteidigung	–	Sport	Wahlfach 3 Offensive Magie

Kapitel 1

»Mach ihn auf.«

Ich ignorierte die nervige Stimme an meinem Ohr und versuchte, mich wieder auf das Buch zu konzentrieren.

»Jetzt mach ihn endlich auf, Jill«, rief Conchobhar erneut, und mit einem Satz landete er auf den mitgenommenen, vergilbten Seiten meines Romans. Ich fegte den kleinen Kobold mit einer lockeren Handbewegung beiseite, doch er hüpfte nur geschickt an das Fußende meines Bettes und wackelte wütend mit seinen grünen Fledermausohren. Nach einer Weile seufzte ich unter dem bohrenden Blick seiner Kulleraugen und klappte das Buch zu.

»Ich will es nicht wissen.«

Er verdrehte die Augen und warf mir den Brief der Verborgenenorganisation zu, der seit drei Tagen auf meinem Schreibtisch lag und mich so vorwurfsvoll anstarrte, wie es nur Papier mit schlechten Nachrichten konnte.

»Im Ernst, Cox. Lass mich die letzten beiden Ferienwochen noch sorglos genießen.«

Der Kobold schnaubte. »Heute Abend ist es sowieso vorbei mit deiner Sorglosigkeit. Hast du vergessen, was heute für ein Tag ist?«

»Nein, habe ich nicht«, flüsterte ich und kämpfte gegen das aufsteigende Übelkeitsgefühl an. Nun war es endgültig vorbei mit meiner Ruhe, also schwang ich mich aus dem Bett und beschloss, eine Dusche zu nehmen. Vielleicht konnte mir das rauschende Wasser etwas von meiner Anspannung nehmen. Außerdem war das Badezimmer koboldfreie Zone, und das allein war für mich Grund genug, die Haare besonders lange zu föhnen und sogar etwas Make-up aufzulegen. Lustlos wischte ich mit der Hand über den beschlagenen Spiegel und gab mir Mühe, meine Wimpern zu tuschen, ohne mir dabei die türkisen Augen auszustechen.

Mein Blick wanderte zu der feinen Silberkette, die sich um meinen Hals schlängelte und einen glitzernden Libellenanhänger trug. Sie war ein Geschenk von Ryan, meinem Vampir-Exfreund, womit wir bei einem weiteren Problem waren.

Seit ich im letzten Schuljahr etwas Zeit in der Unterwelt verbracht hatte, um meine beste Freundin Alissa zu retten, hatte sich einiges verändert. Nicht nur, dass ich plötzlich und unerwartet in einem Beschwörungskreis mitten in der Turnhalle der Winterfold Akademie aufgetaucht war, und das auch noch vor den Augen einiger Lehrer – es hatte sich auch herausgestellt, dass der neue Typ in unserem Jahrgang mein dämonischer Bruder war. An sich war Chaz gar nicht so übel, und mit seiner Hilfe hatten wir es geschafft, dem Dämonenfürsten Leviathan zum wiederholten Mal das Handwerk zu legen.

Allerdings hatte ich mal wieder etwas fertiggebracht, was ich eigentlich gar nicht hätte können sollen. Ich hatte Leviathan seine Lebensenergie, die Prana, entzogen, bis er kurz vor dem Tode stand und ich ihn seinem Schicksal überließ. Bisher wussten nur meine Freunde, was genau in der Unterwelt passiert war. Allerdings war unter ihnen auch Ryan, der wie immer einen Schritt weiter dachte: Wenn es mir möglich war, einem Lebewesen die Prana zu entziehen und ihm nur noch so viel zu lassen, dass er kaum mehr als ein Mensch war, dann müsste es mir auch möglich sein, Ryan von seinem Vampirdasein zu erlösen, das er so hasste. Und das Schlimmste war: Er wollte es mir zuliebe, damit er keine Gefahr mehr für mich darstellte.

Vor fast genau einem Jahr war unser leidenschaftlicher Kuss etwas außer Kontrolle geraten, und ohne Alissas rechtzeitiges Eingreifen hätte ich an der ebenmäßigen Haut auf meinem Hals wohl noch mehr Narben gehabt, als es ohnehin schon waren. Von meinen Gefühlen überrumpelt hatte ich es nicht geschafft, ihn mithilfe meiner Magie aufzuhalten, als er mein Blut trinken wollte. Ich hatte ihm einfach nicht wehtun können. Ryan verabscheute sich dafür, dass er mich beinahe verletzt hatte. Doch die ganze Sache wäre vergessen gewesen, wäre er nicht für ein paar Monate spurlos verschwunden und hätte mich damit meiner Verzweiflung überlassen.

Am Ende war es Nathan gewesen, der mich aus dem tiefen Loch meiner Gefühlswelt wieder herausgezogen hatte. Allerdings war der Lehrer im letzten Schuljahr umgekommen, was die ganze Sache noch verkomplizierte. Ich hatte Nathan geliebt, und jetzt war er tot. Zwar konnte ich auch meine Gefühle für Ryan nicht leugnen, doch er hatte mich verletzt. Und die Tatsache, dass er mich kaum berühren konnte, ohne sich zu versteifen und Angst zu haben, sein Blutdurst würde ihn übermannen, machte es nicht einfacher, so mir nichts, dir nichts von vorne zu beginnen. Er wollte der Mensch sein, der mich beschützte, aber gerade damit wurde er selbst zu einer potenziellen Gefahr für mich.

So hatten wir beide unsere Probleme, mit denen wir klarkommen mussten. Ryan war jedoch der Ansicht, seine würden sich in Luft auflösen, sobald ich ihn zum Menschen machte. Für mich kam das nicht infrage. Ich wusste, wie sehr Ryan seine Schnelligkeit, die Stärke sowie die übernatürliche Hörkraft und den Geruchssinn vermissen würde. Wie er es liebte, lautlos wie eine Katze durch die Schatten zu schleichen. Das Vampirdasein war ein Teil von ihm, und ich weigerte mich, ihm diesen Teil zu nehmen, ohne dass er sich zu hundert Prozent sicher war.

Ryans Ansicht nach konnten wir nur zusammen sein, wenn er ein Normalsterblicher war. Ich dagegen hielt eben genau das für das Problem. Als Vampir hatte er mir geholfen, einige meiner Kämpfe auszufechten, und war dem Tode trotz seiner außergewöhnlichen Fähigkeiten mehrmals nur knapp entgangen. Selbst Nathan war einer der Besten unter den Hexen gewesen, die ich kannte, doch den Kampf gegen meine dämonische Verwandtschaft hatte er verloren. Ständig mussten Menschen in meiner Umgebung sterben. Als Normalsterblicher würde Ryan vermutlich keine zwei Wochen in meiner Gegenwart überleben, wenn man mein Talent betrachtete, den Ärger magisch anzuziehen oder regelmäßig Magieausbrüche zu haben, wenn meine Gefühle überhandnahmen.

Jedenfalls hatte es einen schrecklichen Streit gegeben, und wir hatten den Rest des Schuljahres nicht mehr miteinander geredet. Der Preis für diese Beziehung war einfach zu hoch, und wenn wir einmal ehrlich waren: Dämonen und Vampire passten einfach nicht zueinander. Auch wenn ich Ryan trotzdem schrecklich vermisste.

Ich verzog das Gesicht bei dem Gedanken und schlüpfte in das schlichte schwarze Sommerkleid, das ich mir zurechtgelegt hatte, als Tante Amalias Stimme die Treppe herauf hallte.

»Wenn du mitkommen willst, dann solltest du dich beeilen.«

»Ich komme schon«, rief ich aus der Badezimmertür und eilte in mein Zimmer, um meinen kleinen Rucksack zu suchen.

Tante Am stand am Küchentresen und verstaute ihre selbst gemachten Kerzen, Glücksbringer und Amulette in einem Korb, während Cox auf ihrer Schulter turnte und die Streicheleinheiten genoss, die sie ihm geistesabwesend verpasste.

Tante Amalia hatte mein neues »Haustier« mit Freuden aufgenommen, und die beiden waren gute Freunde geworden. Conchobhar verabscheute es, wenn ich ihn so nannte, doch betrachtete man die Tatsache, dass er mir auf Schritt und Tritt folgte, dann kam ich nicht umhin, ihn mit einem Dackel zu vergleichen.

»Wir sind spät dran«, tadelte Tante Am, und ich zuckte entschuldigend mit den Schultern, woraufhin sie mir ein warmes Lächeln schenkte, das die kleinen Fältchen um ihre hexengrünen Augen vertiefte. Ich hatte meine gesamte Kindheit bei ihr verbracht und es nur selten erlebt, dass sie einmal wirklich sauer gewesen war.

Verstohlen blickte ich mich um und hoffte, dass sie dieses Mal etwas von dem ganzen Krimskrams, mit dem unser Haus vollgestopft war, auf dem Markt der Nachbarstadt Gorham verkaufen würde. Doch die Wände waren nach wie vor mit allerlei Schnickschnack behangen, der von Traumfängern bis hin zu selbst gemachter Dekoration reichte. Auf jedem freien Regal standen Kerzen in den verschiedensten Farben und Formen, die angeblich heilende oder beruhigende Wirkungen hatten. Weihrauchstäbchen hüllten unser Haus regelmäßig in einen angenehmen Duft, und Porzellangeschirr sowie bestickte Kissen und Deckchen in allen Ecken sorgten dafür, dass alles etwas altmodisch, aber auch elegant und gemütlich wirkte.

»Wenn wir jetzt nicht gleich fahren, dann brauche ich meinen Stand gar nicht erst aufzubauen«, rief Tante Am über die Schulter. Ich schlüpfte schnell in meine Riemchensandalen und folgte ihr durch den Garten.

Auf der Fahrt nach Gorham nagte das schlechte Gewissen an mir, und ich konnte Amalias misstrauische Blicke spüren, doch ich brachte es heute einfach nicht fertig, ungezwungen vor mich hin zu plappern. Es gab so vieles, was ich ihr noch nicht erzählt hatte. Ich kurbelte das Fenster herunter, um etwas frische Luft in den heißen, stickigen Wagen zu lassen. Meine Haare klebten feucht in meinem Nacken.

In Gorham angekommen half ich ihr eilig, den Verkaufsstand herzurichten, und verabschiedete mich wie üblich, um über den Markt zu schlendern. Sobald ich außer Sicht war, steuerte ich Cassandras Laden am Marktrand an.

Die läutende Türglocke ließ mich zusammenzucken und erinnerte mich daran, wie nervös ich war. Der Laden war leer, bis auf die Besitzerin Cassandra, die damit beschäftigt war, einige Zauberutensilien und Porzellantassen auf dem Regal abzustellen. Kein Wunder, dass sie sich so gut mit Tante Amalia verstand.

»Ich habe dich erwartet.« Sie lächelte, und ihr penetranter Geruch nach Flieder vermischte sich mit Weihrauch, der die Luft in dem Laden schwer und drückend werden ließ, sobald sich die Tür schloss.

»Ja, ich bin hier, um dir den nervigen Kobold zurückzugeben, der mich seit meinem letzten Besuch bei dir verfolgt«, scherzte ich, und mit einem Zischen wurde Cox auf meiner Schulter sichtbar, wobei er empört aufschrie. Cassandra blinzelte mich nur verdutzt an, und ich bedeutete ihr, dass sie sich keine Sorgen machen brauchte, bevor ich sie umarmte. Conchobhar stellte sich mit einer galanten Verbeugung vor, und mit einem amüsierten Lächeln lauschte Cassandra seiner Geschichte, wie ich ihn im letzten Jahr aus ihrer Wanduhr befreit hatte.

»Ist er schon da?«, fragte ich so beiläufig wie möglich, als die beiden verstummten, und begutachtete betont lässig eine eigenartige Kerze, die einen Mann verschlungen mit einem Wolf darstellte.

Die Frau mit den kurzen schneeweißen Haaren und den übergroßen Ohrringen warf einen flüchtigen Blick auf eine der kuriosen Standuhren.

»Ich werde ihn in ein paar Minuten beschwören. Du kannst so lange hier vorne warten. Auf dem Tresen steht Tee, bedient euch.«

Enttäuscht goss ich mir die dampfende Flüssigkeit in eine Tasse und beobachtete, wie Cassandra hinter dem Vorhang zum Hinterzimmer verschwand. Ihr Tonfall hatte unmissverständlich klargemacht, dass sie mich bei der Beschwörung nicht dabei haben wollte, auch wenn ich sie gerne beobachtet hätte. Nervös setzte ich mich auf den Tresen und ließ die Beine baumeln, während Cox die Regale inspizierte und entzückt vor einer Spieluhr stehen blieb, auf der sich eine Ballerina drehte.

Nur mit Mühe konnte ich meine Finger davon abhalten, ungeduldig auf die Tischplatte zu klopfen. Cassandras Murmeln aus dem Hinterzimmer war zu hören und ich hielt gespannt den Atem an, als nach einer Weile eine Männerstimme antwortete und der Geruch von verbranntem Laub an meine Nase drang.

All die Ängste und Sorgen, die mich den ganzen Tag verfolgt hatten, schienen mit einem Mal von mir zu fallen, während ich plötzlich in das Gesicht meines Bruders schaute, der lässig in einem engen schwarzen T-Shirt in der Tür lehnte. Er lächelte mich an und änderte seine Augenfarbe von Blau zu Grün, bevor er mich in eine herzhafte Umarmung zog.

»Prinzessin, du scheinst in den letzten beiden Monaten gewachsen zu sein.«

Ich schnaubte und sah ihm mit hochgezogenen Augenbrauen ins Gesicht, wobei uns beiden nicht entging, dass er mindestens einen ganzen Kopf größer war als ich. »Machst du dich etwa über mich lustig, Cherufe?«

»Nein, solange du mich nie wieder mit diesem Namen ansprichst.«

Mit der Hand wuschelte er mir durch die lockigen braunen Haare und gab mir das Gefühl, als wäre ich nicht älter als zehn. Wir plauderten noch kurze Zeit mit Cassandra, bevor wir uns mitsamt seinem Gepäck auf den Weg machten und durch die Stadt schlenderten.

»Also, wo gehen wir hin?«

»Wir fahren mit dem Bus nach Langfield. Tante Amalia wird noch bis heute Abend mit ihrem Stand zu tun haben, und du willst sicher erst einmal unser Haus sehen«, wich ich aus.

Chaz Augen begannen zu leuchten.

»Was ist los?«, fragte ich verwirrt.

»Ich bin noch nie Bus gefahren«, grinste er.

»Ich glaube, du hast noch so einiges nachzuholen, Kumpel«, meldete sich Cox zu Wort, und ich zuckte zusammen, weil ich schon wieder vergessen hatte, dass ich den unsichtbaren Kobold auf der Schulter sitzen hatte.

Für Chaz musste es schwer sein, sich in der völlig neuen Welt zurechtzufinden. Unser Vater Baal hatte ihn so gut wie möglich auf das vorzubereiten versucht, was ihn in der Realität erwartete, doch war das meiste nur Theorie gewesen. Ich lachte in mich hinein, als ich mich an seine erste Erkältung im letzten Jahr erinnerte.

»Also«, begann ich, »wie ist die Lage da unten? Heiß?«

Chaz überging meine Anspielung. Obwohl in der Unterwelt eine gewisse Wärme herrschte, war sie eher eine zweite Dimension und hatte rein gar nichts mit der klischeehaften Hölle gemein – auch wenn ich sie nicht gerade als Paradies bezeichnen würde.

»Es ist beunruhigend still. Leviathan hat sich zurückgezogen, seit du ihm die Kräfte entzogen hast.«

Ich runzelte die Stirn. »Vielleicht muss er sich noch erholen. Oder er hat es endlich aufgegeben und will in Ruhe seinen Lebensabend genießen. Gibt es bei euch so etwas wie Rente?«

Mein Bruder lachte leise, doch ich konnte die Besorgnis hinter seiner Fassade erkennen.

Eine Gruppe Highschool-Mädchen lief an uns vorbei. Sie schenkten meinem Bruder schmachtende Blicke und schienen die Augen kaum von ihm lösen zu können. Mit seinen blonden Haaren, die ihm lässig in die Stirn fielen und ihn umso attraktiver machten, je zerzauster sie waren, musste er wohl der Traum aller Kleinstadt-Teens sein. Verwegen und süß, mit einem Hauch von Gefahr. Ich unterdrückte ein Glucksen. Wenn sie wüssten.

»Leviathan ist ein Dämonenfürst, seine Kräfte erholen sich ziemlich schnell, und ich bin mir sicher, dass er sie wieder fast vollständig zurückerlangt hat«, antwortete Chaz. »Er hat sein Leben lang versucht, erst die Unterwelt und später die Realität an sich zu reißen. Ich glaube nicht, dass er sich von einem solchen Rückschlag aus der Bahn werfen lässt. Vielleicht plant er etwas oder er wartet einfach nur ab, wie sich die Lage entwickelt. Vielleicht liegt es auch daran, dass Vater zurück ist.«

Ich stolperte bei seinen Worten.

»Er ist zurück?«, fragte ich so beiläufig möglich, doch selbst ich konnte spüren, wie mir die Farbe aus dem Gesicht wich. So, wie Chaz mich musterte, fiel es ihm ebenfalls auf.

»Ja, und er war sehr beeindruckt, als ich ihm von deinem Trip durch die Unterwelt erzählt habe. Er würde dich gerne kennenlernen, wenn du so weit bist.«

Wenn ich so weit war? Würde ich überhaupt jemals so weit sein? Um meinen Vater zu treffen, würde ich in die Unterwelt reisen müssen, und seit meinem ersten und einzigen Ausflug dorthin hatte ich mir geschworen, dass mich keine zehn Pferde mehr an diesen Ort bringen würden. Es schien ja auch nicht so, als hätte meinem Vater die letzten neunzehn Jahre viel daran gelegen, mich kennenzulernen. Zudem stellte ich es mir eigenartig vor, einem der Dämonen, die ich bisher bekämpft hatte, die Hand zu reichen und »Hey, Daddy« zu sagen.

Ich könnte vielleicht einen Beschwörungskreis in meinem Zimmer ziehen, auch wenn ich dabei nur sein Abbild sehen würde. Eine Beschwörung war allerdings eine sehr unangenehme Sache, nur um zu sagen: »Hey, Dad, willkommen zu meiner Teeparty. Ich bin übrigens deine Tochter. Tut mir leid, dass ich dich gerade mitten in eine andere Welt katapultiert habe, aber könntest du mir bei den Hausaufgaben helfen? Übrigens ist der Nachbarjunge gestern sehr aufdringlich geworden, ich wäre dir dankbar, wenn du ein ernstes Wörtchen mit ihm reden könntest.«

Der Gedanke amüsierte mich, und ich nahm mir vor, ein anderes Mal ernsthaft darüber nachzudenken. Jetzt allerdings gab es erst einmal wichtigere Dinge zu regeln. Sofort wurde mein Mund trocken. Natürlich sprach Chaz genau in diesem Moment das Thema an, vor dem ich mich seit Wochen drückte.

»Wie hat Amalia darauf reagiert, dass du ein Dämon bist?«

Betreten biss ich mir auf die Lippe und zwirbelte eine dunkle Locke um meinen Finger. Conchobhars Schnauben trug ebenfalls nicht dazu bei, dass ich mich besser fühlte.

»Ich habe es ihr noch nicht gesagt.«

Verdutzt blieb Chaz stehen und starrte mich an.

»Na ja«, versuchte ich zu erklären und wand mich unter seinem Blick, »sie war so froh, dass ich wieder zuhause bin, und ich wollte ihr nicht gleich die Ferien verderben. Du weißt schon, ›Hey, Tante Am, du lebst übrigens seit vielen Jahren mit einem Monster unter einem Dach. Trotzdem schön, dich wiederzusehen‹ schien mir keine besonders gute Begrüßung zu sein. Außerdem musste sie erst einmal verdauen, dass ich von einem Kobold gestalkt werde.«

»Du hattest Schiss«, schnaubte Chaz, und ich funkelte ihn an, während Cox auf meiner Schulter schimpfte.

Ja, ich hatte Angst. War das so verwunderlich, dass ich meiner Tante, die mich mein Leben lang aufgezogen und behütet hatte, nicht unbedingt freiwillig einen Schlag ins Gesicht verpassen wollte?

»Was hast du ihr dann gesagt, wer ich bin?«

»Ähm«, stotterte ich, und mir schoss die Röte ins Gesicht, während ihm die Gesichtszüge entglitten.

»Sie weiß noch nichts von mir?!«

Stumm schüttelte ich den Kopf und zwang mich zu einem unschuldigen Lächeln. Chaz atmete hörbar aus und fuhr sich durch das blonde Haar.

»Wir werden also gleich unserer ahnungslosen Tante offenbaren, dass ihre Nichte ein Halbdämon ist und dazu noch einen dämonischen Bruder hat, von dem bisher niemand etwas gewusst hat, der aber mal eben für zwei Wochen bei euch wohnen soll.«

Ich nickte, da mich der Kloß in meinem Hals daran hinderte, auch nur den geringsten Laut von mir zu geben.

»Das dürfte interessant werden«, murmelte Chaz, und ich seufzte.

Interessant? Es würde eine Katastrophe werden. Willkommen in meiner Welt.

Kapitel 2

Die Porzellantasse klapperte unter meinen zittrigen Händen, als ich den heißen Tee vor Tante Amalia abstellte. Sie saß stumm auf der gemütlichen Couch in unserem Haus und sah mit bleichem Gesicht immer wieder von mir zu Chaz und dann wieder zu mir zurück.

»Ich glaube, sie ist in einem Schockzustand«, murmelte mein Bruder leise, während ich nervös von einem Fuß auf den anderen trat.

»Gib ihr etwas Zeit«, antwortete ich und betete, dass sie nicht jeden Moment ausflippen oder hysterisch loslachen würde. Ihr sommersprossiges Gesicht war leichenblass. Die kurzen roten Locken hoben sich in einem starken Kontrast dazu ab. Seit ich ihr offenbart hatte, dass ich ein Halbdämon war, war kein einziges Wort mehr über ihre Lippen gekommen. Ich hatte einfach weiter geredet und die ganze Geschichte heruntergerasselt, inklusive meines Ausflugs in die Unterwelt. Nun kam es mir vor, als wäre mir eine gewaltige Last von den Schultern gefallen. Um Tante Amalias seelische Verfassung allerdings machte ich mir ernsthaft Sorgen.

Endlich bewegte sie sich etwas und öffnete den Mund, doch es brauchte drei Anläufe, bis sie ein Wort herausbrachte. »Du bist also …«

»Ja«, unterbrach ich sie, damit sie es nicht laut aussprechen musste.

»Und er ist ...«

»Ja.«

Sie atmete tief ein und griff mit bebenden Händen nach der Teetasse. Das war schon mal ein Fortschritt. Mit angehaltenem Atem beobachtete ich, wie sie Chaz musterte. Vielleicht suchte sie nach Ähnlichkeiten mit Mum oder unserem Vater.

»Tja, dann ... willkommen in der Familie«, sagte sie heiser und zwang sich zu einem Lächeln. Mir fiel die Kinnlade herunter. Das war alles? Hilfesuchend sah ich zu Chaz, doch er zuckte nur mit den Schultern und lächelte sichtlich erleichtert.

Das Abendessen lief trotzdem gezwungen ab. Chaz zauberte uns einen fantastischen Gemüseauflauf, wahrscheinlich, um unsere Tante davon zu überzeugen, dass er sich weder von verwesenden Tieren noch von Hexen oder ähnlichen Dingen ernährte. Tante Amalia schaffte es sogar, ihn nach seiner Kindheit zu fragen, und Chaz erzählte ihr bereitwillig so viel wie möglich über die Zeit mit unserem Vater.

Amalias Augen leuchteten tatsächlich etwas auf, als er von den riesigen Gewächshäusern in der Unterwelt erzählte, die von Elfen bewirtschaftet wurden und einem kleinen Paradies glichen. Mir fiel auf, dass er dieses Thema absichtlich gewählt hatte und wohlweislich nichts von der Tierwelt erzählte. In der Unterwelt waren selbst Rehe und Kaninchen zu widerlichen Bestien mit Knochenpanzern und messerscharfen Zähnen mutiert.

Ich räumte das Geschirr ab, denn ich wollte den beiden etwas Zeit lassen, um sich zu unterhalten. Allerdings ging der Schuss nach hinten los, und es endete in einem peinlichen und schweigsamen Gegenübersitzen. Seufzend führte ich Chaz in das Gästezimmer, als Tante Am sich zurückgezogen hatte, und machte mich bettfertig. Vielleicht brauchte Tante Amalia nur eine gute Mütze voll Schlaf, um die Neuigkeiten zu verdauen.

Als ich mich jedoch unter die warme Decke kuschelte und zu meinem Buch griff, klopfte es leise an der Tür. Cox hatte sich am Fußende meines Bettes eingerollt und hob verschlafen den Kopf, als Tante Amalia eintrat und sich an den Bettrand setzte.

»Bisschen viel auf einmal, was?«, murmelte ich schuldbewusst, doch zu meiner Überraschung lächelte Tante Am.

»Es kam sehr unerwartet«, gab sie zu, doch dann nahm sie meine Hand. »Ich wusste schon immer, dass du etwas Besonderes bist, und es macht für mich keinen Unterschied, ob du ein Dämon oder eine Hexe bist.«

»Halbdämon«, verbesserte ich sie und schloss sie in den Arm, bevor ich ein zaghaftes »Danke« in ihr Ohr flüsterte.

»Also, dein Bruder, hm?«

»Hör zu, ich weiß, dass es eigenartig für dich sein muss. Ich kann es selbst noch immer nicht richtig glauben. Aber Chaz ist wirklich in Ordnung, und ohne ihn hätten es Alissa und ich nicht aus der Unterwelt zurückgeschafft. Wenn du ihn erst einmal kennengelernt hast, wirst du mich verstehen. Für ihn ist das alles auch nicht einfach. Aber ich hätte dich vorwarnen sollen.«

Tante Amalia seufzte. »Schon gut. Er ist sehr höflich und hat sogar angeboten, in ein Hotel zu ziehen, falls mir seine Anwesenheit unangenehm sein sollte. Natürlich kommt das nicht infrage, er ist ein Teil der Familie, und ich bin mir sicher, dass ich mich daran gewöhnen werde.«

Ich lehnte mich zurück und lächelte. »Du glaubst gar nicht, wie erleichtert ich bin.«

Tante Amalia drückte mir einen Kuss auf die Stirn. »Ich bin stolz auf dich, Liebes.«

Als sie das Zimmer verlassen hatte, bekam ich einen weiteren Anflug des schlechten Gewissens. Seit meiner Kindheit hatte Tante Amalia nichts als Ärger mit mir. Angefangen hatte es mit kleineren Hexereien und Gefühlsausbrüchen in der Welt der Normalsterblichen, die wir aber gekonnt vertuschen konnten. Seit ich jedoch die Winterfold Akademie besuchte, schlitterte ich mit Anlauf von einer Katastrophe in die nächste, wurde ständig in Kämpfe und Intrigen verwickelt und war dem Tod mehr als einmal von der Schippe gesprungen. Zum ersten Mal wurde mir jedoch klar, wie schlimm das alles für meine Tante gewesen sein musste und wie viel Vertrauen sie in mich setzte.

Befreit von der Last meines Geheimnisses fiel ich in einen traumlosen Schlaf.

Das Geräusch von reißendem Papier ließ mich blinzelnd den Kopf heben. Die Sonne schien durch die orangefarbigen Vorhänge meines Fensters und ließ die funkelnden, winzig kleinen Staubkörnchen in ihren Strahlen tanzen. Durch das offene Fenster wehte ein angenehmer Wind, der endlich einen kühleren Tag ankündigte. Cox lag noch immer am Fußende meines Bettes und schnarchte, als säge er einen ganzen Wald ab.

»Was zur Hölle tust du da?«, fragte ich drohend und war mit einem Schlag hellwach.

»Ich lese deine Post«, sagte Chaz achselzuckend und völlig vertieft in den Brief der Verborgenenorganisation, den ich *unter keinen Umständen* hatte öffnen wollen. Er lungerte lässig auf dem Drehstuhl, der vor meinem Schreibtisch stand, doch ich konnte die Besorgnis auf seinem Gesicht ablesen. Mit einem Satz sprang ich aus dem Bett und lief nicht einmal rot an, als Chaz stirnrunzelnd einen Blick auf das Donald-Duck-T-Shirt warf, das mir als Nachthemd diente.

»Gibt das her«, zischte ich und entriss ihm das Schreiben. Ohne es zu betrachten, stopfte ich es unter den nächsten Bücherstapel und kroch mürrisch zurück ins Bett, wo ich die Arme verschränkte. Chaz öffnete den Mund, doch mit einer Handbewegung brachte ich ihn zum Schweigen.

»Ich will es nicht hören.«

»Du solltest aber ...«

»Nein, Chaz. Ich meine es ernst. *Ich möchte das nicht hören*, es sei denn, es betrifft irgendetwas, das mit unseren letzten beiden Ferienwochen oder meiner Rückkehr an die Winterfold Akademie zu tun hat. Wenn nicht, wirst du gefälligst die Klappe halten.«

Mit angehaltenem Atem wartete ich auf seine Reaktion und schloss erleichtert die Augen, als er seufzte und gleichgültig mit der Hand wedelte.

»Also, was stellen wir heute an?«, lenkte ich vom Thema ab.

»Ich würde mir gerne die Stadt ansehen, wenn es für dich okay ist.«

»Klar, ich werde dich ein bisschen herumführen«, murmelte ich und gab ihm mit einem Blick zu verstehen, dass ich etwas Privatsphäre benötigte.

Als ich mich gewaschen und angezogen hatte, betrat ich mit hochgezogenen Augenbrauen die Küche. Chaz und Tante Amalia unterhielten sich am Tresen angeregt bei einer Tasse Kaffee. Tante Am hatte wieder deutlich mehr Farbe im Gesicht als am Abend zuvor. Erleichtert verschlang ich den Speck und die Eier, die sie mir vor die Nase stellte, und machte mich dann mit Chaz auf den Weg, Langfield zu erkunden.

»Ihr scheint euch mittlerweile recht gut zu verstehen«, grinste ich, als wir die Jefferson Street entlang gingen. Ich konnte die Blicke der die Nase rümpfenden Nachbarn auf Chaz' unordentliches blondes Haar und die verschlissene, coole Lederjacke förmlich spüren. Allerdings hielten sie mich und Tante Amalia sowieso für verrückt, und es hatte mich noch nie interessiert, was diese Spießer dachten.

»Sie gibt sich Mühe«, stimmte mein Bruder zu. »Allerdings hat sie seit gestern Abend auch eine Kreiderune an der Innenseite ihrer Schlafzimmertür, die Dämonen und böse Geister abwehren soll. Sie ist nutzlos, aber ich spüre jedes Mal ein unangenehmes Kribbeln, wenn ich daran vorbeigehe.«

Brummend strich ich mir die langen Haare aus dem Gesicht. Nach der Hitzewelle vergangene Woche hatte sich das Wetter abgekühlt, und eine angenehme Brise strich über meine Haut.

»Ich bin sicher, dass sie es nicht böse gemeint hat«, versuchte ich, mich zu entschuldigen, doch im tiefsten Inneren stellte ich mir die Frage, ob diese Rune vielleicht auch mir galt.

»Mach dir keine Sorgen«, sagte Chaz, der wie üblich meine Gedanken erraten hatte. »Ich kann ihr keinen Vorwurf machen. Dämonen sind und bleiben Geschöpfe, die für gewöhnlich eine Spur aus Tod, Zerstörung und Chaos hinter sich herziehen. Es sind nicht nur Vorurteile, die die Menschen aus der Realität haben. Ich habe noch nie von einem Dämon gehört, der nicht lügt und betrügt, von Gram zerfressen und grausam ist, und das will was heißen, schließlich bin ich in ihrer Welt aufgewachsen. Amalia tut gut daran, mir nicht bedingungslos zu vertrauen, selbst wenn ich ihr Neffe und auch eigentlich nur ein Halbdämon bin. Du solltest ihr keinen Vorwurf machen.«

So hatte ich das noch gar nicht betrachtet. Trotzdem hatte ich das Gefühl, ihm ein paar tröstende Worte spenden zu müssen. »Ich vertraue dir.«

Spielerisch boxte er mir vor die Schulter. »Natürlich tust du das, du bist vom selben Blut, und schließlich haben wir eine Menge durchgemacht. Aber die Menschen haben Angst vor uns oder mehr noch vor dem, zu dem wir fähig sind. Bei dir und Amalia ist das etwas anderes, sie hat dich großgezogen und kennt dich wahrscheinlich besser, als du selbst es tust. Natürlich wird es auch manche Menschen geben, die dich trotz der potenziellen Gefahr, die du darstellst, besser kennen und lieben lernen. Du kannst dich glücklich schätzen, wenn du solche Freunde hast, und die hast du. Aber verschwende nicht deine Zeit damit, die Gesellschaft davon überzeugen zu wollen, dass du nie im Leben die Macht an dich reißen würdest oder niemals deine Fähigkeiten dazu einsetzen wirst, andere zu unterwerfen. Sie werden es dir nicht glauben, denn Fakt ist und bleibt: Du könntest es. Und nur das zählt für die meisten Menschen.«

Schweigend ließ ich die Worte auf mich wirken, während Chaz sich verträumt umschaute. Der Himmel leuchtete in einem strahlenden Blau, und die Sonne ließ sein helles Haar leuchten wie feines Gold. Wir erreichten den Park, und das Zwitschern der Vögel vermischte sich mit dem fröhlichen Geplapper der Menschen, die sich an dem großen See niedergelassen hatten. Er atmete tief ein, und ich wusste, dass uns derselbe Geruch betörte. Der Duft nach Sommer.

»Es ist so friedlich hier«, murmelte er fast schon verwundert.

Ich konnte nichts darauf erwidern, denn ich wusste, wie trostlos und unheimlich die Unterwelt war.

»Hast du nicht gesagt, dass es momentan ruhig in ... du weißt schon wo ist?«, traute ich mich dennoch zu fragen.

Chaz allerdings schnaubte verbittert. »Ruhig hat in Ignis Tenebris eine andere Bedeutung. Zusammen mit Vater sind auch die übrigen Dämonen wieder heimgekehrt, und die Stadt ist bei Weitem nicht mehr so verlassen, wie du sie damals vorgefunden hast. Leviathan hat sich zwar mit seinen engsten Anhängern zurückgezogen, doch der Krieg geht weiter. Es gibt immer noch viele, die auf seiner Seite stehen und die Stadt an sich reißen wollen. Dad und seine Schar halten dagegen, wie schon seit vielen, vielen Jahren. Es herrscht Krieg, auch wenn es Tage gibt, an denen nichts zu passieren scheint. Die Anspannung jedoch bleibt, die Straßen sind erfüllt mit Rauch und der Asche verendeter Dämonen. Die Gebäude brennen und zerfallen, und niemand macht sich die Mühe, sie wieder aufzubauen. Es ist trostlos.«

»Dann bleibe hier«, erwiderte ich plötzlich und zwang ihn, für einen Augenblick stehen zu bleiben. »Im Ernst, du kannst weiter bei mir und Tante Amalia wohnen. Wir werden dir schon beibringen, wie du dich in der Realität zu schlagen hast. Du musst nicht wieder zurückkehren.«

Das würde zwar heißen, dass er unseren Vater nicht wiedersehen konnte, allerdings redete Chaz für gewöhnlich in einem sehr nüchternen Tonfall von ihm, und ich konnte mir kaum vorstellen, dass die beiden ein inniges Vater-Sohn-Verhältnis hatten.

»Es ist nicht immer so einfach, wie es scheint«, antwortete Chaz lächelnd. »Ich habe Verpflichtungen. Irgendwann wirst du es verstehen. Und jetzt lass uns nicht weiter von der Hölle sprechen, sondern eines dieser Boote mieten. Ich würde zu gerne einmal normale Fische angeln.«

Entgeistert starrte ich ihn an. Angeln? Wo war der coole, verwegene Chaz, der sich in jedes Abenteuer stürzte und nicht genügend Action bekam? Ihm zuliebe willigte ich allerdings ein, und so verbrachten wir einen wahnsinnig witzigen Nachmittag damit, auf dem See zu paddeln und uns gegenseitig ins Wasser schubsen zu wollen. Am Ende hatten wir sogar eine kleine Forelle gefangen, die wir Tante Amalia stolz am Abend präsentierten. Ich hatte Chaz nur mit Mühe davon abhalten können, das Wasser mithilfe von Magie zu beeinflussen und somit zu schummeln.

Es wurden zwei wundervolle Wochen, in denen ich Chaz die Welt der Normalsterblichen zeigte. Wir besuchten einen

Zoo, einen Freizeitpark und gingen ins Kino. Begeistert zeigte Tante Amalia ihm das Museum der Stadt, während ich gelangweilt hinter den beiden hertrottete. Ich brachte Chaz in einer kleinen Bar das Billardspielen bei, und er besiegte mich haushoch beim Darts, bis ich mitbekam, dass er die Flugbahn der Pfeile mit der Aerokinese, dem Wind, beeinflusste. Wir faulenzten in unserem prachtvoll gestalteten Garten, unter den mit bunten Bändern, Zierkugeln und Solarleuchten geschmückten Bäumen und Sträuchern. Chaz tauschte sogar die zerbrochenen Ziegel auf unserem Dach aus, als kleine Gegenleistung für Tante Amalias Gastfreundschaft, auch wenn sie ihm abends die Hände einreiben musste, um die Blasen, Schnittwunden und blauen Flecke, die er sich mit dem Hammer zugefügt hatte, zu behandeln.

Das Verhältnis der beiden wurde immer besser, und am Ende der Ferien war Tante Amalia weitestgehend von ihren Zweifeln bezüglich Chaz' Charakter befreit. Fast schon verblüfft stellte ich fest, dass wir uns prächtig verstanden und ich die Rückkehr an die Winterfold Akademie weitaus weniger willkommen hieß als erwartet. Ich hatte Chaz nie so fröhlich und ausgeglichen erlebt, dennoch kam ich nicht umhin, den leichten Anflug von Sorge in seinem Gesicht zu erkennen, wenn er mich anschaute.

»Also schön«, seufzte ich, als ich am Abend vor unserer Abreise die Taschen packte und Chaz auf meinem Bett lümmelte.

»Was meinst du?«

»Nun kannst du mir sagen, was in diesem verfluchten Brief von der Verborgenenorganisation steht.«

Chaz versteifte sich unmerklich, und ich wappnete mich. Post von der »Polizei« aller übernatürlichen Wesen zu bekommen, konnte nichts Gutes bedeuten.

»Es ist eine Vorladung. Am 30. Oktober wollen sie dir einige Fragen zu dem Vorfall im letzten Schuljahr stellen.«

Sofort rutschte mir das Herz in die Hose, und alle Farbe wich aus meinem Gesicht. »Welche Fragen? Ich habe ihnen schriftlich alles beantwortet, was sie wissen wollten. Nämlich, dass ich keine Ahnung habe, warum der Beschwörungskreis mich zurück in die Realität gezogen hat.«

Ich konnte ihnen schlecht sagen, dass Derek mich nur hatte beschwören können, weil ich ein Halbdämon war. Wir hatten versucht, ihnen zu erklären, dass es auf dieselbe Art und Weise geschehen war, wie Leviathan Alissa in die Unterwelt ziehen konnte. Es benötigte zwei identische Beschwörungskreise, die zusammen ein Tor zwischen der Realität und der Unterwelt bildeten. Alissa war unbemerkt in unserem Schlafzimmer wieder aufgetaucht, direkt in dem Kreis, den Jonathan heimlich auf ihre Matratze gezeichnet hatte. Wir hatten in Leviathans Hauptquartier einbrechen müssen, um den identischen Bruderkreis der Unterwelt zu finden, mit dessen Hilfe Ally zurückgelangen konnte. Als Halbdämon benötigte ich allerdings keine Zwillingskreise, und Derek konnte mich ohne Probleme mit einem selbstgezeichneten Beschwörungskreis in der Turnhalle der Schule zurückholen – direkt vor den Augen einiger Lehrer und Jäger der Verborgenenorganisation. Wir hatten behauptet, dass dies ebenfalls nur mit einem identischen Kreis in der Unterwelt gelungen war.

»Anscheinend glauben sie es dir nicht.«

Ich presste die Hände vor mein Gesicht und atmete aus. »Sie können nicht wissen, was ich bin. Vielleicht glauben sie es ja, wenn ich es ihnen persönlich sage. Bei Alissa stellt auch keiner infrage, dass sie eine Hexe ist, und sie ist ebenso aus der Unterwelt wieder aufgetaucht wie ich.«

Chaz räusperte sich, und ich ahnte Schlimmes, schon bevor er die Worte aussprach.

»Die Vorladung beruht nicht auf den Beobachtungen der Jäger, die sie an diesem Abend in der Turnhalle gemacht haben. Sie beruht auf der Aussage eines gewissen Jonathan Matterick.«

Mit offenem Mund starrte ich ihn an, und kalter Schweiß bildete sich auf meinem Gesicht. Der Werwolf war der widerlichste Typ, den ich kannte. Und er wusste, dass ich ein Dämon war.

Kapitel 3

»Willkommen zurück in der Schule des Chaos«, murmelte ich, als wir über den riesigen, grünflächigen Campus liefen. Alissa stimmte mir mit einem Grunzen zu, und Chaz lachte leise. Wir hatten die Fahrt in der glänzenden schwarzen Limousine dazu genutzt, Ally über die Neuigkeiten in Kenntnis zu setzen. Mit einer Berührung hatte sie mich auf der Stelle beruhigt, doch nun, da sie auf die Akademie vor uns konzentriert war, spürte ich, wie ihre Kräfte nachließen. Ein ungutes Gefühl beschlich mich.

Als wir unsere Koffer verstaut hatten, holten wir Chaz am angrenzenden Hexerwohntrakt ab. Derek stand grinsend neben ihm. Ich kam nicht umhin zu bemerken, wie sehr er sich verändert hatte, seit wir uns am ersten Schultag vor zwei Jahren begegnet waren. Statt der Holzfällerhemden trug er seit über einem Jahr enge T-Shirts und Pullover, dazu passende Schals und Tücher in schillernden Farben. Die Hornbrille war die meiste Zeit seiner Fähigkeit gewichen, die eigene Sehstärke mithilfe der Biokinese, also der Einflussnahme auf das biologische System, zu beeinflussen, und das feine, blonde Haar fiel ihm lässig ins Gesicht. Er hatte immer noch ein paar Kilo zu viel auf den Rippen, doch alles in allem war er nicht mehr mit dem hochnäsigen Streber zu vergleichen, als den wir ihn kennengelernt hatten.

Nur sein Geruch war gleich geblieben, und ich atmete tief den Duft nach Büchern und Pergament ein, als ich ihn fest in die Arme schloss. Ally folgte meinem Beispiel, doch mit einem Satz wich sie gespielt schockiert zurück und hob fragend die Augenbrauen.

»Derek Watson, was spüre ich denn da?«

Chaz und ich wechselten einen ahnungslosen Blick, während Derek die Röte ins Gesicht stieg.

»Lasst uns gehen, damit wir noch etwas vom Mittagessen abbekommen.«

Amüsiert stellte ich fest, wie er Allys Blicken auswich, doch ihre sommergrasgrünen Augen schienen direkt in seine Seele zu blicken, während sie ihn grinsend beobachtete. Alissas Fähigkeit, die Gefühle anderer zu spüren, konnte manchmal sehr peinlich sein. Derek schien ihre Blicke im Rücken zu spüren, denn selbst sein Nacken lief rot an. Wir waren kaum zehn Schritte gegangen, als er sich empört umdrehte.

»Weißt du eigentlich, wie nervig das ist? Ich fühle mich splitternackt, wenn ich in deiner Gegenwart bin, Ally.«

»Ach, komm schon«, flötete sie, und ihre rostroten Ringellöckchen wippten, als sie elegant wie eine Elfe an seine Seite tänzelte und sich unterhakte. »Du hättest es uns sowieso erzählt. Es ist Don, oder?«

Nun konnte auch Derek sein schüchternes Lächeln nicht mehr zurückhalten.

»Ich wusste es«, rief Alissa aufgedreht und klatschte in die Hände. »Diese Spannung zwischen euch beiden im letzten Jahr war kaum auszuhalten.«

Derek und Don waren ein Paar gewesen, bevor sie sich im letzten Schuljahr aus unerfindlichen Gründen getrennt hatten. Derek hatte nie so richtig mit der Sprache herausrücken wollen und nur von unüberwindbaren Differenzen geredet.

»Was ist passiert?«, fragte ich neugierig.

Derek lächelte gequält. »Erinnert ihr euch, wie mein Vater darauf reagiert hat, dass ich auf Männer stehe?«

Ich schnaubte. »Du meinst, außer dass er dich zugleich enterben und enthaupten wollte?«

Dereks Eltern waren sehr spießig, was das Thema anging, und Derek war nicht länger in seinem Zuhause erwünscht gewesen. Irgendwann hatten sich seine Eltern jedoch wieder beruhigt. Genau darauf schien Derek hinauszuwollen, denn plötzlich wandte er sich unter meinem fragenden Blick und knetete die Hände.

»Ja, genau das meine ich. Na ja, um genau zu sein, haben sie sich nicht einfach so wieder eingekriegt und es akzeptiert. Ich habe ihnen erzählt, dass ich mich wieder umentschieden habe und mit Jill zusammen bin.«

»Du hast was?«, fragte ich entsetzt und atmete tief durch.

Derek schien die Situation immer unangenehmer zu werden. »Ja, Don war auch nicht so begeistert, als er es herausgefunden hat.«

»Warum wohl?«, fragte ich trocken und presste die Lippen aufeinander.

»Jedenfalls hatten wir uns deshalb getrennt. Er meinte, solange ich nicht zu ihm stehen würde, könnten wir nie wirklich zusammen sein.«

»Und warum seid ihr es jetzt doch?«

Derek grinste, und sein Gesicht hatte die Farbe einer überreifen Tomate angenommen. »Er ist in den Sommerferien einfach bei mir aufgetaucht. Es war ... na ja, erst war es eine Katastrophe. Ich war so glücklich, ihn zu sehen, dass ich endlich über meinen Schatten gesprungen bin und meinem Dad die Wahrheit erzählt habe. Er ist ausgeflippt und hat versucht, Don einen Tornado auf den Hals zu hetzen. Don wäre fast draufgegangen, wenn er nicht die Silberkette meines Vaters verformt hätte, sodass sie ihm in den Hals schnitt und ihn fast erstickte. Die beiden haben sich dann auf ein Unentschieden geeinigt, und Dad hat es weitestgehend akzeptiert. ›Wenigstens ist er kein Waschlappen‹, hat er gesagt.«

»Alle Achtung«, murmelte ich, doch ich war froh darüber, dass die zwei wieder zueinander gefunden hatten. Derek war wie ausgewechselt, und es hätte nur noch gefehlt, dass er singend, tanzend und Pirouetten drehend davongeschwebt wäre. Den Glitzerstaub und die Feenflügel nicht zu vergessen.

Wir erreichten das große Schulgebäude, und ich ließ ein weiteres Mal den Anblick des barocken Herrenhauses auf mich wirken. Das mit Efeu bewachsene Gebäude mit dem hellen Anstrich und den dunklen Fensterläden spiegelte Macht und Reichtum wider. Neben dem runden Turm in der Mitte erstreckten sich zwei gewaltige, vier Etagen hohe Flügel, die sich wie ein Viereck um den inneren Schulhof wanden. Im Inneren der Winterfold Akademie sah es ebenso prachtvoll aus. Man wurde schon in der riesigen Eingangshalle fast erschlagen von Marmor und goldenen Verzierungen, farbenfrohen Wandteppichen, Holzverkleidungen und geschwungenen Polstermöbeln.

Der Speisesaal zur Rechten der Eingangshalle war überfüllt und laut, doch unser runder Stammtisch an der Wand, von dem aus man den ganzen Saal überblicken konnte, war wie üblich frei.

»Nudelauflauf!«, freute ich mich und lud mir am Buffet den Teller so voll, dass der Berg Essen jeden Moment zu kippen drohte. Chaz war intelligenter und schnappte sich gleich zwei Teller.

»Muss wohl in der Familie liegen«, murmelte Derek kopfschüttelnd und nahm sich einen Salat. Es wurmte ihn schon seit Jahren, dass ich essen konnte wie ein Scheunendrescher und trotzdem nie zunahm. Ein paar meiner Mitschüler begrüßten mich, darunter die Elektrohexe Christine

Owen, der japanische Vampir Jacob Chang und die farbige Werwölfin Zoe Balinda.

»Also, wie waren eure Ferien?«, fragte Derek mit vollem Mund.

Ich grunzte finster und schaufelte einen Löffel nach dem anderen in mich hinein, während Chaz ihm flüsternd von dem Brief erzählte, den ich von der VO bekommen hatte.

»Das hört sich nicht gut an«, sagte Derek und riss die Augen auf. Ob nun absichtlich oder nicht, eine Welle der Beruhigung legte sich über uns, als Alissa ihre Kräfte einsetzte.

»Warten wir erst einmal ab, was sie von Jillian wollen. Bisher können wir nur sicher sein, dass es sich um eine Befragung handelt. Wer weiß, was Jonathan ihnen gesagt hat.«

Derek räusperte sich, und bei dem Geräusch schrillten meine Alarmglocken. Das war eine von Dereks Eigenarten.

»Spuck's einfach aus, Derek«, murrte ich.

Er zog die blonden Augenbrauen nach oben. »Du könntest ihn doch einfach fragen.«

Mein Kopf fuhr ruckartig nach oben. »Wie meinst du das?«

»Jonathan ist an die Schule zurückgekehrt.«

Klirrend fiel mein Löffel zurück auf den Teller, und ich starrte ihn an, doch Derek ließ den Blick durch den Raum schweifen. Ich tat es ihm gleich, und tatsächlich, auf der anderen Seite des Saals sah ich ihn. Der Werwolf hatte einiges an Gewicht verloren, dennoch war er breiter und kräftiger gebaut als irgendein anderer Schüler. Er hätte mit dem blonden Haar und dem typischen Profifußballer-Aussehen wirklich hübsch sein können, wäre da nicht der Gesichtsausdruck gewesen, der nichts weiter als Verachtung, Hochmut und Hass ausstrahlte.

Der Werwolf war angestrengt damit beschäftigt, seinen Freunden mit Händen und Füßen etwas zu erzählen, vermutlich, wie aufregend das letzte Jahr gewesen sein musste, das er in Gewahrsam der Verborgenenorganisation verbracht hatte. Eine Welle des Zorns überschwemmte mich, und nur mit Mühe schaffte ich es, nicht von meinem Stuhl aufzuspringen. Jonathan war schuld daran, dass ein Diener Leviathans auf dem Schulgelände aufgetaucht und Nathan beim Kampf gegen den Dämon ums Leben gekommen war. Um an mehr Macht zu gelangen und sich in einen monströsen Wolf verwandeln zu können, hatte Jonathan zudem Informationen über mich und Alissa an Leviathan verkauft, woraufhin der Dämonenfürst Ally entführt hatte, um mich in die Unterwelt zu locken. Ich hatte allen Grund, ihm auf der Stelle den Kopf abzureißen. Allerdings hatte ich Mrs. Evans, der Schulleiterin, versprochen, dass ich meine Gefühle ihm gegenüber in den Griff bekommen würde.

»Wo hat er denn das blaue Auge her?«, fragte Ally neugierig und legte geistesabwesend ihre Hand auf meinen Arm. Ich entspannte mich etwas, doch ich konnte spüren, dass es ihr ebenso schwerfiel, ruhig zu bleiben.

Und tatsächlich. Die rechte Gesichtshälfte des Werwolfs war geschwollen, und selbst auf die Entfernung konnte ich erkennen, dass sie sich rot und blau färbte.

Derek räusperte sich erneut.

»Meine Güte«, fuhr ich ihn an. »Kannst du nicht ein einziges Mal einfach sagen, was du zu sagen hast? Dieses Geräuspere treibt mich in den Wahnsinn, weil ich genau weiß, dass schlechte Neuigkeiten folgen.«

Er warf mir einen verletzten Blick zu, doch dann zuckte er mit den Achseln. »So schlecht sind sie gar nicht. Das blaue Auge stammt von Ryan.«

Verblüfft stieß ich den Atem aus.

»Die beiden hatten gleich bei ihrer ersten Begegnung eine Meinungsverschiedenheit – bei der es um dich ging, wie ich herausgehört habe«, fuhr Derek fort.

Das sah dem Vampir ähnlich. Wir hätten uns bis aufs Blut streiten können, und dennoch würde er immer wieder für mich in die Bresche springen. Wieder überkam mich ein Anfall schlechten Gewissens, weil wir uns so voneinander entfernt hatten, obwohl mein Herz immer noch nach seiner Nähe schrie. Vielleicht war es an der Zeit, dass wir wieder versuchten, normal miteinander umzugehen.

»Ich schätze, ich sollte mich bei ihm bedanken«, brummte ich und beobachtete finster, wie Jonathan den Saal verließ.

Ryan allerdings war nirgendwo zu sehen. Dafür traf mein Blick auf Vanessa.

»Hey, Barbie ist auch wieder zurück.«

Nachdem sie so schwer von einem Maira verletzt worden war, dass ich ihr mit meiner Magie das Leben retten musste, wusste ich nicht einmal, wie wir nun zu einander standen. Ihr Vater, Henry Cole, hatte sie nach der Verletzung für den Rest des Schuljahres nach Hause geholt. Sie sah definitiv besser aus als an dem Tag, an dem ich sie im Krankenflügel besucht hatte. Dennoch wirkte sie verändert. Es dauerte eine Weile, bis mir klar wurde, warum. Sie war nicht wie üblich von einer Schar ihrer Anhänger umgeben, sondern aß gesittet mit ihren Freundinnen an einem Tisch. Mit dem glänzenden blonden Haar und dem ebenmäßigen Gesicht war sie noch immer eine Schönheit, doch wirkte sie fast … normal.

»Hört zu«, sagte ich, »ich glaube, es wird Zeit, dass ich mich mit Ryan versöhne und wir endlich über diese ganze Vampir-Mensch-Geschichte reden.«

Derek und Ally nicken zustimmend, während Chaz nur die Stirn runzelte. Ich erhob mich unsicher.

»Wir sehen uns beim Abendessen«, erwiderte meine beste Freundin, und ich winkte ihnen zu, wobei ich betete, Jonathan nicht über den Weg zu laufen.

Ich lief über den Campus und genoss die warmen Sonnenstrahlen, die es durch das dichte Blätterdach der Buchen schafften und goldene Flecken auf die saftige Wiese warfen. Einige Schüler hatten sich auf Picknickdecken niedergelassen oder an Baumstämme gelehnt, schnatterten oder waren in Bücher vertieft. Der friedliche Anblick stimmte mich positiver, allerdings war Ryan nicht zu sehen. Ich wandte mich nach links, wo ich es an dem riesigen See versuchte, der hinter dem Doppelwohntrakt der Vampire und Werwölfe lag. Der feine Sandstrand strahlte hell, und das blaue Wasser versprach eine angenehme Abkühlung. Neidisch blickte ich auf eine Schar Jungen, die sich wagemutig in das kühle Nass stürzten. Schon jetzt klebte mir das helle T-Shirt am Rücken, und die Dreiviertelhose lag eindeutig zu eng um meine Hüften. Ein luftiger Rock wäre klüger gewesen, notierte ich mir in Gedanken.

Nachdem ich Ryan auch hier nicht gefunden hatte – was im Angesicht der Tatsache, dass Vampire die Sonne zwar vertrugen, aber dennoch mieden, gar nicht so überraschend kam –, lief ich zurück zum Vampirwohntrakt und trat, ohne zu zögern, in den Aufenthaltsraum. Einige der älteren Schüler begrüßten mich knurrend, sie sahen mich nicht zum ersten Mal hier. Doch diejenigen, die heute ihren ersten Schultag hatten, hoben verwundert den Kopf. Für gewöhnlich wurde das Heim der Vampire von Hexen und Mondkindern gemieden, da Vampire nicht gerade gesellig und für ihre Aggressivität bekannt waren. Aber hey, ich war ein Halbdämon. Wahrscheinlich wäre ich für sie das größere Monster gewesen, wenn sie es gewusst hätten.

Dennoch konnte ich ein schauriges Gefühl nicht unterdrücken. Nennt es klischeehaft, aber Vampire stehen nun einmal auf Schwarz. Entweder hatte man das bei der Einrichtung ohnehin schon berücksichtigt oder die Schüler hatten sich durchgesetzt, und so unterschied sich der Aufenthaltsraum um Längen von unserem. Während sich im

Hexenwohntrakt der barocke Stil des Schulgebäudes widerspiegelte und wir auf gemütlichen Polstersesseln am großen Kamin lümmelten, umgeben von Gold-, Braun- und Rottönen, war es bei den Vampiren einfach nur *cool*. Die großen, weißen Sofas und Sessel bildeten einen guten Kontrast zu schwarzen Kissen und Überdecken, selbst die Vorhänge der Fenster glänzten schwarz und waren mit silbernen Ornamenten verziert. Passend dazu gab es einen blutroten Teppich und alles in allem wirkte der Raum viel moderner als der Aufenthaltsraum der Hexen. Selbst die Tapete war an zwei Wänden schwarz. Ich zwang mich, den Blick von der metallenen Küchentür abzuwenden und den Gedanken zu ignorieren, dass sich in dem großen Kühlschrank zahlreiche Blutbeutel befanden, die die Vampire schlürften wie Trinkpäckchen.

Ryan war nirgendwo zu sehen, also versuchte ich es im ersten Stock, wo sich sein Zimmer befand. Bevor ich allerdings seine Tür erreichen konnte, sprang sie auf, und ein Vampirmädchen aus dem zweiten Jahrgang trat heraus. Ich kannte sie vom Sehen, doch mir wollte der Name nicht einfallen. Ihr blonder Bob war mit lila Strähnen durchsetzt, und sie strich sich die Haare adrett hinter das Ohr. Das schlanke Mädchen war mit ihrer ebenmäßigen, bleichen Haut und vereinzelten Sommersprossen sehr hübsch. Ich konnte einen schmalen, dunkelblauen Ring um die sonst so glänzenden und rabenschwarzen Augen erkennen. Als sie mich sah, versteinerte sich ihr Gesichtsausdruck unmerklich. Ich blieb stehen.

»Hi«, sagte ich lahm und war mir durchaus bewusst, dass ich sie anstarrte. Sie sah *wirklich* gut aus.

»Hallo«, sagte sie kühl und rauschte elegant an mir vorbei. Gott, wie schafften es diese Vampire nur, sich so geschmeidig zu bewegen? Ich zwang mich dazu, nicht darüber nachzudenken, was sie gerade in Ryan Zimmer zu suchen gehabt hatte, und klopfte leise an seine Tür. Als ich eintrat, schlug mir der vertraute Duft nach Mandeln, vermischt mit einer düsteren Vampirnote, entgegen. Ryan lümmelte auf seinem Bett, das mit schwarzer Satinbettwäsche überzogen war. Bei seinem Anblick setzte mein Herz aus, deshalb konzentrierte ich mich für einen Moment auf das große Harley-Davidson-Poster an der Wand.

Seine schwarzen Locken waren wie üblich zerzaust, und er blickte mich prüfend aus seinen hellen blauen Augen mit den großen schwarzen Pupillen an. Sein Blick schrie förmlich so etwas wie »Was willst du hier?«, doch er wartete stumm darauf, dass ich etwas sagte. Still verfluchte ich meinen Mut, der mich soeben wie ein verängstigter Welpe verlassen hatte.

»Ich wollte mit dir reden. Zum einen habe ich gehört, dass du dich bei Jonathan für mich eingesetzt hast, also, dafür schon mal danke, und außerdem sollten wir endlich unser Kriegsbeil begraben, findest du nicht auch?«

Ryan blickte mich weiter nur etwas verwundert an. Konnte er nicht wenigstens etwas sagen und mich nicht ganz so dumm dastehen lassen?

»Hör zu, diese ganze Geschichte mit der Befreiung von deinem Vampirdasein ist wirklich kompliziert. Wir sollten uns noch einmal darüber unterhalten, warum …«

»Ist schon okay«, unterbrach er mich, und nun war es an mir, ihn verwirrt anzusehen und den Mund zuzuklappen. Seine Stimme klang rau und verführerisch, sodass kleine Schauder über meinen Rücken jagten. Sein Gesichtsausdruck drückte allerdings nur Desinteresse aus.

»Wie meinst du das?«

Er stand seufzend vom Bett auf. Fast erwartete ich, dass er mich in den Arm schließen und mir einen Kuss auf die Stirn drücken würde, um mir zu sagen, dass alles wieder gut wäre. Dass die Sachen, die zwischen uns passiert waren, einfach vergessen waren und wir wieder von vorne beginnen sollten. Ein kleiner Teil von mir hoffte es sogar. Stattdessen schlenderte er zu seinem Schreibtisch und goss sich ein Glas beunruhigend dickflüssigen, dunkelroten *Saft* ein, während ich verloren in seinem Zimmer stand und nicht wusste, was ich mit meinen Händen anstellen sollte.

»Ich meine damit, dass es okay ist. Ich habe lange darüber nachgedacht, und du hattest recht. Mich zu einem Menschen zu machen ist nicht die Lösung. Das Vampirdasein gehört zu mir, es ist ein Teil von mir, und ich werde damit umgehen müssen.«

Mein Mund wurde trocken. Ja, aber es ist genau der Teil von dir, den du aufgeben wolltest, um mit mir zusammen zu sein, schrie eine leise Stimme in meinem Hinterkopf. War ich wirklich gerade gekränkt, weil ihm das Menschsein plötzlich so gleichgültig zu sein schien? Bedeutete es, dass ich ihm mittlerweile auch gleichgültig war? Andererseits war es doch genau das, was ich wollte, nämlich, dass er weiterhin Vampir blieb. Ich hatte mit einer hitzigen Diskussion gerechnet und mir allerlei Argumente dafür zurechtgelegt. Und nun war es so einfach. Wo also lag das Problem?

»Okay, also dann, schön, dass wir das geklärt haben«, antwortete ich stotternd und völlig aus der Bahn geworfen.

»Ja«, sagte Ryan distanziert.

»Ähm, ich sollte dann wohl gehen«, erwiderte ich zögernd.

»Ja.«

Wow, das klang ja dann schon fast wie ein Rausschmiss. Verwirrt drehte ich mich in der Tür noch einmal zu ihm um.

»Ich habe dich vermisst«, rutschte es aus mir heraus, bevor ich mich bremsen konnte. Leise fiel die Tür hinter mir ins Schloss. Wie erstarrt blieb ich einen Moment im Korridor stehen und atmete tief durch. Mir war durchaus aufgefallen, dass Ryan mir nicht geantwortet hatte.

Kapitel 4

Ich war verwirrt und frustriert, als ich meinen Freunden beim Abendessen von meinem Besuch bei Ryan erzählte.

»Vielleicht war er einfach nur überrascht, dass du da warst, und braucht noch ein bisschen Zeit. Ihr habt immerhin monatelang nicht miteinander geredet«, sagte Ally mitfühlend.

»Kann schon sein«, murmelte ich achselzuckend, doch ich kam nicht umhin, mir ehrlich einzugestehen, dass ich verletzt war. Es war ja nicht so, als wären die letzten Monate spurlos an mir vorbeigegangen. Ich hatte ständig an ihn gedacht und unsere Späße und die Vertrautheit vermisst.

Selbst als meine Gefühle nach Nathans Tod Achterbahn gefahren waren und mich der Schmerz wegen Ryans Verschwinden im letzten Jahr davon abgehalten hatte, mich wieder vollkommen auf eine Beziehung mit ihm einzulassen, war ich froh über unsere distanzierte Freundschaft gewesen. Der Streit und die Monate des Schweigens hatten mich sehr belastet, denn der Vampir gab mir Halt, und ja, ich liebte ihn. Es brachte mich nicht weiter, das zu verleugnen. Wieso also hatte ich nicht einfach über meinen Schatten springen und einen Neuanfang mit ihm wagen können, als er mir ebenfalls seine Liebe gestanden hatte? Wieso hatte ich diese wichtigen Worte nicht über meine Lippen gebracht?

Mir wurde klar, dass ich zu zögerlich gewesen war. Ich hatte lange Zeit gebraucht, um über Nathans Tod hinwegzukommen. Ich hatte abwarten wollen, bis ich mir wieder vollkommen sicher war, was Ryan anging, und dabei glatt aus den Augen verloren, dass ich doch längst wusste, es würde nie einen anderen für mich geben. Selbst Nathan hatte es damals schon gewusst. Und nun begegnete Ryan mir mit einer Gleichgültigkeit, die mich schockierte. Wollte er mich tatsächlich nicht mehr? Oder war ihm einfach nur klar geworden, dass wir im Prinzip keine gemeinsame Zukunft hatten? Hatte er aufgegeben?

Ich weigerte mich, das zu glauben, und stocherte lustlos in meinem Salat herum. Vielleicht brauchte er tatsächlich nur etwas Zeit, oder er wollte mir eins auswischen.

»Da ist er«, räusperte sich Derek, doch erst als Chaz ein langes »Ohhhooo« ausstieß, hob ich den Kopf. Ich hätte es lassen sollen. Ryan suchte sich gerade einen freien Tisch im Speisesaal, dicht gefolgt von dem blonden Vampirmädchen mit den lila Strähnen, die ihm demonstrativ die Hand an den Rücken legte.

Als hätte sie unsere Blicke auf sich gespürt, wandte sie sich um, sah mir direkt in die Augen und … mir fiel die Kinnlade herunter.

»Hat sie mich gerade angefaucht?«, fragte ich fassungslos, während mein Bruder sich vor Lachen verschluckte und in sein Colaglas prustete. Mit einem wütenden Blick brachte ich ihn zum Schweigen, bevor ich beobachtete, wie das Vampirmädchen meinem *Ex*freund an den Tisch folgte. Für meinen Geschmack saß sie viel zu nah bei ihm.

»Sie hat auf jeden Fall die Zähne gebleckt«, sagte Alissa, die nicht weniger verdattert war als ich. »Ist das seine Neue?«

»Sie heißt Elaine, wenn mich nicht alles täuscht«, murmelte Derek.

»Auf jeden Fall ist sie echt eine Granate«, stieß Chaz gebannt aus, womit er sich einen Fußtritt von Alissa einfing. Schlagartig wurde ihm klar, dass er es laut ausgesprochen hatte, und er bedachte mich mit einem entschuldigenden Blick. Aber ich musste ihm recht geben.

Ich hatte sie bisher kaum beachtet, da die Vampire meist unter sich blieben und sie ein Jahr jünger war als wir. Wir hatten dementsprechend keine Kurse zusammen. Doch je länger ich sie beobachtete, umso erstaunlicher fand ich es, dass ich ihr nie einen zweiten Blick geschenkt hatte. Chaz hatte es auf den Punkt gebracht. Sie war eine Granate.

Elaine hatte einen schlanken, gut gebauten Körper und bewegte sich dazu mit einer Eleganz, mit der nicht einmal Ally mithalten konnte. Ihre glatten, blonden Haare streiften ihre Schultern und umrahmten ein Gesicht, das zu einem Engel ebenso passen konnte wie zu einer Rachegöttin. Und anscheinend hatte sie mein Besuch bei Ryan nicht gerade begeistert.

»Ich glaube, das sollte eine Warnung sein«, sprach Derek das aus, was wir alle dachten.

»Entschuldigt mich. Ich muss mich mal eben übergeben.« Zerknirscht stand ich auf und ging auf den Ausgang zu, darum bemüht, nicht zu eilige Schritte zu machen. Trotzdem spürte ich die Blicke einiger Schüler auf mir, denen Ryan und sein Auftauchen mit einer Anderen wohl ebenso wenig entgangen war. Super, mein letztes Jahr an der Akademie würde also mit dem Status der frustrierten Exfreundin beginnen.

In der Eingangshalle traf ich auf Jonathan, der mit einem seiner Kumpels gerade auf dem Weg zum Essen war. Das Gesicht des Werwolfs versteinerte sich, jedoch nicht, bevor ich einen Anflug von Unsicherheit darauf erkennen konnte. Ich ballte die Hände zu Fäusten und riss mich zusammen. In meiner jetzigen Verfassung konnte schon eine Kleinigkeit dafür sorgen, dass meine Gefühle überkochten, und so gab ich mich damit zufrieden, ihn wütend anzufunkeln. Ich konnte die Erleichterung in seinen Augen erkennen, als er bemerkte, dass ich nur wortlos an ihm vorbeieilte.

Fühl dich nicht zu sicher, mein Freund. Wir unterhalten uns noch.

Die nächsten Tage vergingen rasend schnell, was nicht zuletzt daran lag, dass wir nun im letzten Schuljahr waren – und die Lehrer offenbar das nachholen wollten, was sie bisher versäumt hatten. Wir bekamen schon in der ersten Woche solche Unmengen von Hausaufgaben auf, dass ich mich fragte, ob ich bis zu meinem dreißigsten Geburtstag wohl damit fertig werden würde. Wahrscheinlich nicht.

Im Dämonologieunterricht wurde ich weiter von Mr. Sheffield, dem untersetzten Lehrer mit der dicken Brille und den wässrig-grünen Augen, gefoltert. Schon nach der vierten Stunde am Montag war ich kurz davor, ihm einmal eine kleine Kostprobe von meiner »grauenhaft schlechten Kontrolle über meine Kräfte« zu geben, als kurz die Lampen flackerten, weil er mich pausenlos angebrüllt hatte, ob ich die letzten beiden Jahre in seinem Fach nur geschlafen hätte und dass ich es doch »besser wissen« müsste. Eine kleine Anspielung auf meinen Trip in der Unterwelt. Doch während alle anderen sich schließlich seit Jahren mit ihrem einzigen Spezialgebiet beschäftigten, hatte ich acht Fähigkeiten, mit denen umzugehen ich zu lernen hatte. Und ja, manchmal hatte ich Probleme dabei, diese unendliche Macht in mir zu bändigen.

Für die Fächer Waffenkunde, Grundlagen der Mairajagd und Offensive Magie hatten wir einen neuen Lehrer bekommen – Mr. Marlow. Er war ein Jäger der Verborgenenorganisation, der uns mit grimmigem Blick unter einem rötlichen und lockigen Vollbart beobachtete. Schon nach der ersten

Stunde war klar, dass für uns ein hartes Training auf dem Programm stand. Der schrille Ton seiner Trillerpfeife ließ uns zusammenzucken, sobald wir auch nur an eine Pause dachten.

Ich hatte nichts dagegen einzuwenden, so blieb ich wenigstens im Training, während ich mit unserer neuesten Waffe, einem Doppelklingenschwert, mit meinen Mitschülern oder gegen die Hartgummipuppen kämpfte. Es war ein angenehmer Ausgleich zu den vielen Hausaufgaben, obwohl ich mich abends fühlte, als hätte mich jemand durch den Wolf gedreht. Verteidigung hatten wir weiterhin bei Mrs. Evans. Die rothaarige und zierliche Vampirin war seit Nathans Tod Schulleiterin, und wir kamen recht gut miteinander aus.

Auch im Magieunterricht begrüßte uns ein neuer Lehrer. Mr. Yannick war ein fleißiger Mann mit schütterem grauen Haar und Brille. Mit einem freundlichen Lächeln, das mich ein bisschen an ein Frettchen erinnerte, strahlte er uns an.

»Ich freue mich, dass ich in diesem Jahr für Ihre Ausbildung im Bereich Magie zuständig sein darf. Zu Anfang vielleicht eine kleine Demonstration, wozu Magie angewendet werden kann und wie die einzelnen Spezialgebiete aussehen. Miss Benett, wenn ich Sie dazu nach vorne bitten dürfte.«

Ich verkniff es mir zu sagen, dass wir die Spezialgebiete durchaus alle kannten und er es nicht mit der ersten Klasse zu tun hatte, denn ich wollte es mir nicht gleich von Anfang an mit ihm verscherzen, und Mr. Yannick schien wirklich nett zu sein. Also riss ich mich zusammen und spielte das Zirkusäffchen für ihn.

Demonstrativ stellte er mir einen aus Holz geschnitzten Becher vor die Nase und füllte ihn mit Wasser, woraufhin er mich abwartend anblickte. Achselzuckend schloss ich für einen Moment die Augen und suchte nach meiner inneren Energiequelle. Wie üblich sah ich das Geflecht aus flüssigen, saphirblauen Pranasträngen, die wild glitzernd und funkelnd vor meinem inneren Auge wirbelten. Ich konzentrierte mich darauf, sie zu einer einzigen, leuchtenden Kugel zusammenfließen zu lassen und im Bruchteil einer Sekunde breitete sich ein warmes Gefühl in meiner Brust aus. Die Kraft meiner Magie floss für einen Moment durch meine Arme und Fingerspitzen, bevor ich sie dazu benutzte, meine Gedanken zu verstärken. Mit zusammengekniffenen Augen blickte ich auf den Becher vor mir und stellte mir vor, wie das Wasser sich erhitzte.

Ein metallischer Geschmack breitete sich auf meiner Zunge aus, und ich spürte den leichten Wind, der meine langen Haare schweben ließ. Das Wasser begann zu dampfen, und Mr. Yannick klatschte begeistert in die Hände.

»Sehr gut. Weiter geht's.«

Anstatt einen weiteren Schüler aufzurufen, blickte er mich erwartungsvoll an. Ohne Frage hatte er von meinen Fähigkeiten gehört. Seufzend konzentrierte ich mich noch einmal auf den Becher, und die Flüssigkeit kühlte ab, bis ich den schimmernden Glanz des Eises sehen konnte. Der Magielehrer stellte den Becher auf den Kopf und klopfte, bis der runde Eiszylinder herausfiel. Noch bevor er fertig war, ließ ich den leeren Becher neben seinem Kopf schweben und demonstrierte die Telekinese. Wenn er eine Show haben wollte, dann sollte er sie auch bekommen. Kleine Schweißperlen bildeten sich auf meiner Stirn, als ich den Becher weiter schweben ließ und die Makropsychokinese einsetzte, woraufhin sich das Holz verbog und umformte, sodass ein kleines und einfaches Boot daraus wurde.

Mr. Yannick schnappte beeindruckt nach Luft, obwohl das Boot nicht gerade von Kreativität und einer außergewöhnlichen Gabe für die Verformung von Gegenständen zeugte. Ich überlegte kurzzeitig, ob ich das Holz des Bechers mit der Pyrokinese entzünden sollte, auch wenn ich sie schon bei der Erhitzung des Wassers demonstriert hatte. Allerdings war ich mir nicht sicher, ob offenes Feuer hier erlaubt war.

»Sehr gut«, rief Mr. Yannick erneut, und es war mir fast schon peinlich, mit welcher Begeisterung er mich ansah und auf die Lampe über der Tafel zeigte.

»Mr. Yannick, ich bin mir nicht sicher, ob das so eine gute Idee ist«, sagte ich kleinlaut, denn erst im letzten Jahr hatte ich eben diese Lampe zum Platzen gebracht. Das Beeinflussen elektronischer Schaltkreise war nicht gerade meine Stärke und erforderte viel Feingefühl.

»Papperlapapp, was soll schon großartig passieren. Wir haben ein ganzes Lager voller Glühbirnen, und niemanden wird es interessieren, wenn eine davon kaputtgeht.«

»Auf Ihre Verantwortung«, murmelte ich und setzte die Mikropsychokinese ein. Zu meinem Erstaunen flackerte die Lampe kurz und leuchtete dann hell auf, bevor ich den Energiefluss hastig kappte. Bis zum Ende der Stunde musste ich zudem meine Haarfarbe mit der Biokinese ändern, einen leichten Wind durch den Klassenraum jagen und eine Ladung magnetischer Büroklammern auf seinem Schreibtisch sammeln. Erschrockenes Keuchen war ertönt, als die Büroklammern von zusammengestellten Papieren und aus den Federmappen der Schüler wie von Geisterhand auf den Tisch zu schossen und dort eine metallische Kugel bildeten. Der Lehrer räusperte sich nur, als sich auch drei Schrauben seines Stuhles lösten und vor uns schwebten.

»Erinnern Sie mich daran, dass ich mich nachher nicht setze«, flüsterte er mir verschwörerisch zu, und ich musste ein Lachen unterdrücken. Als ich zu meinem Platz zurückkehren wollte, hielt er mich jedoch auf.

»Miss Benett, ich glaube, Sie haben noch etwas vergessen.«

Ich runzelte die Stirn, als er mich erwartungsvoll anblickte.

Ich hatte alle acht Spezialgebiete vorgeführt, doch dann dämmerte es mir.

Er wollte, dass ich meine Energie direkt benutzte, ohne sie mit einer speziellen Fähigkeit zu verbinden. Nur wenige Hexen waren dazu in der Lage, und selbst Mrs. Grant, Nathan und Mr. Sheffield, die zeitweise für unseren Magieunterricht zuständig gewesen waren, hatten es gemieden, mich vor diese Aufgabe zu stellen.

Also schön, wenn er es unbedingt sehen wollte ... Ich konnte ihm später immer noch sagen, dass diese Anwendung von Magie eigentlich zu gefährlich war, um sie in der Klasse vorzuführen.

Die Pranakugel in meiner Brust pulsierte noch immer, als ich die Magie statt zu meinen Gedanken einfach in meine Hände fließen ließ und diese ausstreckte. Eine leuchtend hellblaue Kugel bildete sich auf meiner Hand und waberte flüssig, während kleine blaue Lichtblitze sie umschlossen.

Im Klassenzimmer war es schlagartig still geworden, und selbst Mr. Yannicks Augen weiteten sich. Ich spürte das Kribbeln und Knistern auf meiner Haut und konzentrierte mich wieder vollends auf die Kugel. Langsam ließ ich sie anschwellen, bis der Raum erfüllt war von dem blauen Schein, der sich in den beeindruckten Gesichtern der Schüler widerspiegelte. Die Kugel war etwa so groß wie ein Fußball, als ich den Energiefluss stoppte. Angestrengt biss ich mir auf die Lippe und versuchte, die Kugel eine Weile zu halten. Der schwierigere Teil war, die Energie langsam wieder in meinen Körper zurückfließen zu lassen, ohne dass sie mich verbrannte. Ich konnte schlecht eine Energiekugel mitten im Klassenzimmer loslassen.

Gerade, als ich die Prana vorsichtig zurück in meine Hände fließen ließ, öffnete sich die Tür zum Klassenraum, und ein Schüler steckte den Kopf herein. Ich machte den

Fehler, einen flüchtigen Blick auf ihn zu werfen. Sofort versteifte ich mich, und mein Herz begann zu rasen, während Wut mich erfasste. Das leuchtende Blau der Kugel änderte sich in dem Moment, als die Gefühle meine Kontrolle beeinflussten, zu einem düsteren Mitternachtsblau. Plötzlich schwoll die Kugel an. Einige der Schüler hielten sich die Hände vor die Augen und duckten sich unter die Tische.

Nein, das durfte nicht sein. Wenn ich jetzt die Kontrolle verlor, konnte ich den ganzen Klassenraum in Schutt und Asche legen. Mit zusammengebissenen Zähnen zwang ich meine Gedanken dazu, sich von Jonathans erschrockenem Gesicht abzuwenden und sich wieder auf meine Energiekugel zu konzentrieren. Mit aller Macht drängte ich sie dazu, die knisternde Prana wieder in mich zurückzuziehen. Es gelang mit einem Zischen, und eine Druckwelle blies Papiere und Hefte von den Tischen, während die Energie in mein Inneres zurückschoss und mir den Atem raubte. Jede Faser meines Körpers brannte wie Feuer, ich ging in die Knie und rang keuchend nach Luft, bis mir endlich ein erlösender Atemzug gelang. Am ganzen Körper bebend blieb ich einfach auf Knien und Ellenbogen liegen, der Schmerz verebbte langsam und ließ mich ausgelaugt und erschöpft zurück. Zögernd trat Mr. Yannick an meine Seite, doch obwohl er besorgt die Hand ausstreckte, berührte er mich nicht. Kein Wunder, denn immer noch wanderten blaue Pranablitze über meine Haut und drangen aus meinen Poren.

»Sie sollten das nächste Mal vielleicht jemand anderes die Vorstellung machen lassen«, presste ich trocken hervor, als ich meine krächzende Stimme wiedergefunden hatte.

»Ja«, stammelte der Lehrer und versicherte sich etwa fünf Minuten lang, ob es mir wirklich gut gehe, bevor er sich endlich Jonathan zuwandte, der nur eine Nachricht der Schulleiterin überbrachte.

Mr. Yannick ließ nicht mit sich reden, und so fand ich mich ein paar Minuten später zusammengesunken im Krankenflügel wieder, wo Mrs. Iwanow mir ein Getränk einflößte, das schrecklich bittere Kräuter enthielt und mich würgen ließ.

»Ist gegen Pranaverbrennung«, knurrte die mürrische Frau mit dem bonbonrosa Haar und dem russischen Akzent. Ich zwang mich dazu, den Becher zu leeren, damit ich schnellstmöglich wieder verschwinden konnte. Und tatsächlich fühlte ich mich etwas besser, als ich zum Mittagessen in den Speisesaal wankte. In der Tür traf ich auf Christine Owen, die Elektrohexe aus meinem Kurs. Doch als ich sie grüßen wollte, machte sie mir hastig Platz und wich mir mit etwas ängstlichem Gesicht aus.

Kopfschüttelnd ging ich weiter. Offenbar hatte mein gerade noch so verhinderter Energieausbruch einige erschreckt, allerdings wunderte ich mich, dass ich anscheinend wie eine tickende Zeitbombe aussah. Vielleicht lag es daran, dass meine Haare abstanden, als hätte ich in eine Steckdose gefasst.

Alle meine Freunde saßen an unserem üblichen Tisch. Stirnrunzelnd nahm ich zur Kenntnis, dass Chaz beim Reden mit Alissa die Hand auf ihr Bein legte. Die beiden gingen in letzter Zeit wahnsinnig vertraut miteinander um.

Zu meiner Überraschung saß auch Don wieder bei uns und lächelte mich schüchtern an. Derek hatte den Arm um seine Schultern gelegt, und ich unterdrückte ein Seufzen. Nachdem ich ihnen nach einer halben Ewigkeit klargemacht hatte, dass ich nicht jeden Moment ohnmächtig vom Stuhl kippen würde, besorgte mir Derek etwas zu essen. Einen Moment später fand ich mich hinter einem Stapel von Tellern wieder, auf denen sich Burger, Pommes, Salat und Schokoladenkuchen türmten. Mir lag der Kräutertrunk noch immer schwer im Magen, doch ich verzichtete darauf,

Derek zu sagen, dass es durch das Essen keineswegs besser werden würde. Er meinte es ja doch nur gut.

Ein Blick durch den Saal verriet mir, dass ich mal wieder für Gesprächsstoff gesorgt hatte, denn ich sah mehrere Schüler, die miteinander tuschelten und verstohlen in meine Richtung blickten. Natürlich waren auch Ryan und Elaine an ihrem Tisch in der hintersten Ecke des Saals. Meine Eingeweide verkrampften sich, als ich sah, wie vertraut Elaine mit Ryans Freunden sprach. Es war kaum zu übersehen, dass sie als Vampir einfach dazugehörte.

Die Stille an unserem Tisch verriet mir, dass auch die anderen meinem Blick gefolgt waren. Ich biss die Zähne zusammen, um die Tränen zu unterdrücken, als Elaine sich zu Ryan beugte und ihm einen Kuss auf die Wange hauchte, bevor sie elegant den Speisesaal verließ, wobei ihr nicht wenige anerkennende Blicke folgten. In der engen schwarzen Hose und dem schwarzen Trägertop sah sie einfach nur heiß aus.

»Hör mal, Jill«, begann Derek vorsichtig. »Ich weiß, du hängst noch sehr an ihm, aber vielleicht ...«

Mit einem Blick brachte Alissa ihn zum Schweigen. Ich wusste trotzdem, was er zu sagen hatte. *Vielleicht ist es besser so.* Es stand außer Frage, dass es so besser war. Ryan hatte nun endlich die Möglichkeit, eine richtige Beziehung einzugehen, mit allem, was dazu gehörte. Wir hatten es nicht weiter als zu intensiven Küssen gebracht, aus Angst, er würde die Kontrolle gänzlich verlieren. Ich hatte ihn nicht weiter gedrängt, auch wenn ich mir wirklich mehr gewünscht hätte. Ich war neunzehn Jahre alt, natürlich wollte ich nicht mehr nur Händchen halten.

»Ich glaube einfach nicht, dass er keine Gefühle mehr für Jill hat«, sagte Alissa entschlossen, und ich blinzelte sie an.

»Du müsstest es doch eigentlich am besten wissen«, sagte ich. Sie schüttelte nur niedergeschlagen den Kopf.

»Ryan hat es irgendwie geschafft, seine Gefühle vor mir zu verbergen.«

Erstaunt hob ich die Augenbrauen, doch mir entging nicht, dass Chaz nervös auf seinem Platz hin und her rutschte. Nach einem Räuspern bestätigte er mir, was ich schon geahnt hatte.

»Das geht dann wohl auf meine Kappe. Ryan wollte wissen, wieso Ally meine Gefühle nicht spüren kann. Er hat mir nicht geglaubt, dass es damit zusammenhängt, was ich bin. Schließlich kann sie Jills Gefühle auch spüren. Also habe ich ihm erklärt, dass dies alles eine Sache der Beherrschung ist. Na ja, offensichtlich hat er geübt.«

»Schon gut«, seufzte ich, aber ich konnte keinem von beiden einen Vorwurf machen. Die Gefühle eines Menschen zu spüren, war ein Eingriff in die Privatsphäre, und für gewöhnlich verlor Alissa kein Wort darüber. Nur für mich machte sie ab und zu eine Ausnahme.

»Hört mal«, begann ich und rieb mir über die Augen, »ich habe echt genug für heute. Könnt ihr mich bitte für den Sportunterricht entschuldigen? Meine Beine schaffen heute sowieso keinen Tausend-Meter-Lauf.«

Ohne eine Antwort abzuwarten, erhob ich mich ächzend. Alissa und Chaz folgten mir, wahrscheinlich, um sicherzugehen, dass ich mich auch tatsächlich zum Hexenwohntrakt begab, um mich dort auszuruhen. Zwei Schüler sprangen mir hastig aus dem Weg, als ich mir einen Weg durch die Tische bahnte, und plötzlich hatte ich das Gefühl, das Gemurmel im Saal würde anschwellen. Die Stimmen wurden zu einem monotonen Summen, als wäre ein Schwarm Fliegen in den Saal eingedrungen. Misstrauische Gesichter folgten mir, doch immer, wenn ich aufblickte, sahen sie hastig weg.

»War das wirklich so spektakulär heute Morgen?«, fragte ich an Chaz und Alissa gewandt, doch die beiden zuckten nur mit den Achseln. Es war nicht das erste Mal gewesen, dass ich eine Magiekugel hervorbeschworen hatte, und schließlich war keiner außer mir zu Schaden gekommen.

Als wir durch das Haupttor traten, trafen mich die Strahlen der Sonne, und erst jetzt fiel mir auf, wie die Kälte in meinen Knochen gesteckt hatte. Auf dem Campus standen einige Schüler in Grüppchen, und auch hier schien es ein besonderes Gesprächsthema zu geben. Ich sperrte die Ohren auf, um herauszufinden, welche Gerüchte im Umlauf waren. Doch als ein Gesprächsfetzen an mein Ohr drag, wich schlagartig die Wärme der Sonne einem kalten Entsetzen, und ich erstarrte.

»... habe gehört, sie ist ein Dämon.«

Kapitel 5

Oh. Mein. Gott. Das musste ein Albtraum sein. Ich kniff mir in den Unterarm, um endlich aufzuwachen. Nichts. Ich stand noch immer wie gelähmt auf dem Hof vor dem Schulgebäude und starrte die Gruppe Schüler an. Sie bemerkten meinen Blick und eilten schleunigst zurück in die Akademie, wobei sie mich nicht aus den Augen ließen, als würde ich mich auf der Stelle in ein schreckliches Monster verwandeln. Das durfte doch wohl nicht wahr sein!

Es dauerte nicht lange, bis ich meine Fassung wiedererlangt hatte.

»Jill, warte!«, rief mir Alissa hinterher, doch ich ignorierte sie und stapfte entschlossen weiter. Das Entsetzen, das von mir Besitz ergriffen hatte, war zuerst Verwirrung und dann unbändiger Wut gewichen.

»Wo willst du denn hin?«, rief sie wieder und versuchte, mich an der Schulter zu packen, doch ich schüttelte nur wortlos ihre Hand ab.

»Was glaubst du wohl, wo sie hin will«, schnaubte Chaz und versuchte, mit mir und Ally Schritt zu halten. »Es gibt hier nur einen, der ihr Geheimnis ausplaudern würde.«

Chaz hatte recht, doch ich hätte nie erwartet, dass es wirklich so weit kommen würde.

»Diesmal hat er es zu weit getrieben«, knurrte ich.

Endlich schaffte es Alissa, mich zum Anhalten zu bewegen, indem sie sich direkt vor mein Gesicht stellte.

»Jill, beruhige dich endlich. Du handelst dir damit nur Ärger ein, und so, wie es aussieht, haben wir gerade echt ein schwerwiegendes Problem.«

Ich drängte mich an ihr vorbei und atmete tief durch, um mein rasendes Herz zu beruhigen und zu verhindern, dass die Magie, die plötzlich wie ein tosendes Meer gegen meine Brust schlug, sich selbstständig machte.

»Es reicht«, sagte ich mit zitternder Stimme und konnte mir vorstellen, dass mein Gesicht wutverzerrt war. »Ich habe fast eine ganze Woche lang meinen Mund gehalten und Jonathan weitestgehend ignoriert. Ich habe meine Vorwürfe gegen ihn geschluckt, und glaube mir, wenn ich ihn sehe, dann würde ich ihm am liebsten den Hals umdrehen. Aber damit ist er zu weit gegangen!«

Ohne Zögern lief ich am Hexenwohntrakt vorbei und steuerte direkt auf die Turnhalle zu.

»Chaz, tu doch etwas!«, jammerte Alissa, doch ich hörte ihn nur leise lachen.

»Und damit verpassen, wie sie diesem Typen eine Abreibung verpasst? Keine Chance!«

Ein frustrierter Laut glitt über Allys Lippen.

»Keine Sorge, ich passe schon auf, dass sie ihn nicht umbringt«, beruhigte er sie, und nun konnte ich ein bösartiges Schnauben nicht mehr unterdrücken. Im Moment verspürte ich tatsächlich den Drang, dem Werwolf sein Leben zu nehmen.

Vor der Turnhalle standen nur ein paar vereinzelte Schüler. Ich zog wütend die Augenbrauen zusammen und ballte die Fäuste, als ich Jonathan und zwei seiner Freunde unter ihnen erkannte. Der Werwolf erblickte mich schon von Weitem und murmelte etwas, bevor er sich eilig entfernte. *Ganz recht, lauf, wenn dir dein Leben lieb ist.*

Ich konnte Chaz und Alissa hinter mir keuchen hören, doch ich sagte ihnen nicht, dass sie zurückbleiben sollten. Vielleicht war es besser, wenn mich jemand bremsen konnte. Jonathan hielt auf den Wald zu, und ich verfluchte ihn leise. Wenn er gedacht hatte, sich vor mir verstecken zu können, dann hatte er sich geirrt. Gerade in dem Moment, als er die ersten Bäume erreichte und zu laufen begann, sandte ich eine Energiewelle und wandelte sie gedanklich zur Telekinese um. Bewegungslos blieb der Werwolf in der Luft hängen, ohne dass er sich rühren konnte. Ein paar eilige Schritte, und ich hatte ihn erreicht. Noch bevor ich die Telekinese-Klammer vollständig gelöst hatte, krachte er schon mit dem Rücken an einen Baumstamm, während ich ihm meinen Unterarm an die Kehle drückte.

»Was zur Hölle hast du ihnen erzählt?«, brüllte ich ihn an.

»Gar nichts«, krächzte er, und ich lockerte meinen Griff etwas, als ich sah, dass sein Gesicht eine leicht bläuliche Färbung annahm. Jonathan wehrte sich nicht, obwohl ich keine Magie mehr einsetzte und er mir kräftemäßig weit überlegen war.

»Spar dir die Lügen, du bist der Einzige außer meinen Freunden, der noch davon wusste. Hat es nicht gereicht, dass du bei der VO über mich ausgepackt hast? Weißt du eigentlich, was du mir damit antust? Was glaubst du wohl, was sie mit einem Dämon anstellen werden?!«

Jonathans Gesicht hatte jegliche Farbe verloren.

»Ich habe es weder der VO erzählt noch in der Schule verbreitet«, stieß er hervor. Ich lockerte meinen Griff, und er taumelte einen Schritt von mir weg, doch meine Prana brodelte heißglühend durch meine Adern, und ich hatte das Gefühl, jeden Moment zu platzen. Mit einem Knurren ließ ich einen Teil davon in meine Hände wandern und stieß dem Mondkind einen Pranaball entgegen. Die blauknisternde Energie traf Jonathan an der Brust und wirbelte ihn zehn Meter nach hinten, wo er auf dem trockenen Waldboden aufschlug.

»Raus mit der Wahrheit«, zischte ich. Meine Haare schwebten gefährlich in einem unsichtbaren Wind. Alles in meinem Körper verkrampfte sich, als meine Prana wild durch jede Faser glitt und die Stellen in Brand setzte, die erst vor wenigen Stunden verletzt worden waren und noch nicht die Möglichkeit zum Heilen gehabt hatten. Jonathans gelbe Augen weiteten sich, und er sah hilflos zu Chaz und Ally, die im Hintergrund darauf warteten, was ich mit ihm anstellen würde. Alissa ängstlich und Chaz erwartungsvoll.

»Ich habe niemandem etwas davon erzählt!«

»Seit ich an dieser Schule bin, hast du mir nichts weiter als Ärger eingebracht und versucht, mir das Leben schwer zu machen. Du hast es sogar in Kauf genommen, mich und meine Freundin an einen *Dämonenfürsten* zu verkaufen, nur um an mehr Macht zu gelangen.« Drohend stapfte ich auf ihn zu, und Jonathan kroch tiefer in den Wald, ohne mich aus den Augen zu lassen. »Du bist nichts weiter als ein mieses Stück Dreck, hinterlistig, verlogen und skrupellos. Wieso zur Hölle also sollte ich dir glauben?«

»Weil ich mich schon einmal mit einem von euch angelegt habe, und glaub mir, das passiert mir nicht wieder!« Die Verzweiflung gab ihm ein klein wenig Mut zurück, sodass er sich in dem Moment aufrichtete, als ich vor ihn trat. Er schaffte es, mir direkt in die Augen zu sehen, ohne zurückzuweichen.

»Leviathan hat aus meinem Leben die reinste Hölle gemacht«, zischte er. Einen Moment sah es so aus, als wolle er mir den Finger gegen die Brust drücken, dann überlegte er es sich aber doch anders. »Ihr Dämonen seid es, die skrupellos und eiskalt sind. Wenn du mich fragst, dann gehört euresgleichen ausgerottet oder wenigstens weggesperrt, aber ich werde nicht derjenige sein, der sich noch einmal mit einem Dämon anlegt. Von mir aus kannst du in der Hölle schmoren, Benett, aber nicht durch meine Hand.«

Er hat Angst, erkannte ich verblüfft und war für einen Moment sprachlos. Der Werwolf, der ohne Skrupel Informationen an den Dämonenfürsten verkauft und dabei Menschenleben aufs Spiel gesetzt hatte, durch den Leviathans Knecht es in die Realität geschafft und Nathan getötet hatte, stand hier und hatte vor *mir* Angst? War ich ein solches Monster, dass selbst jemand wie er Respekt hatte?

Doch als ich daran dachte, wie ich ihn vor wenigen Minuten noch durch den Wald gehetzt und angegriffen hatte, und wie ich noch in dieser Sekunde in Angriffshaltung verharrte, war ich mir selbst nicht mehr sicher. Verwirrt trat ich einen Schritt zurück, und Jonathan atmete erleichtert auf.

»Er sagt die Wahrheit, Jill. Er war es nicht.« Alissa musste seine Gefühle gespürt haben.

»Lauf«, flüsterte ich kaum hörbar, bevor ich wieder meine Beherrschung verlieren konnte. Der Werwolf nutzte den Moment und schob sich an mir vorbei, um wortlos auf den Waldrand zuzueilen. Fassungslos starrte ich ihm hinterher. Die Magie in meiner Brust drohte noch immer, mich zu überwältigen, und die Verzweiflung, die mich nun erfasste, machte die Situation nicht einfacher. Wortlos drehte ich mich um und ging etwas tiefer in den Wald, um die überschüssige Energie loszuwerden, bevor mir die Schmerzen in meinen Adern noch den Verstand raubten. Ein dumpfes Pochen in meinem Kopf hatte sich zu der Nervosität und Unruhe dazugesellt, die von mir Besitz ergriffen hatten.

Ein paar Schritte weiter blieb ich stehen und hob die Hände leicht an, während ich meine Telekinese-Gedanken verstärkte. Nach und nach erhoben sich sämtliche Blätter und Zweige im Umkreis von dreißig Metern und schwebten lautlos in die Höhe, um sanft wieder zu Boden zu fallen, bevor sie die Spitzen der Baumkronen erreicht hatten. Es kostete mich kaum Kraft und Energie, doch es war wenigstens eine harmlose Methode, meine Pranaquelle etwas zu entlasten.

Still beobachtete ich den sanften Blätterregen und die Sonnensprenkel, die das Blattwerk in unzähligen Grüntönen leuchten ließen. Gebannt schaute ich auf das Naturschauspiel und fühlte, wie ich mich etwas beruhigte, auch wenn meine Prana nur langsam abnahm. Der Druck hinter meinen Schläfen verringerte sich, doch sobald meine Gedanken zu dem eben Erlebten wanderten, packte mich schiere Ratlosigkeit.

Jemand hatte das Gerücht in die Welt gesetzt, ich sei ein Dämon. Ich hatte das Gefühl, mir würden schwierige Zeiten bevorstehen. Die Reaktion der Schüler am Morgen hatte mir gezeigt, auf was ich mich vorzubereiten hatte, und ich war mir sicher, dass das erst der Anfang war. Fieberhaft überlegte ich, ob ich ihnen weismachen könnte, dass das alles Unfug sei, doch tief im Inneren machte ich mir nichts vor. Dass ich sonderbar war und spezielle Fähigkeiten hatte, war allgemein bekannt. Nun hatten sie endlich eine Antwort auf alle Fragen, warum ich Dinge konnte, die andere nicht konnten, warum ich blaugrüne Augen hatte oder wie ich es schaffte, mich gegen zahlreiche Mairas und sogar Dämonenfürsten durchzusetzen, auch wenn Letzteres nur wenigen bekannt war.

Doch am meisten beunruhigte mich, wie die Wahrheit hatte an die Öffentlichkeit gelangen können. Die einzigen, die davon wussten, waren meine Freunde. Selbst die Schulleiterin, Mrs. Evans, sowie Mr. Sheffield und die wenigen Jäger der Verborgenenorganisation, die bei meinem Auftauchen in einem Beschwörungskreis dabei gewesen waren, waren nicht auf den Gedanken gekommen, dass es etwas mit meiner Herkunft zu tun haben könnte. Vielleicht hatten sie es geahnt, doch die Schulleiterin hatte alles daran gesetzt, mich vor zahlreichen Verhören der Verborgenenorganisation zu bewahren. Und selbst wenn sie etwas vermutet hätten, würden sie es nicht einfach unter den Schülern verbreiten, da war ich mir sicher. Nicht einmal meinem feindseligen Dämonologielehrer traute ich das zu, nachdem er sich zu meinem Erstaunen ebenfalls für mich eingesetzt hatte. Natürlich nicht so, dass ich es direkt mitbekam, aber Ally hatte es mir erzählt.

Es gab noch eine weitere Variante, doch ich weigerte mich, sie auch nur in Erwägung zu ziehen. Für Chaz, Derek, Don und Alissa würde ich meine Hand ins Feuer legen. Sie würden sich eher die Zunge abschneiden, als dieses Detail über mich zu verraten. Dasselbe hatte ich auch über Ryan gedacht, doch jetzt hatte sich die Situation zwischen uns verändert. Hatte er am Ende etwa Elaine davon erzählt? Gingen die beiden so vertraut miteinander um? Bei der Vampirin hatte ich keine Zweifel, dass sie über Leichen gehen würde, um mich aus dem Weg zu räumen und freie Bahn bei meinem Exfreund zu haben.

So oder so, jemand hatte alles daran gesetzt, mich in gewaltige Schwierigkeiten zu bringen. Selbst wenn es tatsächlich stimmen sollte, dass Jonathan der VO nichts über mich erzählt hatte, dann würden sie es spätestens in den nächsten Wochen erfahren. Solche Nachrichten verbreiteten sich wie ein Lauffeuer. Ich hätte alles dafür gegeben, mich in diesem Moment in Luft aufzulösen.

Erschrocken stellte ich fest, dass aus dem sanften Blätterrieseln ein starker Wind geworden war, der um mich herum fegte und Wirbel in schillernden Grüntönen hervorrief, die die Bäume leicht schwanken ließen.

»Lass mich mit ihr reden«, hörte ich Chaz zu Alissa sagen, und kurz darauf entfernten sich ihre Schritte. Ich spürte seine Energiequelle direkt hinter mir, und mit einem Mal beruhigte sich der Wind.

»Lass mich in Ruhe«, sagte ich tonlos. Mir war nicht danach, mit irgendjemandem zu reden. Ich hatte es noch nicht einmal geschafft, meine Gedanken weitestgehend zu ordnen. Ratlos wechselten meine Gefühle von Verzweiflung zu Hilflosigkeit, dann wieder zu Angst vor der Zukunft und am Ende zu Wut. Ich war wütend auf alles und jeden, da ich noch immer nicht wusste, wem ich diesen Verrat zu verdanken hatte. Ich ballte die Hände zu Fäusten und biss die Zähne zusammen, während ich mir der Anwesenheit meines Bruders deutlich bewusst war.

»Verschwinde endlich«, fauchte ich ihn an, obwohl ich im Inneren wusste, dass er nicht schuld an meiner Situation war. Ich drehte mich um und funkelte ihn an. »Ich meine es ernst, Chaz. Ich bin Moment wirklich nicht in der Stimmung für irgendwelche Großer-Bruder-kleine-Schwester-Gespräche.«

Er sah mich seufzend an und verschränkte demonstrativ die Arme vor der Brust, ein Zeichen, dass ich wohl nicht in absehbarer Zeit auf seine Gesellschaft würde verzichten können. Seine Gelassenheit machte mich nur noch rasender.

»Hast du nicht was Besseres zu tun? Zum Beispiel Alissa zu folgen? Glaub nicht, dass ich nicht weiß, was zwischen euch läuft. Ich schwöre dir, Chaz, wenn du sie genauso behandelst wie die Mädchen, denen du im letzten Jahr das Herz gebrochen hast, dann werde ich dafür sorgen, dass du nie kleine Dämonenkinder zeugen können wirst. Es ist mir egal, ob du mein Bruder bist. Wenn du ihr wehtust, dann tue ich dir weh.«

Chaz anzuschnauzen war ein besseres Ventil für meine Wut als das Ablassen der Magie, auch wenn ich wusste, dass ich vielleicht gerade ungerecht zu ihm war. Nur ein winziges bisschen. Denn Chaz hatte sich in seinem ersten Schuljahr einen Ruf als Frauenheld geschaffen und war wöchentlich mit einer neuen Freundin zu sehen gewesen. Nicht wenige Mädchen an der Schule wünschten ihm die Pest an den Hals. Ich hatte meine Worte vollkommen ernst gemeint, und die Tatsache, wie sein hübsches Gesicht erbleichte, sagte mir, dass er es wusste.

»Ich habe nicht vor, mit Alissa zu spielen.«

»Das will ich dir auch nicht raten«, murmelte ich, doch ich war einfach nicht richtig bei der Sache, um mich mit ihm zu streiten. Allerdings hob ich dann doch erstaunt die Augenbrauen, als er errötete.

»Ich meine es ernst, Jill. Ich mag sie, auch wenn ich nicht genau weiß, wie sie empfindet oder ob sie es überhaupt in Betracht zieht, mit einem Dämon zusammen zu sein.«

Schlagartig schloss ich den Mund und schluckte meine bissige Bemerkung herunter. Denn ich wusste, wie er sich fühlte. Vor mir stand der Mensch, der eigentlich am besten wissen musste, was es hieß, ein Dämon in einer Welt zu sein, in die man einfach nicht hineingehörte. Und ich hatte nichts Besseres zu tun, als ihn abzuweisen und meine Gefühle an ihm auszulassen. Meine Wut verrauchte etwas, und er legte mir die Hand auf die Schulter, ein stiller Trost unter Monstern.

»Weißt du, Schwesterchen, mir ist im Moment so überhaupt nicht nach Sportunterricht. Ich habe eine viel bessere Idee und bin mir sicher, dass sie im Moment genau das Richtige für dich ist.«

»Und was soll das bitte sein?«

»Na ja, wenn nun sowieso schon jeder denkt, dass du ein Dämon bist, dann wird es auch Zeit, dass du lernst, deine Fähigkeiten einzusetzen. Du kannst momentan höchstens mit einer guten Hexe mithalten, und das sollten wir schleunigst ändern.«

Kapitel 6

»Es funktioniert nicht«, maulte ich und verschränkte bockig die Arme.

»Versuche es noch einmal«, sagte Chaz unbarmherzig, und ich unterdrückte ein Seufzen. Angestrengt runzelte ich die Stirn und schloss die Lider, um mich besser auf meine innere Energiekugel konzentrieren zu können. Mit aller Kraft versuchte ich, die Biokinese anzuwenden, und konzentrierte jeden Gedanken und jede Faser meines Körpers darauf, meine Zellen zu beeinflussen. Für gewöhnlich war es kein Problem, und ich konnte mit Leichtigkeit meine Haarfarbe oder sogar meine Nase verändern. Doch was Chaz von mir verlangte, war deutlich schwieriger. Diesmal sollte ich meine Zellen nicht nur verändern, sondern sie so an die Luft anpassen, dass sie sich fast auflösten und ich im wahrsten Sinne des Wortes unsichtbar wurde. Es klappte nicht. Ich wurde nicht einmal blasser.

Chaz war ein guter Lehrer. Seit fast einer Woche gab er mir Unterricht in der kleinen Elfenmulde im Wald, während die geflügelten Wesen um uns herumtollten und sich um die farbenprächtigen Blumen kümmerten. Der Ort war ein kleines Stück Paradies, durch das ein glasklarer Bach plätscherte, und alles in allem wirkte die Lichtung mit dem Funkeln der Elfen wie verzaubert. Die Blumen erstrahlten in den schillerndsten Farben, die Sonne wärmte unsere Haut, und der Klang zahlreicher Vogelgesänge hallte wie Glockenspiele über unseren Köpfen.

Aber ich war grottenschlecht in Dämonenmagie, um es gelinde auszudrücken. Chaz hatte mir vorgemacht, wie man eine wunderschöne Eisskulptur aus dem Nichts erschaffen konnte. Es war eine Mischung aus Biokinese, Telekinese sowie der Kryokinese. Ich hatte es immerhin geschafft, einen unförmigen Eisblock zustande zu bringen, der einem Troll ähnelte, und das auch nur, weil ich das Wasser aus dem Bach dazu benutzt hatte. Chaz schaffte es irgendwie, die Feuchtigkeit aus der Luft dazu zu verwenden, was wirklich Feinarbeit war und mir zeigte, wie viel ich noch zu lernen hatte.

Danach hatten wir versucht, meine Haut zu einem Fell werden zu lassen, das Anfangsstadium zu der Verwandlung in ein Tier. Das Ergebnis war, dass ich mir meine Rasur vom Morgen hätte sparen können, aber außer den üblichen feinen Härchen auf meinen Beinen war nichts erschienen, was einem Fell auch nur ansatzweise ähnelte. Zudem hatte ich warten müssen, bis es dämmerte, bevor ich mich mit meinen kurzen Hosen auf den Weg zurück zum Wohntrakt machen konnte.

Zusätzlich zu den Bergen von Hausaufgaben und dem anstrengenden Kampfsport in der Akademie hätte der Unterricht eigentlich eine Belastung für mich darstellen müssen, doch ich begrüßte die Abwechslung. Das Training mit Chaz brachte mich von dem Gedanken ab, dass ich an der Schule mal wieder für Gesprächsstoff sorgte. Betrat ich einen Korridor, herrschte schlagartig Stille unter den Schülern, und die meisten wichen mir mit ängstlichem oder feindseligem Gesichtsausdruck aus. Ich ignorierte die Bemerkungen, die hinter meinem Rücken gezischt wurden, und auch meine Freunde waren stillschweigend übereingekommen, es einfach nicht zu beachten. Der neugierige Cox hatte an den ersten beiden Tagen heimlich gelauscht, indem er sich unsichtbar unter den Schülern aufhielt, doch schon bald hatte ich ihm verboten, mir über die Lästereien Bericht zu erstatten. Manche Sachen wollte ich einfach nicht wissen.

Selbst einige Lehrer bedachten mich mittlerweile mit misstrauischen Blicken, dennoch wurde ich nie persönlich darauf angesprochen. Wahrscheinlich hatte Mrs. Evans dafür gesorgt, dass nie ein Wort darüber verloren wurde, und heimlich, ganz heimlich hegte ich die Hoffnung, das Wissen um meine Herkunft würde die Akademie auch nicht verlassen. Diese Hoffnung hatte jedoch einen sehr starken Knacks bekommen, als Derek mir gestand, dass schon drei Schüler von ihren Eltern abgeholt worden waren und ihre Ausbildung an einer Akademie in Deutschland abschließen würden. Den Grund dafür brauchte man gar nicht erst zu erwähnen. Natürlich gab es auch vereinzelte Schüler, die den Gerüchten keinen Glauben schenkten und mir aufmunternd zulächelten, doch im Großen und Ganzen war es sehr einsam und feindselig um mich herum geworden.

Ich schüttelte bei dem Gedanken leicht den Kopf und versuchte, mich wieder unserer neuesten Übung zu widmen. Haargenau beobachtete mein Bruder jede meiner Bewegungen und tippte sich gedankenverloren mit dem Finger ans Kinn. Nachdem ich kurz davor war, frustriert die Hände in die Luft zu werfen, änderte sich sein Gesichtsausdruck zu einer leichten Verwunderung und dann zu Erkenntnis.

»Verrätst du mir, was in deinem Kopf vorgeht?«, fragte ich ihn bissig.

»Wie baust du die Energie in deinem Inneren auf?«, fragte er unvermittelt, ohne auf meine Frage einzugehen. Augenrollend erklärte ich ihm den Vorgang bis hin zu dem Teil, an dem meine Pranastränge, die in meiner Brust wirbelten, zu der leuchtend blauen Kugel zusammenflossen, die ich wie eine Steckdose anzapfte, um meine Gedanken zu verstärken.

Abwartend blickte er mich an, doch als er merkte, dass ich fertig war mit Erzählen, fiel ihm die Kinnlade herunter.

»Du baust eine Energiekugel bei jedem Zauber von Neuem auf?«, fragte er mich entgeistert.

»Natürlich«, antwortete ich etwas beleidigt. »Dieses Pochen in der Brust ist echt unangenehm, und mit der Zeit brennt es auch.«

Chaz prustete los, und ich verschränkte die Arme, bis er sich von seinem albernen Lachanfall erholt hatte. Ich konnte es absolut nicht leiden, wenn ich mir wie ein kleines, dummes Kind vorkam.

»Prinzessin, das ist doch wohl nicht dein Ernst. Und ich dachte, du wärst einfach nur langsam. Hat dir niemand gesagt, wie es dann weitergeht?«

»Was meinst du damit, wie es dann weitergeht? Und nein, mir hat es niemand gesagt. Im Gegensatz zu dir bin ich nicht unter einer Horde Dämonen aufgewachsen.«

Er biss sich angestrengt auf die Zunge, doch ich konnte erkennen, wie viel Kraft es ihn kostete, nicht wieder loszulachen.

»Schon gut, tut mir leid. Manchmal vergesse ich einfach, wie unerfahren du bist. Also, das mit der Energiekugel in deiner Brust ist schon richtig, aber du machst einen entscheidenden Fehler. Wenn du der Meinung bist, du brauchst deine Magie für einen Moment nicht, dann lässt du zu, dass die Kugel sich auflöst. Das kann ich verstehen, denn so ein Pranaball im Inneren kann mit der Zeit ganz schön nervig werden. Du lässt deshalb zu, dass die Pranastränge sich wieder entwirren und ihren eigenen Weg gehen, wobei sie im Prinzip machtlos sind. Sie dümpeln gelangweilt in deinem Körper herum, wenn du es so sehen willst. Erst wenn sie miteinander verbunden sind, können sie sich aufladen. Wenn du sie zu einer Pranakugel zusammenfließen lässt, werden sie zu reiner Energie. Der Trick dabei ist aber, diese Pranakugel zu verteilen. Sammele nicht alles in deiner Brust, sondern lasse die aufgeladene Energie in jede Zelle deines Körpers fließen. Du musst dabei allerdings darauf achten, dass sich die Stränge nicht wieder auflösen und dabei entladen. Sagen wir einfach, du solltest dauerhaft unter Strom stehen. Es ist kein Wunder, dass du viele der Spezialgebiete nicht voll ausnutzen kannst. Deine Körperzellen sind es nicht gewohnt, dauerhaft mit der Prana konfrontiert zu sein, und wehren sich dagegen. Es ist alles eine Frage der Übung.«

Ich kaute auf der Unterlippe und dachte über das Gesagte nach. Das würde erklären, warum bisher jeder Dämon, dem ich begegnet war, so viel schneller und machtvoller gewesen war als ich.

»Können Hexen das auch?«, fragte ich vorsichtig, doch ich wunderte mich nicht darüber, dass er den Kopf schüttelte.

»Dann sollte ich es vielleicht lieber nicht lernen«, sagte ich bedrückt und zwang mich zu einem Lächeln, als eine Elfe mit zarten blauen und durchscheinenden Flügeln auf meiner Hand landete. Chaz war verstummt und sah mich mit wissendem Blick an, wobei er sich durch das blonde Haar fuhr und es noch unordentlicher machte.

»Jill, nur weil du versuchst, dich wie eine Hexe zu verhalten, wirst du trotzdem nicht zu einer werden. Und die Tatsache, dass du deine Magie nicht anwendest wie ein Dämon, wird sie nicht überzeugen, dass du keiner bist. Nutze die Gabe, die dir in die Wiege gelegt wurde, von mir aus auch dazu, Gutes zu tun. Aber wirf sie nicht einfach weg aus Angst davor, anders zu sein.«

Seine Stimme klang sanft, und ich ließ mir von ihm das

Haar verwuscheln. Natürlich hatte er recht, doch manchmal hegte ich eben noch immer den Wunsch, einfach ein normales Leben führen zu können.

»Also schön, lass uns für heute Schluss machen, und morgen zeige ich dir, wie du deinen Körper dauerhaft unter Strom setzt.«

Es war ein angenehmer Tag gewesen, und die Hitze des Sommers war durch den Regen am Morgen abgemildert. Meine Turnschuhe quietschten auf der noch feuchten Wiese, als ich mich erhob und tief durchatmete. Ich liebte den Geruch von Blumen, Gras und Regen. Die Elfen bemerkten unseren Aufbruch und wirbelten zum Abschied farbenfroh um uns herum.

Den Großteil des zwanzigminütigen Fußmarsches verbrachten wir schweigend, da Chaz genau wie ich den eigenen Gedanken nachhing. Wir verließen den Wald, und ich unterdrückte ein kleines Fluchen, denn ich erblickte noch mehr Schüler am See, als ich erwartet hatte.

»Und los geht es«, murmelte ich, als sich auch schon die ersten Köpfe nach uns umdrehten. Ich spürte ihre Blicke im Nacken, während ich stur geradeaus sah und an den Grüppchen vorbeischlenderte, als wüsste ich nicht, dass sie sich gerade die Mäuler über mich zerrissen.

Ich kannte die Gerüchte, denn manch einer machte sich nicht einmal die Mühe, die Stimme zu senken. Was sie sagten, tat weh. Es wurde behauptet, ich hätte im ersten Schuljahr mit der durchgedrehten Schulleiterin Mrs. Grant zusammengearbeitet und sie erst im letzten Moment verraten, als man uns gestellt hatte. Ebenso hätte ich Jonathan und Vanessa im letzten Jahr dazu gezwungen, einen Weg zu finden, meine dämonische Familie in die Realität zu holen. Nathan hätte sich mir dabei in den Weg gestellt und dafür mit dem Leben bezahlt. Ich wäre mehrmals kurz davor gewesen, mich heulend in unserem Zimmer verkriechen, hätte ich nicht meine Freunde gehabt, die voll und ganz hinter mir standen.

»Man sollte dafür sorgen, dass sie eingesperrt wird«, hörte ich eine liebreizende Stimme, die wie Samt über meine Haut glitt und mich dazu brachte, die Fäuste zu ballen. An der großen Trauerweide am See lehnte Elaine, umgeben von einer Schar Vampire. Ryan war nicht unter ihnen, und bisher hatte sie sich zurückgehalten, wenn er in der Nähe war. Was sie jedoch nicht davon abhielt, mich mit bitterbösen Blicken zu strafen oder alles daran zu setzen, seine Aufmerksamkeit auf sie selbst zu lenken, um mir zu zeigen, dass ich keinerlei Anspruch mehr auf ihn hatte.

Da ich nicht quer durch den Wald laufen wollte, führte mein Weg direkt an der Gruppe vorbei, und ich atmete jetzt schon tief durch. Die wenigen Meter schienen mir endlos zu sein, und Elaines bösartiges und doch so bezauberndes Grinsen konnte nichts Gutes verheißen.

»Ihr glaubt gar nicht, wie froh Ryan ist, nicht mehr unter ihrem Bann zu stehen«, säuselte sie, und ich hörte das Blut in meinen Ohren rauschen. Ich spürte die Hand meines Bruders im Rücken, eine beruhigende Geste, die allerdings nicht allzu viel Wirkung zeigte.

»Deshalb ist er letztes Jahr auch verschwunden. Er hat es für einen Moment geschafft, sich ihren abartigen schwarzen Zaubern zu entziehen, und hat dann gleich die Fliege gemacht. Sie hat wahrscheinlich gehofft, so überhaupt jemanden dazu zu bringen, sie zu lieben. Das ist so jämmerlich …«

Ich konnte nicht anders, ich blieb stehen und funkelte sie an, während ein vertrautes Gefühl in meiner Brust tobte. Doch dann sah ich verblüfft auf, als Vanessa an mir vorbeistapfte. Elegant warf die Feuerhexe ihre langen blonden Haare über die Schulter und strahlte ihre übliche Überlegenheit aus.

»Oje, Reißzahn«, spottete sie und warf Elaine einen verächtlichen Blick zu, »es muss schlimm für dich sein, nur die zweite Wahl darzustellen und das abzubekommen, was andere gerade erst weggeworfen haben. Du kannst froh sein, dass Jill Bedürftigen immer hilft. Also hör auf, dir und allen anderen etwas vorzumachen. Dämon hin oder her, Jill steht schon am Rande eines Nervenzusammenbruchs, wenn sie aus Versehen eine Spinne zertritt. Da glaubst du doch wohl nicht im Ernst, dass sie Ahnung von schwarzer Magie hat. Lege dich nicht mit den falschen Leuten an. Deine Familie weiß, wovon ich rede.«

Vanessa blieb direkt vor der Vampirin stehen und zog provokativ eine Augenbraue in die Höhe. Fast schon hätte ich erwartet, dass Elaine sich auf sie stürzen würde, denn ihr Gesichtsausdruck ließ nichts anderes erahnen. Stattdessen schenkte sie der Hexe einen bissigen Blick, bleckte die Zähne und zog davon, mitsamt ihrer Garde im Schlepptau. Verdattert sah ich ihnen hinterher, als Vanessa sich zu mir umdrehte und mich musterte.

»Danke«, stammelte ich, doch sie schnaubte nur.

»Bilde dir bloß nichts darauf ein, du hattest noch was bei mir gut«, sagte sie und stolzierte mit erhobenem Kopf davon.

»Hat sich Vanessa Cole tatsächlich gerade für mich eingesetzt?«, fragte ich Chaz, der nicht weniger verblüfft aussah. Klar, ich hatte Vanessa letztes Jahr das Leben gerettet, und das, obwohl wir erbitterte Feinde waren. Allerdings hatte in der ganzen Zeit nichts darauf schließen lassen, dass sich ihre Gefühle mir gegenüber verändert hatten und da etwas anderes war als Hass, Abneigung und Eifersucht. Vielleicht hatte ich mich tatsächlich getäuscht und der Vorfall hatte sie verändert. Generell schien Vanessa nicht mehr ein so widerwärtiges Biest zu sein, wie sie es bisher immer hatte darstellen wollen. Selbst die eisblauen Kontaktlinsen, die auch ihr Vater trug, um sich von dem Rest der Verborgenen abzuheben, waren dem natürlichen und freundlichen Grün ihrer Augen gewichen. Nicht ganz so schön fand ich dagegen, dass Elaine Vanessas Platz als Zickenkönigin eingenommen hatte und ich jetzt wohl Rang eins ihrer Opferliste einnahm.

Chaz schien amüsiert zu sein. »Tja, wie es aussieht, schon. Wer hätte das gedacht?«

Immer noch verdattert blickte ich in die Richtung, in die Elaine verschwunden war. »Was sollte das bedeuten, ihre Familie wisse, was Vanessa meint?«

Mein Bruder lächelte verschwörerisch. »Elaines Eltern sind bei der VO öfters unangenehm aufgefallen. Ich habe ein bisschen geforscht, als ich mitbekommen habe, dass sie dir das Leben schwer macht. Sie zählen zu jenen, die sich Blutsklaven halten.«

Er verzog angewidert das Gesicht, und ich schnappte nach Luft. Jemanden abhängig zu machen, um täglich frisches Menschenblut trinken zu können, war eine abscheuliche Sache. Der VO-Leiter sollte besser aufpassen, welche vertraulichen Informationen er zu seiner Tochter durchdringen ließ. Es war schon beinahe unheimlich, was Vanessa alles wusste und wie sie es gegen Menschen einsetzte.

Wir legten den Rest des Weges wieder schweigend zurück, und Chaz begleitete mich in den Aufenthaltsraum des Hexenwohntrakts, wo er bis zur Sperrstunde um 21 Uhr bleiben durfte. Ally, Derek und Don lümmelten auf den tiefrot gepolsterten Sofas in der Nähe des Kamins und diskutierten hitzig über den Mann in einer Fernsehshow und die Frage, welchen Koffer er besser hätte wählen sollen, um den Hauptgewinn zu ergattern. Wir gesellten uns dazu, und ich erzählte sofort von meiner Begegnung.

»Vanessas Ansichten über dich haben sich geändert«, bestätigte Alissa, die die Gefühle der Hexe gespürt hatte.

»Du willst mir doch jetzt wohl nicht weismachen, dass sie mich mag«, schnaubte ich, und Ally schüttelte belustigt den Kopf.

»Sagen wir einfach, sie findet dich nicht mehr ganz so scheußlich«, antwortete sie, und wir brachen in Gelächter aus, als Cox plötzlich mit einem Zischen auf dem runden Couchtisch erschien. Ich zuckte zusammen und sah mich nervös nach anderen Schülern um, schließlich wusste niemand von unserem kleinen Kobold.

»Einen Vorteil hat es, dass es endlich raus ist. Seit sie vermuten, dass du ein Dämon bist, hält sich kaum einer länger als nötig mit dir in einem Raum auf. Mit der Zeit nervt es, ständig unsichtbar zu sein«, grinste er. Tatsächlich waren die wenigen Schüler, die bisher am Billardtisch oder dem Schachtisch gespielt hatten, kurz nach meiner Ankunft verschwunden. Sofort schwand meine gute Laune und wich Trübsal. Conchobhar sprang auf meine Schulter und legte den drachenartigen Schwanz zärtlich um meinen Hals. Gedankenverloren strich ich ihm mit dem Finger über den geschuppten Rücken, und er schnurrte wie ein kleines Kätzchen.

»Ich habe gleich gesagt, er hätte den anderen Koffer nehmen sollen«, sagte Derek in die Stille hinein, als die Fernsehsendung vorbei war. Sofort begann eine hitzige Diskussion zwischen ihm und Don. Ich streckte mich seufzend auf einem Zweisitzer aus.

»Ich hätte heute Abend Lust auf einen Film«, gähnte ich. »Irgendwelche Ideen? *Der Exorzist* wäre doch passend«, fügte ich bitter hinzu. Plötzlich waren alle Blicke auf mich gerichtet.

»*Paranormal activity*«, erwiderte Ally achselzuckend.

»*Devil inside*«, kam es von Chaz.

»*Constantin*«, sagten Derek und Don wie aus einem Mund, und bei dem Gedanken an Keanu Reeves bekamen sie beide den gleichen träumerischen Gesichtsausdruck, sodass ich nicht anders konnte, als lautlos zu kichern. Es begann ein langes Gespräch über gute und weniger gute Dämonenfilme, am Ende jedoch entschieden wir uns für *Transformers*. *Twilight* hatte ich entschieden abgelehnt.

Während Ally und Chaz den Film aus dem riesigen DVD-Regal suchten, ging ich in die Küche, um mich um das Popcorn zu kümmern. Ich machte mir nicht die Mühe, die Maiskörner in die Mikrowelle zu stellen, sondern kippte sie in zwei große Schüsseln und erhitzte sie gedanklich auf dem Weg in den Aufenthaltsraum. Das Popcorn schoss noch immer in alle Richtungen, als ich es Don in die Hand drückte. Cox bediente sich sofort an der Schüssel, die zwischen mir und Ally stand.

Ich war froh, dass der Kobold da war, denn so kam ich mir nicht ganz so vor wie das fünfte Rad am Wagen. Dass Derek und Don kuschelnd auf einem der Sofas lagen, war keine Überraschung. Doch auch Ally und Chaz saßen dicht nebeneinander und ihre Schultern berührten sich. Mehr als einmal fiel mir auf, wie die Hand meines Bruders zuckte, doch zu meiner Überraschung wagte er es nicht, Alissas zarte Finger zu ergreifen. Sie schien nicht im Geringsten Notiz davon zu nehmen, und ich nahm mir vor, ihr bei der nächsten Gelegenheit einen kleinen Anstoß zu geben. Ich sollte sie schon wenig später bekommen, als der Film zu Ende war und die Jungs sich verabschiedet hatten.

»Also, du und Chaz«, begann ich ohne Umschweife, als ich mich in unserem Zimmer auf mein Himmelbett warf und in der Federdecke und den zahlreichen Kissen regelrecht versank. Trotzdem konnte ich einen Blick auf ihr Gesicht erhaschen. Die Röte, die auf ihre Wangen kroch und sich mit den rostroten Ringellöckchen biss, verriet mir mehr als alles, was sie hätte sagen können.

»Er mag dich«, stellte ich völlig überflüssig fest, und

kicherte über den träumerischen Gesichtsausdruck meiner Freundin, die seufzend in ein blassblaues Nachthemd stieg.

»Ich mag ihn auch«, gestand sie zögernd.

»Aber?«, hakte ich nach. »Hat es etwas damit zu tun, dass er ein Halbdämon ist?«

Ally stieß die Luft durch die Nase aus. »Nein. Doch. Ach, ich weiß auch nicht, es stört mich nicht, *was* er ist. Du bist schließlich seine Schwester und die liebste Person, die ich kenne. Chaz dagegen kenne ich kaum, ich weiß absolut nichts über die Welt, in der er aufgewachsen ist oder wie seine Pläne für die Zukunft aussehen. Meine Instinkte sagen mir, dass er ein guter Kerl ist, aber zum ersten Mal kann ich mich nicht darauf verlassen. Ich weiß nicht, er ist eben eine der wenigen Personen, deren Gefühle ich nicht spüren kann.«

Ich nickte verständnisvoll. Für Alissa war es ein ganz anderes Gefühl als für mich oder jeden anderen, der ihre Gabe nicht hatte. Es verunsicherte sie, und die Tatsache, dass mein Bruder sich einen Ruf als Frauenheld aufgebaut hatte, machte es nicht gerade einfach, sich auf ihn einzulassen.

»Hör auf dein Herz«, flüsterte ich, als sie das Licht löschte.

»Du auch«, ertönte es kaum wahrnehmbar aus ihrer Richtung, und ich versteifte mich. Auf mein Herz zu hören war leichter gesagt als getan. Es schrie nach Ryan, und mit jedem Tag, an dem ich nicht an seiner Seite war, schienen die Sehnsucht und der Schmerz in meiner Brust größer zu werden. Ich wollte ihm am liebsten die Arme um den Hals werfen, sobald ich ihn sah, dabei seinen Duft einatmen und ihm sagen, wie leid mir das alles tat, was zwischen uns vorgefallen war. Aber ein klitzekleiner Gedanke hielt mich davon ab. Denn war es nicht besser, dass er mit seinesgleichen glücklich wurde? Wollte ich ihn tatsächlich wieder diesem Chaos aussetzen, das unweigerlich an mir haftete? Und wollte er das überhaupt?

Es tat weh, es ehrlich zuzugeben, aber so war es zumindest für ihn die beste Lösung, auch wenn es mich schier zu zerreißen drohte. Ich war einfach niemand, mit dem man ein entspanntes und problemloses Leben führen konnte. Mein Magen zog sich zusammen, als ich an den Grund dafür dachte. Ich gehörte nicht einmal in diese Welt und war nichts weiter als ein Dämon, den man einzugliedern versucht hatte. Das Ergebnis bekam ich Tag für Tag zu spüren, und schlimmer noch: Der Tag, an dem ich mich vor der Verborgenenorganisation verantworten musste, rückte immer näher.

Kapitel 7

Der Herbst kam schneller, als mir lieb war. Die vielen Schulaufgaben und das zusätzliche Training mit Chaz ließen die Zeit vergehen wie im Flug. An einem Samstag, eine Woche bevor ich nach London zur Verborgenenorganisation reisen musste, stand ich nach einer weiteren schlaflosen Nacht gähnend auf. Die Sonne fiel durch das Fenster in unserem Zimmer und tauchte alles in ein goldenes Licht. Alissas Bett war schon gemacht, sie hatte mich absichtlich nicht geweckt, nachdem ich erst in den frühen Morgenstunden etwas Schlaf gefunden hatte. Ich hüllte mich in meinen schwarzen Morgenmantel aus Seide, schlüpfte in die weißen, flauschigen Hausschuhe und ließ mich für einen Moment auf der gepolsterten Sitzbank am Fenster nieder.

Die Sicht auf den Winterfold Forest war atemberaubend. Die Bäume hatten ihr grünes Sommerkleid abgestreift und sich in schillernde Gelb- und Rottöne gehüllt, während vereinzelte Blätter in einem lauen Wind zu Boden segelten. Ich genoss die Ruhe und den Frieden, die mir dieser Anblick gab, bevor ich mich einen weiteren Tag in das Chaos stürzte, zu dem mein Leben mal wieder geworden war.

Beim Gedanken daran verschwand mein Lächeln sofort, und lustlos schleppte ich mich ins Badezimmer. Ich konnte nicht leugnen, dass die letzten Wochen deutliche Spuren hinterlassen hatten. Die Sorge um meine Zukunft und die Angst vor dem VO-Termin nagten ebenso an mir wie die Abneigung und die Angst, mit denen mir meine Mitschüler begegneten, oder der Anblick von Ryan und Elaine, den ich tagtäglich ertragen musste. Auch wenn der Vampir öffentlich keine Zärtlichkeiten mit ihr austauschte, so waren sie dennoch ständig zusammen zu sehen, und ich machte mir nicht vor, dass zwischen den beiden nur Freundschaft herrschte.

Ich schnappte mir meinen Abdeckstift und versuchte, wenigstens die tiefdunklen Augenringe zu überschminken. Mit etwas Wimperntusche verlieh ich den feinen Härchen rund um meine türkis-leuchtenden, etwas glasigen Augen einen eleganten Schwung, der meinen Blick gleich weniger verquollenen und müde aussehen ließ. Meine Haare allerdings waren hoffnungslos verloren. Durch mein Hin- und Herwälzen war aus der langen, lockigen Mähne ein braunes Vogelnest geworden, dessen Knoten ich mit einer großen Bürste und viel Anstrengung zu lösen versuchte. Irgendwann gab ich es grummelnd auf und schlang sie zu einem unordentlichen Dutt, aus dem sogleich etliche Haare herausfielen und mich im Nacken kitzelten. Nur mit einer Dusche hätte ich eine Chance, meine Haare zu entwirren, aber es war Wochenende, und somit war auch später noch genug Zeit dafür. Ohne mich anzuziehen, verließ ich das Zimmer. Im Korridor und auf der Treppe begegneten mir weitere müde Gesichter und Hexen im Schlafanzug, die teilweise noch so im Halbschlaf waren, dass sie nicht einmal ängstlich vor mir zurückwichen.

Ich blinzelte in dem hellen Licht der Küche und war etwas überrascht, als neben Alissa auch Derek, Don und Chaz saßen und frühstückten. Für gewöhnlich tauchten sie erst später im Hexenwohntrakt auf oder wir trafen uns in der Bibliothek.

»Guten Morgen«, brachte ich gerade so unter einem Gähnen und einem Strecken zustande, als ich mir eine Schüssel mit Cornflakes füllte und die kalte Milch aus dem Kühlschrank darüber goss. Am Wochenende gaben wir uns meist damit zufrieden, in der kleinen Küche zu sitzen, statt uns an dem riesigen Buffet im Speisesaal zu laben. Besonders seit diese Dämonengerüchte im Umlauf waren, genoss ich die Ruhe hier. Die Jungen machten sich über einen Berg Eierkuchen her, was meist auf Dereks Konto ging, da er sich seit einiger Zeit dem Hobby Kochen verschrieben hatte und wild herumexperimentierte. Meine Entscheidung für Cornflakes hatte gute Gründe.

»Sind das da drin Schinkenwürfel?«, fragte ich leicht angewidert und wollte mir gar nicht ausmalen, wie sich der salzige und der süße Geschmack miteinander verbanden. Allerdings schienen meine Freunde da anderer Meinung zu sein.

»Es war die Idee deines Bruders«, sagte Derek begeistert. Chaz musterte mich besorgt und runzelte die Stirn. Ich hatte die Augenringe wohl nicht ganz so gut überschminkt wie erhofft. Gedankenverloren hatte er einen Arm auf Alissas Stuhllehne liegen und spielte mit ihren Haaren. Ich unterdrückte ein Lächeln, indem ich mir einen Löffel Cornflakes in den Mund schob. Ally und Chaz waren seit zwei Wochen ein Paar, nachdem sie sich endlich überwunden hatte, ihm eine Chance zu geben. Sie gingen noch sehr zögerlich und schüchtern miteinander um, was ich besonders bei Chaz sehr verwunderlich fand. Er behandelte sie, als wäre sie aus Glas, doch das sollte mir nur recht sein. Ich hatte meine Drohung ernst gemeint. Dennoch war es schön zu sehen, wie die beiden in der Nähe des jeweils anderen regelrecht aufblühten. Die Blicke, mit denen sie sich bedachten, waren eindeutig.

Ally studierte die Morgenzeitung, und mit einem weiteren Gähnen wandte ich mich ihr zu.

»Was gibt es Neues in London?«

Sie zuckte mit den Achseln und nahm einen Stift zur Hand. »Das Übliche. Der Vollmond hatte es wieder in sich. Zwei Raubüberfälle, eine Schießerei und zwei Werwolf-Rudel, die sich direkt vor dem Palace of Westminster bekriegt haben. Weitere drei verschwundene Hexen und ein betrunkener Vampir, der im Nachtclub jemanden ausgesaugt hat. Die VO hat alle Hände voll zu tun, um es zu vertuschen. Ein Wunder, dass die Normalsterblichen noch nicht auf uns aufmerksam geworden sind. Wie bitte soll man ein Rudel halb verwandelter Wölfe erklären?«

Sie schüttelte genervt den Kopf und begann, mit dem grünen Textmarker kleine Anzeigen einzurahmen. Seufzend sah sie mich an.

»Also, so wie es aussieht, bleibt uns nichts anderes übrig, als eine Wohnung in einem Londoner Vorort zu suchen. Ich glaube nicht, dass wir uns die Preise in der Innenstadt leisten können.«

Etwas verdattert zog ich die Augenbrauen in die Höhe, während sie bei meinem Gesichtsausdruck mit den Augen rollte.

»Es ist nicht einmal mehr ein ganzes Jahr, bis wir mit der Ausbildung fertig sind.«

»Ally, ich dachte, das hatten wir schon mal.«

»Ja, und ich habe dir auch meine Meinung dazu gesagt.«

Unbeeindruckt widmete sie sich wieder den Wohnungsanzeigen. Alissa hatte es im Sommer gewagt, ihren Eltern zu sagen, dass sie nicht vorhatte, die Farm zu übernehmen, sondern mit mir nach London gehen würde. Die Bewerbungsgespräche bei der Verborgenenorganisation fanden im Frühjahr statt, und bisher war unser Plan gewesen, dass Ally und ich uns zusammen eine Wohnung nehmen würden. Sie strebte einen Bürojob bei der VO an, während ich bisher immer vorgehabt hatte, als Mairajäger tätig zu sein. Das war allerdings, bevor ich von meiner Vorladung erfahren hatte. Ich bezweifelte, dass die VO jemanden einstellen würde, der für sie auch nur ansatzweise kriminell oder verdächtig war. Ganz zu schweigen davon, dass ich überhaupt keine Ahnung hatte, was mich bei meinem Termin erwartete. Ich weigerte mich deshalb, näher über meine Zukunft nachzudenken und mir ein gemeinsames Leben mit Ally in London auszumalen. Alissa allerdings glaubte, dass am Ende alles gut werden würde. Sie war einfach optimistischer, und so verkniff ich es mir, ihr zu widersprechen.

Chaz tippte auf einen der grünen Kreise. »Diesen Stadtteil würde ich meiden.«

Ohne zu zögern, machte Ally ein großes, grünes Kreuz in den Kreis, während ich Chaz musterte.

»Was ist mit dir, Brüderchen? London? Klingt doch sehr verlockend.«

Bisher hatte Chaz nur wenig darüber preisgegeben, wie seine Pläne für die Zukunft aussahen, und für einen Moment dachte ich darüber nach, wie es wohl wäre, wenn ich mir neben Alissa auch mit Chaz eine Wohnung teilen würde. Würde das gut gehen? Vielleicht wollten die beiden ja auch einfach eine Wohnung zu zweit, ohne eine nervige Freundin beziehungsweise Schwester als Anhängsel.

»Ich kann nicht nach London, ich habe … Sachen zu erledigen«, erwiderte Chaz in einem Tonfall, der mir sagte, dass er nichts weiter darüber preisgeben würde. Alissa versteifte sich neben mir und presste die Lippen zusammen. Es gab zwischen den beiden wohl doch noch einige Sachen, die nicht ganz im grünen Bereich waren.

»Wie sieht es aus, Jill, kommst du nachher auch in die Bibliothek?«, fragte Don mich in dem verzweifelten Versuch, von der plötzlichen Stille abzulenken.

»Heute ist der Berufsinformationstag für den dritten Jahrgang«, erläuterte Derek auf meinen fragenden Blick hin. »Es werden einige VO-Mitglieder da sein, die Informationsmaterial über die verschiedenen Berufsmöglichkeiten bei der Verborgenenorganisation bereithalten und Fragen beantworten.«

Ach, richtig, da war ja was. Bisher hatte ich mich noch nicht damit beschäftigen wollen, doch Alissas Enthusiasmus hatte etwas Ansteckendes, und mir gefiel die Vorstellung, später einmal mit ihr nach London in eine WG zu ziehen. Vielleicht betrachtete ich die Sache mit meiner Vorladung bei der VO einfach zu negativ.

»Klar, warum nicht. Gib mir nur einen Moment zum Anziehen«, seufzte ich mit einem Blick auf meinen Bademantel. Eine halbe Stunde später betrat ich in Jeans, Lederstiefeln und einem engen, schwarzen T-Shirt mit V-Ausschnitt das Hauptgebäude. Nur meine Haare trug ich weiterhin als zerzausten Knoten, der wenigstens halbwegs ansehnlich war.

»Was ist denn hier los?«, murmelte Derek, als wir den Korridor zur Bibliothek im ersten Stock betraten und fast gegen die zahlreichen Schüler stießen, die sich vor den beiden großen Flügeltüren versammelten.

»Offenbar haben sie noch nicht geöffnet«, sagte ich achselzuckend mit einem Blick auf meine Armbanduhr. Einige Köpfe fuhren zu uns herum, und sofort hatten wir etwas mehr Bewegungsfreiheit, als die Schüler, die mich bemerkt hatten, unauffällig einen Sicherheitsabstand zwischen uns brachten. Ich lehnte mich mit dem Rücken an die kalte Steinmauer, stieß den Atem durch die Nase aus und versuchte, mich so klein wie möglich zu machen. Sofort bereute ich, dass ich mich hatte überreden lassen, mich freiwillig unter eine Horde Schüler zu mischen. Wie angenehm mein Nachmittag doch hätte sein können. Glücklicherweise waren die Schüler in den vorderen Reihen damit beschäftigt, sich lautstark über ihre Zukunftspläne zu unterhalten, und bemerkten mich nicht. Nur eine Stimme drang deutlich wahrnehmbar an mein Ohr.

»Was will sie eigentlich hier? Sie glaubt doch nicht wirklich, dass die VO solche Freaks aufnimmt.«

Es war Megan Morgatti, Vanessas ehemalige beste Freundin, die mich mit einem höhnischen Blick bedachte. Mir war in den letzten Wochen mehrmals aufgefallen, dass sie Vanessas Platz in der angesagtesten Clique der Schule eingenommen hatte. Damit konkurrierte sie sogar mit Elaine, die die uneingeschränkte Zickenkönigin der Vampire war. Während Barbie immer öfter allein anzutreffen war, umgab sich Megan mit einer ausgewählten Ansammlung von Hexern und Werwölfen. In ihren kleinen Exklusiv-Club nahm sie nur reiche Schönlinge mit aufgeblasenen Muskeln und wenig Verstand auf. Ich biss die Zähne zusammen und ignorierte sie, doch ich spürte, wie mir die Hitze ins Gesicht kroch.

»Ehrlich, ich verstehe nicht einmal, wieso sie überhaupt noch an der Schule bleiben darf. Man sollte sie einsperren, nach dem, was sie mit Vanessa und Jon gemacht hat.«

Ich hielt den Blick gesenkt und konzentrierte mich auf einen kleinen Riss im Leder meiner Schuhspitze. Das Rauschen in meinen Ohren wollte einfach nicht aufhören, doch Megans Stimme bohrte sich wie Nadelstiche in meinen Kopf. Um uns herum waren die Gespräche schon längst verstummt, und wir schienen der Mittelpunkt aller Aufmerksamkeit zu sein. Alissa berührte mich unauffällig am Arm und sandte mir eine Welle der Beruhigung, doch mein Puls schien unaufhörlich in die Höhe zu schnellen.

»Selbst Mr. Lockwood …«

»Halt die Klappe, Megan«, zischte ich und sah ihr direkt in die Augen. Ich konnte viel ertragen, doch jetzt etwas über den Mann zu hören, der sein Leben gelassen hatte, um unseres zu schützen, und der mir so viel bedeutet hatte, würde das Fass zum Überlaufen bringen.

»Sonst was?«, höhnte sie, doch ihr Blick war wachsam und misstrauisch. Ich machte einen Schritt auf sie zu, um ihr zu sagen, wie verabscheuungswürdig ihre Lügen doch waren, als einer ihrer Werwölfe sich blitzschnell zwischen uns schob. Bevor ich es gänzlich realisiert hatte, krachte ich mit dem Rücken gegen die Steinmauer, an der ich kurz zuvor noch gelehnt hatte. Gleißender Schmerz schoss in meine Schulter und ließ mich aufschreien.

Plötzlich ging alles ganz schnell. Während ich noch damit beschäftigt war, wieder Atem in meine gequetschten Lungen fließen zu lassen, tauchte Ryan wie aus dem Nichts knurrend und zähnefletschend auf, packte den Werwolf mit eisernem Griff am Hals und presste ihn an die gegenüberliegende Wand.

»Nicht«, krächzte ich, doch der klägliche Ton ging im Tumult unter, der im Korridor ausgebrochen war. Schüler drängten sich an mir vorbei, um aus der Gefahrenzone herauszukommen, in der unweigerlich ein Kampf auf engstem Raum bevorstand, und raubten mir damit die Sicht. Einige von Megans Freunden zerrten an Ryan, um den Vampir davon abzuhalten, dem Werwolf die Kehle zu zerquetschen.

»Was ist hier los?!«, donnerte eine Stimme durch den Korridor, und erleichtert erkannte ich, dass Ryan seinen Griff lockerte und der Werwolf nach Luft japste. Mr. Yannick, unser schlaksiger Magielehrer, bahnte sich einen Weg durch die Schüler. Noch bevor er angekommen war, hatte Ryan sich gänzlich zurückgezogen, doch sein hasserfüllter Blick hielt den Werwolf weiterhin in Schach. Der Lehrer erfasste die Situation.

»Miss Morgatti, bitte erklären Sie.«

»Jillian hat versucht, mich anzugreifen«, stieß sie hervor und zeigte mit dem Finger auf mich.

»Das ist nicht wahr.«

»Sie lügt.«

»Dean hat sie zuerst angegriffen«, mischten sich nun meine Freunde ein, und plötzlich redeten wieder alle wild durcheinander.

»Ruhe!«, brüllte Mr. Yannick, doch nur langsam verebbte auch das letzte Gemurmel. »Miss Morgatti, haben Sie Miss Benett beschimpft?«

Megan schenkte mir einen weiteren giftigen Blick, unsicher, ob sie die Wahrheit sagen sollte. Mr. Yannick schien ihr Zögern jedoch als Antwort zu genügen.

»Hinter diesen Türen sitzt eine Horde von Männern, die Einfluss auf Ihre Zukunft haben, und Sie haben nichts Besseres zu tun, als sich direkt nebenan die Köpfe einzuschlagen? Wollen Sie so einen guten Eindruck hinterlassen? Wer sich nicht zu benehmen weiß, der verlässt diesen Ort bitte auf der Stelle, bevor ich die Tür aufschließe und Sie auf die Berufsinformationsrunde loslasse. Ich sage es kein zweites Mal.«

Er bedachte mich mit einem prüfenden Blick, und ich konnte nur mit Mühe ein dankbares Lächeln unterdrücken. Statt mich sofort für den Ärger verantwortlich zu machen, wie es zum Beispiel Mr. Sheffield getan hätte, war er zuallererst dem Auslöser des Streits auf den Grund gegangen.

Die Menge löste sich langsam auf, und Schüler strömten in die nun geöffnete Bibliothek. Nur einige wenige Gesichter standen etwas ratlos im Korridor. Ich erwachte aus meiner Starre und suchte nach Ryan, doch der Vampir war spurlos verschwunden. Meine Freunde stellten sich unsicher in einem Halbkreis um mich, wahrscheinlich auch, um mich vor den ängstlichen Blicken meiner Mitschüler zu schützen.

»Seid nicht sauer, aber mir ist die Lust auf Berufsinformation gerade gehörig vergangen«, murmelte ich. »Ich wünsche euch viel Spaß dabei.«

»Kommt gar nicht infrage, wir lassen dich jetzt nicht

allein«, widersprach Ally bestimmt, doch ich brachte sie mit einer Handbewegung zum Schweigen.

»Lieb von dir, aber im Moment möchte ich genau das. Allein sein.« Ich zwang mich zu einem Lächeln, so gut es mir möglich war, und machte auf dem Absatz kehrt, bevor Alissa protestieren konnte. Ein ausgedehntes Bad und Trübsal blasen auf meinem Bett war jetzt genau das, was ich brauchte. Ich hatte gehofft, dass die Gerüchte mit der Zeit verblassen und die Menschen wieder normal mit mir umgehen würden. Anscheinend war das nicht der Fall. Frustriert stieß ich die Hände in die Hosentaschen und schlurfte zurück zum Hexenwohntrakt.

Für einen Moment hatte ich geglaubt, Ryans Initiative für mich würde endlich die Mauer einreißen, die uns seit Wochen voneinander trennte und mir das Gefühl gab, in einer kahlen und einsamen Zelle eingesperrt zu sein. Doch der kalte Blick, den er mir zugeworfen hatte, als Mr. Yannick dazugekommen war, hatte mich eines Besseren belehrt. Nicht die Tatsache, dass ich wieder Ziel von Hohn, Spott und Angst geworden war und meine Mitschüler mich für einen Freak hielten, belastete mich so. Es war seine Reaktion, die meinem Herz den Stich eines Dolches verpasst hatte. Mehr als je zuvor wurde mir klar, wie sehr ich seine Nähe brauchte.

Auf unserem Zimmer konnte ich nicht anders, als ein genervtes Stöhnen herauszupressen, als ich Conchobhar auf Alissas Bett sitzen sah. Ich kannte diesen Gesichtsausdruck.

»Hör zu, Cox, ich bin heute wirklich nicht in der Stimmung, mir deine Predigten anzuhören. Lass es einfach gut sein.«

Der Kobold schnaubte, und sein drachenähnlicher Schwanz schwang angriffslustig von rechts nach links.

»Die Dame ist also nicht in Stimmung? Ich frage mich, wie du auf den Gedanken kommst, dass mich das interessiert. Außer mir traut sich ja niemand, dir die Wahrheit ins Gesicht zu sagen.«

Natürlich. Hatte ich wirklich geglaubt, ich könnte ihn abwimmeln?

»Also gut, schieß los«, presste ich zwischen zusammengebissenen Zähnen hervor, mit der festen Absicht, einfach meine Ohren und meinen Geist vor seinem Gebrabbel zu verschließen. Ich schnappte mir meine Haarbürste, setzte mich auf mein Bett und löste den Zopf.

»Was glaubst du, warum Ryan sich für dich eingesetzt hat?«

Ah. Er war also auch da gewesen. Na schön, bei der Erwähnung dieses Namens fiel es mir nicht ganz so leicht, mich wie beabsichtigt auf das Entwirren meiner Haare zu konzentrieren.

»Keine Ahnung. Kurzschlussreaktion?«

Conchobhars Gesichtsausdruck verdüsterte sich. Er verschränkte abwartend die kleinen, grünen Arme.

»Was willst du hören, Cox? Dass er eventuell noch Gefühle für mich hat? Ich werde nicht so dumm sein und mir etwas vormachen. Du hast ihn die letzten Wochen erlebt, er ist froh, dass er mich losgeworden ist, und diese Elaine ist das Beste, was ihm passieren konnte.«

»Diese Elaine ist das Dämlichste, was ihm passieren konnte«, polterte Cox. »Sie ist eine egoistische und intrigante kleine Diva. Und ja, ich glaube schon, dass er noch Gefühle für dich hat.« Als das Wort Gefühle über seine Lippen glitt, schüttelte er sich angewidert.

»Ach ja«, fuhr ich ihn an, und die Bewegungen, mit denen ich meine Bürste durch die Haare fahren ließ, wurden aggressiver, »und warum behandelt er mich dann, als wäre ich ihm weniger wert als der Dreck unter seinen Füßen?«

Na toll, so viel zu meinem Vorhaben, mich nicht auf eine Diskussion mit dem Kobold einzulassen.

»Weil du ihn genauso behandelt hast«, sagte er ruhig und sachlich.

Langsam ließ ich meine Haarbürste sinken, während ich ihn anstarrte. »Wie bitte?«

Conchobhar schnaubte und schüttelte kaum wahrnehmbar den Kopf, sodass die fledermausartigen Ohren hin und her wippten. »Denk doch mal darüber nach, Jill. Klar, er hat einen Fehler gemacht, als er im letzten Jahr einfach verschwunden ist. Er hat seinen Fehler eingesehen und ist zurückgekehrt. Doch anstatt ihm zu verzeihen, hast du ihn abgewiesen. Er hat ständig versucht, mit dir zu reden, er hat dir seine Liebe gestanden, und du hattest nichts Besseres zu tun, als ihn immer wieder auflaufen zu lassen. Er hat für dich gekämpft, immer und immer wieder, er hätte sogar sein Vampirdasein für dich aufgegeben. Und was machst du? Du benötigst Zeit und hältst ihn immer weiter hin. Wie lange wolltest du ihm noch das Gefühl geben, dass deine Liebe zu ihm nicht stark genug ist, um über diesen einen verdammten Fehler endlich hinwegzusehen? Zusätzlich zu den Schuldgefühlen, die er sowieso schon hatte? Der Blutdurst ist Ryans größte Schwäche, doch anstatt Verständnis dafür zu zeigen, verurteilst du ihn dafür, dass er sich seiner Schwäche schämt.«

Autsch. Das hatte gesessen.

»Ich hätte mit ihm darüber geredet, wenn er nicht einfach abgehauen wäre«, protestierte ich schwach.

»Er ist weggegangen, weil er Angst um dich hatte! Er hatte Angst, dass er derjenige sein könnte, der dich irgendwann verletzt. Deshalb hat er versucht, sich von dir fernzuhalten. Um deinetwillen! Er hat gehofft, dass du es auch schaffen würdest, ohne ihn glücklich zu sein, und sich dafür selbst gequält. Was meinst du, wie er sich gefühlt haben musste, als er zurückkam, weil er es verdammt noch mal nicht ohne dich aushielt, und du ihn einfach von dir gestoßen hast? Und trotzdem ist er an deiner Seite geblieben. Aber wie lange willst du ihn für seinen Fehler noch bestrafen? Soll ich dir was sagen? Ryan hat es genau richtig gemacht, indem er sich von dir abgewandt hat, denn erst jetzt fällt dir Hohlkopf auf, wie viel er dir eigentlich bedeutet. Und was machst du? Du bist zu stolz, um über deinen Schatten zu springen. Du badest in Selbstmitleid, weil dein Vampir sich nicht mehr für dich interessiert. Um mal Klartext zu reden: Nicht er ist am Zug! Sondern du bist an der Reihe, auch einmal um *ihn* zu kämpfen!«

Erst jetzt fiel mir auf, dass ich die Hände in das Bettlaken gekrallt hatte, während ich sprachlos den Kobold ansah, der es wieder einmal innerhalb weniger Minuten geschafft hatte, meine gesamte Weltanschauung auf den Kopf zu stellen. Um Ryan kämpfen? War es für mich zu selbstverständlich geworden, dass er immer für mich da war? Klar, ich hatte ihn zu Anfang des Schuljahres aufgesucht, und er hatte mich abblitzen lassen. Wieso hatte ich so schnell aufgegeben? Ich wusste die Antwort, und sie hinterließ einen bitteren Nachgeschmack. Weil ich dachte, er wäre ohne mich besser dran. Aber hatte Ryan nicht genau das auch gedacht, als er mich im letzten Jahr allein gelassen hatte? War er nicht abgehauen, weil er meinte, dass ein Leben ohne ihn besser für mich wäre? Wie hatten wir es so weit kommen lassen können?

Conchobhar schien mit seiner Tirade fertig zu sein und lehnte sich abwartend an eines von Alissas Kissen.

»Ich hasse es, wenn du das tust«, sagte ich trocken und mit einem schwachen Lächeln, als ich meine Sprache wiedergefunden hatte.

»Ja, weil du weißt, dass ich recht habe. Und weil du es hasst, wenn dir jemand den Kopf wäscht. Was meinst du, warum diese unangenehme Aufgabe immer an den Kleinsten von uns allen weitergereicht wird?«

Ich lehnte mich zurück und starrte an den Baldachin meines Bettes, um über das Gesagte nachzudenken.

»Und, was wirst du nun tun?«, fragte Cox nach einer Weile vorsichtig. Ich drehte den Kopf und sah ihn an.

»Kämpfen.«

Kapitel 8

Mit Ryan zu reden gestaltete sich schwieriger als gedacht. Nicht nur, weil er mir aus dem Weg ging. Sobald ich ihm tatsächlich begegnete, klebte Elaine wie eine Klette an ihm, als wisse sie, dass ich ihn eigentlich alleine erwischen wollte. Ich war so schon nervös und unsicher genug, da wollte ich nicht auch noch ihre höhnischen Kommentare ertragen müssen.

Am Donnerstag, dem Tag vor meinem Aufbruch zur Verborgenenorganisation, war ich mit meinem Latein am Ende. Dies war der letzte Tag, an dem ich noch die Chance hatte, mit ihm zu reden. Heute musste es sein, egal was Elaine davon hielt.

Zuallererst musste ich jedoch die vier Magiestunden bei Mr. Yannick ertragen. Und ertragen war definitiv das richtige Wort dafür, denn seit meiner ersten Unterrichtsstunde bei ihm war ich nichts anderes als sein Versuchskaninchen geworden. Der Magielehrer war wirklich nett, er gestaltete den Unterricht interessant und brachte uns mehr bei, als Mr. Sheffield es jemals gekonnt hätte. Er war freundlich und hilfsbereit, doch er hatte einen Narren an mir gefressen. Seit ich ihm demonstriert hatte, dass ich alle Magiegebiete mehr oder weniger beherrschte, musste ich jede Woche vor der Klasse ein weiteres Kunststück vorführen, das er sich ausgedacht hatte. Nicht nur, dass es mich selbst nervte, auch meine Mitschüler verdrehten mittlerweile die Augen, wenn er mich wieder einmal aufrief. Mr. Yannick schien davon allerdings nichts mitzubekommen, im Gegenteil, er dachte vermutlich noch, dass er mir damit einen Gefallen tat.

An diesem Tag allerdings hoffte ich, dass ich verschont bleiben würde. Ich hatte mich kaum darauf konzentrieren können, was ich zum Frühstück aß, weil meine Gedanken ständig zwischen meinem Termin bei der VO und dem Gespräch mit Ryan wechselten. Deshalb stellte ich im Unterricht mein Magiebuch vor mir auf dem Tisch auf und rutschte so tief wie möglich auf dem Stuhl nach unten, in der Hoffnung, dass er mich dieses eine Mal nicht wählen würde. Mr. Yannick begrüßte uns wie üblich mit einem strahlenden Lächeln und ließ ein paar Utensilien für ein neues Experiment auf den Lehrertisch fallen. Eine Flasche Wasser und eine kleine Tonschale.

»Freiwillige? Kryokinese und Makropsychokinese?«, fragte er strahlend in die Runde und stieß vor Aufregung die Flasche um. Einige Schüler lachten leise, waren wir doch mittlerweile seine Tollpatschigkeit gewohnt. Alissa hatte schon am ersten Tag kichernd behauptet, dass die Gliedmaßen des schlaksigen Lehrers einfach zu lang waren, um sie richtig zu kontrollieren. Wie üblich meldete sich niemand, um freiwillig zu einem Versuchsobjekt zu werden.

»Keiner?«

Don, der die Makropsychokinese und damit die Verformung von Gegenständen beherrschte, nahm sich ein Beispiel an mir und verkroch sich ebenfalls hinter seinem Buch.

»Miss Benett, wie wäre es mit Ihnen?«

Warum hatte ich nichts anderes erwartet? In der Klasse hörte ich einige Schüler aufatmen, andere wiederum murmelten höhnische Worte.

»Überraschung«, erklang spöttisch Megans Stimme hinter mir.

»Mr. Yannick, ich bin sicher, dass auch andere Schüler gerne für Ihr Experiment zur Verfügung stehen«, begann ich vorsichtig.

»Aber, aber, Miss Benett. Nur nicht so schüchtern.«

»Nein, im Ernst, Mr. Yannick. Ich fühle mich heute nicht so gut. Nehmen Sie doch bitte jemand anders.«

Der Lehrer jedoch schüttelte nur mit dem Kopf. »Miss Benett, Sie sind meine beste Schülerin! Kommen Sie schon, zeigen Sie der Klasse, wie man es richtig macht.«

Ich stöhnte. Das wurde ja immer schlimmer. Ich stieß mich seufzend von meinem Stuhl hoch und schlurfte zum Lehrertisch.

»Was soll es diesmal sein?«, fragte ich matt und konnte mich nur mit Mühe davon abhalten, theatralisch die Augen zu rollen.

»Eine Eisskulptur«, antwortete Mr. Yannick fröhlich und goss das Wasser in die Schale. Wenigstens war es etwas, das ich konnte. Seit meinen Übungen mit Chaz war ich bedeutend besser geworden, was meine magischen Fähigkeiten anging. Ich konnte zwar noch nicht so eine riesige Eisskulptur erschaffen wie er, doch meine Werke wurden immer besser. Wenigstens konnte ich das Experiment so schnell beenden und musste nicht noch stundenlang probieren, wie es richtig funktionierte. Ich setzte mich auf den Lehrerstuhl, stützte den Kopf in meine Hände und starrte gelangweilt das Wasser in der Schale an. Schuldbewusst zuckte ich zusammen, als mir auffiel, dass ich meine Magie wieder nicht dauerhaft durch meine Adern hatte fließen lassen, sondern sie erst zu einer Energiekugel in meinem Inneren formen musste. Noch immer nervte mich das Gefühl, Tag und Nacht unter Strom zu stehen, und so verbannte ich meine Prana wie üblich zurück in die tiefste Ecke meiner

Brust, wenn ich sie nicht benötigte. Ein flüchtiger Blick zu Chaz in der letzten Reihe sagte mir, dass es ihm ebenfalls aufgefallen war, denn er schürzte missbilligend die Lippen. Ich antwortete mit einem schnippischen Blick. Im Moment hatte ich weiß Gott genug im Kopf, da konnte man das doch mal vergessen.

Ich konzentrierte mich wieder auf das Wasser vor mir, das sich nun langsam erhob und als flüssige Kugel in der Luft hängen blieb. Ich dachte an die Skulpturen, die ich in der Elfenmulde hatte erscheinen lassen und deren Eis so wundervoll im Glanze der Elfenlichter gefunkelt hatten. Die kleinen, geflügelten Wesen hatten begeistert darüber geschwebt und diesen wunderschönen Ort mit dem Klappern ihrer Flügel erfüllt, das wie ein Glockenspiel erklang. Wie viel Zeit hatte ich auch mit Ryan dort verbracht, als wir noch glücklich zusammen gewesen waren.

Im Schein der elektrischen Lampen sah das Wasser trüb aus. Gedankenverloren formte ich das wabernde Nass vor mir zu einer männlichen Figur, mit zerzausten Haaren und in gebückter Haltung, mit ausgestreckter Hand. Ich konzentrierte mich weiter, und auf der Hand erschien ein kleineres, viel zarteres Wesen mit winzigen Flügeln. Ich ließ die Wasserskulptur wachsen, formte hier und da noch an ein paar Kleinigkeiten und versuchte das Bild, das in meinem Kopf entstanden war, mit dieser Abbildung festzuhalten. Auch wenn man das Gesicht der Figur kaum erkennen konnte, so war es für mich und wahrscheinlich auch für meine Freunde vollkommen klar, dass es sich um Ryan handelte, auf dessen Hand eine Elfe landete.

Zufrieden lenkte ich meine Gedanken in eine andere Richtung und ließ das Wasser gefrieren, sodass die mittlerweile einen ganzen Meter hohe Eisskulptur auf dem ächzenden Tisch niedersank. Ich hatte mich wirklich selbst übertroffen, dachte ich. Doch dann erstarrte ich, und das zufriedene Lächeln erlosch auf meinem Gesicht. Nicht nur Mr. Yannick starrte mich mit offenem Mund an, auch den anderen Schülern und selbst meinen Freunden stand die Verblüffung ins Gesicht geschrieben.

Ich biss mir auf die Lippe, als mit der Grund dafür klar wurde. Ich hatte gerade Dämonenmagie angewandt.

Für eine normale Hexe wäre es nicht möglich gewesen, das Wasser in diesem Ausmaß zu vermehren. Normalerweise hätte ich nur eine Figur erschaffen dürfen, die etwa halb so groß war wie das Monstrum, das nun auf dem Tisch des Lehrers thronte.

Dereks Grübelfalte auf der Stirn hatte sich vertieft. Wie die anderen versuchte er vermutlich, eine physikalische Erklärung dafür zu finden, wie ich aus einem halben Liter Wasser eine Skulptur von sechsfachem Ausmaß hergestellt hatte. Hätte ich die Luftfeuchtigkeit erwähnen sollen? Chaz hatte in der letzten Reihe die Hand auf die Augen gepresst und schüttelte mit dem Kopf. Na super.

»Ähm … sehr gut«, sagte Mr. Yannick und räusperte sich, nachdem er sich wieder gefasst hatte. »Das war dann wohl doch mehr Wasser, als ich erwartet hatte.«

Mit gesenktem Kopf brachte ich den Rest der Stunde hinter mich und vermied es, in die Gesichter der anderen zu blicken. Als es zur Pause läutete, sprang ich auf, um schnellstmöglich den Raum zu verlassen.

»Miss Benett«, murmelte Mr. Yannick kaum hörbar. Er bedeutete mir, noch einen Moment zu bleiben, und schweigend wartete ich ab, bis der Klassenraum sich geleert hatte.

»Sie machen sich Sorgen um etwas«, stellte der Mann mit dem schmalen Gesicht und der etwas zu großen Nase fest. Ich musterte ihn, unsicher, ob ich ihm davon erzählen sollte, wie sehr mich im Moment alles belastete. Wie sehr ich mich als Freak betrachtete.

»Es ist nichts, Mr. Yannick«, flüsterte ich, doch nicht einmal mich selbst hätte meine zitternde Stimme überzeugen können. Seine klugen Augen blitzten wissend auf.

»Es geht um Ihren Termin, oder? Sie können sich mir anvertrauen, ich hoffe, Sie wissen das. Im Übrigen werde ich Sie morgen nach London begleiten.«

Überrascht blinzelte ich ihn an, und er schenkte mir ein sanftmütiges Lächeln. Verwundert nahm ich wahr, wie ein Teil der Last von mir fiel. Ich musste da morgen nicht alleine durch und hatte jemanden an meiner Seite, auch wenn es nur ein Lehrer war, den ich erst seit wenigen Monaten kannte.

»Gibt es irgendetwas, was ich wissen sollte, Miss Benett? Es ist wichtig, dass wir vollkommen ehrlich miteinander umgehen, damit es vor dem Ausschuss der Verborgenenorganisation keine Überraschungen gibt.«

Ob ich ihm etwas Wichtiges vorenthalten würde? Mal abgesehen von der Tatsache, dass alle Vorwürfe und Behauptungen stimmten, die meine Herkunft betrafen, ich ein Halbdämon war und Magie anwenden konnte, von der die meisten nicht einmal wussten, dass es sie gab? Und dass ich diese besonderen Fähigkeiten gezielt mit meinem Bruder trainierte und damit auf dem besten Weg war, eine der mächtigsten und somit auch gefährlichsten Hexen, Entschuldigung, *Halbhexen* der Welt zu werden?

»Nein, Mr. Yannick. Es gibt nichts, was ich nicht schon der Verborgenenorganisation in einem ausführlichen Bericht geschrieben habe. Vielen Dank, dass Sie mich morgen begleiten.«

Er nickte wissend, doch seine intelligenten grünen Augen musterten mich scharfsinnig. »In Ordnung, Miss Benett. Ich erwarte Sie morgen früh um halb acht am Eingangstor. Versuchen Sie, heute Nacht etwas Schlaf zu finden. Sie dürfen gehen.«

Etwas beruhigt verließ ich den Klassenraum, um mit meinen Freunden etwas zu Mittag zu essen. Weder im Speisesaal noch beim Sportunterricht erblickte ich Ryan. Nach der Schule suchte ich sowohl im Hauptgebäude als auch am See, doch auch hier war er nirgends zu finden. Somit blieb mir nichts anderes übrig, als die Schultern zu straffen und noch einmal im Vampirwohntrakt vorbeizuschauen.

Doch schon in der Tür wurde ich kalt von einem Vampir aus dem zweiten Jahrgang abgewiesen, der mir schroff erzählte, Ryan sei mit Elaine unterwegs.

Ich ignorierte das Ziehen in meiner Magengegend und trottete zurück zu meinem eigenen Wohntrakt. Wohin konnte er mit der hübschen Vampirin gegangen sein, wenn er weder in der Schule noch am See zu finden war? Ein schmerzender Gedanke kam mir in den Sinn und ich zwang mich dazu, tief durchzuatmen und die Tränen zurückzudrängen. War er mit ihr in den Wald zur Elfenmulde gegangen? Hatte er sie an den Ort mitgenommen, an dem er so viele zauberhafte Stunden mit mir verbracht hatte? Dann musste es wirklich ernst zwischen den beiden sein. Wieder beschlich mich diese Hoffnungslosigkeit.

Auch beim Abendessen tauchten sie nicht auf, und so saß ich am Abend wie ein Häufchen Elend auf meinem Bett und umklammerte ein Kissen.

»Ich habe ihn den ganzen Tag nicht gefunden«, vertraute ich Cox an, der gelangweilt und kopfüber an der Holzstange meines Baldachins baumelte.

»Dann geh nach der Sperrstunde zu ihm«, sagte der Kobold achselzuckend. »Dann ist er auf jeden Fall in seinem Wohntrakt, und du kannst dir sicher sein, dass dieser Drache nicht bei ihm ist.«

»Ich habe keine Ahnung, wie ich dort hineingelangen soll«, sagte ich etwas verdutzt über diese Idee.

Cox schnaubte. »Du bist doch sonst nicht so unkreativ.«

Ich musste zugeben, dass die Idee gar nicht so schlecht

war, wenn auch etwas waghalsig. Aber der Gedanke, vor meinem Aufbruch nicht noch einmal mit Ryan geredet zu haben, brannte mir ein tiefes Loch in die Seele.

Ich hatte niemandem etwas von meinen Befürchtungen erzählt, doch insgeheim hatte ich Angst, dass ich nach dem morgigen Tag nicht wieder mit Mr. Yannick in die Akademie zurückkehren würde. Sie hatten Jonathan fast ein ganzes Jahr lang festgehalten, bis er endlich bereit gewesen war, mit ihnen zu reden. Was, wenn sie meiner Geschichte keinen Glauben schenkten? Würde ich damit durchkommen, dass ich keine Ahnung hatte, warum Derek mich in einen Kreis hatte beschwören können? Wir hatten uns eine Geschichte zurechtgelegt, doch sie war lückenhaft und in meinen Augen unglaubwürdig. Allerdings war es auch keine leichte Sache, eine Ausrede dafür zu finden, dass man unbeschadet in die Unterwelt und auch wieder zurückgereist war.

Vorher musste ich einfach noch mit Ryan reden und die Sache zwischen uns klären. Ich wollte aus seinem Mund hören, dass er tatsächlich keine Gefühle mehr für mich hatte, bevor ich versuchen konnte, mit dieser Tatsache zu leben. Doch im Moment wollte ich mir nicht ausmalen, was es bedeuten würde.

»Du hast recht«, sagte ich zu Cox und sprang auf, um ins Bad zu eilen.

»Wieso seid ihr nur immer alle so überrascht davon?«, hörte ich ihn noch rufen, bevor ich die Tür hinter mir zuknallte.

Das riesige Badezimmer war ein Traum aus Marmor und Gold. Ich lief an der ausladenden Badewanne vorbei und stellte mich unter die Dusche, nicht jedoch, ohne vorher die zahlreichen Kerzen anzuzünden, die im Badezimmer verteilt waren. Sie tauchten den Raum in ein warmes Licht und ließen die Fliesen funkeln, während sich ein angenehmer Duft nach Vanille ausbreitete. Bisher hatten sie immer eine beruhigende Wirkung auf mich gehabt, doch nun wollte selbst das heiße Wasser, das auf meinen Rücken prasselte, die Nervosität nicht vertreiben. Ich ließ mir Zeit, um mich mental auf mein Vorhaben vorzubereiten.

Nachdem ich mir das Haar dreimal mit einem fruchtig riechenden Shampoo eingeschäumt und es wieder ausgespült hatte, wickelte ich ein Handtuch um meinen Kopf und schlüpfte in den Bademantel. Der Spiegel war von dem heißen Wasserdampf beschlagen, und ich wischte mit der Hand darüber, nur um in das ebenmäßige Gesicht einer Dämonenhexe zu blicken, die nervös auf der Unterlippe kaute. Ich cremte sorgfältig meinen ganzen Körper ein, bevor ich mir die Haare föhnte und sie in sanften Locken über meinen Rücken drapierte. Dann wählte ich ein schlichtes Make-up, etwas Puder, ein wenig Mascara und einen schwarzen Lidstrich, der das Türkis meiner Augen zur Geltung brachte. Zuletzt schlüpfte ich in eine enge Jeans und einen einfachen, cremefarbenen Pullover mit tiefem Ausschnitt, über den ich meine Lederjacke zog. Mittlerweile war auch Alissa eingetroffen und durch den Kobold in mein Vorhaben eingeweiht.

»Brauchst du Hilfe?«, fragte sie, und ich warf ihr einen dankbaren Blick zu, weil sie nicht versuchte, mich davon abzuhalten. Auch wenn ich mir sicher war, dass sie mein Vorhaben nicht für gut befand.

»Danke, aber ich denke, ich schaffe es alleine.«

Ich wartete bis kurz nach elf, eine Zeit, zu der die meisten Schüler schon schliefen, da sie am nächsten Tag früh zum Unterricht mussten. Wie schon oft hangelte ich mich an der großen Eiche vor unserem Fenster nach unten, nachdem einer der Wächter seinen Rundgang auf diesem Stück beendet hatte.

Ich hatte Glück und kam gut voran. Es hatte seit einigen Monaten keinen Vorfall mehr in der Schule gegeben. Dementsprechend waren die meisten Lehrer und die Wachen, die die VO zur Unterstützung geschickt hatte, eher unaufmerksam und gelangweilt bei ihrem Rundgang. Etwas bedauernd wünschte ich mir, ich hätte diese Unsichtbarkeitsgeschichte, die mir Chaz beibringen wollte, besser geübt. Leider machte ich in dieser Beziehung nicht den geringsten Fortschritt, aber auch die Schatten der Nacht boten mir genügend Schutz. Ich umrundete den Vampirwohntrakt und versteckte mich im Gebüsch, als Mrs. Preston, unsere mütterliche Klassenlehrerin, leise summend an mir vorbeilief und die Gegend im Auge behielt. Fröstelnd bog ich die dornigen Zweige auseinander und spähte in die Dunkelheit. Aus dem Wald ertönte der Ruf einer Eule wie eine stumme Warnung. Ein kalter Wind ließ die Blätter rascheln und kroch unter meine Lederjacke, um mir eine Gänsehaut zu verpassen.

Ich sah zu dem Gebäude auf und zählte die Fenster des ersten Stocks, um Ryans Zimmer auszumachen. Lautlos huschte ich über die Grasfläche und blieb unter dem Fenster stehen. Ein efeubewachsenes Holzgitter half mir dabei, das erste Stück hinaufzuklettern, allerdings war es nicht hoch genug. Die Dachrinne, die seitlich an der Wand entlang lief, brachte mich immerhin auf die gewünschte Höhe, doch bis zu Ryans Fenster war es noch etwas über einen Meter. Der Aufstieg hatte schon viel zu viel Zeit gekostet, und ich betete, dass sich die nächste Wache noch etwas Zeit mit ihrem Rundgang ließ.

Mit zitternden Händen umklammerte ich das eiskalte Rohr der Dachrinne, während es unter meinem Gewicht ächzte und stöhnte. Ich konnte nur mit Mühe ein Schnauben unterdrücken, als ich mir vorstellte, wie albern ich aussehen musste. Dann löste ich meinen rechten Arm von der Dachrinne und versuchte, in dem Stein des Gebäudes mit meinen Schuhspitzen Halt zu finden, während ich die Hand ausstreckte und gerade so mit den Fingerspitzen das vorstehende Fensterbrett berühren konnte. Na super, ein Verlängerungskabel für meine Arme wäre mir jetzt sehr gelegen gekommen.

Mir blieb nichts weiter übrig, als zu springen. Ich stieß mich ab und krallte mich an den kalten Stein des Fensters. Mit der linken Hand rutschte ich ab und konnte gerade noch verhindern, dass ich in die Tiefe stürzte. Mit der anderen Hand hielt ich verzweifelt einen der Steine umklammert, der sich etwas von den anderen abhob. Ich musste mich irgendwie bemerkbar machen. Mit aller Kraft hob ich den linken Arm und klatschte mit der Hand an die Fensterscheibe, bevor ich sie ebenfalls wieder an das Fensterbrett heftete. *Bitte Ryan, beeil dich.* Langsam verließ mich die Kraft.

Endlich erschien eine Gestalt am Fenster, und nach einer Schrecksekunde wurde es geöffnet. Ein schwarzer Haarschopf schob sich heraus, ihm folgten dunkle Augen, die von einer japanischen Herkunft zeugten, und Fangzähne, die in dem matten Licht des Mondes glänzten. Das dort war definitiv nicht Ryan.

»Sorry, falsches Fenster«, japste ich, als meine Finger von dem Stein glitten und ich in die Tiefe stürzte.

Kapitel 9

Ein eiserner Griff umfasste mein Handgelenk, und Schmerz schoss durch meinen Arm, als ich mit einem kräftigen Ruck nach oben durch das Fenster gezogen wurde. Polternd landete ich auf dem Fußboden, direkt neben dem Vampir, der mich gerade vor dem Absturz bewahrt hatte.

»Jill? Was zum Henker machst du denn hier?«, fragte Jacob Chang, einer von Ryans Freunden und auch einer der wenigen, die mich in den letzten Wochen vollkommen normal behandelt hatten.

»Was wohl? Ich wollte zu Ryan! Er hat das siebte Zimmer von rechts, also dementsprechend auch das siebte Fenster von rechts. Dachte ich jedenfalls.«

Ich spürte, wie die Hitze an meinen Wangen empor kroch und mich wie einen Feuermelder glühen ließ. Jacob brauchte eine Weile, bis er sich von seinem Kicheranfall erholt hatte.

»Du hast das Fenster ganz am Ende vom Korridor vergessen. Das im Flur«, schmunzelte er und rieb sich über die verschlafenen Augen. War ja klar. So etwas konnte auch nur mir passieren.

»Darf ich fragen, wieso du mitten in der Nacht versuchst, in unseren Wohntrakt einzubrechen?«

»Ich habe den Herrn den ganzen Tag gesucht – vergeblich«, antwortete ich grimmig. Auf Jacobs Gesicht breitete sich Verständnis aus.

»Stimmt, er war mit Elaine in der Stadt. Irgendeine Sondergenehmigung, die sie eingeholt hat. Wenn ich es mir recht überlege, scheint sie etwas geahnt zu haben. Das ist dein letzter Tag vor dem VO-Termin, oder?«

Ich verbiss mir eine bissige Bemerkung dazu und nickte.

»Sie ... sie ist aber nicht gerade bei ihm, oder?«, fragte ich. Mein Hals fühlte sich an wie ein Reibeisen bei dem Gedanken, ich würde in das Zimmer platzen und die beiden beim Kuscheln stören.

»Nee, Weiber schlafen im zweiten Stock, und Mrs. Evans hat heute Aufsicht, da brauchst du dir keine Gedanken zu machen.«

Ich atmete auf, und die plötzliche Stille wurde unangenehm.

Mit einer Geste wies Jacob zur Tür. »Lass dich von mir nicht aufhalten. Hat mich gefreut, dass wir plaudern konnten, aber wenn es dir nichts ausmacht, würde ich gerne weiterschlafen.«

Wortlos ging ich zur Tür und schlüpfte in den stockdunklen Korridor. Ryans Tür müsste direkt nebenan sein. Ich wischte mir die schweißnassen Hände an der Hose ab, bevor ich tief durchatmete und den Knauf drehte.

In dem Zimmer herrschte ebenfalls absolute Dunkelheit, doch kaum hatte ich die Tür geöffnet, erstrahlte ein Nachtlämpchen in einem schwach orangefarbenen Schein, und der Vampir stand wachsam und nur in Jogginghose daneben. Er musste in diesen wenigen Sekunden aus dem Schlaf erwacht und sofort in Angriffshaltung gegangen sein, was den Instinkten der Vampire entsprach. Sein Bett war noch immer zerwühlt, doch mein Blick blieb an den wunderschönen, von schwarzen Wimpern umrahmten Augen hängen, die mich nun verwirrt und ungläubig anstarrten.

»Ähm, hi«, stotterte ich, und plötzlich waren nicht nur mein Mut, sondern auch alle Worte, die ich mir zurechtgelegt hatte, verflogen. Kurz überlegte ich, ob ich ihn bitten sollte, sich ein T-Shirt überzuziehen. Wie sollte man sich bei diesem Anblick konzentrieren? Der Vampir erlangte seine Fassung wieder und verschränkte die Arme vor der Brust, allerdings bemerkte ich einen belustigten Zug um seinen Mund. Ich kenne dich einfach zu gut, schoss es mir durch den Kopf.

»Immer für eine Überraschung gut, hm?«, fragte er, und der Klang seiner rauen, vom Schlaf noch kratzigen Stimme jagte mir einen Schauder über den Rücken. Etwas von der Anspannung wich von mir, bis mir klar wurde, dass er mich abwartend ansah. Er wartete auf eine Erklärung.

»Ich ... Du warst den ganzen Tag unterwegs, sonst würde ich nicht nachts in dein Zimmer platzen ...«

Hilflos richtete ich den Blick auf den Boden, um nicht länger von seinem zerzausten, schwarzen Haar und den steinharten Muskeln seines Oberkörpers abgelenkt zu werden. Ich hatte ihn nie anders als frisch rasiert gesehen, aber der Hauch von Bartstoppeln ließ ihn noch reifer und verruchter wirken. Himmel, was war nur mit mir los?

Ich schloss für einen Moment die Augen und versuchte, meinen rasenden Puls zu beruhigen. Gegen das Flattern in meinem Bauch war ich machtlos. Wie lange waren wir uns jetzt aus dem Weg gegangen? Es kam mir vor, als hätten wir uns Jahre nicht gesehen. Gleichzeitig hatte ich das Gefühl, noch gestern in diesen starken Armen gelegen zu haben. Das Zimmer war erfüllt von dem düsteren und anziehenden Vampirgeruch, unter dem ich den schwachen Duft nach Mandeln ausmachen konnte.

»Ich vermisse dich, Ryan«, presste ich hervor und wagte es, ihm wieder ins Gesicht zu blicken. Er ließ keinerlei Regung erkennen. »Der Streit zwischen uns ... ich meine ...«

Hilflos hob ich die Arme und ließ sie wieder sinken. Ich kam mir vor wie ein nervöses Kind, dem die Worte fehlten.

»Du willst dich wieder vertragen?«, half er mir spöttisch nach. Ich nickte stumm und fand es immer absurder, mitten in der Nacht stotternd in seinem Zimmer zu stehen. Was hatte ich mir nur dabei gedacht? Ohne darüber nachzudenken, drehte ich mich auf dem Absatz herum und wollte flüchten.

»Warum? Warum jetzt erst? Du hattest lange genug Zeit.« Seine Stimme ließ mich innehalten. Ich ballte die Fäuste und ärgerte mich über die Tränen, die meine Augen füllten. Reglos verharrte ich mit der Hand am Türgriff. Ich wagte es nicht, mich zu ihm umzudrehen, doch plötzlich stieg Ärger in mir hoch.

»Weil ich ... weil ich dich liebe!«, platzte ich wütend mit zitternder Stimme heraus, und schlagartig wurde mir klar, dass ich tatsächlich so fühlte. Und ich hatte es gerade laut ausgesprochen. Der Vampir erstarrte, und für einen Moment verzog sich sein Gesicht schmerzvoll.

»Ich liebe dich, Ryan«, sprudelten plötzlich alle Gefühle aus mir heraus, ohne dass ich sie bremsen konnte. Ein Tränenschleier raubte mir die Sicht, als ich ihn nun doch ansah. »Ich liebe dich mehr als alles andere auf der Welt, und ohne dich fühle ich mich verloren, als ob ein Teil von mir fehlt. Ich fühle mich unvollständig, und ich habe das Gefühl, dass ein tiefes Loch in meiner Brust klafft. Es ist so, als würde ich meinen Heimweg nicht finden, und gleichzeitig habe ich das Gefühl, dass *du* mein Zuhause bist. Du gibst mir den Halt, den ich brauche, um nicht vollends den Verstand zu verlieren, wenn mal wieder alles über mir zusammenbricht.«

Meine Stimme brach, doch ich ließ den Worten freien Lauf, während sich die heißen Tränen einen Weg über meine Wangen bahnten. Ryan rührte sich noch immer nicht.

»Du bist der Gedanke, an den ich mich klammere, wenn Angst und Verzweiflung mich innerlich zerfressen. Du bist der Grund, warum ich nicht einfach das Handtuch werfe, wenn die ganze verdammte Welt gegen mich zu sein scheint. Und du bist der Grund, warum es sich zu kämpfen lohnt. Jede Faser meines Körpers fühlt sich zu dir hingezogen, mein Herz schreit nach dir. Und das macht mir Angst, Ryan! Denn statt zusammen mit mir zu kämpfen, hast du mich im Stich gelassen und mich schlimmer verletzt, als es eine körperliche Wunde je vermochte. Du hast mich verdammt noch mal allein gelassen, während ich innerlich zerrissen war.«

Aus meiner Kehle kam kaum mehr als ein Schluchzen, während er mich fassungslos anstarrte.

»Ich habe gelitten, Ryan, und ich habe innerlich geblutet! Das ist der Grund, warum ich nicht sofort zu dir zurückgekommen bin! Weil ich zum Teufel noch mal Zeit gebraucht habe, damit sich diese Wunde schließen kann. Aber mit jeder Sekunde, die wir nicht zusammen sind, habe ich das Gefühl, dass sie immer weiter aufreißt. Ich habe gegen Mairas gekämpft. Ich habe gegen Dämonen und Höllenwesen gekämpft. Aber keiner von ihnen hatte die Macht, mich so sehr zu verletzen, wie du es könntest. Wie du es getan hast. Aber ich bin niemand, der aufgibt, und ich werde nicht tatenlos dabei zu sehen, wie wir unsere Chance einfach wegwerfen. Ich liebe dich, und ich sehe in deinen Augen, dass es dir ebenso geht. Ich weiß, dass du dich danach sehnst, eine normale Beziehung zu führen, und vermutlich ist Elaine genau die Richtige dafür. Wenn du mir sagst, dass du Gefühle für sie hast, dann werde ich auf der Stelle umkehren und mich nicht weiter in dein Leben einmischen. Aber ich will, dass du meine Gefühle kennst und verstehst, warum ich so gehandelt habe. Und wenn du uns auch nur den Hauch einer Chance gibst, dann lass uns endlich damit aufhören, uns aus dem Weg zu gehen. Denn das tut verdammt weh!«

Zitternd wischte ich mir mit dem Ärmel die Tränen von der Wange, da wurde ich schon in eine feste Umarmung gezogen. Ich hätte vor Erleichterung fast aufgeschrien, als ich mich an Ryans nackte Brust lehnte und schluchzend die Hände um seine Mitte schlang. Wortlos weinte ich mir die Sehnsucht von der Seele, und all die Anspannung, der Schmerz und die Ungewissheit der letzten Wochen fielen von mir ab. Alle unterdrückten Gefühle durchbrachen die Mauer, die ich um mich herum aufgebaut hatte. Ich spürte, wie Ryan das Gesicht in meine Haare presste, mir über den Rücken strich und mich so fest umschlang, als wolle er mich nie wieder loslassen. Ich wusste nicht, wie lange wir so dagestanden hatten, doch irgendwann versiegten meine Tränen, und er löste sich langsam von mir, aber nur, um mein Gesicht in beide Hände zu nehmen und einen zarten Kuss auf meinen Mund zu hauchen.

»Ich liebe dich, Jillian, auch wenn du mich eine verdammt lange Zeit hast warten lassen. Und es ist mir egal, ob du ein Dämon, eine Hexe oder eine Normalsterbliche bist. Wir werden einen Weg finden.«

Zur Antwort zog ich ihn an mich, doch als unser Kuss leidenschaftlicher wurde, versteifte er sich unmerklich. Ich zog mich verständnisvoll zurück, doch er ergriff meine Hände.

»Wie geht es jetzt weiter?«, fragte ich mit erstickter Stimme und verlor mich in den hellen blauen Augen, die im Licht der Nachttischlampe funkelten. Das Verlangen in ihnen war kaum zu übersehen.

»Wie wär's, wenn wir einfach zum Anfang zurückspulen und so tun, als hätte es die turbulente Zeit gar nicht gegeben?«

Fast hätte ich geschnaubt. Turbulent war die Untertreibung des Jahres. Doch ich war einfach nur dankbar für den

Vorschlag und kämpfte abermals mit den Tränen. Tränen des Glückes und der Erleichterung. Gott, wie konnte ein einziger Mensch nur so viel heulen wie ich in den letzten paar Minuten?

»Elaine und ich sind übrigens kein Paar«, sagte Ryan unvermittelt und verwundert legte ich den Kopf etwas schief.

»Aber ihr ... sie ...«

»Sie hätte es gerne, ja«, stimmte er mir zu. »Aber ich habe ihr von Anfang an klar gemacht, dass es für mich nur eine Frau gibt und sie nicht auf mehr als Freundschaft hoffen kann. Deshalb hasst sie dich so.«

Immer noch verblüfft ließ ich die letzten Wochen Revue passieren. Wenn ich es mir recht überlegte, hatte ich immer nur gesehen, wie die Vampirin ihn berührte, sogar auf die Wange küsste. Doch Ryan hatte die Berührungen nie erwidert. Hatte er mich absichtlich in dem Glauben gelassen und sie nicht zurückgewiesen? Nun ja, das klärende Gespräch mussten dann wohl die beiden führen.

Ryan zog mich zu seinem Bett, legte sich neben mich, und ich schmiegte den Kopf an seinen Hals. Wie lange hatten wir nicht mehr so eng umschlungen gekuschelt? Die Zeit schien stillzustehen, während wir uns aneinander schmiegten und gedankenverloren die Nähe des anderen genossen. Es gab noch so viele unausgesprochene Worte, so viel zu erzählen, doch nichts schien in diesem Moment noch eine Rolle zu spielen. Monatelang hatte ich mich nicht mehr so sorglos und entspannt gefühlt. Ich wusste nicht, wie viel Zeit vergangen war, doch meine Lider wurden immer schwerer, und ich unterdrückte schon das dritte Gähnen. Seufzend sah ich auf die Uhr.

»Ich sollte wohl besser gehen«, murmelte ich, unfähig, mich aus freien Stücken aus seinen Armen zu lösen. Ryan schien es ebenso zu gehen. Er ließ mich nicht los.

»Nein, solltest du nicht«, flüsterte er sacht in mein Ohr, und seine Stimme verursachte ein Kribbeln auf meiner Haut. Sie war so betörend und verführerisch, dass ich jetzt diejenige war, die sich versteifte.

»Bleib«, bat er mich, und sein Atem strich über meinen Hals. Plötzlich war ich hellwach. Seine kühlen Finger lagen sanft auf meinem Rücken, und ich hatte das Gefühl, meine Haut stünde unter seiner Berührung in Flammen. Was meinte er damit? Sollte ich die Nacht hier verbringen? Klar, wir hatten schon oft auf meinem oder seinem Bett gelegen und gekuschelt, aber er hatte immer die Notbremse gezogen, wenn es darauf zuging, etwas intimer zu werden. Und wir hatten definitiv noch nie zusammen in einem Bett *geschlafen*.

Andererseits würde es so eine Möglichkeit wohl so schnell nicht wieder geben. Vor morgen früh würde mich niemand vermissen, und da ich ja nun schon in seinem Zimmer war ... Allerdings konnte ich absolut nicht einschätzen, wie es um seinen Blutdurst stand, da das Dämmerlicht dafür sorgte, dass seine Pupillen auch so schon erweitert waren.

»Kannst du ... Ich meine ...«

Er lächelte und legte mir einen Finger auf die Lippen.

»Warte hier«, hauchte er, und bevor ich mich versah, lag ich allein in seinem Bett. Er musste mir nicht sagen, was er vorhatte. Ein Stockwerk tiefer gab es einen ganzen Kühlschrank mit Blutkonserven. Ryan würde kein Risiko eingehen, wenn ich in seiner Nähe war, und seinen Durst so gut wie möglich stillen.

Plötzlich fühlte ich mich nervös und überfordert. Was erwartete er sich von dieser Nacht? Woher kam plötzlich der Sinneswandel? War das mit dem Abstand zwischen uns Geschichte? Oder versuchte er, mich davon zu überzeugen, dass er seine Angst, mich zu verletzen, im Griff hatte? Verloren setzte ich mich auf und wischte mir die plötzlich schweißnassen Hände an der Hose ab, während mein Herz vor Aufregung wild gegen meine Brust hämmerte.

Mit zitternden Händen strich ich über das schwarze Satinlaken. Auf Ryans Nachttisch standen Kerzen. Sollte ich sie anzünden? Mein Verstand schien auszusetzen bei dem Gedanken daran, dass ich gleich eine ganze ungestörte Nacht mit meinem Vampir verbringen würde, ohne ständig Angst haben zu müssen, dass Alissa oder einer von Ryans Freunden in das Zimmer stürmte. Würden wir heute den letzten Schritt wagen? Aber war das so eine gute Idee, nachdem er schon einmal die Kontrolle verloren hatte? Ich vertraute ihm, keine Frage, aber ich konnte mir schwer vorstellen, dass er sich auch selbst vertraute. Wenn ich nur wüsste, was in diesem Moment in seinem Kopf vorging.

Ungeduldig wippte ich mit dem Fuß und löste meine verkrampften Hände. Ich brauchte etwas zu tun. In der Schublade seines Nachttischschränkchens fand ich ein Feuerzeug und zündete nun doch die Kerzen an. Auf dem Fensterbrett und seinem Schreibtisch fand ich drei weitere, die den Raum in ein romantisches, flackerndes Licht tauchten, sodass ich die Lampe ausschalten konnte. Wie viel Zeit war schon vergangen? Ryan musste jeden Moment wieder hier sein.

Nur keine Panik, Jill, ermahnte ich mich und sah mich aufgeregt nach etwas um, mit dem ich mich ablenken konnte. Was war nur mit mir los? Mit neunzehn Jahren sollte man doch weiß Gott etwas abgeklärter sein. Selbst Alissa hatte die Erfahrung mit ihrem kurzzeitigen Werwolf-Freund schon gemacht. Und ich saß hier wie ein ängstliches Häschen auf Ryans Bett und knetete wieder meine Hände.

Ich hatte ihn nicht kommen hören, und so zuckte ich mit einem Laut der Überraschung zusammen, als sich zwei kräftige Arme von hinten um mich schlangen. Ich lehnte mich mit dem Rücken gegen seine Brust und war mir durchaus bewusst, dass er noch immer kein T-Shirt trug.

»So schreckhaft?«, fragte er belustigt. Ein Kloß in meiner Kehle hinderte mich daran, ihm zu antworten, und ich räusperte mich verlegen.

»Etwas überrascht«, gestand ich ihm, als ich endlich meine Sprache wiedergefunden hatte. Statt einer Antwort küsste er meinen Hals direkt an der empfindlichen Stelle unter meinem Ohr.

»Wir können jederzeit aufhören«, hauchte er und ließ seinen Mund über meinen Hals gleiten. Erneut durchfuhr ein Schauder meinen Körper, und meine Kehle fühlte sich ausgetrocknet an. Es kostete mich alle Willenskraft, ihn für einen Moment von mir zu schieben und ihm ins Gesicht zu blicken.

»Bist du dir sicher?«

Seine Gesichtszüge veränderten sich, und für den Moment konnte ich einen Hauch von Unsicherheit erkennen. »Nein, aber ich habe lange genug auf dich verzichtet, und im Moment möchte ich dich einfach nur bis in alle Ewigkeit festhalten. Lass es uns einfach versuchen, und wir schauen, was passiert.«

Er bedachte mich mit einem schiefen Grinsen, und mir stockte der Atem, als ich sein Gesicht betrachtete. Die rabenschwarzen Haare fielen ihm lässig in die Stirn und glänzten im Schein der Kerzen. Sie bildeten einen scharfen Kontrast zu der bleichen und ebenmäßigen Haut. Ich konnte nicht anders, als jeden Zentimeter seines Gesichtes genau zu betrachten, während er mich hochhob und sanft auf sein Bett legte. Der hellblaue Ring um seine Pupillen war bedeutend breiter geworden, und so leuchteten sie förmlich unter den langen, dunklen Wimpern.

Er sah mich an und schien bis auf den Grund meiner Seele zu blicken, sodass ich für ein paar Sekunden das Atmen vergaß. Auf einen Schlag waren alle Angst und Nervosität vergessen. Ich wollte nur noch diese vollen, geschwungenen

Lippen küssen, während meine Hand durch die weichen Locken fuhr und seinen Kopf zu mir herunterzog. Zart berührten seine Lippen die meinen, und das warme Gefühl in meiner Brust verstärkte sich. Er küsste mich so behutsam, als hätte er Angst, mich zu verletzen. Ich öffnete die Lippen und spürte sein Lächeln unter unserem Kuss. Sachte fuhr er mit der Zunge über meine Unterlippe und zog sich etwas zurück, als ich unseren Kuss vertiefen wollte. Er neckte mich, spielte mit mir und entfachte gleichzeitig ein unheimliches Verlangen, das meinen Körper glühen ließ.

Ich ließ die Hand über seine nackten Schultern gleiten, spürte seine weiche Haut und die harten Muskeln, die darunter lagen, fuhr über seine Oberarme, seinen Rücken … Ryan erschauderte und löste seine Lippen von meinen. Der Ansatz meines Protestes ging in einem erregten Keuchen unter, als ich sie kurz darauf wieder an meinem Hals spürte, wo sie sanft herab zu meinen Schlüsselbeinen wanderten. Er ließ seine Zunge über meine Haut gleiten, wanderte mit dem Finger am Rand meines Ausschnittes entlang und entblößte meine Schulter, um sie kurz darauf mit seinen Küssen zu bedecken. Ich holte bebend Luft, als sich das Kribbeln von dieser Stelle bis in meinen ganzen Körper ausbreitete. Seine Hände wanderten zu meiner Hüfte, glitten unter mein Shirt und liebkosten meinen Bauch. Er schob es sanft nach oben und über meinen Kopf. Es störte mich nicht im Geringsten, dass ich nur noch einen BH trug.

Plötzlich waren seine Berührungen und Küsse überall. Seine Lippen wanderten über meinen Bauch, während er geschickt den Knopf meiner Jeans öffnete und sie von meinen Hüften schob. In meinem Körper tobten Gefühle, die ich nie für möglich gehalten hätte. Das Kribbeln war nun in allen meinen Gliedmaßen zu spüren, mir war heiß, und mein Atem ging schneller.

Als meine Hose lautlos zu Boden glitt, konnte ich mich

nicht mehr beherrschen. Mit einer geschickten Drehung sorgte ich dafür, dass Ryan auf dem Rücken lag und ich auf ihm saß, während ich seine Arme über seinem Kopf festhielt und ihn leidenschaftlich küsste. Der Wunsch, ihm auch nur einen Teil der Gefühle, die er in mir entfacht hatte, zurückgeben zu können, ihm zu zeigen, welche Leidenschaft er in mir ausgelöst hatte, ließ mich auch den Rest meiner Verlegenheit vergessen. Ich löste meine Hände von seinen, ließ sie an den Armen entlang über die Brust und seinen Bauch gleiten, strich sanft mit den Fingernägeln über die weiche Haut und lächelte, als ein weiterer Schauder durch seinen Körper fuhr.

Das Licht der Kerzen flackerte auf seiner Haut, warf sanfte Schatten auf die angespannten Muskeln und tauchte uns in einen warmen Schein. Mit dem Finger zog ich jeden seiner Muskelstränge nach. Ich betrachtete sein Gesicht, ließ die Hände über seine Wangen gleiten und schaffte es nicht, den Blick von diesen engelsgleichen Zügen abzuwenden. Diese Perfektion war einfach nicht fair. Ich beugte mich herab, küsste seinen Hals, seine Brust, fuhr mit den Zähnen über seine Haut und lächelte, als er einen kehligen Laut von sich gab, der in einem leidenschaftlichen Knurren unterging.

Die Welt drehte sich, und plötzlich fand ich mich unter ihm wieder. Es war ein Spiel, in dem wir uns abwechselnd bis an den Rand der Verzweiflung trieben, die Ekstase schürten und ein Meer von Gefühlen auslösten. Das Blut rauschte in meinen Ohren, all meine Zweifel waren in einem Nebel von Glückseligkeit versunken. Ich spielte gerade mit dem Gedanken, meine Finger in den Bund seiner Jogginghose gleiten zu lassen, als Ryan sich über mir versteifte.

Sofort hielt ich inne, wagte es nicht, mich zu rühren, und hielt die Luft an. Plötzlich wurde es kalt im Zimmer. Ein Blick in seine Augen verriet mir, dass der hellblaue Ring fast gänzlich verschwunden war, und mit aller Kraft versuchte ich, meinen Puls zu beruhigen. Nein. Nein, das durfte nicht sein. Ich durfte nicht zulassen, dass sein Blutdurst uns abermals entzweite. Ryan rührte sich nicht vom Fleck, stützte sich auf seinen Armen ab und sah auf mich herab. In seinem Gesicht spiegelte sich eine Vielzahl von Gefühlen wider. Verlangen, Hunger, Angst, Liebe … Verzweiflung.

Ich legte ihm sanft meine Hand auf die Brust. Diesmal würde ich nicht denselben Fehler machen. Ich biss mir auf die Zunge, um meine Tränen zurückzudrängen. Wir konnten es schaffen, ohne dass es in einer Katastrophe endete. Wir mussten es einfach schaffen. Ich musste es schaffen. Ich zapfte meine innere Energiequelle an und ließ etwas von der Macht in meine Finger gleiten. Die Prana knisterte unter meiner Hand, gerade nur so viel, damit Ryan bemerkte, dass ich bereit war, ihm einen Energiestoß zu verpassen, sollte er die Beherrschung verlieren. Ich war bereit, ihn zu verletzen, um unsere Liebe zu retten. Etwas von der Anspannung schien von ihm abzufallen, dennoch wagte er es nicht, sich zu bewegen.

»Es ist okay, konzentrier dich«, hauchte ich und war erstaunt darüber, wie fest meine Stimme klang. Mir war zum Heulen zumute, doch jetzt war ich an der Reihe, Stärke zu zeigen.

»Ich werde dich verletzen«, flüsterte ich und hoffte, dass sein Selbsterhaltungstrieb den Kampf gegen seinen Jagdtrieb gewinnen würde. Und tatsächlich zog er sich etwas zurück, auch wenn ich immer noch zwischen seinen Armen gefangen war. Sein Blick war weiterhin gefährlich, doch nun erkannte ich auch die Wachsamkeit darin. Meine Hand wanderte zu seiner Brust. Ich spürte sein Herz unterhalb der seidenweichen, kühlen Haut rasen, sein Blut tobte vor Verlangen. Ich ließ die Hand liegen, blickte direkt in seine Augen, sah den Kampf in seinem Inneren und hielt seinem Blick stand.

»Du wirst mir nichts tun«, hauchte ich und war mir absolut sicher. Ryan rührte sich nicht. »Du wirst mir nichts tun, weil du mich liebst. Und weil ich dich liebe. Weil wir zusammen gehören und es gemeinsam schaffen werden.«

Sein Herzschlag beruhigte sich langsam, und mit jeder Sekunde konnte ich den Hunger weiter aus seinen Augen weichen sehen. Mit meiner freien Hand strich ich ihm die Haare aus der Stirn, und er schloss die Augen, neigte den Kopf zur Seite und entspannte sich spürbar. Irgendwann schaffte er es, sich zur Seite zu legen und mich wortlos in seine Arme zu ziehen. Ich bettete meinen Kopf auf seine Brust, während er mit der einen Hand zart durch meine Haare fuhr und mit der anderen sanfte Kreise auf meinem Rücken zeichnete. Unsere nackte Haut berührte sich, und ich genoss seine Wärme, den sauberen und betörenden Duft seiner Haut und das unheimlich befriedigende Gefühl der Geborgenheit. Mir war gleichgültig, was um mich herum passierte. In diesem Moment hätte die Welt untergehen können, es interessierte mich nicht, solange ich nur in seinen Armen liegen und träumen konnte.

Ich spürte Ryans Kuss auf meinem Scheitel und lächelte. Während ich fast nackt in seinen Armen lag, war ich glücklicher als ein Kind im Schlaraffenland. Es war nicht ganz so gelaufen, wie wir es uns vorgestellt hatten, doch wir hatten heute einen enormen Fortschritt gemacht. Bisher hatte er es kaum gewagt, mich mehr als nur züchtig zu küssen, und hier lagen wir nun, eng aneinandergeschmiegt und allen Regeln zum Trotz, die besagten, dass Vampire sich nur mit Vampiren einlassen konnten. Wir würden ihnen zeigen, dass es auch anders ging. Und solange wir nur zusammen hielten und auf unsere Liebe bauten, würde uns keiner etwas anhaben können. Und irgendwann würden wir auch den letzten Schritt schaffen.

Kapitel 10

Ich wusste nicht, wann ich eingeschlafen war, doch es dauerte einen schreckhaften Moment, bis ich realisierte, wer da neben mir lag und gleichmäßig atmete. Sofort durchströmte mich ein wohliges Gefühl der Wärme, und ich wagte es nicht, mich zu rühren, aus Angst, ihn zu wecken. Er sah so zufrieden aus und glich mehr denn je einem dunklen Engel. Mein Blick glitt über die zerzausten Haare zu den dunklen Augenbrauen, den langen Wimpern, der ebenmäßigen Nase bis hin zu den geschwungenen Lippen, die ich nur allzu gern sofort wieder geküsst hätte.

»Gefällt dir, was du siehst?«, fragte er mit rauchiger Stimme, ohne die Augen zu öffnen. Ich lächelte. Hatte ich tatsächlich erwartet, einen Vampir im Schlaf zu überraschen?

»Hmmm«, seufzte ich nur und kuschelte mich weiter an ihn. Er drehte seinen Oberkörper zur Seite, sodass unsere Gesichter direkt aneinander lagen und sich unsere Nasenspitzen fast berührten. Sanft glitten seine Finger durch meine wirren Locken.

»Ich könnte dich den ganzen Tag betrachten«, flüsterte er, und ein Kribbeln überschwemmte mich. Endlich einmal schien das Chaos meiner Welt zum Stillstand gekommen zu sein, wenn auch nur für den Moment. Die Sonne fiel durch den Spalt seiner schwarzen Vorhänge und spiegelte sich in seinem rabenschwarzen Haar. Ich hob die Hand, um die weichen Locken zu berühren, und erstarrte. Die Sonne? Mit einem Ruck setzte ich mich auf. Heute war Freitag. Heute war der Termin bei der Verborgenenorganisation, und ich hatte nicht daran gedacht, mir einen Wecker zu stellen. Panisch tastete ich neben dem Bett nach meiner Hose und zog mein Handy hervor. Ich hatte noch fünf Minuten Zeit, bis mein Taxi nach London fuhr.

»Verdammt«, zischte ich und drückte schnell die zwei verpassten Anrufe von Alissa weg. Hastig sprang ich aus dem Bett, suchte eilig meine Sachen zusammen und zog mich in Rekordgeschwindigkeit an.

»Es tut mir leid, ich muss los«, beeilte ich mich zu sagen, bevor ich Ryan einen letzten innigen Kuss gab und daraufhin versuchte, das Vogelnest, zu dem meine Haare geworden waren, mit den Fingern zu glätten. Instinktiv hastete ich zum Fenster und stoppte ratlos. Draußen war heller Tag, und als ich heute Nacht die Mauer erklommen hatte, hatte ich keinen Gedanken daran verschwendet, wie ich wieder ungesehen aus Ryans Zimmer verschwinden konnte. Denn ich war nicht davon ausgegangen, hier die Nacht zu verbringen. Ryan lachte leise in sich hinein.

»Du darfst die Tür nehmen, Jill«, sagte er belustigt. Zögernd hob ich die Augenbrauen. »Sie werden es sowieso bald alle wissen«, sagte er achselzuckend. »Wir sind Vampire, und dein Duft wird an mir haften wie Sekundenkleber.«

Ich hatte keine Zeit, um länger darüber nachzudenken oder mich aufzuregen, dass er mich mit diesem stinkenden Chemiezeug verglich. Deshalb hauchte ich nur ein »Danke« und schaffte es nicht, sein Zimmer zu verlassen, ohne ihn noch einmal zu küssen. Er wusste, dass ich mich damit nicht für seine Loyalität zu mir vor den anderen Vampiren bedankte, sondern für die unendlich schönen Stunden, die wir miteinander verbracht hatten. Die Liebe in seinen Augen, mit der er meinen Blick erwiderte, war Antwort genug und sagte mehr als tausend Worte, als ich die Tür zu seinem Zimmer schloss.

Im Laufen zog ich meine Lederjacke über und murmelte ein schüchternes »Guten Morgen«, als ich an einem halben Dutzend Vampirgesichtern vorbeieilte. Auf der Treppe nahm ich zwei Stufen auf einmal und dankte meinem Gleichgewichtssinn, dass ich nicht stolperte.

Im Aufenthaltsraum der Vampire verlangsamte ich meine Schritte. Einige Gesichter wandten sich mir zu, auch Elaines blonder Haarschopf war darunter. Ich verzog entschuldigend das Gesicht und winkte ihr zu, während sie mich entgeistert anstarrte und nicht mehr zu wissen schien, wie man den Mund schloss. Für sie musste es ein eindeutiges Bild sein, wie ich mit zerzausten Haaren und gerötetem Gesicht noch vor dem Frühstück aus dem ersten Stock eines Wohntrakts kam, in dem ich nichts zu suchen hatte.

Ohne weitere Zeit zu vergeuden, hastete ich aus der Tür und über den Campus. Es verschaffte mir leichte Genugtuung, dass die Vampirin mich gesehen hatte. Vielleicht war es ihr gegenüber nicht fair, aber Ryan hatte mich überzeugt, dass zwischen den beiden nie wirklich etwas gewesen war, jedenfalls nicht von seiner Seite aus. Hätte sie nicht die letzten Wochen damit verbracht, mich permanent öffentlich zu demütigen, hätte ich vielleicht sogar Mitleid gehabt.

Mit ein paar Minuten Verspätung kam ich übermüdet, außer Atem und mit Seitenstechen an dem großen eisernen Tor an, vor dem eine schwarze Limousine parkte. Also doch kein Taxi. Mr. Yannick erwartete mich bereits ungeduldig und atmete erleichtert aus, als ich auftauchte, auch wenn er meine zerfledderte und schlichte Kleidung mit einem Stirnrunzeln bedachte.

»Jetzt weiß ich, was Ihre Tante sich dabei gedacht hat«,

murmelte er kopfschüttelnd und deutete auf das Innere der Limousine. »Mrs. Bailey hat Ihnen ein Kostüm zukommen lassen. Sie können sich umziehen, während ich draußen warte. Die getönten Scheiben werden Sie vor unerwünschten Blicken schützen.«

Etwas verdutzt folgte ich seinen Anweisungen und fand im Inneren des Autos einen Wäschesack, den ich mit zitternden Händen öffnete. Darunter kam ein schwarzer Hosenanzug zum Vorschein, dessen Stoff edel und teuer wirkte.

»Oh, Tante Am«, hauchte ich, als ich die Finger darüber gleiten ließ. Hastig zog ich mich um. Er passte wie angegossen, und sofort fühlte ich mich reifer und seriöser. Allerdings kroch nun auch die Aufregung wie ein kalter Nebel in meine Knochen. Als Mr. Yannick in den Wagen stieg, war ich schon damit beschäftigt, Alissa und Derek eine SMS zu schicken. Ich hatte eigentlich vorgehabt, mich von ihnen zu verabschieden. Sie machten sich sicher Sorgen, auch wenn Ally sich vermutlich denken konnte, wo ich meine Nacht verbracht hatte.

Die Fahrt nach London verlief größtenteils schweigend. Ich lehnte mich in den kühlen Sitz und atmete den Geruch des Leders ein, während ich durch die getönten Scheiben die vorbeiziehende Landschaft beobachtete, ohne sie wirklich wahrzunehmen. Mr. Yannick saß mir gegenüber und warf mir hin und wieder einen prüfenden Blick zu.

»Sind Sie nervös?«, fragte er.

Nervös traf es nicht einmal ansatzweise. Ich hatte das Gefühl, als müsste ich mich jeden Moment übergeben, meine Hände waren schweißnass und zitterten, sodass ich sie zwischen meine Knie schob. Jetzt war ich froh darüber, dass ich nichts gefrühstückt hatte. Trotzdem schüttelte ich den Kopf.

»Sie haben doch nichts zu befürchten, oder?«, hakte er

mit einem Stirnrunzeln nach. Wieder brachte ich nur eine verneinende Kopfbewegung zustande. Wenn er wüsste. Doch was sollte die VO schon machen, sie konnten die Antworten ja schlecht aus mir herausprügeln. Ich würde definitiv bei der Geschichte bleiben, die ich ihnen auch schon im Frühjahr aufgetischt hatte.

Viel zu schnell wichen die Felder und Wiesen den kleinen Londoner Vororten, während wir uns weiter bis zur Stadtmitte vorkämpften und der Verkehr nur noch stockend voranging. Dennoch kam es mir vor, als wären wir nur Minuten statt Stunden gefahren, als die Limousine in South Kensington vor einem riesigen romanisch-byzantinischen Gebäude hielt, das in meinen Augen einer Kathedrale ähnelte. In Wirklichkeit war es ein ehemaliges Museum, das für die Normalsterblichen offiziell zu einem historischen Forschungsinstitut umfunktioniert worden war, das man nur mit Sondergenehmigung betreten durfte.

Meine Beine fühlten sich an wie Gummi, als mir der Fahrer der Limousine die Tür öffnete und ich zu dem von zwei Türmen flankierten Eingangsbogen aufblickte. Trotz der von Mr. Yannick auf der Fahrt aus dem Minikühlschrank gezauberten gekühlten Wasserflasche, die ich fast gänzlich geleert hatte, war meine Kehle wie ausgetrocknet, als wir die Stufen hinaufstiegen und die riesige, steinerne Halle der Verborgenenorganisation betraten. Sofort wanderte mein Blick zu dem monströsen Dinosaurierskelett, das in der Mitte der Halle ausgestellt war und auf dem sich die Sonne spiegelte, die durch die Dachfenster schien. Die Wände waren mit schmucken Säulen verziert, zwischen denen sich steinerne Torbogen befanden, die, wie ich wusste, auf der rechten Seite zu verschiedenen Büros, der Sitzungshalle und dem Archiv führten.

Diesmal jedoch führte Mr. Yannick mich ohne Umschweife nach links und legte mir mit leichtem Nachdruck die Hand auf die Schulter. Zwei Wächter in schwarzen Kampfanzügen ließen uns mit einem Nicken durch, als mein Magielehrer ein paar leise Worte mit ihnen wechselte. Ich musste mich förmlich zwingen, einen Fuß vor den anderen zu setzen.

Wir landeten in einem gefliesten Gang, der mich mit seinem weißen Neonlicht an ein Krankenhaus erinnerte und nichts mehr mit der äußeren Schönheit des Gebäudes gemein hatte. Alles wirkte steril. Rechts und links befanden sich eisernen Türen in den kahlen Wänden, doch ich konnte nur einen kurzen Blick in ein Labor werfen, als ein Mann mit weißem Kittel heraustrat. Sofort verstärkte sich mein Übelkeitsgefühl, und ich krallte die Hände in den Saum meiner Anzugsjacke.

Wir bogen ab und betraten einen Korridor, der tiefer in das Gebäude führte und mit getäfelten Wänden und einem weinroten Teppich etwas freundlicher wirkte. Gut, also doch kein Labor. Der Gang endete vor einer zweiflügeligen, hölzernen Tür. Mr. Yannick klopfte vorsichtig an, und eine wohlbekannte Stimme rief uns herein. Ich atmete ein letztes Mal tief durch und stellte mich dem, was mich erwartete.

Der Raum glich einem Saal. Mein Begleiter führte mich zwischen einigen Bankreihen hindurch, doch mein Blick wanderte zu dem erhöhten Podest an der Stirnseite, von dem aus mich sechs Gesichter anblickten. Ich kannte nur eines davon, das des Leiters der Verborgenenorganisation, Mr. Cole, der den Platz in der Mitte einnahm. Der Stuhl ganz rechts außen war leer, und etwas verwundert beobachtete ich, wie Mr. Yannick sich ohne Umschweife darauf niederließ, während ich etwas verloren in der Mitte des Saales stand.

Mr. Cole deutete auf einen einzelnen Tisch mit Stuhl direkt vor dem Podest, auf dem ich mich zitternd niederließ.

Alle blickten auf mich herab. In den Gesichtern der Ratsmitglieder suchte ich nach Emotionen, nach einem freundlichen Lächeln oder einem Zwinkern, das mir sagte, dass hier nicht gerade etwas völlig verkehrt lief. Ich blickte von einem zum nächsten und sah zwei Männer Anfang vierzig, die sich mit ihren grauschwarzen Haaren sehr ähnlich sahen, eine gebeugte Frau mit weißen Haaren und tiefen Furchen in der Haut, dann Mr. Cole, eine jüngere Frau mit blonden Haaren und übergroßen Ohrringen, einen untersetzten Mann, den ich während dem Mairaangriff im ersten Schuljahr auch schon einmal in der Akademie angetroffen hatte, und Mr. Yannick. Ich sah nichts außer kühler Gelassenheit.

»Es freut mich, Sie wiederzusehen«, sagte Mr. Cole mit kalter Stimme, und seine eisblauen Augen sahen funkelnd auf mich herab. Nun ja, diese Begrüßung konnte ich leider nicht erwidern, also beließ ich es bei einem Nicken. Wie immer trug er einen maßgeschneiderten Anzug und hatte das hellblonde Haar nach hinten gekämmt.

»Sie wissen, warum Sie hier sind?«

Da mein Hals sich immer noch anfühlte wie ein Reibeisen und ich mir sicher war, dass ich so keinen Ton herausbringen würde, schüttelte ich nur eingeschüchtert den Kopf.

Mr. Cole sah bedrohlich auf mich herab. »Sie werden angeklagt, als Dämon das Ihrer Gattung auferlegte Exil verlassen zu haben, um einen Weg zu finden, den Fürsten der Unterwelt Zugang zur Realität zu verschaffen.«

Kapitel 11

»Moment mal«, platzte ich heraus, »eine Anklage?«

Davon war nie die Rede gewesen. Doch als ich mich noch einmal umschaute, fragte ich mich, wie ich hatte übersehen können, dass ich eindeutig in einem Gerichtssaal saß. Nur dass ich sieben Richtern gegenüber saß. Ich steckte gehörig in der Scheiße.

Mr. Cole ignorierte meinen Einwurf. »Sie dürfen sich nun zu den Vorwürfen äußern, Miss Benett.«

Völlig verdattert sah ich ihn an. »Welche Vorwürfe denn?« Wie war das gleich? Exil verlassen? »Ich weiß nicht, was Sie meinen, ich bin in dieser Welt geboren, und bis vor zwei Jahren wusste ich nicht einmal, dass es so etwas wie eine Unterwelt gibt.«

Die anderen Ratsmitglieder hatten die Köpfe gesenkt und schienen sich Notizen zu machen. Vielleicht waren sie auch nur so gelangweilt, dass sie auf ihre Blöcke kritzelten.

»Können Sie das beweisen?«, fragte Mr. Cole.

»Wie meinen Sie das? Tut mir leid, aber bei meiner Geburt war ich leider noch nicht fähig, eine Kamera zu halten und Beweisfotos zu machen.«

Okay, das war vielleicht nicht der richtige Ort für Sarkasmus, aber ich tendierte nun mal zu bissigen Antworten, wenn ich Angst hatte.

»Ich will Ihnen etwas auf die Sprünge helfen, Miss Benett. Am Tag Ihrer Geburt wurde eine Hausgeburt verzeichnet, bei der nicht einmal eine Hebamme anwesend war. Lediglich Ihre Eltern, die wir jedoch nicht mehr zu dem Vorfall befragen können, waren dabei. Entspricht es der Wahrheit, dass Sie ein Dämon sind?«

Was zur Hölle lief hier eigentlich?

»Nein«, antwortete ich mit fester Stimme und versuchte, das Zittern darin zu unterdrücken. Genau gesehen war es keine Lüge, ich war ja kein *Dämon*. Ich war ein *Halbdämon*. Und was sollte dieser ganze Quatsch von wegen Exil verlassen? Oder durften sie mich nicht einfach für das verurteilen, was ich war, sondern brauchten einen Gesetzesverstoß? Das war so was von albern!

»Ich fürchte, Sie verkennen den Ernst der Lage. Uns liegen äußerst beunruhigende Aussagen vor. Fangen wir mit Ihrer ehemaligen Schulleiterin an, Mrs. Grant, die sich derzeit in Gewahrsam befindet. Laut ihrer Aussage soll Ihr Vater ein Dämon sein, der mit Hilfe des Silax, der nachweislich zum Zeitpunkt der Empfängnis im Besitz Ihrer Mutter war, in die Realität gelangte. Nur durch den herausragenden Einsatz von Annabell Grant wurde Schlimmeres verhindert, wobei sie es sehr bedauert, dass Ihre Mutter dabei ums Leben kam.«

Aha. Verdacht bestätigt.

»Das ist doch Unfug«, unterbrach ich Mr. Cole. »Mrs. Grant hat herausgefunden, dass meine Mutter den Silax gefunden hatte, und versucht, ihn für ihre eigenen Zwecke einzusetzen. Sie hat sie dabei getötet, dennoch konnte meine Mutter den Silax vor ihr verstecken. Mit meinem Vater hat das rein gar nichts zu tun!«

Mr. Coles Züge verhärteten sich. »Sie werden lediglich sprechen, wenn ich Sie dazu auffordere, Miss Benett! Kommen wir nun zu der eigentlichen Anklage: Mrs. Annabell

Grant behauptet, von Ihnen in Ihrem ersten Jahr an der Winterfold Akademie erpresst worden zu sein, da Sie Ihren Vater in die Realität zurückholen wollten. Entspricht das der Wahrheit?«

Ich umklammerte die Tischkante so fest, dass meine Knöchel weiß hervortraten. Das durfte doch wohl alles nicht wahr sein. »Nein, das entspricht nicht der Wahrheit! Mrs. Grant ist vollkommen irre, und wenn Sie das Gegenteil behaupten wollen, dann frage ich mich, wieso sie immer noch in Gewahrsam ist! Sie wissen genauso gut wie ich, was diese Hexe mit dem Silax vorhatte und dass wir es in letzter Sekunde verhindert haben!«

»Nun, wie ich die Sache sehe, steht hier Aussage gegen Aussage.« Er blätterte in seinen Unterlagen. »Kommen wir zu Ihrem zweiten Jahr an der Akademie. Ihnen wird vorgeworfen, die Schüler Vanessa Cole und Jonathan Matterick dazu gebracht zu haben, einen Dämon mit dem Namen Leviathan zu beschwören, mit dem gleichen Ziel wie im Jahr zuvor.«

Ich konnte mich gerade noch davon abhalten, empört aufzuspringen. »Das ist nicht wahr! Fragen Sie die beiden!«

Doch tief in meinem Inneren regten sich Zweifel. Jonathan und Vanessa hassten mich, seit wir uns zum ersten Mal begegnet waren. Würden sie wirklich so weit gehen und diese Lüge auftischen, um mich loszuwerden?

»Miss Cole und Mr. Matterick hüllen sich derzeit in Schweigen, jedoch möchte ich die Worte des Mondkinds zitieren: ›Sie glauben doch wohl nicht im Ernst, dass ich mich mit einer wie der anlege.‹«

»Können oder wollen Sie nicht glauben, dass Ihre Tochter einfach nur Scheiße gebaut hat?«, knurrte ich Mr. Cole an.

Die Augen des VO-Leiters verengten sich zu Schlitzen. Ich hatte wirklich ein Talent dafür, die Leute in den unmöglichsten Augenblicken zu reizen. Aber was mir hier vorgeworfen wurde, war wirklich haarsträubender Unfug.

»Wie ist es möglich, dass Sie mehrere Spezialgebiete beherrschen? Warum ist Ihre Prana blau? Aus welchem Grund hat sich die Farbe Ihrer Augen verändert?«

»Ich habe Ihnen doch schon gesagt, dass ich nicht weiß, warum ich das alles kann«, presste ich zwischen zusammengebissenen Zähnen hervor. »Vielleicht ist es einfach nur irgendein Gendefekt, woher soll ich das wissen. Und meine Augenfarbe hat sich verändert, als dieser kleine Dämonenkumpel von Mrs. Grant mir eine Ladung Dämonenmagie entgegengeschleudert hat.«

Gut, das war jetzt definitiv eine Lüge, und dazu noch eine schlechte, aber was sollte ich machen?

»Wie haben Sie es geschafft, schon in Ihrem ersten Jahr an der Akademie, fast ohne Ausbildung, mehr Mairas zu töten als mancher VO-Jäger? Wie wir wissen, haben die Kreaturen unter dem Einfluss eines Dämons gestanden. Vielleicht sogar unter Ihrem?«

Frustriert warf ich die Hände in die Luft. »Ich war nicht die Einzige, die gegen die Mairas gekämpft hat, und auch das ging auf die Kappe von Mrs. Grant und Leviathan. Wieso sollte ich Mairas auf die Schule hetzen?«

Mr. Cole schien die Sache tatsächlich Spaß zu machen. Langsam fragte ich mich, ob ich überhaupt eine Chance hatte oder ob das Ganze schon entschieden war.

»Nun, ich bin mir sicher, dass Sie ausreichend Gründe dazu hätten. Auch hier steht wieder Aussage gegen Aussage.«

»Nein, tut es nicht.« Mit einem Krachen war die Tür aufgeflogen und erschrocken drehte ich mich um. Mir fiel die Kinnlade herunter, und ich hätte vor Erleichterung fast aufgeschrien. Dort am Ende der Halle standen Tante Amalia, Derek, Alissa, Ryan, Chaz, Don und Mrs. Preston, meine

Klassenlehrerin, wobei Letztere empört mit einem Wächter diskutierte, der sie am Oberarm gepackt hatte und versuchte, sie davon abzuhalten, in den Gerichtssaal zu stürmen. Vergeblich. Am liebsten wäre ich auf meine Freunde zugerannt und hätte sie alle umarmt. Ich war nicht mehr allein. Allein Ryans Anblick hielt mich schon davon ab, in diesem Raum zusammenzubrechen.

»Sie werden auf der Stelle diesen Gerichtssaal verlassen«, donnerte Mr. Cole. »Sie haben nicht das Recht, hier zu sein.«

»Ich muss Ihnen da leider widersprechen«, sagte Derek sachlich. »Laut Paragraf 236 des VO-Gesetzbuches hat der Angeklagte das Recht, eigene Zeugen zu stellen, sofern er nicht durch einen von der VO zugelassenen Anwalt vertreten wird und dieser sich gegen vermeintliche Zeugen ausspricht. Da Jill auf diesen Anwalt verzichtet hat oder, um es genau zu sagen, nichts von dieser Option wusste, steht ihr diese Möglichkeit offen.«

»Ich kenne die Gesetzgebung«, zischte der Leiter der Verborgenenorganisation, und sein Gesicht nahm eine bedrohlich dunkelrote Farbe an. Derek ließ sich nicht beirren und schob teilnahmslos seine Brille etwas nach oben.

»Gut, dann werden Sie ja nichts dagegen haben, wenn wir uns ebenfalls zu diesem Sachverhalt äußern.«

Zum ersten Mal sah ich Regungen in den Gesichtern der Ratsmitglieder. Mr. Yannick tuschelte mit seinem Nachbarn, die anderen rutschten unruhig auf ihren Stühlen herum. Nur Mr. Cole schien wie versteinert zu sein.

Einer nach dem anderen traten die Zeugen vor, erst Derek, so selbstbewusst, wie ich ihn selten erlebt hatte. Dann Alissa, schüchtern und mit einem bezaubernden Lächeln, Don und schließlich auch Chaz. Am Ende bestätigte Ryan ihre Aussagen. Hier standen sie und logen für mich das Blaue vom Himmel, bestätigten meine Aussagen, erfanden

Ausreden für alles, was mir vom Rat der VO vorgeworfen wurde. Nur Tante Amalia hatte sich auf einer der Zuschauerbänke niedergelassen, und nach ihrem Gesichtsausdruck war sie mehr als nur schockiert über die Ereignisse, die an der Schule stattgefunden hatten. Vielleicht hätte ich ihr mehr als nur das Nötigste erzählen sollen.

Mittlerweile hatten sich auch die übrigen Mitglieder des Rates eingemischt und stellten gezielte Fragen. Ein Funken Hoffnung keimte in mir auf. Nur Mr. Yannick saß schweigend am Ende des Ratstisches und beobachtete mich.

Und plötzlich passierte etwas Unglaubliches. Die Gesichter einiger Ratsmitglieder veränderten sich, wurden fragend und zweifelnd. Hatte ich tatsächlich eine Chance, hier mit einem blauen Auge herauszukommen? Mr. Cole schien die veränderte Stimmung ebenfalls wahrzunehmen. Er tobte fast bei meinem Anblick.

»Sie wollen uns also tatsächlich weismachen, dass Miss Benett all diese Heldentaten, die sie ihr nachsagen, ohne die Hilfe eines Dämons geschafft hat? Und dass ihre außergewöhnlichen Fähigkeiten einem Gendefekt entspringen und vollkommen natürlicher Herkunft sind? Halten Sie uns für völlig beschränkt?«

Wieder war es Derek, der für mich einsprang. »Mr. Cole, Sie haben hier fünf Zeugen vor sich stehen, die sich für Jillian Benett aussprechen, während Ihre Anklage allein auf Ihren Angaben und der Aussage einer Verrückten basiert. Sie haben keinerlei Beweise, dass Jillian eine Gefahr darstellt. Meines Erachtens ist die Anklage gegenstandslos.«

Der Leiter der Verborgenenorganisation betrachtete ihn lange und schweigend, prägte sich sein Gesicht ein und schien abzuschätzen, mit wem er es hier zu tun hatte. Ich verkrampfte die Hände in meinem Schoß. Derek war überaus klug, doch verbaute er sich nicht gerade eine vielversprechende Laufbahn? Doch anstatt resigniert aufzugeben, lehnte Mr. Cole sich in seinem Stuhl zurück. Ich wusste, dass es noch längst nicht ausgestanden war.

»Mr. Watson, glauben Sie wirklich, ich verlasse mich auf Gerüchte und das zusammenhanglose Geplapper Ihrer ehemaligen Schulleiterin? Sie müssen noch viel lernen, junger Mann.«

Mir rutschte das Herz in die Hose, als er weitersprach. »Ich rufe Mr. Robert Yannick in den Zeugenstand. Mr. Yannick, wir sind gespannt auf Ihren Bericht.«

Es war, als hätte man mir einen Eiskübel über dem Kopf ausgekippt, als sich der schlaksige Magielehrer geschmeidig erhob und die Hände vor sich verschränkte. Hilflos warf ich einen Blick zu meinen Freunden, die jedoch nur ebenso verdattert zwischen mir und Mr. Yannick hin und her blickten.

»Mr. Yannick hat in meinem Auftrag die letzten Monate damit verbracht, Miss Benett im Auge zu behalten, und sich genauer über ihre Fähigkeiten und ihre Verhaltensweise informiert«, erklärte der Leiter der Verborgenenorganisation mit einem selbstzufriedenen Gesicht.

Oh. Mist. Ich wusste nicht, ob ich laut loslachen oder in Tränen ausbrechen sollte. All die Unterrichtsstunden, in denen er mich vorgeführt hatte, hatten nur dem einen Zweck gedient, mehr über mich zu erfahren? All die vertraulichen Gespräche, die er mir hatte aufzwingen wollen, dass er mir vor der Bibliothek aus der Patsche geholfen hatte, alles war gespielt gewesen und nur mit dem Hintergedanken geschehen, dass ich mich ihm vielleicht anvertrauen würde?

»Sie haben mich ausspioniert«, spie ich fassungslos aus, und der Mann mit dem spitz zulaufenden Gesicht hatte nicht einmal den Anstand, verlegen zu wirken. Stattdessen räusperte er sich und wandte sich dem Rest des Rates zu.

»Wie Sie wissen, habe ich die Leitung übernommen, als die beiden besagten Dämonenkontakte erforscht wurden. Sowohl bei dem Vorfall, an dem Mrs. Annabell Grant beteiligt war, als auch bei der misslungenen Dämonenbeschwörung des Schülers Jonathan Matterick konnten wir wertvolle Informationen über diese Kreaturen sammeln. Wir wissen, mit welcher Art von Beschwörungskreisen sie sich Zutritt zur Realität verschaffen können und konnten zudem an den Tatorten Spuren ihrer Prana sicherstellen und analysieren.

In meinem Unterricht an der Winterfold Akademie habe ich Miss Benett intensiv beobachtet. Ihre Fähigkeiten weichen stark von denen normaler Hexen ab und gleichen denen der Dämonen. Ihre Prana tendiert ebenfalls zu einigen Eigenschaften, die wir als dämonisch eingestuft haben. Um sicherzugehen habe ich an der Akademie das Gerücht in Umlauf gebracht, dass Miss Benett ebenfalls ein Dämon sei. Wie zu erwarten war, konnte ich sie und ihre Freundin Alissa Collins dabei belauschen, wie sie sich über diese sogenannte ›Katastrophe‹ unterhielten. Sie sprachen darüber, welche Auswirkungen es habe, dass die Schüler nun *wussten*, dass Miss Benett keine Hexe sei. Auch wenn Miss Benett nicht die vollen Eigenschaften eines Dämons aufweist und auch ihre Prana nicht gänzlich dämonisch ist, so kann man doch mit Sicherheit davon ausgehen, dass sie zumindest ein Halbdämon ist. Da ihre Mutter, Silva Benett geborene Bailey, nachweislich von Hexen abstammt, ist die logische Schlussfolgerung, dass Jillian Benetts Vater, über den nur wenig bekannt ist, aus der Unterwelt stammt.

Zudem habe ich beunruhigende charakterliche Eigenschaften an Miss Benett feststellen können. Sie ist sehr impulsiv und hat ihre Kräfte keineswegs so gut unter Kontrolle, wie sie uns weismachen möchte. Meinen Nachforschungen zufolge gab es mehrere Vorfälle, in denen ihre Magie unkontrolliert ausgebrochen ist und zu Schäden an der Akademie geführt hat. Es ist nur dem Glück zu verdanken, dass bisher kein Schüler bei ihren Wutanfällen zu

Schaden gekommen ist. Da diese Situation für uns ein unkalkulierbares Risiko bedeutet, plädiere ich dafür, die Außenwelt vor Miss Benett zu schützen und sie in Gewahrsam zu nehmen. Für den Rest ihres Lebens.«

Es war totenstill, nachdem er geendet hatte. In den Gesichtern des Rates spiegelten sich Entsetzen, Angst, Misstrauen und Zorn wider. Ich wagte weder auszuatmen noch mich zu bewegen. Selbst Derek schien sprachlos zu sein. Damit war ich geliefert. Wie in Zeitlupe sanken meine Hände herab, zu kraftlos, um sie mir fassungslos vor den Mund zu schlagen.

Ein leises Klopfen an der Tür riss uns alle aus der Erstarrung. Ich schaffte es nicht einmal, mich umzudrehen, doch ich hörte die Stimme eines Mannes. »Mr. Cole, Ihre Tochter wünscht Sie zu sprechen.«

Über das selbstzufriedene Gesicht des VO-Leiters huschte Ärger, bevor er seine professionelle Maske wieder aufsetzte. »Schicken Sie sie in mein Büro, das hat Zeit bis später.«

»Es tut mir leid, Sir, aber ich befürchte …«

Das Klackern von hochhackigen Schuhen ließ ihn verstummen, und nun schaffte ich es doch, über meine Schulter zu blicken. Und tatsächlich, Vanessa marschierte mit hocherhobenem Kopf zwischen den Bänken des Saales nach vorn und strich sich mit einer Handbewegung das lange blonde Haar von der Schulter.

»Das ist nicht der richtige Augenblick …«

»Ich möchte als Zeugin aussagen«, unterbrach sie ihren Vater, und ich konnte erkennen, wie dieser seine Tochter innerlich verfluchte.

»Vanessa, wir hatten dieses Thema schon«, zischte er, doch sie schenkte ihm keine Beachtung und blickte herausfordernd in die Runde.

»Seit ich Jillian Benett das erste Mal an der Akademie begegnet war, war sie mir ein Dorn im Auge«, begann

Vanessa, und ich stöhnte. »Zugegeben, ihre besonderen Fähigkeiten machten sie zu etwas Besonderem, und gewöhnlich ist es mein Part, im Mittelpunkt zu stehen. Im Laufe der Jahre musste ich allerdings feststellen, dass sie keineswegs so arrogant und eingebildet ist, wie ich es mir eingeredet hatte. Im Gegenteil, Jillian Benett hat mehrmals ihr Leben dafür riskiert, die Schüler der Akademie vor Maira- und Dämonenangriffen zu schützen. Nur durch ihre Hilfe konnten weitere Todesopfer vermieden werden. Sie hat weder mich noch Jonathan dazu gezwungen, einen Dämon zu beschwören. Im Gegenteil, ich habe versucht, genauso zu werden wie sie. Ich wollte mehr Macht, um ebenso viel Gutes bewirken zu können, wie sie es konnte. Bei der Zusammenarbeit mit einem Dämon habe ich genau das Gegenteil bewirkt und weitere Gefahren heraufbeschworen. Doch anstatt mich zu verurteilen, hat sie mir das Leben gerettet. Ich hatte mit einem richtigen Dämon zu tun, habe gespürt, wie grausam und verlogen sie sind, welche böse Macht von ihnen ausgeht, und selbst das Dunkel in ihrem Inneren war kaum zu übersehen. Dieses Mädchen da drüben hat nicht einmal im Ansatz etwas von dieser dunklen Macht in sich, und deshalb frage ich euch: Kann jemand, der mehr Leben gerettet hat als ihr alle hier zusammen, von Grund auf böse sein? Jillian Benett ist kein Dämon!«

Ihre Stimme senkte sich, als sie dem VO-Leiter ins Gesicht blickte. »Vater, ich bitte dich, sei vernünftig. Sie hat mir das Leben gerettet.«

Er biss die Zähne zusammen, und endlich konnte ich die Gefühle in seinem Gesicht deuten. Da waren Unentschlossenheit, Zweifel, Zuneigung zu seiner Tochter. Aber es war die Angst, die überwog.

»Ich kann es nicht zulassen, dass ein Dämon in der Realität wandelt«, sagte er kopfschüttelnd.

»Sie ist kein Dämon!«

Es kam mir vor wie in einem Film, in dem ich nur stiller Beobachter war, während ein Dutzend Leute über meine Zukunft diskutierte. Völlig teilnahmslos registrierte ich gerade so, dass meine Erzfeindin sich ein weiteres Mal für mich einsetzte. Wäre die Situation nicht so verfahren gewesen, hätte ich es lustig gefunden.

»Alles deutet darauf hin, dass sie einer ist. Diese Macht, zu der sie irgendwann imstande sein wird, ist eine Bedrohung für das gesamte Land, und ich werde schuld sein, wenn sich ihre Gesinnung plötzlich wandelt und sie ganz London in Schutt und Asche legt. Und das nur, weil ich dem Betteln meiner Tochter nachgegeben habe! Solange es nicht definitiv geklärt ist, welche Abstammung Miss Benett hat, wird hier keiner diesen Raum verlassen!«

Erwartungsvoll sah er mich an. Ich schwieg. Alles kam mir seltsam unwirklich vor, wie in einem Traum.

»Na schön«, seufzte er. »Da Miss Benett sich nicht äußern möchte, widmen wir uns der Person, die sie ihr halbes Leben lang aufgezogen hat. Wachen! Bringt Amalia Bailey in einen gesonderten Raum, wo sie uns Rede und Antwort stehen wird.«

Tante Am schnappte hörbar nach Luft.

»Bringt sie zum Reden, es ist mir egal wie«, sagte Henry Cole mit einem Blick auf meine Tante, als diese schnaubend die Arme vor der Brust verschränkte.

»Nein«, flüsterte ich, als zwei Wachen grob ihre Oberarme packten und sie aus dem Saal schleiften, während sie sich heftig wehrte. Endlich kehrte wieder Gefühl in meinen Körper zurück und damit auch das Kribbeln meiner Prana. Schlagartig wurde mir klar, dass ich es bisher unterdrückt hatte, meine Prana mitsamt meinen Ängsten eingeschlossen hatte. Doch als ich sah, wie Tante Amalia wild fluchend darum kämpfte, losgelassen zu werden, durchströmte mich unbändige Wut. Ohne es zu merken, hatte ich mich erhoben.

»Ein weiteres Team soll sich unverzüglich auf den Weg nach Langfield in die Jefferson Street machen und das Haus auf den Kopf stellen. Hiermit erteile ich einen offiziellen Durchsuchungsbefehl. Wenn irgendetwas gefunden wird, was auf Miss Benetts Herkunft schließen lässt, möchte ich unverzüglich darüber in Kenntnis gesetzt werden«, fuhr Mr. Cole emotionslos fort.

Das Haus. Unser Haus. Sie würden mein Zuhause auf den Kopf stellen, einen Scherbenhaufen hinterlassen.

»Hört auf!«, rief ich mit bebender Stimme, und schlagartig wurde es wieder still. Alle Gesichter waren mir zugewandt, und ich blickte von einem zum anderen. Zum Schluss blieb mein Blick an Ryan hängen, der lautlos ein »Tu es nicht« flüsterte. Aber ich musste es tun. Hier ging es nicht mehr nur um meine Zukunft, hier ging es um die Sicherheit der Menschen, die mir ans Herz gewachsen waren.

»Haben Sie uns etwas zu sagen, Miss Benett?«, fragte der VO-Leiter und kniff wissend die Augen zusammen.

Meine Stimme bebte. »Ja, das habe ich. Sie sind ein manipulativer Mistkäfer, aber davon abgesehen haben Sie recht. Ich bin von Geburt an ein Halbdämon, und dennoch habe ich mehr Ehre in meinem kleinen Finger, als Sie je in Ihrem ganzen Leben haben werden. Ich würde mein Leben dafür geben, meine Familie und meine Freunde vor dem zu schützen, was sie meine ›Verwandtschaft‹ nennen. Ich habe bisher alles in meiner Macht Stehende getan, um zu verhindern, dass die Dämonen jemals einen Zugang zur Realität finden, und werde es auch in Zukunft machen. Also vergleichen Sie mich nicht mit diesen Kreaturen!«

Mit jedem Satz war meine Stimme lauter geworden, und nun lagen die letzten Worte schwer in der Luft. Aufgeregtes Gemurmel erschallte, und die Ratsmitglieder redeten wild durcheinander. Ich fühlte mich verzweifelt und doch auch seltsam erleichtert. Endlich war es heraus, das Versteckspiel hatte ein Ende. Welche Konsequenzen auch immer es haben mochte.

Mr. Cole jedoch sah mich schweigend an, während sein Blick immer wieder zu Vanessa wanderte, die ihn bittend ansah. Auch meine Worte schienen nicht ganz so spurlos an ihm vorbeigegangen zu sein. Er nahm sich viel Zeit für seine Entscheidung. Minutenlang warteten wir regungslos darauf, was nun mit mir passieren würde. Als ich es kaum noch aushielt, räusperte er sich endlich.

»Hiermit verurteile ich Miss Jillian Benett dazu, sich einem durch ausgewählte VO-Mitglieder durchgeführten Pranaentzug zu unterziehen, der ihr die Fähigkeit zur Nutzung von Magie nimmt. Sie wird sich zudem regelmäßig und mindestens drei Mal im Jahr bei einem Ratsmitglied der Verborgenenorganisation melden, damit der Verschluss ihrer Macht überprüft werden kann.«

Ich sackte auf meinen Stuhl zurück. Ein Pranaentzug. War das alles? Andererseits ... Das bedeutete, dass um die Pranaquelle in meiner Brust eine Art Schutzschild gezogen wurde, der nur durch mehrere Hexen mit verschiedenen Magiegebieten zustande gebracht werden konnte. In meinem ersten Schuljahr hatte man mir eine solche Schutzblase für zwei Wochen verpasst, als mein Körper innerlich fast vollständig durch meine eigene Prana verbrannt war und sich die Zellen erholen mussten. Ich erinnerte mich gut an diese Zeit. Ein Gefühl der Leere und Emotionslosigkeit war die Folge gewesen, bis die Wirkung nachgelassen hatte.

Sie würden mir meine Magie nehmen. Es war schrecklich, doch was hatte ich erwartet? Es war immer noch besser, als den Rest meines Lebens hinter Gittern verbringen zu müssen. Ich atmete tief durch und versuchte, mich zu beruhigen, schloss die Augen und drängte die Tränen zurück. Aus der Traum, jemals eine Jägerin bei der Verborgenenorganisation zu werden. Meine Magie war ein Teil von mir, und sie würden mir diesen Teil gewaltsam nehmen. Doch war es nicht immer noch besser, als die Freiheit zu verlieren? Warum nur wollte sich keine Erleichterung einstellen? Ich würde eine Normalsterbliche werden. Wollte ich nicht schon mein Leben lang normal sein?

»Ich widerspreche«, ertönte plötzlich die Stimme von Mr. Yannick, und ruckartig hob ich den Kopf. »Da Miss Benett sämtliche Magiegebiete beherrscht, ist es nur eine Frage der Zeit, bis sie herausfindet, wie sie die Schutzblase lösen und wiederherstellen kann. Ihre doch sehr talentierten Freunde werden ihr garantiert dabei behilflich sein. Sie wird uns an der Nase herumführen. Miss Benett ist eine Gefahr für uns alle. Niemand hat es jemals zuvor mit einem Halbdämon zu tun gehabt, wir wissen nicht, ob sich ihr momentan noch so aufopferungsvolles Wesen nicht doch irgendwann ändert. Wer weiß, ob sie nicht eines Tages die grausamen Wesenszüge ihres Vaters annimmt? Miss Benett gehört überwacht und in eine Zelle gesperrt. In Anbetracht der Tatsache, dass seit einigen Wochen wiederholt Hexen in London verschwinden und wir einen Beschwörungskreis entdeckt haben, der dem gleicht, in dem auch Miss Benett in der Turnhalle der Winterfold Akademie aufgetaucht ist, steht sie zudem in direkter Verbindung mit diesen Verbrechen. Dieses Mädchen ist gefährlich, auch wenn sie es gut zu verbergen weiß. Sie führt uns an der Nase herum. Ist es jetzt schon so weit, dass wir Dämonen in unserer Welt dulden? Habt ihr aus der Vergangenheit nichts gelernt?«

Selbst Mr. Cole schien bei diesem Urteil zu zögern. Ich konnte nichts weiter tun, als fassungslos den Lehrer betrachten, der mir anfangs so sympathisch vorgekommen war. Ich kniff die Augen zusammen. Wenn man mit Blicken wirklich hätte töten können, wäre Mr. Yannick längst einem Herzinfarkt erlegen.

»Ich fordere den Rat zu einer Abstimmung auf«, sagte Mr. Cole und rieb sich müde über das Gesicht. Auch wenn er Vanessa zuliebe mein Urteil abgemildert hatte, würde er sich nicht gegen seine Berater stellen. »Wer stimmt Robert Yannick zu, dass das gefällte Urteil verschärft werden sollte?«

Die Hand von Mr. Yannick und die der blonden Frau mit den großen Ohrringen schossen sofort in die Höhe. Mr. Yannicks Nachbar dagegen machte keine Anstalten, sie zu heben. Auch die alte Frau mit den weißen Haaren warf mir lediglich einen verwunderten Blick zu, war aber auf meiner Seite. Mr. Cole schien sich bis zum Schluss enthalten zu wollen. Die beiden Männer ganz links, die sich so ähnlich sahen, wechselten einen bedeutungsvollen Blick. Nach ein paar Sekunden stimmten beide für meine Inhaftierung.

Kapitel 12

Ich war zu schockiert, um mich zu bewegen. Als mich zwei Wächter packten und auf ein Handzeichen von Mr. Cole hin zur Tür führten, fühlte ich mich wie nach einem knallharten Beruhigungscocktail. Nur langsam dämmerte mir, was das bedeutete. Ich stemmte mich gegen die Wachen, brachte sie dazu, nochmals anzuhalten.

»Das könnt ihr nicht machen«, flüsterte ich, doch meine Stimme ging unter den lautstarken Protesten meiner Freunde unter. Sie wollten mich einsperren. Die Energie in meinem Inneren erwachte zum Leben und schärfte meine Sinne. Sie wollten mich für den Rest meines Lebens hinter Gitter bringen.

»Das könnt ihr nicht machen«, sagte ich wieder, diesmal laut genug, um gehört zu werden, und entriss dem Wächter meinen Arm, während ich mich zu Mr. Cole umdrehte.

»Ihr habt nicht das Recht dazu, mich zu verurteilen. Ich habe niemandem etwas getan!«

Der Leiter der Verborgenenorganisation stellte sich taub und sammelte seine Unterlagen auf dem Tisch zusammen, ohne mich weiter zu beachten. Sein Anblick machte mich wütend.

»Hören Sie auf, mich zu ignorieren«, rief ich, und urplötzlich hallte meine Stimme durch den ganzen Saal. Meine

Prana hatte sich mittlerweile ausgedehnt, kribbelte in meinen Armen und Händen, ließ meine Haare bedrohlich schweben. Es war mir egal. Sie wollten mich einsperren. Alle Ratsmitglieder hielten inne, und auch die Proteste meiner Freunde und meiner Familie erstarben. Die Haare des VO-Leiters wehten in dem Wind, den ich unabsichtlich heraufbeschworen hatte. Der gesamte Ratssaal schien sich zu verdunkeln, ich schmeckte den metallischen Geschmack der Magie und wusste, dass es jeden Moment zu einer Katastrophe kommen würde. Es war mir egal. Sie wollten mich *einsperren*.

Die Wachen nahmen ihre Hände von mir, als hätten sie sich an meiner knisternden Haut verbrannt, während ich langsam und bedrohlich auf den Ratstisch zuschritt. Meine Prana pulsierte in meinem Inneren, jagte und tobte durch meine Adern und füllte meinen Körper mit einer Macht, die sich nur schwer kontrollieren und zurückhalten ließ.

Plötzlich packten mich zwei Hände an den Oberarmen, und ich sah mich Ryan gegenüber. Der Vampir zwang mich dazu, ihm direkt in die Augen zu sehen.

»Hör auf damit, Jill. Du machst es nur noch schlimmer!«

»Sie wollen mich einsperren«, wisperte ich. Ein Gefühl der Hilflosigkeit und des Zorns überschwemmten mich.

»Wir werden etwas dagegen unternehmen«, sagte Ryan eindringlich und zwang mich, ihm in die Augen zu sehen. »Sie werden damit nicht durchkommen, dafür werde ich sorgen. Aber wenn du jetzt alles in Schutt und Asche legst, haben wir keine Chance mehr. Sie haben Angst vor dir, begreife das doch endlich!«

Ich ballte die Fäuste und biss die Zähne zusammen, um meine Wut etwas zu verdrängen und seinen Worten Gehör zu schenken.

»Wir werden eine Lösung finden, wir werden Widerspruch einlegen oder was weiß ich, aber du musst uns jetzt vertrauen. Spiel das Spiel einfach mit und gib uns etwas Zeit, Mr. Cole umzustimmen. Aber krieg jetzt verdammt noch mal deine Prana unter Kontrolle.«

Ich betrachtete sein Gesicht, die blauen Augen, die mich bittend anschauten und in denen ich in jeder anderen Situation versunken wäre.

»Ihr werdet es nicht schaffen«, sagte ich tonlos und sackte in mich zusammen. Meine Augen füllten sich mit Tränen, als Ryan mich fest umarmte, ohne auf die Proteste der Wachen zu achten, die näher gekommen waren. Einzig und allein mein Vertrauen zu dem Vampir hielt mich davon ab, ihnen meine Magie entgegenzuschleudern. Widerwillig löste sich Ryan von mir und trat zurück, damit die Jäger ihren Job machen und mich abführen konnten. Ich warf einen letzten Blick auf den VO-Leiter, der mich unsicher beobachtete.

»Es wird der Tag kommen, an dem Sie sich wünschen, dass Sie den einzigen Dämon, der auf Ihrer Seite stand, nicht so behandelt hätten«, sagte ich kalt und ließ mich abführen, ohne noch einen Blick zurückzuwerfen.

Es war eine winzig kleine Zelle, in die man mich verfrachtet hatte. Die tristen grauen Steinwände wurden nur von einer Fackel vor der Gittertür erhellt, und der Geruch von Moder lag in meiner Nase. Ich rollte mich auf der furchtbar harten Pritsche zusammen und zog die dünne Wolldecke enger um mich. Durch die fehlenden Fenster wusste ich nicht, wie viel Zeit vergangen war, doch man hatte mir vor nicht allzu langer Zeit etwas zu essen gebracht, das wohl das Abendbrot sein sollte. Die Spaghetti waren vielleicht ein Versöhnungsangebot, doch der Teller stand unberührt am Eingang der Zelle, und die Mahlzeit war längst erkaltet. Ich hatte keinen Appetit, obwohl mein Magen sich schmerzlich zusammenzog. Das lag nicht an der fehlenden Nahrung, sondern an meiner fehlenden Prana. Es hatte mich alle Willenskraft gekostet, die Wächter ihre Arbeit machen zu lassen, als sie eine Schutzblase um meine Prana legten, und ich hatte es nur deshalb zugelassen, weil sie schon ein Beruhigungsmittel bereitliegen hatten.

Die Hexer hatten allesamt verschiedene Spezialgebiete gehabt. Das Gefühl ihrer Magie, die in mein Innerstes floss, sich zu einer unüberwindbaren Barriere zusammenfügte und meine Prana in einer Blase einsperrte, würde ich für den Rest meines Lebens nicht vergessen. Es war, als hätten sie mir Eisenfesseln angelegt, die eine schreckliche Kälte in meiner Brust hinterließen, sodass ich nicht aufhören konnte zu zittern. Nun lag ich hier, hatte erst geweint und geflucht und mich dann der Erkenntnis hingegeben, vollkommen hilflos zu sein.

Nur schemenhaft hatte ich wahrgenommen, dass ich nach dem Pranaentzug in den dunklen Keller der Verborgenenorganisation geführt wurde, in dem sich Zelle an Zelle reihte. Die Luft hier unten war kühl, aber stickig. Ich hatte Kopfschmerzen, fühlte mich ausgelaugt und matt. Ab und zu hörte ich die Schritte eines Wächters, der die Zellen überprüfte. Ich hatte mich bisher kein einziges Mal zur Tür gedreht, wenn ich seine Blicke auf mir spürte. Stattdessen lag ich hier und starrte die Wand an. Das Stöhnen eines weiteren Gefangenen drang gedämpft an meine Ohren, doch wir schienen die einzigen beiden zu sein.

Ich machte mir keine Hoffnung, dass Derek, Alissa oder sonst irgendwer etwas erreichen würde. Das hatte ich in den Gesichtern der Ratsmitglieder gesehen. Sie hatten zu viel Angst, um mich jemals wieder ein normales Leben führen zu lassen.

Am Abend hallten erneut Schritte durch den steinernen Korridor, doch ich drehte mich erst nach einem bedeutungsschweren Räuspern um. Meine Augen brauchten eine

Weile, um in dem flackernden Licht der Fackel erkennen zu können, dass es Mr. Cole war, der flankiert von zwei Wachen vor meiner Zellentür stand und eine Hand an eine der Eisenstangen legte.

»Was wollen Sie?«, flüsterte ich tonlos und machte keine Anstalten, mich zu erheben. Stattdessen lehnte ich mich gegen die kalte Wand und schlang die Arme um meine angezogenen Knie.

»Kein sehr schöner Ort, um den Rest seines Lebens hier zu verbringen, meinen Sie nicht, Miss Benett?«

»Sind Sie hier, um sich über mich lustig zu machen?«, fauchte ich ihn bissig an. Mr. Coles Gesicht blieb ausdruckslos.

»Ich bin hier, um Ihnen ein Angebot zu machen«, sagte er ohne Umschweife, und ich schnaubte.

»Wollen Sie mir meine Freiheit zurückgeben oder etwa meine Magie?«

»Nein, das nicht«, räumte er seufzend ein und fuhr sich mit der Hand durch die blonden Haare, während sein eisblauer Blick über die kalten Wände wanderte. »Aber ich habe auch nicht vor, Sie hier unten verrotten zu lassen. Ich kann Sie nicht wieder freilassen, aber man könnte einen Kompromiss finden. Ein umzäuntes Anwesen außerhalb von London, streng bewacht, versteht sich. Sie hätten Tageslicht und könnten sich frei bewegen, wie in jedem anderen Haus. Äußern Sie Ihre Wünsche, und ich bin bereit, Ihnen entgegenzukommen. Eine kleine Bibliothek vielleicht? Und einen Trainingsraum? Einen Flachbildfernseher?«

Ich sah ihn mit zusammengekniffenen Augen an.

»Was wollen Sie?«, fragte ich wieder.

»Ich möchte mit Ihnen zusammenarbeiten. Stellen Sie uns Ihr Blut zur Verfügung, stimmen Sie unseren Tests zu und helfen Sie der Forschung. Sie sind eine Seltenheit, und das wissen Sie. Wir werden wohl kaum jemals einen richtigen Dämon zur Verfügung haben, aber Ihre Fähigkeiten reichen nahe heran. Willigen Sie ein, und ich werde Ihnen den Rest Ihres Lebens so angenehm wie möglich gestalten.«

Emotionslos sah ich zu dem Mann hinauf, der mir vor ein paar Stunden das Leben zur Hölle gemacht hatte. »Was wollen Sie mit meinem Blut? Was sollen Ihnen diese Forschungen bringen?«

Der VO-Leiter zuckte mit den Achseln. »Wer weiß? Vielleicht ist es der Schlüssel zu einer Waffe, sollten die Dämonen es tatsächlich einmal schaffen, die Unterwelt zu verlassen. Wenn wir alle Ihre Fähigkeiten hätten ...«

»Darauf läuft es also hinaus?«, unterbrach ich ihn. »Sie wollen Macht? Ihre Magie erweitern? Haben Sie denn gar nichts von Ihrer Tochter gelernt?«

Er schwieg, doch sein Blick verhärtete sich bei meinen Worten.

»Wenn Sie mich beeindrucken wollen, dann lassen Sie mich an die Schule zurückkehren«, sagte ich, »meine Ausbildung abschließen und mein Leben so führen, wie ich es geplant hatte.«

»Das ist mir leider nicht möglich.«

»Dann ist unser Gespräch hiermit beendet. Lieber verrotte ich hier unten, bevor ich Ihr Versuchskaninchen werde.«

Provokativ legte ich mich wieder auf die Pritsche, mit dem Rücken zur Tür und dem Gesicht zur Wand.

»Sollten Sie es sich anders überlegen, schicken Sie eine der Wachen zu mir«, antwortete der VO-Leiter, bevor sich seine Schritte entfernten.

Doch als die letzten Geräusche verklungen waren, sprang ich auf und lief unruhig in meiner Zelle auf und ab. Wie hatte das alles nur so vollkommen außer Kontrolle geraten können? Ich wusste nicht, wohin mit meiner Wut, also trat ich mit einem frustrierten Aufschrei gegen den Spaghettiteller. Er landete laut klappernd vor dem Gitter, das mich von der Außenwelt abtrennte. Die langen Nudeln verteilten sich auf dem steinernen Gang.

Ich war weiterhin rastlos und versuchte, mich irgendwie zu beruhigen. Mr. Cole würde genau das bekommen, was er wollte, da machte ich mir nichts vor. Im Moment allerdings war ich entschlossen, ihm nicht zu geben, worauf er aus war.

Aber ich kannte mich. Früher oder später würde ich nachgeben, denn ein Leben in dieser Zelle kam für mich nicht infrage. Schon jetzt hatte ich das Gefühl, den Verstand zu verlieren. Tief im Inneren hoffte ich, dass meine Freunde doch noch eine Lösung finden würden. Dass sie es irgendwie schaffen würden, den Rat der Verborgenenorganisation umzustimmen. Ich zwang mich dazu, das aufkeimende Gefühl der Panik zu unterdrücken. Die Zelle engte mich ein, das fehlende Tageslicht machte sich schon seit Stunden durch mein schweres Gemüt bemerkbar, und ich kämpfte gegen meine Platzangst an. Ich hasste enge Räume.

Irgendwann begann ich flüsternd, die Mitglieder des Rates zu verfluchen und ihnen die schlimmsten Krankheiten an den Hals zu wünschen. Meine leise murmelnde Stimme beruhigte mich etwas in der drückenden Stille, denn auch das Stöhnen des anderen Gefangenen war mittlerweile verstummt. So verbrachte ich meine Zeit, während ich darauf hoffte, dass endlich jemand kommen und mich erlösen würde.

Doch es kam niemand. Weder am nächsten Tag noch an dem darauf folgenden. Der Wächter brachte regelmäßig drei Mahlzeiten am Tag, über die man sich nicht einmal beklagen konnte. Mal abgesehen davon, dass ich sie in einer Zelle einnehmen musste, in der sich gleichzeitig auch eine primitive Toilette befand. Zumindest hatte ich fließendes Wasser und ein heruntergekommenes Waschbecken. Mittlerweile war ich mehr als nur beunruhigt. Wieso ließen sie sich so lange Zeit damit, mich hier rauszuholen? Ich weigerte mich, auch nur im Ansatz zu glauben, dass meine Freunde einfach keine Chance hatten, etwas an meiner Situation verändern. Sie würden mich nicht hängen lassen, sagte ich mir immer wieder. Vielleicht dauerte es einfach nur länger als geplant.

Meine Bitte nach einem Telefonanruf wurde abgelehnt. Außer den verschiedenen Gesichtern der Wachen bekam ich niemanden zu Gesicht. Die Männer in den schwarzen Kampfanzügen gaben mir nur widerwillig Antworten auf meine Fragen, manche ignorierten mich von vornherein. Alles diente dazu, meinen Willen zu brechen. Ich kam mir vor wie ein Schwerverbrecher und hatte sogar damit begonnen, kleine Kerben mit dem Fingernagel in das Holz der Pritsche zu zeichnen, um den Überblick über die Zeit zu behalten, die ich schon hier verbracht hatte.

Nach einer Woche war ich kurz davor, die Wachen zum Leiter der Verborgenenorganisation zu schicken. Ich hielt es in dieser drückenden Stille kaum noch aus. Meine Hände waren regelmäßig schweißnass von Panikattacken, bei denen die Wände näher zu kommen drohten oder ich das Gefühl hatte, keine Luft zu bekommen. Es war dic reinste Folter.

Doch da war immer noch dieses kleine bisschen Stolz, das mir im Weg stand. Ich wollte ihnen nicht geben, was sie haben wollten. Mich nicht auf einen Kompromiss einlassen, der mir im Prinzip nur ein schöneres und vergrößertes Gefängnis beschaffen würde. Denn das hätte gleichzeitig bedeutet, dass ich ihre Strafe akzeptierte. Und das tat ich nicht. Sie wussten genauso gut wie ich, dass ihre Vorwürfe aus der Luft gegriffen waren und sie mich einzig und allein für das verurteilt hatten, was ich war. Ein Halbdämon. Ich weigerte mich, eine Strafe anzunehmen, die ich einfach nicht verdient hatte. Und so riss ich mich zusammen, weinte mich nachts in den Schlaf und träumte von Ryan und meinen Freunden, die an der Akademie waren und ihre Ausbildung fortsetzen durften, ohne mir zur Seite stehen zu können.

Nach fast zwei Wochen war ich mir sicher: Ich war vollkommen auf mich allein gestellt.

Da gab es nicht viel, womit ich mich ablenken konnte. Ich kannte den Tagesablauf in der Zelle auswendig. Nach der Nachtruhe kam die erste Wache, um mich zu wecken. Circa zwei Stunden später kehrte der Wächter mit dem Frühstück zurück, meist Haferbrei oder Cornflakes. Am Wochenende gab es sogar frische Brötchen. Bis zum Mittagessen blieb ich dann von Gesellschaft verschont. Eine weitere Wache folgte nachmittags, später brachte sie das Abendessen, und ein letzter Rundgang wurde nach meinem Zeitgefühl etwa um Mitternacht gemacht.

Umso erstaunter war ich, als nach der letzten Schicht dumpfes Gepolter ertönte. Schlagartig war ich hellwach und setzte mich auf. Die Fackel vor meiner Zelle erlosch in einem eisigen Luftzug. Ich schärfte meine Sinne und starrte angestrengt in die undurchdringliche Dunkelheit. Am Ende des Korridors, den ich nicht einsehen konnte, raschelte und scharrte etwas. Ich krallte die Hände in die Decke und versuchte, meinen Atem zu beruhigen. Ohne meine Magie fühlte ich mich hilflos. Ich war umgeben von Schwärze, nicht einmal meine Hand konnte ich vor meinen Augen erkennen. Mein Atem ging flach und schnell, ein beunruhigendes Pfeifen ertönte aus meiner Lunge.

Nach zwei Wochen, die ich in dieser engen Zelle überstanden und jeden Tag mit der Platzangst gekämpft hatte, war es nun so weit. Das war einfach zu viel! Ich bekam eine Panikattacke, wie ich sie nie zuvor erlebt hatte. Mein Herz schlug wild gegen die Brust, ich spürte den Puls in meinen

Schläfen und ich war vollkommen blind. Was war hier los? Meine Gliedmaßen begannen zu kribbeln, doch bevor ich mich mit dem Gedanken an eine Ohnmacht anfreunden konnte, stand ich taumelnd auf und suchte Halt an der Steinwand. Obwohl ich mich ermahnte, ruhig zu bleiben, stand ich kurz vor dem Hyperventilieren. Je mehr ich darüber nachdachte, umso schlimmer wurde es.

Mit klammen Händen tastete ich mich bis zum Ende der Zelle und umklammerte die Gitterstäbe. Unter einer weit entfernten Tür drang ein schwacher Lichtschein hervor. War das dort ein Schatten?

»Vorletzte Zelle rechts«, rief eine Stimme plötzlich direkt neben meinem Ohr. Vor Schreck warf ich mich zur Seite und krachte unsanft mit der Schulter an die Mauer. Nicht das leiseste Geräusch von Schritten hatte ich vernommen.

Diese Stimme! Ich kannte sie. Wie oft hatte sie mich schon am frühen Morgen in den Wahnsinn getrieben?

»Cox«, zischte ich in heißer Aufregung, und Erleichterung überschwemmte mich. »Was tust du denn hier?«

Ich konnte den kleinen Kobold nicht sehen, doch sein vertrautes Gewicht landete auf meiner Schulter, während sein eigenartiger Schwanz sich zärtlich um meinen Hals schlang.

»Na, was wohl? Wir holen dich hier raus.«

»Wir?«, fragte ich, noch immer vollkommen verblüfft, doch da erleuchtete schon der wohlbekannte saphirblaue Schein einer Energiekugel den Korridor. Sie konnte nur Chaz gehören, doch hinter ihm waren noch weitere Personen auszumachen.

»Es wird Zeit für einen Ausflug, Schwesterchen«, sagte er, und die Schlüssel zu meiner Zelle klimperten in seinen Händen. Doch anstatt beiseitezutreten und mich hinauszulassen, trat er zu mir in die Zelle, dicht gefolgt von Alissa. Nun erkannte ich auch Derek und Don und zu meiner Überraschung auch Vanessa und einen Typen, den ich noch nie zuvor gesehen hatte. Er war augenscheinlich ein Hexer, groß und muskulös mit braunem, gewelltem Haar und einem hübschen Gesicht. Doch mein Blick wanderte zu Ryan, der hinter dem Mann hervortrat und mir ein freches Grinsen schenkte. Ich konnte nicht anders, ich musste jeden Einzelnen von ihnen stürmisch umarmen, selbst Vanessa, die zu verdutzt war, um mich von sich zu stoßen. Dem fremden Mann warf ich ein Nicken zu, bevor ich Ryan die Arme um den Hals schlang und ihn küsste, als sehe mir nicht gerade eine Handvoll Zuschauer dabei zu.

»Könntet ihr vielleicht mal mit dem Geknutsche aufhören?«, fragte Cox genervt. »Wir haben nicht viel Zeit.«

Widerwillig gab ich meinen Vampir frei.

»Was passiert jetzt?«, wagte ich zu fragen, als niemand Anstalten machte, die nun sehr beengt wirkende Zelle zu verlassen.

»Zunächst einmal werden wir deine Magie wieder befreien«, sagte Ally fröhlich, als wäre es etwas völlig Alltägliches. »Und danach schicken wir dich in die Unterwelt.«

Kapitel 13

»Kommt nicht infrage«, sagte ich und wich zurück, so gut es mir in der überfüllten Zelle möglich war.

»Wir haben keine andere Wahl«, erklärte Derek. »Befreien wir dich erst einmal von diesem blöden Schutzschild, den du in dir hast. Dann erkläre ich dir alles.«

Ich funkelte ihn böse an, um ihm zu zeigen, dass ich keineswegs vorhatte, in die Unterwelt zu gehen. Trotzdem konnte ich es kaum abwarten, meine Prana wieder zu spüren, also ließ ich mich bereitwillig in die Mitte des Raumes führen, während die anderen einen Kreis um mich herum bildeten.

»Wie wir wissen, besteht diese Schutzblase aus Magie der acht Spezialgebiete«, erläuterte Derek und rückte nervös seine Brille zurecht. »Ich habe mich eine Weile damit beschäftigt und weiß, jedenfalls rein theoretisch, wie wir sie wieder lösen können. Ally ist für die Telekinese zuständig, ich für die Biokinese und Don für die Umformung. Vanessa steht für Feuer, Ronaldos Spezialgebiet ist das Eis. Bleiben noch die Aerokinese, die Ferrokinese und die Elektrik. Die müsst ihr unter euch aufteilen«, sagte er an mich und Chaz gewandt. Mein Bruder sah mich eindringlich an.

»Ich kann nur zwei Spezialgebiete übernehmen, da es viel Fingerspitzengefühl erfordert. Was kannst du am besten?«

»Luft«, sagte ich verwirrt und immer noch vollkommen überrumpelt. Chaz musste also die magnetische Anziehungskraft und die Beeinflussung elektrischer Schaltkreise übernehmen – keine leichte Angelegenheit.

»Also schön, dann lasst uns anfangen. Jeder von euch berührt Jill an der Hand. Konzentriert euch mit aller Gewalt darauf, eure Gedanken und Fähigkeiten mit der Schutzblase in ihrem Inneren zu verbinden. Wenn ihr das Gefühl habt, eure Magie verbindet sich mit dieser Schutzblase, dann lasst sie zurück in euren Körper fließen. Wenn alles funktioniert, werdet ihr auch die restliche Magie eures Spezialgebietes, die die Jäger hinterlassen haben, aus der Schutzblase ziehen, und sie löst sich auf. Bereit?«

»Nein«, rief ich mit hoher Stimme. »Was zur Hölle soll ich dann mit der Aerokinese machen?«

»Ach ja, richtig. Versuche, sie dir eigen zu machen, oder leite sie durch deine Hände nach draußen. Hauptsache, sie schließt deine Pranaquelle nicht mehr ein.«

Nach einem kleinen Zögern nickte ich und versuchte, nicht daran zu denken, dass gleich sechs Hexen auf einmal mit ihrer Magie an mir arbeiten würden, ohne genau zu wissen, was sie taten. Besser ich fragte nicht danach, was hierbei alles schiefgehen konnte. Die Energiekugel meines Bruders schwebte lautlos über unseren Köpfen und hüllte uns in ein gedämpftes blaues Licht. Ryan hatte sich in den Schatten einer Zellenwand zurückgezogen und beobachtete uns schweigend.

Ich atmete tief durch und streckte beide Hände aus, woraufhin mich sechs fremde Berührungen trafen. Dabei schloss ich die Augen und versuchte, das Zittern zu unterdrücken, während ich tief in mich hinein lauschte. Es begann mit einem leichten Kribbeln, das von der Berührung an meiner linken Hand ausging und sich zaghaft durch meine Adern arbeitete. Nach und nach folgten weitere Energien, wobei jede eine andere Frequenz zu haben schien. Fast hätte ich sie mit verschiedenen Farben beschreiben können. Die Prana, die von Alissa ausging, war sanft und lieblich, sie gab mir das Gefühl zu schweben. Dons und Dereks Energien waren ähnlich und kaum voneinander zu unterscheiden, wahrscheinlich, weil beide etwas mit Umformung zu tun hatten, organisch und materiell. Vanessas Prana dagegen war wild und feurig, während die ihres Begleiters eisig durch meine Venen floss und einen angenehmen Ausgleich schaffte. An der Stelle, an der Chaz mich berührte, kitzelten mich sanfte Stromschläge. Fasziniert nahm ich wahr, wie sich die Energien in meinem Brustkorb sammelten und dort gegen die Barriere stießen, die die Jäger hinterlassen hatten.

»Das ist so schräg«, hauchte ich. Irgendwie kam ich mir nackt und entblößt vor, als ob sie gerade meine Privatsphäre verletzten. Kein Wunder, wenn man bedachte, dass sie die Fühler in meinen Körper ausstreckten.

»Verbindet sie«, flüsterte Derek, und ich spürte, wie sich die Prana meiner Freunde veränderte, sich anpasste und mit der Barriere verband. Plötzlich brannten meine Adern, und ich keuchte auf, japste nach Luft und verkrampfte mich.

»Zu viel«, presste ich hervor und schaffte es, meinen Kopf zu Vanessa zu drehen, ohne dass ich die Augen öffnen konnte.

Das Gefühl, innerlich zu verbrennen, ließ augenblicklich nach. Ich atmete auf. Und plötzlich spürte ich, wie sich die Barriere in meiner Brust ganz langsam lockerte. Ich konzentrierte mich darauf, meine Gedanken der Aerokinese zuzuwenden, während die ersten Pranastränge meiner Freunde zurück in meine Hände flossen und meinen Körper verließen. Je mehr Energie wieder in die anderen zurückkehrte, umso deutlicher wurde das vertraute Pochen in meinem Inneren. Meine Prana wurde endlich aus ihrem Gefängnis befreit. Eine fremde Energie trat deutlich zum Vorschein,

ein Rest, den meine Freunde nicht auflösen konnten. Ein Instinkt sagte mir, was ich zu tun hatte. Ich griff nach der überschüssigen Prana und wandelte sie in einen Wind um, der plötzlich in der Zelle wehte und unsere Haare fliegen ließ.

Endlich war auch das letzte fremde Kribbeln aus meinen Körper verschwunden. Ich konnte nur mit Mühe einen Jauchzer unterdrücken. In meinem Herzen pulsierte meine Prana und erfüllte mich mit einer Wärme, die ich über zwei Wochen lang schrecklich vermisst hatte. Ich war endlich wieder ich selbst. Als ich die Augen öffnete, fühlte ich mich wie neugeboren und stellte verblüfft fest, dass es meinen Freunden wohl nicht ganz so gut ging. Alissa lehnte kreidebleich an einer Wand der Zelle, Don und Derek stützten sich gegenseitig, und Vanessa klammerte sich an den Arm ihres Begleiters. Selbst Chaz sah etwas mitgenommen aus.

»Das war irgendwie ... berauschend«, sagte er trocken.

»Ich fühle mich, als hätte ich eine Flasche Wein auf ex getrunken«, jammerte Ally und drückte die Hand auf ihren Bauch.

»Es müsste gleich wieder nachlassen«, sagte Derek eher hoffnungsvoll als überzeugt. Er war etwas grünlich im Gesicht. Ich ließ ihnen Zeit, sich zu erholen, und stellte mich zu Ryan in die Ecke.

»Erklärst du mir bitte, was das alles soll? Und warum zum Henker habt ihr mich so lange warten lassen?«

Ryan tastete im Schatten der Zelle nach meiner Hand. »Es war alles nicht so einfach. Die VO ließ absolut nicht mit sich reden, egal welchen Vorschlag wir ihnen gemacht haben. Niemand wurde zu dir vorgelassen, sie haben uns regelrecht rausgeworfen. Mrs. Preston erklärte sich einverstanden, noch drei weitere Tage in London zu bleiben, aber auch die nächsten Versuche waren vergeblich. Vanessa hat in der Zeit Erkundigungen eingeholt und uns von dem

Angebot erzählt, das ihr Vater dir gemacht hat. Derek hat solange einige Nachforschungen angestellt. Wir wissen jetzt, wieso Robert Yannick es auf dich abgesehen hat.«

Ich unterdrückte den Zorn, der bei dem Klang dieses Namens in mir aufstieg, und hob fragend die Augenbrauen.

»Yannick ist Annabell Grants Stiefbruder«, erklärte er, und ich stöhnte auf. »Nicht einmal der Rat der Verborgenenorganisation wusste davon, und frage mich jetzt bitte nicht, wie unser Derek das herausgefunden hat. Jedenfalls scheint er dich dafür verantwortlich zu machen, dass seine Stiefschwester nun in der Irrenanstalt sitzt. Trotzdem wollten sie ihr Urteil nicht wieder zurücknehmen und sind überzeugt, dass seine persönliche Abneigung gegen dich nichts an der Situation ändert. Mrs. Preston wurde mit der Kündigung gedroht, falls sie uns einen weiteren Tag vom Unterricht fernhalten würde. Uns blieb nichts anderes übrig, als an die Winterfold Akademie zurückzukehren, wo wir weitere Pläne schmieden konnten.«

»Ich gehe nicht in die Unterwelt«, sagte ich mit einem Blick auf Derek, der mittlerweile wieder besser aussah und begann, einen Beschwörungskreis mit Kreide auf den Boden zu zeichnen. »Ernsthaft, Ryan. In dieser Zelle bin ich zehnmal sicherer als dort unten, und ehrlich gesagt hat sie bei dem Gedanken an die Unterwelt bedeutend mehr Anreiz gewonnen. Wieso kann ich nicht einfach mit euch kommen? Wie soll es denn weitergehen?«

Ryan nahm mich in den Arm, und ich lehnte die Stirn an seine Brust.

»Hör zu, ich weiß, du willst das nicht hören, aber Chaz wird dort auf dich aufpassen. In der Realität bist und bleibst du eine Gejagte, bis wir irgendeinen Weg finden, die VO vom Gegenteil zu überzeugen. Aber hier du kannst nicht bleiben, diese Zelle ist nicht so sicher, wie du denkst. Weißt du, wer die Forschungen an dir durchführen soll?«

Nun, nachdem Mr. Yannick offenbar schon mit diesem Thema vertraut war, konnte ich es mir denken. Ryan schien die Antwort in meinem Gesicht abzulesen.

»Kannst du dir vorstellen, was es bedeutet, wenn jemand, der dich hasst, alles mit dir anstellen darf, was er will? Oder glaubst du auch nur eine Sekunde lang, dass er gute Absichten hat und zum Wohle der Menschheit erforschen will, was das Geheimnis der dämonischen Fähigkeiten ist? Dieser Typ ist keinen Deut besser als Mrs. Grant, wenn du mich fragst. Unser Verdacht hat sich bestätigt, als Vanessa einen Tag später als wir an die Akademie zurückgekehrt ist. Sie hat ein Gespräch zwischen ihrem Vater und Mr. Yannick belauscht. Du hast noch etwa eine Woche Zeit, dich freiwillig für die Forschungen bereitzustellen, bevor der Typ dich offiziell ›in der Zelle besuchen darf‹. Mr. Cole ist ein eingeschüchterter Mann ohne Rückgrat, und es ist Mr. Yannick, der hinter seinem Rücken die Fäden zieht und Entscheidungen trifft. Er wird sich so viel von deinem Blut nehmen, wie er braucht, dessen kannst du dir gewiss sein. Und welche Tests er auch durchführen will, er wird es machen, ob du zustimmst oder nicht. Er hat es auf deine Fähigkeiten abgesehen und will sie sich zu eigen machen. Wir dürfen nicht zulassen, dass du in seinen Händen zur Waffe wirst.«

Beruhigend strich er mit der Hand über meinen Rücken, doch auch das vertrieb mein Zittern nicht.

»Wie soll das alles weitergehen, Ryan?«, wisperte ich heiser und konnte die Tränen nicht mehr zurückhalten. »Sie werden mich nie mehr zurück in diese Welt lassen. Ich werde immer eine Gejagte sein.«

Ich merkte, wie er sich anspannte, als er mich fester umarmte und mir einen Kuss auf den Scheitel hauchte. »Wir werden eine Lösung finden. Irgendetwas muss es geben, was wir tun können, aber bis dahin musst du außer Reichweite dieses Widerlings sein.«

Mit der Hand wischte ich über meine Wangen. Ich war zur Gejagten geworden, zur Geächteten. Still sah ich zu, wie Derek ein Blatt Papier studierte und die Zeichnung mit Kreide auf den kalten Boden der Zelle übertrug, während ihn die anderen interessiert dabei beobachteten.

»Was ist mit euch?«, fragte ich Ryan. »Man wird euch dafür verantwortlich machen, wenn ich verschwunden bin. Ich will nicht, dass ihr meinetwegen für irgendetwas bezahlen müsst.«

Der Vampir ließ ein verschmitztes Lächeln aufblitzen, doch es war Vanessa, die zu uns trat und für ihn antwortete. »Man wird uns nichts nachweisen können. Zum einen haben wir Mrs. Preston auf unserer Seite, die uns auch ihren Wagen geliehen hat und dafür bürgt, dass wir die Schule nie verlassen haben. Offiziell sitzen wir artig in der Winterfold Akademie, zudem unter Beobachtung von Ronaldo, den mir mein Vater freundlicherweise zur Verfügung gestellt hat, damit ich keine Dummheiten anstelle.«

Stirnrunzelnd betrachtete ich den jungen Mann, der mit meinen Freunden hier aufgetaucht war, und mein Verdacht bestätigte sich. Ronaldo war Vanessas Leibwächter.

»Wieso hilft er uns?«

Vanessa lächelte süffisant und warf mit der üblichen eleganten Handbewegung das lange blonde Haar über die Schulter. »Sagen wir einfach, mein Einfluss auf ihn ist etwas größer als der meines Vaters.«

Nur schwer konnte ich mich von einem Schnauben abhalten. Ich hätte es mir denken können, da Ronaldo Vanessa bisher nicht eine Sekunde aus den Augen gelassen hatte und ihr schmachtende Blicke zuwarf. Doch auch in Vanessas Gesicht las ich Zuneigung, als sie ihren hübschen Privatwächter ansah. Die beiden gaben wahrlich ein schönes Paar ab, auch wenn sie solche Gegensätze bildeten. Vanessa war wild und feurig, Ronaldo dagegen schien ruhig und gelassen zu sein. Sie war zierlich und schmal, er muskulös und groß. Sie waren eben wie Feuer und Eis.

»Und wieso hilfst du mir?«, fragte ich sie leise. Ich konnte einfach nicht anders. Vanessa hatte einen Großteil ihres Lebens damit verbracht, mich abgrundtief zu hassen. Sie wich meinem Blick aus, doch gerade, als ich mir sicher war, von ihr keine Antwort zu erhalten, seufzte sie.

»Ich war nicht gerade fair zu dir, auch wenn ich das nur ungern zugebe. Ich möchte auch endlich einmal etwas Gutes tun«, sagte sie, und eine verräterische Röte stieg auf ihre Wangen. Ich berührte sie kurz am Arm und ersparte es ihr, näher darauf einzugehen. Vanessa hasste Gefühlsduselei, und wahrscheinlich würde auch ich noch Wochen brauchen, um dieses Eingeständnis zu verdauen. Wenn ich es nicht besser gewusst hätte, hätte ich geglaubt, man habe ihr eine Gehirnwäsche verpasst.

Der Kreis war fast fertig gezeichnet, und ich spannte mich an.

»Werde ich wieder mitten in der Wildnis landen?«, fragte ich Chaz vorsichtig. Das Zittern meiner Stimme war kaum zu überhören.

»Nein, keine Sorge. Ich habe alles für deine Ankunft vorbereitet und einen Zwillingskreis in der Unterwelt gezogen, in dem du landen kannst.«

Derek erhob sich und klopfte sich den Kreidestaub von der Hose. Widerwillig warf er einen Blick auf seine Armbanduhr.

»Wir sollten uns beeilen. Das Schlafmittel, das Cox der Wache untergemischt hat, dürfte nicht mehr lange wirken. Außerdem müssen wir bis zum Morgengrauen zurück im Winterfold Forest sein.«

Er warf mir einen bedeutungsschweren Blick zu. Es war Zeit, sich zu verabschieden.

»Danke«, war das Einzige, was ich hervorbrachte, bevor

meine Stimme brach. Doch schon wurde ich von allen Seiten umarmt.

»Versprich mir, dass du auf dich aufpasst«, schluchzte Alissa, und in ihren sommergrasgrünen Augen glänzten Tränen.

»Wir werden sie schon irgendwann davon überzeugen, dass du nicht gefährlich bist«, sagte Derek und zog mich an sich.

Ich trat in den Beschwörungskreis, und schon fing Derek an, die lateinischen Worte zu murmeln.

»Ich folge dir, so schnell ich kann«, versprach Chaz, und Don berührte mich aufmunternd am Arm. Vanessa murmelte »Viel Glück«, und dann war Ryan an der Reihe. Ohne zu zögern trat er in den Beschwörungskreis an meine Seite, zog mich in seine Arme und hielt mich fest umklammert, als wolle er mich nie wieder loslassen.

Es war nicht nötig, etwas zu sagen. Er wusste genauso gut wie ich, dass es eine Trennung auf lange Zeit war, wenn nicht sogar für immer – und das, obwohl wir uns gerade erst wiedergefunden hatten. Ich hob den Kopf, und wir versanken in einem leidenschaftlichen Kuss, während ich auch schon das vertraute Kribbeln in meinem Inneren spürte und mein Körper begann, sich aufzulösen.

Als ich wieder Boden unter den Füßen spürte, hielt ich die Augen weiterhin geschlossen, denn ich wollte noch für einen kleinen Moment die Erinnerung an Ryans Berührung behalten. Ich spürte die Hitze der Unterwelt über mein Gesicht gleiten, doch ich war noch nicht bereit, mich dem zu stellen, was mich gleich erwartete.

Eine Stimme, weich wie Samt, riss mich aus meiner Melancholie. »Willkommen zu Hause, Tochter.«

Kapitel 14

Erschrocken öffnete ich die Augen. Ich befand mich in einem großen, schwach beleuchteten Raum ohne Fenster. Und mir gegenüber stand tatsächlich mein Vater. Selbst ohne das alte Foto, das ich in unserem Haus in Langfield hatte, hätte ich ihn erkannt. Sein braunes, lockiges Haar fiel ihm fast bis auf die Schulter und schien genauso widerspenstig wie meines zu sein. Wir sahen uns ähnlich. Die geraden Nasen und die hohen Wangenknochen glichen sich, selbst sein Mund ähnelte meinem in seiner geschwungenen Form. Doch zu meiner Überraschung fanden sich keinerlei Falten in seinem Gesicht. Im Gegenteil, vor mir stand ein Mann, der nicht älter aussah als Ende zwanzig.

Aber es waren seine Augen, die mich fesselten. Sie leuchteten in einem unnatürlichen Kobaltblau und blitzten gefährlich wissend auf. Instinktiv richtete ich mich auf und wich misstrauisch zurück, bis ich die Holzvertäfelung der Wand in meinem Rücken spürte.

Baal hob beschwichtigend die Hand.

»Du brauchst keine Angst zu haben, ich werde dir nichts tun.« Seine tiefe Stimme glitt wie Seide über meine Haut und hallte in meinem Kopf nach.

Trotzig schob ich mein Kinn hervor. »Ich habe keine Angst. Aber das heißt nicht, dass ich dir traue.«

Drohend ließ ich kleine Pranablitze über meine Hände wandern. Sie funkelten und knisterten angriffslustig. Wenn er mir zu nahe kommen sollte, würde ich ihn frittieren. Ich hatte gerade erst meine Magie zurückerlangt und brannte darauf, sie einzusetzen.

Baal brach in schallendes Gelächter aus. »Keine Frage, du stammst definitiv von mir ab!«

Er trat vorsichtig näher, bis ich ihm bedeutete, stehen zu bleiben. Der Dämon seufzte.

»Schon gut. Ich war dir wohl nicht der allerbeste Vater, was? Schön, lassen wir es langsam angehen. Da du ja nun eine Weile hier sein wirst, willst du bestimmt gerne dein Zimmer sehen.«

Nein. Ich wollte gerne wieder auf der Stelle verschwinden und die Welt mit der viel zu heißen Luft verlassen. Leider hatte ich dazu momentan kein Mitbestimmungsrecht, also zuckte ich nur mit den Schultern. Mein Vater drehte sich zur Tür und bedeutete mir, ich solle vorangehen. Als ich mich nicht von der Stelle rührte, verdrehte er theatralisch die Augen und setzte sich in Bewegung, damit ich ihm folgen konnte. Er hatte doch nicht wirklich gedacht, dass ich ihm den Rücken zukehren würde.

Ich wusste nicht, was ich wirklich erwartet hatte, als wir den möbellosen Beschwörungsraum verließen und uns in einer Halle wiederfanden, die mir schier den Atem raubte.

Wir befanden uns nicht wie vermutet in dem Haus, das Chaz für eine Weile bewohnt hatte und das meinem Elternhaus nachgebaut war. Um genau zu sein, hätte es mitsamt Dach und Veranda allein in diese Eingangshalle gepasst. Weißer Marmor an Wänden und Boden glitzerte in dem Schein hunderter Kerzen und Fackeln, die an den Wänden hingen oder auf verzweigten Kerzenständern steckten. Selbst der gigantische Kronleuchter war mit flackernden Lichtern versehen. Das Dach der Halle wurde von eleganten Säulen getragen, die mich an das alte Griechenland erinnerten. Alles wirkte so hell, trotz der Finsternis vor dem gigantischen Fenster, das sich hinter einer geschwungenen Treppe vom Boden bis zur Decke der Halle zog. Den einzigen Farbtupfer bildete ein roter Teppich, der die Treppe hinaufführte, die sich am oberen Absatz in zwei Richtungen teilte. Baal ließ mir einen Moment, um den Eindruck auf mich wirken zu lassen. Alles wirkte schlicht und edel und trotz des kalten Marmors einladend.

Er führte mich schweigend die Treppe hinauf und bog dann in einen Korridor, der mit hellen Wänden und einem braun-beige gemusterten Teppich weitaus weniger erschlagend wirkte. Die untere Hälfte der Wände war mit Holz vertäfelt, darüber befanden sich in regelmäßigen Abständen Landschaftsbilder. Zahlreiche schmucke Holztüren gingen links und rechts des Korridors ab, doch jede passierten wir schweigend.

Nachdem wir drei weitere Flure durchquert und abermals eine Treppe nach oben genommen hatten, bekam ich eine vage Vorstellung davon, in welch riesigem Gebäude wir uns befinden mussten. Ich hatte längst die Anzugjacke, die ich seit meinem Verhör trug, über meinen Arm gehängt. Die weiße Bluse klebte in der feuchtwarmen Luft auf meinem Rücken. Angewidert verzog ich das Gesicht. Ich war mir sicher, dass ich nach zwei Wochen in einer Zelle, in der mir nur eine Katzenwäsche mit Kernseife möglich gewesen war, nicht allzu gut riechen konnte. Endlich hielten wir vor einer zweiflügeligen Tür, und mein Vater öffnete sie für mich.

»Hier wirst du wohl für eine Weile wohnen«, sagte er sachlich. »Ich hoffe, es ist nach deinem Geschmack. Wenn nicht, können wir einige Änderungen vornehmen lassen.«

Ich warf ihm einen misstrauischen Blick zu, als ich an ihm vorbeischlich und das Zimmer betrat, doch schon nach wenigen Augenblicken hatte ich meine Angst vollkommen vergessen, sodass ich ihm sogar den Rücken zuwandte.

Es war einfach nur atemberaubend. In dem riesigen Himmelbett hätten locker zehn Personen schlafen können, wären da nicht die hochgestapelten Kissen gewesen, die sich auf den blutroten Laken türmten. Die hauchdünnen weißen Vorhänge des Baldachins schwebten lautlos in dem leichten Wind, der durch die geöffneten Fenster nach innen drang.

Die Fenster reichten vom Boden bis zur Decke und nahmen eine gesamte Wand ein. Die langen Vorhänge, die sie einrahmten, wellten sich sanft bis auf den Boden und erstrahlten in einem ebenso blutigen Rot wie die Bettwäsche. Der dunkle Parkettfußboden bildete einen angenehmen Kontrast zu der von schlichten Blütenranken durchzogenen Tapete. Auf der linken Seite befand sich ein deckenhohes Bücherregal, das einen Großteil der Wand einnahm. Davor stand ein edler Flügel. Die geöffnete Tür daneben führte augenscheinlich in ein Badezimmer, aus dem mir weißer Marmor entgegenblitzte.

In der Mitte des Raumes standen sich zwei geschwungene Polstersofas und ein Sessel auf einem flauschigen Teppich gegenüber, bei dem ich mir sicher war, dass meine Füße bis zu den Knöcheln darin versinken würden. Es sah aus wie in einem Luxusapartment aus vergangenen Zeiten.

Ich pfiff beeindruckt durch die Zähne, bevor ich mich wieder wachsam meinem Vater zuwandte. Baal starrte mich einfach nur an.

»Was ist?« Hatte er eine andere Reaktion erwartet? Oder erwartete er, dass ich ihm himmelhoch jauchzend um den Hals fiel?

»Nichts«, sagte er mit einem leichten Kopfschütteln und schien sich wieder zu sammeln. »Es ist nur … du hast mich gerade sehr an deine Mutter erinnert.«

Für einen Moment verzog Schmerz seine sonst so kontrollierten Gesichtszüge, und meine Abneigung gegen ihn verringerte sich etwas. Ein Dämon mit Gefühlen? Ich wollte ihn fragen, wie er meine Mutter kennengelernt hatte. Was für ein Mensch sie gewesen war, und wie die beiden zusammengelebt hatten. Stattdessen schwieg ich und ließ mich peinlich berührt auf dem Himmelbett nieder. Er war nichts weiter als ein Fremder.

»Du möchtest dich sicher etwas frisch machen«, räusperte er sich.

Oh. Toll. Er hatte es also auch gerochen.

»Ich denke, die alten Kleider von Silva dürften dir passen, du hast in etwa dieselbe Statur wie deine Mutter.«

»War das etwa Mums Zimmer?«, fragte ich erstaunt.

Die Mundwinkel meines Vaters verzogen sich zu einem gequälten Lächeln.

»Wir haben nicht hier gelebt, wenn du das meinst. Sie hat das Leben in der Realität bevorzugt. Allerdings musste ich nicht selten ein paar Tage herkommen, um Geschäfte zu erledigen. Dann hat sie stets dieses Zimmer bezogen und das gesamte Schloss mit ihrem Klavierspiel erfüllt.«

Bei dem Wort *Schloss* hob ich für einen Moment die Augenbrauen, doch dann ließ ich den Blick wieder durch den gemütlichen Raum wandern. Es war etwas, das ihn an meine Mutter erinnerte, und er überließ es mir einfach so. Nun, zumindest hatten wir etwas gemeinsam. Wir vermissten beide meine Mum, auch wenn ich mich kaum noch an sie erinnern konnte.

»Ich lasse dich jetzt allein«, sagte er vornehm. »Wenn du so weit bist und ich dich etwas herumführen soll oder du mir die unendlichen Fragen stellen möchtest, die dir auf der Zunge liegen müssen, findest du mich in meinem Arbeitszimmer am anderen Ende des Korridors. Geh bitte nicht allein auf Erkundungstour, das ist wichtig.«

Ich nickte stumm, und er schloss die Tür. Auf der Stelle schossen mir die Tränen in die Augen, die seit Stunden darauf warteten, vergossen zu werden. Ich war meilenweit entfernt von meinem Zuhause, war nicht einmal mehr in derselben Welt und hatte keine Ahnung, wann oder ob ich meine Freunde und meine Familie wiedersehen würde. Die Sorge um sie raubte mir schier den Verstand. Hatten sie es unbemerkt aus dem VO-Sitz zurück in die Schule geschafft? Was, wenn man sie erwischt hatte? Und ich saß hier und konnte nichts tun. Ich war allein unter Fremden, selbst meinen eigenen Vater kannte ich nicht, und dazu befand ich mich in einer Welt voller Monster. Es hätte deutlich besser laufen können.

Ich kroch das Bett hinauf, umschlang eines der flauschigen Kissen und drückte mein Gesicht hinein, um die Schluchzer zu ersticken. Irgendwann versiegte der Tränenstrom. Ich lag matt auf der Decke und schloss die Augen, träumte von Ryan und seinen Berührungen, während sich mein Herz zusammenzog, weil ich ihn schon jetzt unendlich vermisste.

Kapitel 15

Ich wusste nicht, wann ich in diesen unruhigen Schlaf gefallen war, und wie lange ich überhaupt geschlafen hatte. Anhand des Himmels konnte man hier keine Tageszeit erkennen, und generell spielte die Zeit in der Unterwelt keine Rolle.

Es dauerte eine Weile, bis ich die Kraft hatte, mich zu erheben und den Raum zu inspizieren. Ich warf einen Blick durch die drei Meter hohen Fenster und musste hart schlucken. Dort war er, der Himmel, der niemals hell wurde. Er war pechschwarz und durchzogen von einem blauen Schimmer, der mich an Polarlichter erinnerte und die Welt in ein düsteres Mitternachtsblau tauchte. Trist war das falsche Wort dafür. Die glitzernde Magie, die die weite Fläche am Horizont durchzog und mich an die Prana der Dämonen erinnerte, hatte durchaus ihre eigene Schönheit. Für einen Moment war ich wie gebannt von den schimmernden Wellen, die anstatt der Wolken die endlose Weite durchzogen. Aber es war eben die Unterwelt, und der Gedanke daran, dass die Sonne niemals einen Weg in dieses vergessene Land fand, machte mich traurig.

Ich blickte hinab in einen riesigen Burghof mit steinernen Fliesen und einem ausgetrockneten Brunnen, aus dem eine Statue ragte, die stark nach einer Kobra mit Flügeln aussah.

Das Schloss, wie mein Vater es genannt hatte, zog sich an drei Seiten um den Hof und war gewaltig. An einigen Stellen sah es ziemlich mitgenommen aus. Die zerfallenen Steine der Mauer ließen nicht im Geringsten auf die moderne Innenausstattung schließen. An der vierten Seite grenzte ein riesiger Garten an, bei dessen Anblick ich beinahe abermals in Tränen ausgebrochen wäre. In der Unterwelt hatten Pflanzen in der freien Natur so gut wie keine Chance. Das Gras war schwarz und verbrannt, die Bäume knorrig und verrottet. Ich konnte ein Labyrinth aus verwelkten Büschen erkennen, die Grünflächen waren schachbrettartig angelegt, und selbst einige Marmorbänke und Statuen konnte ich ausmachen.

In jeder anderen Welt wäre diese Anlage ein Traum gewesen. Hier jedoch war sie überzogen von dem Hauch des Todes. Alles wirkte zerfallen und vernachlässigt, selbst die Steingebilde waren schmutzig und von tiefschwarzem Moos bedeckt. Schnell wandte ich mich angewidert vom Fenster ab, erkundete das Zimmer weiter und ließ die Finger über die Tasten des riesigen Klaviers gleiten, sodass sanfte Töne den Raum füllten. Ich ließ mich auf dem Hocker nieder und begann zu spielen.

Bedauerlicherweise hatte ich nie ein reges Interesse am Klavierspiel gezeigt. Ich konnte nur wenige Stücke, doch das einzige, das mir jetzt noch in den Sinn kommen wollte, war Beethovens *Für Elise*.

Nach einigen stockenden Versuchen hatte ich den Dreh wieder heraus, allerdings musste ich mir schon nach der Hälfte des Werkes eingestehen, dass ich zu viele Fehler machte und ohne Noten keine Chance hatte. Die Klänge gaben mir ein tröstendes Gefühl, sie erinnerten mich an Tante Amalia und mein Zuhause in Langfield. Als der letzte Ton verklang und wehmütig das Schloss durchzog, erhob ich mich seufzend und setzte meinen Rundgang fort.

Ich begutachtete einige Bücher in dem riesigen Regal, doch die meisten Einbände waren unbeschriftet. Ich zog ein paar hervor und blätterte darin. Es waren einige Geschichtsbücher darunter, ich fand ein paar Märchen und Fabelgeschichten, selbst ein Band mit Gedichten fiel mir in die Hände. Mir entfuhr ein bitteres Lachen. Da ich ja augenscheinlich einige Zeit hier verbringen musste, würde ich mich wohl etwas näher mit dem Klavierspiel und der Poesie befassen.

Als ich die Tür zum Badezimmer erreichte, zögerte ich. Wenn ich mich schon frisch machen wollte, dann sollte ich wenigstens die staubigen, miefenden Sachen loswerden. Und so eilte ich zu der einzig verbliebenen Tür im Zimmer, die zum Kleiderschrank gehören musste.

Ich hatte mich geirrt. Sie führte nicht zu einem Kleiderschrank, sondern in ein komplettes Ankleidezimmer. Staunend betrachtete ich die schillernden Sommerkleider, die nach Farben geordnet auf einer meterlangen Kleiderstange hingen. Daneben befand sich ein Regal mit Blusen, Hosen und T-Shirts. In einer Kommode fand ich Unterwäsche, und eine komplette Wand des Zimmers bildete das Schuhregal. Träumerisch ließ ich die Finger über die hauchzarten Stoffe der Abendkleider gleiten und hätte am liebsten sofort eines davon angezogen. Sie hatten meiner Mutter gehört, und sie musste sich darin wie eine Prinzessin gefühlt haben.

Allerdings waren Abendkleider im Falle eines Kampfes eher hinderlich, und na ja, ich war hier in einer Welt voller hasserfüllter Kreaturen eingesperrt. Bei der Wärme jedoch wirkten auch die langen Hosen keineswegs einladend, und so entschied ich mich für ein kurzes weißes Sommerkleid und schwarze Riemchensandalen ohne Absatz, die ich fest schnüren konnte, und die mir im Falle einer Flucht nicht einfach von den Füßen rutschen würden.

Ich packte die Kleider und stellte mich dann unter die

Dusche des luxuriösen Badezimmers, mit dem nicht einmal das Bad in der Winterfold Akademie mithalten konnte. Glücklicherweise war das Wasser kühl und erfrischend, woraufhin ich mich etwas entspannte und endlich den Schmutz und die Ängste der letzten Wochen von mir abwaschen konnte.

Frisch geduscht und in meinem luftigen Outfit fühlte ich mich gleich etwas besser. Es wurde Zeit, dass ich mich ein wenig umsah. Im Korridor zögerte ich. Mein Vater hatte gesagt, ich solle vorher zu ihm kommen. Allerdings dürstete es mich so gar nicht nach seiner Gesellschaft, also nahm ich die nächstbeste Abzweigung und schob mich durch die ausgestorbenen Gänge. Hier und da standen Türen offen, sodass ich einen Blick hineinwerfen konnte. Ich sah verstaubte Musikzimmer, Gästezimmer mit abgedeckten Möbeln und landete sogar in einer riesigen Bibliothek, die drei Stockwerke umfasste. Ich beschloss, später noch einen Blick hineinzuwerfen, und schlenderte weiter.

Erst jetzt betrachtete ich die Gemälde, die die Wände zierten, genauer. Fast alle zeigten Landschaften in der Unterwelt, selbst der düstere Pranahimmel war detailgetreu nachgemalt. Dennoch schienen die Bilder nicht zu dem Anblick zu passen, der mir außerhalb des Gebäudes geboten wurde. Es dauerte eine Weile, bis ich wusste, warum. Es waren die Pflanzen. Auf den Bildern wirken sie fast normal und erstrahlten in einem gesunden und durch den Himmel verdunkelten Grün. Waren sie der Fantasie eines Dämons entsprungen? Achselzuckend wandte ich mich ab und nahm die Treppe in die unteren Stockwerke.

Als ich die große Halle erreicht, hallten meine Schritte durch die Stille. Zu spät bemerkte ich, dass sich weitere Geräusche hinzugesellten. Bevor ich mich hinter eine der Marmorsäulen schieben konnte, traten eine braunhaarige Frau und ein junger Mann mit silbernem Haar aus einem der abzweigenden Korridore. Sie blieben wie angewurzelt stehen, als sie mich bemerkten. Ich wich so weit wie möglich zurück und presste mich mit dem Rücken gegen den kalten Stein der Säule. Stundenlang war ich alleine umhergestreift und hatte nicht mehr damit gerechnet, in diesem Schloss überhaupt noch jemandem zu begegnen.

Im Bruchteil einer Sekunde hatte ich meine Prana in meiner Brust gesammelt und zu einem gewaltigen Energieball gestaut, bereit, ihn den beiden jeden Moment entgegenzuschleudern. Sie mussten das leichte Schweben meiner Haare bemerkt haben. Der junge Mann mit dem hübschen Gesicht runzelte die Stirn, bevor er sich wieder fasste, während die Frau mich immer noch unverhohlen anstarrte.

»Ihr müsst Jillian sein«, sagte der Mann, und sein deutscher Akzent verblüffte mich. »Willkommen zu Hause, Prinzessin.«

Er verneigte sich leicht, und die Frau tat es ihm nach, bevor sie eilig ihren Weg fortsetzten, immer darauf bedacht, mir nicht zu nahe zu kommen. Ich war zu verdattert, um ihm zu antworten, und sah den beiden nach. Allem Anschein nach waren es Bedienstete meines Vaters. Sie mussten die Auflage bekommen haben, mich nicht zu erschrecken.

Nachdem sich mein Herzschlag wieder beruhigt hatte, hatte sich meine Erkundungslust in Luft aufgelöst. Hatte ich bei meinem ersten Besuch in der Unterwelt nicht genügend gelernt? Hier streifte man nicht einfach sorglos umher, schon gar nicht ohne Begleitung. Mit einem Mal fühlte ich mich noch einsamer als zuvor.

Ich wollte gerade mein Zimmer aufsuchen, als mir etwas anderes einfiel. Etwas, was ich vom Fenster der Bibliothek aus gesehen hatte. Es war der Teil eines Gebäudes, ganz aus Glas, und ich hoffte, dass ich mit meiner Vermutung recht behhalten würde. Also sammelte ich all meinen Mut und schlug die Richtung ein, in der ich es vermutete.

Es dauerte nur wenige Minuten, bis ich das riesige Gewächshaus gefunden hatte. Mir entfuhr ein leiser Schluchzer, als ich mich in das frische, grüne Gras sinken ließ und auf der Stelle von einem Schwarm Elfen umgeben war. In das gewaltige Glasgebäude hätte locker der halbe Campus der Winterfold Akademie hineingepasst. Ganze Bäume, darunter auch Palmen, ragten hier in den Himmel.

Nachdem die kleinen geflügelten Wesen mich ausreichend inspiziert und auf meinem weißen Sommerkleid zahlreiche winzige Farbtupfer hinterlassen hatten, die von Blütenstaub stammen mussten, schlenderte ich zwischen den Reihen der Obstbäume umher, ging sauber angelegte Gemüsebeete ab und schlug mich durch einen kleinen Dschungel bis zum Herz des Gartens durch. Wie ich erwartet hatte, befand sich hier die Quelle des Lebens, ein kleiner Teich mit glasklarem Wasser, der von einer in allen Farben leuchtenden Blumenwiese umgeben war. Hier ließ ich mich nieder, schlang die Arme um die Knie und versuchte, nicht daran zu denken, welch scheußliche Welt dort draußen auf mich wartete. Ob Vater mir erlauben würde, mein Bett hier aufzustellen? Wahrscheinlich nicht. Für die Dämonen waren die Gewächshäuser lediglich eine Möglichkeit, die wenigen Elfen, die der Welt noch geblieben waren, einzusperren, damit sie sich um die Pflanzen kümmerten, deren Früchte hier das Hauptnahrungsmittel darstellten.

»Ich wusste, dass ich dich hier finde«, ertönte plötzlich eine vertraute Stimme hinter mir. Ich wirbelte herum.

»Chaz«, hauchte ich und sprang auf, um ihm die Arme um den Hals zu schlingen. Er strich mir beruhigend über den Rücken.

»Ihr habt es geschafft?«, sprudelte es besorgt aus mir heraus, und ein Stein von der Größe des Mount Everest fiel mir vom Herzen.

»Wir haben es rechtzeitig zurück in die Winterfold Akademie geschafft, von wo aus mich Derek hierher geschickt hat. Ist mit dir alles Ordnung?«

»Nein«, antwortete ich, »nichts ist in Ordnung. Ich will hier so schnell wie möglich wieder weg, und du hast mir noch einiges zu erklären. Fangen wir am besten damit an, warum mich die Bediensteten unseres Vaters *Prinzessin* nennen.« Abwartend sah ich ihn an und verschränkte die Arme vor der Brust.

Chaz wirkte plötzlich nervös und fuhr sich mit der Hand durch die Haare, eine Geste, die ich auch bei Ryan oft bemerkte. Was hatten diese Jungs nur für ein Problem mit einer ordentlichen Frisur?

»Du hast noch nicht mit ihm gesprochen?«

»Mit Baal? Nein, nur kurz bei meiner Ankunft.«

»Und da lässt er dich alleine im Schloss umherwandern?«

Nun war es an mir, mich unbehaglich zu winden. »Na ja, nicht direkt …«

Chaz verdrehte die Augen. »Ich hätte ihn vorwarnen sollen.«

Ich gab ihm einen Stoß, als er einen Arm um mich legte und mich von der Quelle wegführte.

»Nein, du hättest *mich* vorwarnen sollen. Also, was zum Henker soll das alles?«

Chaz brummelte irgendetwas in sich hinein, bevor er seufzte. »Sagen wir einfach, Baal ist nicht nur irgendein Dämonenfürst.«

Ich zog die Augenbrauen in die Höhe. Mit so einer läppischen Erklärung würde er nicht davonkommen.

»Lass uns ein Stück gehen.« Zielgerichtet brachte er mich zum Ausgang, und ich warf einen sehnsüchtigen Blick zurück auf dieses kleine Stückchen Normalität, das ich in dieser tristen Welt entdeckt hatte.

»Also?«, hakte ich nach, als unsere Schritte durch die verlassenen Korridore des Schlosses hallten.

»Er ist sozusagen der Boss der Bosse.«

Beeindruckt stieß ich die Luft aus. »Du willst mir nicht erzählen, er ist ein König oder so was!«

Chaz lächelte. »Nein, Könige gibt es hier nicht. Aber Baal herrscht seit einigen Jahren über dieses Land. Er hält sozusagen den Thron. Wenn sie dich Prinzessin nennen, dann bedeutet das, sie haben seine Herrschaft anerkannt und erweisen dir ihre Ehrerbietung. Und da sein Titel weiter vererbt wird ...« Er ließ den Rest des Satzes offen, doch ich wusste, was das hieß.

»Deshalb planst du also keine Zukunft zusammen mit Alissa?«, fragte ich gepresst. Chaz nickte traurig. Ich hatte keine Ahnung von der Rangfolge der Dämonen, aber das spielte auch keine Rolle. Chaz war sowohl der Erstgeborene als auch der erste männliche Nachkomme unseres Vaters. Er würde ohne Frage eines Tages die Nachfolge von Baal antreten müssen. Wow, das war echt ein starkes Stück.

Wir erreichten die große Halle, und Chaz dirigierte mich durch das riesige Tor ins Freie. Sofort verdüsterte sich meine Stimmung, als ich den dunklen Himmel über mir betrachtete und die drückende Wärme auf mir lastete. Wir überquerten den Burghof, liefen vorbei an dem ausgetrockneten, zerfallenen Springbrunnen und gelangten durch ein Tor auf eine weitläufige Straße, die den Berg hinunter führte. Unter uns konnte ich zerfallene Gebäude und Ruinen einer Stadt ausmachen. Sie lagen wie ein graues Steinmeer zu unseren Füßen, während wir mit dem Abstieg begannen.

»Was meinst du damit, sie haben seine Herrschaft anerkannt?«

Sein Blick verdüsterte sich. »Dämonen sind keine Wesen, die sich den Befehlen anderer unterstellen. Wir sind dominant, und zwar wir alle. Wir lieben unsere Freiheit. Es gab eine Zeit, da durfte jeder tun und lassen, was er wollte, aber das Ergebnis war, dass wir uns gegenseitig umbrachten und uns fast ausrotteten. Die meisten haben erkannt, dass sich etwas ändern musste. Und Dad war einer der wenigen, die tatsächlich bereit waren, etwas dagegen zu tun. Sie hatten ihn gewählt, schon bevor er Mum kennengelernt hat. Seitdem versucht er, die Ordnung wiederherzustellen. Aber natürlich gibt es viele, die das infrage stellen oder sich einfach nicht dem Urteil eines anderen beugen wollen. Leviathan ist einer davon, der Schlimmste, um genau zu sein. Seit Jahren versucht er, Baal zu stürzen. Das halbe Land ist vom Krieg verwüstet, wir leben in einem einzigen Schutthaufen. Als Leviathan vor kurzem erkannt hat, dass er Dad immer wieder unterlegen ist und sein wird, hat er versucht, die Realität zu erobern. Er will unbedingt ein ganzes Land unter seiner Führung.«

Verbittert verzog Chaz das Gesicht. »Wenn du mich fragst, dann ist das Ganze sinnlos. Hier wird nie Frieden herrschen, so sind wir Dämonen eben gestrickt. Es wird immer wieder einige geben, die ihre Macht zur Schau stellen und durch Unterdrückung ihre Diener um sich scharen. Sie sind nicht so wie wir. Sie haben vergessen, wie sie in Frieden und Eintracht miteinander leben können. Die meisten sind mit Hass und Verrat aufgewachsen, und diejenigen, die bei Dämonenbeschwörungen einen Blick auf die Realität werfen konnten, sind einfach nur verbittert über die Schönheit, die sie zu Gesicht bekommen haben. Niemand kommt allerdings auf die Idee, etwas zu ändern. Niemand außer Dad.«

Es dauerte eine Weile, bis ich das alles verarbeitet hatte. »Ich verstehe trotzdem nicht, was das mit uns beiden zu tun hat. Baal hat eben beschlossen, die Sache in die Hand zu nehmen und zum großen Anführer zu werden. Das heißt doch aber nicht, dass du seinen Job irgendwann übernehmen musst.«

Chaz schnaubte. »Dad hat den Posten nicht einfach so bekommen. Er zählt zu den mächtigsten Dämonen der

Unterwelt und hat Kräfte, von denen Leviathan nur träumen kann.«

»Aber das heißt doch nicht, dass auch wir so sind. Unsere Mutter war nur eine einfache Hexe!«

»Jill, denk doch mal nach. Du hast dich mit nur achtzehn Jahren einem jahrzehntealten Dämonenfürsten gestellt und ihm so viel Prana entzogen, dass er monatelang nur noch ausgedörrt vor sich hin vegetieren konnte. Das ist nicht normal.«

Da war es wieder, dieses Wort, das ich so hasste. Normal.

»Dads Gefolgsleute erwarten Großes von uns.«

»Da können sie lange warten«, sagte ich verächtlich. »Ich habe nicht vor, mich allzu lange hier aufzuhalten.«

Chaz schwieg betreten, und ich kniff misstrauisch die Augen zusammen. Irgendetwas verheimlichte er mir. Wir erreichten das Ende der steinernen Straße, und die ersten kleinen Gebäude ragten vor uns auf.

»Ich kenne diese Stadt«, hauchte ich und blieb stehen.

»Ja. Wir sind in Ignis Tenebris.«

Irritiert registrierte er, dass ich mich keinen Zentimeter mehr vom Fleck rührte. Ich war einmal hier gewesen und hatte nicht vor, diesen Ort ein zweites Mal zu besuchen.

»Du brauchst dir keine Sorgen zu machen«, beruhigte mich mein Bruder. »Als wir das letzte Mal hier waren, war Dad verreist und die Stadt unter der Kontrolle von Leviathan. Die Leute unseres Vaters haben das Zepter wieder übernommen. Wir sind hier sicher.«

Meine Antwort darauf war lediglich ein Schnauben.

Chaz stieß die Luft aus. »Was glaubst du, warum ich dich hergebracht habe? Du weißt nichts über die Dämonen oder die Unterwelt. Ich will dir unsere Sitten und Bräuche zeigen und dir beweisen, dass man einen durchaus normalen Umgang mit Dämonen pflegen kann. Mit manchen jedenfalls. Hier zu leben ist kein Weltuntergang.«

Wieder beschlich mich ein ungutes Gefühl. »Wieso versuchst du, mir die Unterwelt so schmackhaft zu machen? Was verheimlichst du mir, Chaz?«

Er blieb eine ganze Weile still, vergrub die Hände in den Hosentaschen und lief ein Stück vor mir. Ich kannte ihn gut genug, um zu wissen, dass er mit sich selbst haderte. Oder zumindest damit kämpfte, ob er mir die Wahrheit sagen sollte oder nicht. Das konnte nichts Gutes bedeuten. Wir hatten die vereinzelten Ruinen hinter uns gelassen und näherten uns nun dem, was man in London einen Vorort genannt hätte. Hier waren es lediglich mehrere kleinere Ruinen, die im entferntesten Sinne an Gebäude erinnerten. Trotz der Wärme fröstelte ich. Zwischen dem verdorrten Gras und den zerfallenen Gemäuern huschten Schatten herum, doch Chaz schien sie gar nicht zu beachten, was mich etwas beruhigte. Im Gegensatz zu meinem letzten Besuch war die Straße diesmal mit einigen Fackeln beleuchtet. Sie führte auf geschwungenen Wegen tiefer ins Innere der Stadt, mit der Zeit wurden die Gebäude größer, und einige waren sogar instand gesetzt worden.

»Also?«, hakte ich nach, und mein Bruder blieb stehen. Sah ich da tatsächlich so etwas wie Mitgefühl in seinen Augen? Oh, nicht doch.

»Du wirst hier wohl etwas länger als geplant bleiben müssen«, sagte er vorsichtig, und ich hielt die Luft an. »Robert Yannick hat direkt nach deinem Verschwinden deine Abstammung öffentlich gemacht. Noch bevor wir in der Winterfold Akademie angekommen waren, lief es schon in den Medien. Sie suchen dich in ganz England, da wir die Spuren der Beschwörung beseitigt haben … sagen wir einfach, er will auf Nummer sicher gehen, dass du nicht mehr in der Realität wandelst. Derek und die anderen werden mit dem Einspruch zu deinem Urteil keinen Erfolg haben. Du giltst als Verbrecherin, das halbe Land ist hinter dir her.«

Es dauerte eine Weile, bis ich wusste, wie man den Mund wieder schloss.

»Das können sie nicht machen«, hauchte ich entsetzt. Mein Herz fühlte sich an, als würde es von einer Mairaklaue zerquetscht werden.

»Das haben sie schon«, flüsterte Chaz und berührte mich tröstend am Ellenbogen. Ich stieß seine Hand weg.

»Bring mich sofort zurück, damit ich diesem Idioten Mr. Cole in den Arsch treten kann. Ich muss noch einmal mit ihm reden.«

Chaz schüttelte mit dem Kopf. »Was glaubst du, was passiert, wenn du dort wieder auftauchst? Die Menschen sind fassungslos und ängstlich, sie klammern sich momentan an die Hoffnung, dass du tatsächlich verschwunden bleibst. Sie hatten nie zuvor mit einem Dämon zu tun, Jill! Du würdest dir nur selbst schaden und vermutlich eine Massenpanik auslösen.«

»Aber ich kann nicht einfach hier herumsitzen und so tun, als ginge mich das alles gar nichts an«, fuhr ich Chaz an, und meine Stimme hallte durch die Straßen.

»Aber genau das wirst du tun«, antwortete er nicht minder zornig. »Du wirst nicht ewig hierbleiben. Irgendwann, in ein paar Jahren, wenn Gras über die Sache gewachsen ist, schmuggeln wir dich zurück. Du bekommst eine neue Identität, fängst ein neues Leben an ...«

»Ich will aber mein altes Leben wieder«, rief ich heiser. Meine Stimme brach. Ein paar Jahre? Hier in der Unterwelt verging die Zeit langsamer als in der Realität. Wenn man von etwa zehn Jahren ausging, die dort vergingen, hatte man etwa dreißig Jahre, die ich hier schmoren musste. Dreißig! Mir wurde übel.

Mit dem Handrücken wischte ich mir die Tränen von den Wangen, bevor der Staub der Straße daran haften bleiben konnte. Ich weigerte mich, dieses Urteil anzunehmen. Derek und Alissa, Ryan, Tante Amalia … Sie würden es irgendwie wieder gerade biegen. Sie mussten einfach eine Idee haben. Aber tief in meinem Inneren nagten Zweifel. Wie sollten sie mich aus diesem Schlamassel wieder herausbekommen? Mir blieb nichts weiter übrig, als abzuwarten.

Schweigend trottete ich hinter Chaz her und bedachte seinen Rücken mit wütenden Blicken. Es war so unfair. Er war ein Halbdämon wie ich auch, aber er würde schon morgen wieder zurück in die Realität reisen und so tun, als wäre nie etwas geschehen. Als wäre er *normal*. Er konnte wie mit der U-Bahn zwischen den beiden Welten hin und her reisen. Ihn verfolgte nicht das ganze Land.

Ich hätte versuchen können, meine Freunde heimlich zu besuchen. Oder mein Gesicht und mein Aussehen für den Rest meines Lebens zu verändern, einen neuen Namen anzunehmen. Aber Mr. Cole war nicht dumm, er würde sie alle so lange beschatten lassen, bis er wusste, dass ich definitiv nicht wieder aufgetaucht war.

Da ich so damit beschäftigt war, mit meinem Schicksal zu hadern, bemerkte ich erst nach einer Weile, dass wir längst nicht mehr alleine waren. Wir passierten einige Lagerhäuser, aus deren Fenstern Licht und Stimmen drangen. Die Straßen wirkten belebter, an jeder Straßenecke stand ein Dämon mit verschränkten Armen und finsterem Gesicht. Sie nickten uns wortlos zu, also mussten sie Anhänger meines Vaters sein.

»Sie sehen so normal aus«, entfuhr es mir.

Chaz schien erleichtert darüber zu sein, dass ich den Gedanken, auf der Stelle wieder in die Realität zu reisen, für eine Sekunde vergessen hatte.

»Ja, das tun sie. Du hast bisher nur Leviathans Anhänger kennengelernt. Ihre Gesichter sind zerstört, vernarbt durch die Verletzungen, die sie in den Kriegen davongetragen haben. Auch nach jeder vollständigen Verwandlung in ein Tier ist es sehr schwierig, das ursprüngliche Aussehen wiederherzustellen. Jeder Dämon beherrschte die Biokinese, sie könnten sich alle wieder ein normales Gesicht schaffen, aber ich schätze, die meisten wollen es gar nicht. Sie sind stolz auf ihre Narben, tragen sie wie Trophäen oder wollen einfach nur abschreckend und furchteinflößend wirken. Dad ist einer der wenigen, der auf ein gepflegtes Äußeres Wert legt, und er erwartet es auch von seinen Anhängern.«

Wir schlenderten weiter, doch ich fragte ihn nicht, was in den Lagerhäusern vor sich ging. Ich war einfach noch nicht so weit, dass mich das Treiben in der Unterwelt interessierte. Lustlos schlurfte ich neben meinem Bruder her und registrierte nur am Rande, dass die Gegend sich wieder veränderte und wir an einigen verfallenen Herrenhäusern vorbeizogen. Nur einem Gebäude schenkte ich tatsächlich einen zweiten Blick und fragte mich, ob der eingefallene Turm einmal zu einer Kirche gehört hatte.

»Wieso zeigst du mir das alles?«, flüsterte ich nach einer Weile.

»Weil ich will, dass du meine Welt ebenso kennenlernst, wie ich deine kennenlernen durfte. Und ich möchte nicht, dass du ein falsches Bild bekommst. Das letzte Mal warst du zu einem denkbar schlechten Zeitpunkt hier, und ich möchte einfach, dass du auch die andere Seite siehst. Die Unterwelt ist verglichen mit eurer Realität eine Müllhalde, das weiß ich, aber es ist nicht so schlimm, wie du es dir einredest.«

»Wenn du es sagst«, giftete ich und bedachte die verstaubte Straße, die mit knorrigen und verrotteten Bäumen gesäumt war, mit einem bedeutungsschweren Blick.

Chaz seufzte ergeben. »Also schön, vielleicht ist es noch zu früh dafür. Lass uns zurückkehren, damit du endlich das Gespräch mit Vater hinter dich bringen kannst.«

Ich wusste nicht so recht, welches Übel nun schlimmer

war, die zerfallene Stadt oder mein dämonischer Vater. Doch ich folgte meinem Bruder widerstandslos über einen großen Platz, der mich etwas an den Markt von Gorham erinnerte.

Plötzlich blieb Chaz stehen und runzelte die Stirn. Ich legte den Kopf schief und lauschte ebenfalls. Aus einer der Seitenstraßen drang Lärm, und laute Männerstimmen hallten zu uns herüber. Sie schienen näher zu kommen.

»Was ist das?«, fragte ich, doch Chaz packte schon meine Hand und zog mich in die entgegengesetzte Richtung. Er presste die Lippen fest aufeinander.

»Wenn mich nicht alles täuscht, dann sind das Leviathans Untertanen, die mal wieder Ärger machen.«

Der Klang einer Explosion brachte mich dazu, über die Schulter zu blicken. Zwischen den Gebäuden flackerten haushohe Flammen in den Himmel. Der Geruch von Asche und Rauch drang in meine Nase, als ich hinter Chaz hereilte und wir die Mündung einer Seitenstraße erreichten.

»Ich dachte, Leviathan ist abgetaucht«, stieß ich gehetzt hervor.

»Ist er auch, was nichts daran ändert, dass seine Anhänger weiterhin Ärger machen«, antwortete Chaz und sah sich nervös um.

»Was wollen sie?«

»Sie wollen verhindern, dass Dad die Stadt wieder aufbaut und sich damit ein Imperium schafft. Sie machen seine Fortschritte zunichte.«

Die Männer schienen den Marktplatz hinter uns erreicht zu haben, wo sie auf Baals Männer trafen. Die Explosionen wurden häufiger. Ich presste mir die Hände auf die Ohren, um den Lärm zu dämpfen. Eine Druckwelle rollte über uns hinweg und ließ mich stolpern. Sie brachte eine Wolke aus Asche und Staubpartikeln mit sich, die sich einen Weg in meine Lungen bahnte und mich husten ließ.

Wir bogen um die nächste Ecke, und Chaz stoppte abrupt, sodass ich ungebremst gegen seinen Rücken krachte. Ein leiser Fluch glitt über seine Lippen, er baute sich vor mir auf und verhinderte, dass ich an ihm vorbeiglitt. Verwirrt spähte ich über seine Schulter und schluckte den Kloß in meinem Hals herrunter.

»Oh, verdammt«, murmelte ich, als ich ein Dutzend Gestalten sah, die nicht minder verdutzt über unser Auftauchen waren als wir über ihres. Das hier waren definitiv keine Anhänger meines Vaters. Ich zog mich hinter Chaz' breiten Rücken zurück, doch der kurze Blick in die zerfallenen Gesichter hatte sich in mein Hirn gebrannt. Sie hatten Narben, die sich über die gesamte Haut zogen. Einem fehlte ein Auge, einem weiteren der Teil seiner Nase. Sie waren von Beulen und Furunkeln übersät, scherten sich nicht um Buckel oder die kahlen Stellen zwischen den strähnigen Haaren. Vor uns stand eine Gruppe jener Dämonen, die für den Untergang dieses Landes verantwortlich waren. Und sie hatten durchaus erkannt, wen sie da vor sich hatten.

»Sieh an, sieh an. Welch glücklicher Zufall, dass uns ausgerechnet die Brut des Verräters über den Weg läuft«, ertönte eine eisige Stimme, die wie Fingernägel auf einer Tafel über meine Haut kratzte.

»Chaz?«, wisperte ich und fröstelte trotz der Wärme und des Sprintes. »Was tun wir jetzt?«

»Lauf«, sagte er, und ich wirbelte herum.

Kapitel 16

Jetzt war ich froh, dass ich mich für das kurze Kleid und halbwegs taugliches Schuhmaterial entschieden hatte. Chaz hatte meine Hand genommen und zerrte mich unerbittlich weiter. Doch der einzige Ausweg, den wir hatten, führte direkt auf den Marktplatz, der den Klängen nach gerade in Schutt und Asche gelegt wurde.

Ein Blick über die Schulter verriet mir, dass einige unserer Verfolger angefangen hatten, ihre Gestalt zu verändern. Zwei der Dämonen verwandelten sich in vierbeinige Tiere, um schneller aufzuholen. Ich konnte nicht deuten, was sie darstellen sollten, doch ich meinte, eine lederne Haut und ein Horn in dem langgezogenen Gesicht des einen Dämons zu erkennen. Ein weiterer steckte mitten in der Verwandlung, ihm wuchsen fledermausartige Flügel aus den Schultern, und seine Haut verfärbte sich eigenartig dunkel.

»Deckung«, schrie ich gerade noch rechtzeitig und zerrte Chaz in den Schutz eines verfallenen Hauseingangs, als einer der Dämonen die kugelförmige Ladung seiner mitternachtsblauen Prana auf uns schleuderte. Das Geschoss zischte nur knapp an meinem Gesicht vorbei und schlug in das Nebengebäude ein. Ohne zu überlegen hastete ich weiter und entging somit einem Feuerball, der dem zerfallenen Hauseingang endgültig den Rest gab.

Langsam wurde ich zornig, und die Wut überlagerte meine anfängliche Panik. Ich war gerade einmal ein paar Stunden hier, und schon musste ich um mein Leben rennen. Das war nicht fair! In der nächsten Kurve konnte ich bereits den Marktplatz erkennen. In meinem Inneren war die Prana bereits zu einem tödlichen Energieball herangewachsen, der nur darauf wartete, endlich meine heiß glühenden Adern zu verlassen. Schweiß rann mir in Strömen über den Rücken und ließ meine Haare im Nacken kleben, als ich abrupt stoppte und herumwirbelte.

Es war der nashornartige Dämon, der als erstes um die Ecke bog und die volle Ladung meiner Macht abbekam. Mit einem tiefen Brummen wurde er vor die nächste Hausmauer geschleudert. Er blieb stöhnend und ächzend unter den Steintrümmern liegen, während meine hellblaue Prana über seinen Körper zuckte und ihm höllische Schmerzen bereitete.

Chaz riss die Arme in die Höhe, um einen Feuerzauber zu fabrizieren. Vor uns erhob sich eine Säule aus Flammen, die drei weitere Dämonen in Brand steckte – darunter auch den mit den fledermausartigen Flügeln, die mittlerweile Federn bekommen hatten und lichterloh brannten. Die Ablenkung verschaffte uns weitere wertvolle Sekunden zur Flucht, und so bogen wir keuchend und mit heftigem Seitenstechen auf den Marktplatz ein.

Wie angewurzelt blieb ich stehen, als ich das Szenario einen Sekundenbruchteil betrachtete. Zwischen Feuer und Rauch erblickte ich Leviathans Anhänger, die gegen Baals Männer kämpften. Für einen Moment hatte ich das Gefühl, mitten in einen wirklich schlechten Horrorfilm geraten zu sein. Ich sah vernarbte Gesichter mit Fangzähnen, die die Kehle eines Mannes herausrissen. Ich sah Klauen, so lang wie mein Unterarm, die sich in den Rücken eines weiteren Anzugträgers gruben und ihn auf gewaltigen Schwingen in die Höhe rissen. Ich sah die Männer meines Vaters zu Eis erstarren und bei lebendigem Leibe verbrennen, während sich immer mehr Monster an ihnen vorbeischoben. Sie hatten kaum mehr etwas Menschliches an sich. Manche gingen aufrecht, andere in gebückter Haltung auf vier Klauen, wieder andere griffen von oben an und stürzen sich mit messerscharfen Schnäbeln und Schwingen auf die Männer.

Leviathans Kreaturen waren überall, doch auch Baals Männer schlugen sich tapfer. Zu meiner Verblüffung waren auch einige darunter, die zu zweischneidigen Schwertern griffen und Wurfsterne abfeuerten, andere lenkten gezielt ihre Magie auf die Angreifer. Es herrschte ein heilloses Durcheinander. Chaz zog mich durch die kämpfende Menge, während immer mehr Rauch drohte, uns zu verschlucken.

Wie aus dem Nichts tauchte ein riesiges Gebäude vor uns auf, das noch halbwegs intakt zu sein schien. Wir schafften es bis zur breiten Treppe und zwischen die meterhohen Säulen, ohne dass unsere Verfolger uns einholten. Sie mussten im Getümmel des Kampfes abgelenkt worden sein.

Ich warf einen letzten Blick über die Schulter. Von der Anhöhe aus hatte ich einen guten Blick über den Platz. Kaltes Entsetzen ließ mich auf der Stelle verharren und sprachlos dem Geschehen folgen. Jetzt wusste ich, was Chaz mit Krieg meinte. Überall waren Leichen verstreut, zwischen Kratern, die metertiefe Löcher in den Asphalt gerissen hatten. Die Gebäude am Rande standen in Flammen oder fielen unter der Ansammlung von Magie in sich zusammen. Die Pranablitze und Feuerbälle ließen zwischen dem Rauch kaum etwas erkennen, doch was ich bisher gesehen hatte, brannte sich in mein Hirn. Es war der Anblick der Monster, die sich grausam auf Männer stürzten, die *normal* aussahen. Sie sahen aus wie Menschen aus der Realität, und das war es, was mein Herz wie unter einem eisernen Griff zu zerquetschen drohte.

»Das Rathaus hat noch nicht viel abbekommen, wir müssten es bis zum Hinterausgang schaffen«, brüllte Chaz über den Lärm hinweg in mein Ohr und zog mich in das Gebäude.

Als die Tür ins Schloss fiel, drang der Lärm des Kampfes nur noch gedämpft zu uns durch, doch ich konnte die Schreie nicht ignorieren. Ich entriss Chaz meine Hand und blieb wie angewurzelt stehen.

»Wir müssen ihnen helfen«, hauchte ich.

Chaz riss ungläubig die Augen auf. »Bist du nicht ganz bei Trost? Leviathans Männer sind hoffnungslos überlegen.«

»Ein Grund mehr, Vaters Männer nicht einfach dort draußen sterben zu lassen!«

Chaz sah mich an, als hätte ich den Verstand verloren. Um ehrlich zu sein, wusste ich selbst nicht, was in mich gefahren war. Die Männer meines Vaters waren ebenso Dämonen wie die Kreaturen, die sie angriffen. Vielleicht war es die Tatsache, dass sie ihre normale Gestalt behielten, doch ein winzig kleiner Teil in mir glaubte auch an das, was Chaz mir über unseren Vater gesagt hatte. Dass er versuchen wollte, etwas Besseres aus dieser Welt zu machen. Die Männer, die für ihn kämpften, wollten ebenfalls ihren Teil dazu beitragen. Sie glaubten an das, was Baal ihnen versprochen hatte. Und sie setzten ihr Leben dafür aufs Spiel.

Chaz stand unschlüssig vor mir. Ich kannte meinen Bruder. Auf dem Weg über den Marktplatz hatte er mindestens fünf von Leviathans Anhängern mit seiner Magie zur Strecke gebracht, und selbst jetzt konnte ich die Kampfeslust in seinen leuchtenden Augen sehen. Allein meine Gegenwart schien ihn davon abzuhalten. Ich konnte es ihm nicht verübeln. Vor ihm stand seine kleine Schwester, noch dazu in einem unschuldigen, weißen Kleid, die braunen Haare fielen in kindlichen Locken über den Rücken … ich musste ihm in dieser Aufmachung wie eine zerbrechliche Puppe vorkommen. Er wollte mich in Sicherheit wissen.

Es wurde Zeit, ihm diese Illusion wieder zu nehmen und ihn daran zu erinnern, dass ich vom selben Blut war wie er. Entschlossen ließ ich meine Prana durch jede Zelle meines Körpers fließen, bis ich zu zerbersten drohte und kleine blaue Funken über meine Haut glitten. Meine Haare schwebten unter der knisternden Magie. Ein Lächeln stahl sich auf Chaz' Lippen, und zurück war der verwegene Junge, der gleich ein paar Dämonen das Fürchten lehren würde.

»Im Schrank unter der Treppe werden Waffen aufbewahrt, soweit ich mich erinnern kann. Ich fühle mich sicherer mit einem Schwert in der Hand«, murmelte er und war schon verschwunden. Bevor ich mich versah, drückte er mir ein Kilidsch und ein zweischneidiges Schwert in die Hand. Ich wog das Gewicht der Waffen ab und lächelte grimmig. Er wusste genau, mit was ich am besten kämpfte. Chaz hatte sich für einen Dolch und eine Axt entschieden.

»Wieso verwandeln sich Baals Männer nicht?«, wagte ich zu fragen.

»Zum einen, weil sie so nicht Gefahr laufen, ihre eigenen Leute zu töten. Zum anderen ist die Verwandlung nicht immer die effektivste Methode. Im Gegensatz zu den Leviathanern kämpfen wir mit System. Bist du so weit?«

»Machen wir sie fertig«, sagte ich und trat ohne ein Zögern durch die Tür. Sogleich wusste ich, wovon mein Bruder gesprochen hatte. Baals Anhänger standen in einer Doppelreihe im Halbkreis um das Rathaus, mit dem Rücken zu uns. Sie wehrten vereint Leviathans Kreaturen ab, doch immer mehr von den Angreifern durchbrachen die erste Reihe. Wie Chaz schon sagte, waren Baals Männer hoffnungslos unterlegen.

»Was tut ihr hier draußen? Verschwindet!«, brüllte uns

ein Anzugträger mit Vollbart zu. An seiner Wange klaffte eine breite Wunde, und Blut tränkte den Kragen seines weißen Hemds. Schlagartig wurde mir klar, dass sie nicht zufällig direkt vor dem Rathaus standen. Sie waren hier, um mich und Chaz, die Kinder ihres Anführers, zu beschützen. Ich konnte ihm seinen zornigen Blick nicht verübeln, in ihren Augen sah ich wahrscheinlich so gefährlich aus wie eine Küchenmaus. Es wurde Zeit, dass ich ihnen das Gegenteil bewies.

Bevor wir das Ende der Treppe erreichten, hatten einige von Leviathans Dämonen auch die zweite Reihe durchbrochen und kamen auf uns zu. Gelassen packte ich den Knauf meiner Waffen fester und spannte die Muskeln. Ein Dämon mit einer verbrannten Gesichtshälfte und Klauen mit schuppiger Haut kam dümmlich grinsend auf mich zu.

Bevor er mich packen konnte, war ich unter seinem Arm hindurchgetaucht und hieb ihm das Schwert in die Kniekehlen. Blut spritzte auf mein Kleid und versah es mit weinroten Farbtupfern. Er ging laut fluchend in die Knie, doch ich hatte keine Zeit, mich weiter mit ihm zu beschäftigen. Dämon Nummer zwei war nicht ganz so unvorsichtig und blieb auf Abstand, allerdings sah ich an seiner Handbewegung, dass er Magie in meine Richtung leitete. Doch anstatt mit seiner Prana oder einem Feuerball zu schießen, beschwor er einen Windstoß, der mir wie eine Faust ins Gesicht schlug und Rauch und Sand in die Augen schleuderte. Ich krallte die Hände vors Gesicht, rieb mir die Augen und hustete, als der Staub in Nase und Mund drang. Verschwommen nahm ich die Gestalt des Dämons vor mir wahr und schoss mit einem Pranaball. Der Dämon wich aus und lief direkt einem von Baals Männern in die Arme, der ihm den Kopf mit einer einzigen fließenden Bewegung seines Dolches abtrennte.

Die Formation hatte sich aufgelöst, um uns herum herrschte wieder heilloses Durcheinander. Zwei Hände packten mich von hinten unter den Armen und rissen mich auf die Beine. Ohne zurückzublicken, rammte ich meinem Gegner den Ellenbogen in die Rippen, hakte meinen Fuß unter seinen und nahm ihm so das Gleichgewicht. Er stürzte zu Boden, und ich rammte ihm mein Knie in den Magen, als ich mich auf ihn setzte und meine Hand fast zärtlich an seine Wange legte.

Ich hatte einst Leviathan seine Energie, seine Prana, entzogen. Auch wenn ich mir in der Zeit danach nicht mehr sicher gewesen war, wie ich das überhaupt angestellt hatte, schien dieses Wissen auf einen Schlag zu mir zurückgekehrt zu sein. Ich spürte die nackte, ledrige Haut des Dämons unter meinen Fingern, seine Prana pulsierte darunter, während sein gequälter Blick auf mir ruhte.

»Muss meine Batterie aufladen«, flüsterte ich ihm mit kalter Stimme zu. Seine Augen weiteten sich, als ich einen Teil meiner eigenen Magie in ihn fließen ließ, nur eine winzige Menge, wie einen Haken, einen Köder, bis sie sich mit seiner Prana verband und ich beide zurück in meinen eigenen Körper ziehen konnte. Ich keuchte, als die Wellen seiner Energie durch meine Venen flossen. Sie fühlte sich falsch an, dunkel und irgendwie verschmutzt, nicht halb so rein und klar wie meine eigene Prana oder selbst die von Leviathan. Auf meiner Zunge lag der vertraute metallische Geschmack der Magie, doch diesmal war er verbunden mit etwas, das wie Säure in meinem Mund brannte. Angeekelt schüttelte ich mich und ließ den erschlafften Körper in meinen Armen fallen. Er lebte noch, allerdings hatte ich ihm so gut wie seine gesamte Lebensenergie entzogen – was im Vergleich zu seinem Meister nicht gerade viel gewesen war.

Vor mir erblickte ich Chaz, der von drei Dämonen eingekreist wurde. Ich riss die Hände nach vorne und wurde die überschüssige Energie in meinem Inneren los, indem ich zwei der Angreifer damit beschoss. Sie waren immerhin so lange außer Gefecht gesetzt, bis Chaz dem einen die Axt in den Kopf und dem anderen den Dolch in den Bauch rammen konnte. Mein eigener Magen zog sich bei dem Anblick zusammen, und ich schluckte zweimal heftig die bittere Galle herunter, die in mir aufgestiegen war.

Noch etwas taumelnd von dem Einfluss einer fremden Prana stürzte ich mich wieder in den Kampf. Längst hatte ich den Überblick verloren, auf dem Platz wimmelte es von mindestens hundert Dämonen. Ich schoss so viel Energie wie möglich auf die Angreifer, bis mein Körper sich anfühlte, als wäre er bis auf den letzten Tropfen ausgesaugt. Mit meinen Waffen stach ich zu, bis meine Muskeln wie Feuer brannten und ich kaum noch die Arme heben konnte. Trotzdem schaffte ich es nicht, einen der Dämonen zu töten. Nicht, weil ich es nicht gekonnt hätte, sondern weil ich mich nicht überwinden konnte. Zwar war ich mir durchaus darüber im Klaren, dass ich ihnen Verletzungen zufügte, die ohne eine entsprechende Behandlung zum Tod führen würden, wenn nicht ohnehin einer von Baals Männern die Gelegenheit nutzte, um ihnen den Rest zu geben. Doch ich tötete sie nie direkt, und das machte einen gewaltigen Unterschied für mich.

Mein Kleid war längst an einigen Stellen zerrissen, meine Knie aufgeschürft, und einer der Dämonen hatte es geschafft, mir eine handtellergroße Verbrennung am Oberarm zuzufügen. Irgendwie brachte ich die Kraft auf, immer weiterzumachen. Doch es nützte nichts. Panisch stellte ich fest, dass wir immer weiter zurückgedrängt wurden. Längst hatte ich Chaz aus den Augen verloren und kämpfte hier zwischen völlig fremden Männern für etwas, das ich nicht einmal gänzlich verstand. Einzig und allein mein Instinkt überzeugte mich davon, auf der richtigen Seite zu stehen.

Gleißender Schmerz schoss plötzlich durch meinen Oberschenkel und kroch wie heiße Lava durch meine Adern.

Durch den Schleier, der meine Sicht vernebelte, sah ich das Gebiss eines Alligators, der sich an mir festgebissen hatte. Stöhnend legte ich dem verwandelten Dämon die Hand auf die gepanzerte Haut und versuchte, meine Prana in ihn zu leiten und ihn innerlich zu verbrennen. Zu meinem Entsetzen zeigte es keine Wirkung. Ob es an dem Schmerz lag, der mich daran hinderte, einen klaren Gedanken zu fassen, oder an der Panzerhaut der Kreatur, die zentimeterdick zu sein schien, konnte ich nicht sagen. Ein erleichtertes Schluchzen entfuhr mir, als plötzlich eine Axt niederfuhr und sich in den Rücken des Dämons grub, sodass er seine Zähne löste und mein Bein freigab. Blut lief mir am Oberschenkel entlang, doch der rote Schleier des Schmerzes vor meinen Augen verschwand.

Chaz befand sich plötzlich neben mir und half mir auf die Beine. »Wir müssen verschwinden, solange wir noch können. Wir werden es nicht schaffen, Leviathans Männer sind zu zahlreich. Wir haben verloren.«

Doch bevor ich antworten konnte, schien der Himmel sich zu verdunkeln. Mit aufgerissenen Augen sah ich mich nach der Quelle der Energie um, die ich plötzlich von weit her spüren konnte. Entweder bereitete da jemand gerade einen wirklich mächtigen Zauber vor, oder ...

Mit einem Ruck wurde ich nach oben gerissen und schwebte etwa einen Meter über dem Boden. Ich versuchte, mich zu bewegen, mich zu wehren, doch mein Körper war steif wie ein Brett und verharrte in seiner Haltung. Meine rechte Hand presste sich noch immer auf die Wunde am Bein, doch ich war vollkommen unfähig, auch nur den kleinen Finger zu rühren. Die Zeit schien plötzlich stillzustehen. Jeglicher Lärm verebbte. Es war, als hätte jemand die Stopptaste am DVD-Player gedrückt. Alle verharrten in einem seltsamen Standbild.

Unheimliche Stille breitete sich über dem Platz aus, und

fassungslos registrierte ich, dass Baals Männer ebenso hilflos in der Luft hingen wie die Leviathaner. Und ich. Das Knistern der vereinzelten Feuer war das einzige Geräusch, das noch zu hören war, während sich der Rauch langsam auflöste.

Was passierte hier mit uns? Wie steifgefrorene Marionetten schwebten wir über dem Boden.

Am anderen Ende des Marktplatzes kam eine Gestalt mit erhobenen Händen und wehendem schwarzen Stoffmantel auf uns zu. Ich erkannte ihn schon von Weitem. Meine Kehle war plötzlich wie zugeschnürt. Ich hatte nie zuvor jemanden gesehen, der so viel Macht und so viel Zorn zur gleichen Zeit ausstrahlte. Zum ersten Mal in meinem Leben sah ich meinen wahren Vater, nicht den liebenswerten Unternehmer, den er mir hatte vorspielen wollen. Unfähig, mich zu bewegen oder auch nur den Blick abzuwenden, sah ich auf den Mann, dessen Haare im Wind seiner Macht wehten, aus dessen Händen die knisternde und funkelnde Prana wie flüssiger Strom auf den Boden tropfte und dessen Gesicht von dem leuchtenden Blau seiner zornigen Augen erfüllt war.

In diesem Moment wusste ich, warum sie ihn zu ihrem Anführer gewählt hatten. Wieso diese Männer ihr Leben für ihn aufs Spiel setzten. Dieser Mann hatte die Macht, fast einhundert Dämonen mitten in der Bewegung einzufrieren. Am Rande meines Bewusstseins wurde mir klar, dass er uns allein mit der Telekinese daran hinderte, uns zu bewegen, seine Männer ebenso wie die seines Feindes.

»Finger weg von meinen Kindern«, sagte er mit eisiger Stimme, die mir das Blut in den Adern gefrieren ließ, und mit jedem Wort stiegen Leviathans Dämonen höher in die Luft. Ich sah die entsetzten Gesichter der Kreaturen, während Baal sie höher und weiter schweben ließ, bis sie hinter ihm wieder zu Boden glitten, übereinandergestapelt wie

Sandsäcke. Er schenkte ihnen nicht einmal einen zweiten Blick, während er gelassen weiter auf mich und seine Anhänger zuschritt. Dabei ließ er mich nicht aus den Augen. Allein seine Willenskraft musste Leviathans Anhänger zusammengepfercht auf diesem Haufen hinter ihm halten. Auch von uns konnte sich keiner bewegen.

Baal hielt meinen Blick fest und schritt direkt auf mich zu, als plötzlich hinter ihm Stichflammen in die Höhe schlossen. Entsetzt registrierte mein Verstand, dass er gerade Leviathans Dämonen in Brand gesteckt hatte, ohne dass sie sich wehren konnten. Er verbrannte sie bei lebendigem Leibe, und ich hatte keine Möglichkeit, den Blick abzuwenden. Sie konnten nicht einmal schreien, er hatte sie mit seiner Macht vollkommenen gelähmt. Doch das Grausamste war diese Stille, die über uns lag, während er Dutzende von Leben auslöschte.

Ich spürte, wie sich die Klammer um mich und die anderen langsam löste. Mein Körper sank in Zeitlupe zurück auf den Boden, als mein Vater mich erreichte und direkt vor mir stehen blieb. Sein Blick ruhte auf mir, undurchschaubar und ohne jede Regung. Hinter ihm begannen Leviathans Dämonen endlich, ihre Todesschreie auszustoßen und die unnatürliche Stille zu durchbrechen. Mir drehte sich der Magen um.

Kapitel 17

»Folgt mir«, waren die einzigen beiden Worte, die Baal uns zudachte. Schweigend wanderten wir zurück zum Schloss, gefolgt von einer Handvoll Diener meines Vaters. Chaz musste mich den Großteil des Weges stützen, und der provisorische Druckverband an meinem Oberschenkel war längst durchnässt.

»Du wolltest mir also zeigen, wie sicher die Stadt geworden ist, hm?«, flüsterte ich meinem Bruder unterwegs spöttisch zu, doch mein Vater brachte mich mit einem Blick zum Schweigen. Und so blieb es. Den gesamten Weg durch die Stadt bis hinauf zum Anwesen wechselten wir kein Wort. Und das machte mich nervöser, als wenn er uns angebrüllt hätte. Ich kannte ihn nicht gut genug, um zu wissen, wie er mit seiner Wut umging, doch allein sein Anblick wirkte bedrohlich. Die Tatsache, dass Chaz den Kopf zwischen die Schultern gezogen hatte und auf seine Unterlippe biss, verhieß ebenfalls nichts Gutes.

Im Schloss angekommen gab Baal einem Anzugträger leise gemurmelte Anweisungen, woraufhin ich auf mein Zimmer geführt wurde. Wenig später klopfte es zaghaft an der Tür, und eine rundliche Frau mit Pausbacken und strähnigem, grauen Haar trat ein. Sie verbeugte sich höflich.

»Ich heiße Jenna. Wenn Ihr nichts dagegen habt, Prinzessin, werde ich Eure Wunde vernähen. Euer Vater erwartet Euch und Euren Bruder zum Abendessen im Speisesaal, wenn Ihr Euch fit genug fühlt.«

Ich war nur mehr zu einem Nicken in der Lage. Kurz darauf wurde mir bewusst, dass ich sie anstarrte. Ihre mitternachtsblauen Augen ließen keinen Zweifel daran, dass sie ebenfalls ein Dämon war. Wieso hatte sie die Gestalt eines ergrauten Großmütterchens angenommen? Oder war sie nicht mächtig genug, ihr Aussehen zu verändern, und war lediglich normal geblieben? Sie wirkte so vertrauenerweckend, allerdings konnte das auch auf Anweisung meines Vaters hin geschehen sein.

Ich streckte mich auf dem Bett aus, nachdem sie es mit weißen Handtüchern aus dem Badezimmer ausgelegt hatte. Wortlos beobachtete ich sie dabei, wie sie die tiefe Bisswunde an meinem Bein säuberte und ihr Nähzeug zusammensuchte. Ich biss die Zähne zusammen, denn jeder einzelne Stich schien Schmerzwellen durch meinen gesamten Körper zu schicken, doch ich gab keinen Laut von mir. Sie arbeitete schnell und geschickt. Bevor ich mich versah, war sie schon dabei, meinen Oberschenkel zu verbinden.

»Wie sauer ist er?«, wagte ich zu fragen. Jenna blickte mir prüfend in die Augen. Doch dann vertieften sich ihre Falten, als sie das Gesicht zu einem freundlichen Lächeln verzog. Sie seufzte.

»Ziemlich sauer, aber macht Euch keine Sorgen, Prinzessin. Euer Bruder hat ihn schon so oft zur Weißglut getrieben, dass ich aufgehört habe mitzuzählen. Ihr werdet mit einer Predigt davonkommen.«

Das ließ mich aufhorchen. »Du brauchst mich nicht Prinzessin nennen, einfach nur Jill genügt. Kennst du meinen Bruder schon länger?«

Sie lächelte wieder. »Ich arbeite schon seit vielen Jahren

in Baals Diensten und habe geholfen, Cherufe großzuziehen, als …«

Sie errötete und presste die Lippen aufeinander, doch ich bedeutete ihr, dass es in Ordnung war. Es fiel mir nicht schwer, über meine Mutter zu sprechen, ich hatte sie kaum kennenlernen dürfen. Jennas Erklärung passte zu ihrem Auftreten, sie erinnerte mich an eine Mischung aus Köchin, Amme und Haushälterin. Und so liebevoll, wie sie von meinem Bruder sprach, schien er ihr sehr ans Herz gewachsen zu sein.

Als sie mit dem Verband fertig war, versuchte ich zaghaft, das Bein zu belasten, und war froh darüber, dass es nicht auf der Stelle wegknickte. Dennoch würde ich für eine Weile humpeln müssen und würde wieder eine Narbe dazubekommen. Es war nur eine unter vielen.

Ratlos stand ich in meinem Ankleidezimmer. Was trug man zu einem Abendessen mit seinem Vater, von dem man gerade erfahren hatte, dass er so etwas wie der Herzog des Monsterlandes war? Jenna schien meine Unentschlossenheit zu spüren und trat augenblicklich an meine Seite.

»Es gibt keine Kleiderordnung, mach dir keine Sorgen. Aber er hat es geliebt, wenn Silva eines der langen Abendkleider trug, die er für sie anfertigen ließ. Vielleicht stimmt ihn das etwas milder«, fügte sie augenzwinkernd hinzu.

Zweifelnd runzelte ich die Stirn. Im Moment hatte ich eher Lust, mich im Zimmer einzuschließen und die nächsten Tage durchzuschlafen, als darauf, mich in Schale zu werfen und mir eine Predigt anzuhören. Dennoch wusch ich den Staub der Straße ab und griff nach einem schlichten schwarzen Abendkleid. Wie sich herausstellte, passte es fast perfekt. Es hatte lange Ärmel und einen V-Ausschnitt, glitt eng und fließend an meinem Körper hinab und ließ mich um einiges erwachsener wirken.

Jenna bot mir an, die Haare aufzustecken, doch ich winkte

ab und ließ sie locker über meine Schultern fallen. Ich hoffte, dass sie es nicht persönlich nahm, doch in meinen Schläfen hatte sich ein unangenehmes Pochen breitgemacht, und die Aussicht, dass jemand an meinen Haaren zerrte und zupfte, schreckte mich gehörig ab.

Jenna führte mich in einen weiteren Flügel, den ich bisher noch nicht erkundet hatte, und blieb vor einer Tür stehen, aus der laute Stimmen drangen. Chaz und Baal schienen sich zu streiten. Ich trat ein, und die beiden verstummten bei meinem Anblick.

Der Speisesaal war kleiner als erwartet. An einem reich verzierten Holztisch, auf dem sich Teller mit den Gerichten stapelten, standen lediglich sechs Stühle mit hohen Lehnen. Chaz und Baal saßen sich gegenüber, und das Licht der flackernden Kerzen auf dem Tisch spiegelte sich in ihren Gesichtern. Mein Vater verschränkte streng die Arme vor der Brust und warf düstere Blicke zu seinem Sohn. Chaz schien ebenso unnachgiebig zu sein.

»Setz dich«, knurrte Baal kurz angebunden und streifte mein Kleid mit einem kurzen Blick. »Ich bin gespannt, welche läppische Entschuldigung du mir geben willst. Die deines Bruders war nicht gerade überzeugend.«

»Gar keine«, sagte ich, schob trotzig mein Kinn vor und glitt auf einen Stuhl zwischen den beiden. »Ich wüsste nicht, wofür.«

Mein Vater kniff die Augen zusammen, und ich versuchte, mir meine Nervosität nicht anmerken zu lassen.

»Ich hatte dir gesagt, dass du mit mir reden sollst, wenn du so weit bist. Und dass du nicht allein auf Erkundungstour gehen sollst!«

Ich griff nach dem Salat auf dem Tisch und schaufelte ihn mir gemächlich auf den Teller. »Du hast mich *gebeten*, zu dir zu kommen, und ich habe mich anders entschieden. Außerdem war ich nicht alleine unterwegs, Chaz war bei mir.«

Baals glühender Blick durchbohrte mich, und ich schloss die Finger fester um Messer und Gabel. Was tat ich hier? Ich kannte diesen Mann, unter dessen Dach ich lebte, kaum und reizte ihn bis zur Weißglut? Doch es war Chaz, auf den sich seine Wut richtete.

»Sie ist nicht einmal einen Tag in der Unterwelt, und schon bringst du sie in Gefahr. Dass Leviathan verschwunden ist, heißt nicht, dass die Stadt sicher ist!«

Chaz rammte wütend die Gabel in seinen Gemüseauflauf. »Jill ist kein kleines Mädchen mehr. Sie hat ein Recht darauf, sich frei zu bewegen. Schon einmal ist sie ahnungslos hier umhergestreift und nur knapp dem Tod entgangen. Ich will und werde ihr diese Welt zeigen, damit sie sich hier zurechtfindet.«

»Es ist noch zu früh.«

»Nein, ist es nicht«, brauste Chaz auf. »Je eher, umso besser. Sie wird mich auf die nächste Jagd begleiten.«

Baal verlor die Geduld und sprang fluchend auf. »Das wird sie nicht. Sie wird dieses Schloss nicht verlassen, bis sich die Lage da draußen beruhigt hat!«

So langsam riss auch mein Geduldsfaden, und ich schob den Teller von mir, ohne auch nur einen Bissen gegessen zu haben. »Würdet ihr vielleicht mal aufhören, so zu tun, als sei ich nicht im Raum? Ich habe keine Ahnung, von was für einer Jagd ihr sprecht, aber wenn du glaubst, du könntest mich einsperren, dann hast du dich geschnitten.«

Der Blick meines Vaters haftete unheildrohend auf mir. Für einen Moment hatte ich das Gefühl, zu Eis zu erstarren.

»Du bist meine Tochter, und du wirst gehorchen.«

Herausfordernd blickte ich ihn an. »Sonst was? Willst du mich lähmen und bei lebendigem Leibe verbrennen?«

So, nun war es heraus. Sollte er doch denken, was er wollte, aber die Bilder der letzten Stunden würden mich für den Rest meines Lebens verfolgen.

Seine Augen weiteten sich für einen Moment, bevor er sich wieder fasste. »Es war notwendig.«

»Nein, war es nicht«, presste ich hervor und ärgerte mich über die Tränen, die mir in die Augen stiegen. »Du hast sie abgeschlachtet.«

Baal warf die Hände in die Luft und ließ sich zurück auf seinen Stuhl fallen. »Sie waren dort, um euch zu töten! Durch deine Hand sind heute mindestens ein Dutzend Dämonen gefallen, und du hast auch früher schon getötet. Erzähle mir nicht, du hättest eine weiße Weste.«

Ich krallte die Hände in den Stoff meines Kleides. »Ja, ich habe getötet. Ich habe so viele Mairas auf dem Gewissen, dass ich aufgehört habe, sie zu zählen. Aber das sind Wesen ohne Gefühle und ohne Gewissen, ohne Verstand! Ich habe im letzten Jahr auch Dämonen getötet, im Kampf. Mir blieb nichts weiter übrig, wenn ich nicht selbst sterben wollte. Genauso wie heute. Sie sind im Kampf gestorben, aber wenn ich die Möglichkeit gehabt hätte, sie nur außer Gefecht zu setzen, dann hätte ich es getan.«

Der Gesichtsausdruck meines Vaters veränderte sich. Er wirkte fast verwundert. »Du meinst, ich hätte sie laufen lassen sollen? Nach allem, was sie getan haben? Sie sind gekommen, um zu töten. Sie haben nichts als den Tod verdient.«

Ich schnaubte und wischte mir mit dem Handrücken die Tränen weg. »Es ist kein Wunder, dass die Unterwelt ein einziges Schlachtfeld ist. Du bist nicht besser als Leviathan.«

Vater lehnte sich zurück und schnappte nach Luft. Sollte er doch denken, was er wollte, im Grunde genommen war er ebenfalls grausam und rachsüchtig, wie sehr er sich auch für eine bessere Welt einsetzte. *Gott, Mum, was hast du dir nur dabei gedacht!*

»Und was hättest du an meiner Stelle getan?«, fragte Baal betont ruhig.

Ja, was hätte ich an seiner Stelle getan? Hätte mich die Wut genauso beherrscht wie ihn? Wie oft schon hatte ich mich von meinen Gefühlen mitreißen lassen. Aber eines war mir klar, ich hätte die Dämonen nicht haufenweise bei lebendigem Leibe gegrillt.

»Hast du schon einmal darüber nachgedacht, sie von deinen Ansichten zu überzeugen? Ihnen klarzumachen, dass diese Welt ein besserer Ort sein könnte? Sie kämpfen für Leviathan, weil sie es einfach nicht besser wissen. Weil er sie mit seinen kranken Ansichten vergiftet hat. Sie sehen in dir nur einen weiteren machtgierigen Dämonenfürsten, der sie irgendwelchen Regeln unterwerfen will. Leviathan verspricht ihnen die Freiheit.«

»Ich hätte also mit ihnen reden sollen«, spottete Baal und zog die Augenbrauen in die Höhe. Er wirkte jedoch nachdenklich.

»Nein«, antwortete ich leise, »du hättest ihnen die Wahl lassen sollen.«

Ich riss meinen Teller wieder an mich und schob mir lustlos eine Gabel voll Salat in den Mund. Nach den ersten Bissen merkte ich erst, wie ausgehungert ich war, während die Stille am Tisch auf mir lastete. Chaz beobachtete mich mit gerunzelter Stirn, bevor er ebenfalls weiteraß. Dad begnügte sich damit, aus einem verzierten Weinkelch zu trinken, in den er eine purpurrote Flüssigkeit hineingegossen hatte. Jeder schien seinen eigenen Gedanken nachzuhängen.

»Also, was für eine Jagd soll das sein?«, wagte ich nach einiger Zeit zu fragen.

Chaz räusperte sich. »Eine Dämonenjagd.«

Ich stöhnte, und vorbei war es mit meinem Appetit. Immerhin hatte ich die Hälfte des Tellers geleert.

»Nicht das, was du denkst«, stellte er schnell klar. »Dir ist sicher aufgefallen, dass uns bisher keine *Tiere*, wie ihr sie so schön nennt, begegnet sind. Regelmäßig reiten wir zu einer Jagd aus, bei der wir sie aus der Umgebung vertreiben. Und um deine Frage schon vorab zu beantworten, ja, es werden auch einige dabei getötet. Aber nur die, die sich uns entgegenstellen, sie haben also die *Wahl.*« Der letzte Satz triefte nur so vor Sarkasmus, und plötzlich wurde mir klar, dass ich Chaz mit meinen Worten genauso verletzt hatte, wie ich es bei Baal vorgehabt hatte.

»Chaz, es tut mir leid, ich wollte damit nicht sagen …«

»Ist ok«, winkte er ab. »Im Grunde genommen hast du recht, unsere Überlegenheit verleitet oftmals dazu, sie auszunutzen. Aber, nur um das klarzustellen, es liegt nicht nur in der Natur der Dämonen. Ich kenne die Geschichte der Menschen, und sie ist ebenso wenig frei von Massenhinrichtungen und Kriegen. Und wie oft werden noch heute Tiere bis zur vollkommenen Erschöpfung gejagt, aus Spaß an der Freude oder einfach nur, um Trophäen zu ergattern. Wir Dämonen jagen sie, um uns zu schützen, damit wir nicht eines Tages von der Masse überrollt werden. Hier läuft es nicht so wie in der Realität. Es gibt kein Gleichgewicht, keine natürlichen Feinde, die die Ordnung wiederherstellen. Deshalb gehen wir auf die Jagd. Ach ja, und weil es Spaß macht.«

»Ich habe nie behauptet, dass die Menschen besser sind.« Ich war mir nicht einmal sicher, ob ich selbst besser war, denn ich kannte den Rausch, von dem man in einem ordentlichen Kampf befallen wurde. Und im Grunde genommen war genau das meine Angst. Dass ich irgendwann die Grenze zum Machtmissbrauch überschreiten würde, ohne es zu merken. Oder sie gar schon überschritten hatte. Um das herauszufinden, musste ich die Welt kennenlernen, in die man mich hineinkatapultiert hatte. Hatte ich das Recht, über sie zu urteilen, ohne die Beweggründe meines Vaters oder auch meines Bruders zu kennen?

»Ich werde mit auf die Jagd kommen«, sagte ich entschlossen, und das Lächeln auf Chaz' Gesicht sagte mir, dass er verstanden hatte. Ich warf einen prüfenden Blick auf meinen Vater. Der jedoch seufzte nur, und zum ersten Mal sah ich einen Anflug von Müdigkeit in seinen Zügen.

»Ich kann sie sowieso nicht davon abhalten«, murmelte er, und ich schaffte es sogar, ihn zaghaft anzulächeln, bevor ich mich erhob.

»Ich hoffe, ihr habt nichts dagegen, wenn ich euch allein lasse. Es war ein ziemlich heftiger Tag.«

Die beiden wünschten mir eine angenehme Nacht, und ich eilte aus dem Speisesaal. Als die Tür hinter mir ins Schloss fiel, lehnte ich mich dagegen und atmete tief durch. Trotzdem drangen die leisen Stimmen bis an mein Ohr.

»Sie hat dein Temperament«, sagte Chaz leise lachend zu unserem Vater.

»Nein«, antwortete dieser brummend, »*du* hast mein Temperament. *Sie* hat das ihrer Mutter. Wir haben keine Chance.«

Kapitel 18

Ich hatte keine Ahnung, wie lange ich nun schon in der Unterwelt war. Zeit spielte hier kaum eine Rolle, es gab weder Uhren noch einen Sonnenaufgang, an dem man sich hätte orientieren können. Trotz allem war ich darauf bedacht, meinen normalen Schlafrhythmus beizubehalten, um wenigstens das Gefühl zu haben, einen Überblick über die Tage hier zu bekommen. Mein Vater achtete darauf, dass ich regelmäßig drei Mahlzeiten am Tag zu mir nahm, die mir meist von Jenna aufs Zimmer gebracht wurden. Ich hatte seit unserem ersten Ausflug in die Stadt keinen Schritt mehr vor die Tür gesetzt, obwohl sich die Lage beruhigt hatte. Chaz war in die Realität zurückgekehrt und hatte seitdem noch keine Möglichkeit gefunden, mich zu besuchen und über die Ereignisse auf dem Laufenden zu halten.

Ich verbrachte die Tage damit, das Schloss zu erkunden, meine Klavierkünste aufzufrischen und in den Büchern zu blättern, die mir mein Vater vorbeigebracht hatte. Sie handelten größtenteils von der Geschichte der Unterwelt, von Dämonen, die sich einen Namen gemacht hatten, und den zahlreichen Kriegen, die geführt worden waren. Nach meiner anfänglichen Sturheit und mehreren einsamen Tagen, in denen ich mich auf meinem Zimmer eingeschlossen und mit meinem Schicksal gehadert hatte, hatte ich mich mit der Situation abgefunden und suchte das Gespräch mit Baal.

Er saß umgeben von Bücherregalen in seinem Arbeitszimmer hinter einem klobigen Schreibtisch. Ich setzte mich ihm wortlos und trotzig wie ein kleines Kind gegenüber und ignorierte sein Lächeln. Und dann begann er einfach zu erzählen.

Er erzählte von meiner Mutter, wie sie sich kennen und lieben gelernt hatten. Ich war überrascht, wie tief der Schmerz über ihren Tod noch immer in ihm saß und mit welcher Zärtlichkeit er von ihr redete. Er erzählte mir von den Schwierigkeiten, die ihre Liebe mit sich gebracht hatte, dem ewigen Versteckspiel und der großen Lüge, die sie der Welt aufgetischt hatten. Er berichtete von Chaz, ihrem ersten gemeinsamen Kind, und dem Moment meiner Geburt, dem Glück, das sie damals empfunden hatten und das ihn dazu gebracht hatte, mich in der Obhut meiner Tante zu lassen, weil ich im Gegensatz zu meinem Bruder mehr Hexe als Dämon war. Und er berichtete von Mums Tod. Ich saß wie ein kleines Kind, das einer Gutenachtgeschichte lauscht, mit angezogenen Knien auf dem gepolsterten Sessel und beobachtete, wie intensiv sich die verschiedensten Gefühle auf seinem Gesicht widerspiegelten. Er hatte sie geliebt, daran gab es keine Zweifel, sie waren glücklich gewesen, und die beiden Kinder schienen dieses Glück noch besiegelt zu haben.

Irgendwann begann ich, mein Schweigen zu brechen und ihm Fragen zu stellen. Wir redeten so lange, bis mir die Augen zufielen und mein Kopf immer wieder gegen die weiche Lehne fiel. Und am nächsten Morgen redeten wir weiter. Wir hatten viel nachzuholen, denn auch er wagte es, Dinge aus meiner Kindheit in Erfahrung zu bringen. Gegen meinen Willen fing ich an, ihm zu vertrauen und sogar etwas von der Zeit zu genießen, die wir zusammen verbrachten. Dennoch würde immer etwas zwischen uns stehen, daran gab es keinen Zweifel. Er war zu Dingen fähig, die ich mir nicht im Traum hätte vorstellen können – und das, ohne mit der Wimper zu zucken.

Später sprachen wir über seine Geschäfte in der Unterwelt, über das Problem mit Leviathans Dämonen und den ewigen Krieg. Er lachte so schallend, dass die Wände des Schlosses erbebten, als ich ihn nach einem Rechtssystem in der Unterwelt fragte. Dennoch gab er mir nie das Gefühl, naiv und unwissend zu sein. Im Gegenteil, ihn schienen die Ansichten einer außenstehenden Person tatsächlich zu interessieren, und es machte ihm anscheinend Spaß, stundenlang mit mir zu fachsimpeln, wie man die Situation in der Unterwelt verbessern könnte. Allerdings musste ich mir eingestehen, dass die Lage verzwickter war, als ich es mir vorgestellt hatte. Dämonen waren ja solche Sturköpfe.

Nachdem ungefähr eine Woche vergangen war, überraschte Baal mich jedoch mit einer Neuigkeit. Er hatte darüber nachgedacht, Leviathans Anhänger nicht wie üblich von seinen Leuten aus der Stadt verjagen zu lassen. Sie waren natürlich noch immer gegen ihn, aber ihr eigener Meister war untergetaucht, und im Grunde genommen waren sie nichts weiter als ausgenutzte Sklaven, die ohne Anweisungen keinen Schimmer hatten, was sie tun sollten oder wohin sie gehörten. Sie griffen Ignis Tenebris aus reiner Gewohnheit an.

Baal ging ein großes Risiko ein, als er ihnen gestattete, sich frei in der Stadt zu bewegen, solange sie keinen Ärger machten. Einige seiner Berater hatten tagelang auf ihn eingeredet und versucht, ihn von dieser wahnwitzigen Idee abzubringen. Die giftigen Blicke, die sie mir zuwarfen, ließen keinen Zweifel daran, wem sie die Schuld dafür gaben. Meiner Meinung nach war es jedoch immer besser, genau zu wissen, wo sich der Feind befand, und ihn im Auge behalten zu können. Sollten die Leviathaner tatsächlich einen Aufstand gegen Baals Männer anzetteln, wäre die Chance, es früh genug zu erfahren, bedeutend höher.

Allerdings hatte das für mich zur Folge, dass ich vorerst Besuchsverbot in Ignis Tenebris hatte. Nicht, dass mich das wirklich interessiert hätte. Ich hatte noch immer nicht das Bedürfnis, mich Tag für Tag in einer Welt zurechtfinden zu müssen, die ich von Grund auf hasste. Ich vermisste Tante Amalia, meine Freunde, Ryan und die Blumen in der Realität. Ich hätte meine linke Hand dafür gegeben, wieder die warmen Strahlen der Sonne auf meiner Haut oder einfach nur eine kühle Brise durch meine Haare fegen zu spüren. Mein Körper hatte sich an die schwüle und drückende Luft der Unterwelt gewöhnt, doch das machte sie trotzdem nicht sympathischer.

Nach etwa zwei Wochen trat endlich mein Bruder wieder durch meine Zimmertür und brachte Neuigkeiten aus der Realität. Ich klebte förmlich an seinen Lippen, als er mir die Grüße der anderen ausrichtete und jeden einzelnen Tag beschrieb, den er in der Winterfold Akademie zusammen mit meinen Freunden verbracht hatte. Sie versuchten immer noch fieberhaft, den VO-Leiter umzustimmen.

»Es sieht nicht gut aus. Die Leute haben Angst, und er schürt sie mit seinen Suchaktionen nur noch mehr. Die VO hat die gesamte Winterfold Akademie auf den Kopf gestellt, als hättest du dich unter einem der Tische in den Klassenzimmern versteckt. Sie beschatten das Haus deiner Tante, in London und den umliegenden Städten laufen Patrouillen umher. Dein Bild ist sogar in den Nachrichten erschienen.«

Ich ließ mich frustriert auf dem Klavierhocker nieder. Vermutlich konnte ich mein Gefängnis in absehbarer Zeit nicht verlassen. Chaz setzte sich mit einem aufmunternden Lächeln neben mich.

»Deswegen bin ich allerdings nicht hergekommen.«

Auf meinen fragenden Blick hin wirkte er ganz aufgeregt.

»Die Jagd! Schon vergessen?«

Meine fehlende Begeisterung schien ihn nicht im Geringsten zu stören.

»Endlich kommst du mal raus! Ich weiß, wie es sich anfühlt, hier eingesperrt zu sein. Die nächsten drei Tage werden wir durch die Unterwelt streifen. Vertrau mir, du wirst es mögen.«

Ich wies ihn nicht darauf hin, dass es mich keineswegs reizte, das Schloss zu verlassen und mich irgendwelchen Kreaturen zu stellen, doch ich hatte ihm nun einmal versprochen, auch seine Welt kennenzulernen.

»Drei Tage? Werden sie dich in der Realität nicht vermissen?«

Er grinste verwegen, und das blonde Haar fiel ihm in die stechend blauen Augen, die er in der Unterwelt zur Schau trug.

»Für die Schulleitung bin ich nach Hause gereist, um meine schwerkranke Mutter zu besuchen.«

Ich runzelte die Stirn, erwiderte jedoch nichts darauf.

»Ich habe noch eine kleine Überraschung für dich«, sagte er und hielt mir ein Päckchen hin, das ich schon die ganze Zeit neugierig betrachtet hatte. Ich wickelte es behutsam aus und seufzte, als meine Finger über kühles Leder strichen.

»Mein Kampfanzug«, hauchte ich.

»Den wirst du brauchen. Wir brechen in ein paar Stunden auf, aber vorher zeige ich dir noch die Waffenkammer. Da ist übrigens etwas in der rechten Seitentasche.«

Es dauerte einem Moment, bis ich sie gefunden hatte und meine Hand sich um eine feingliedrige Kette legte.

»Wo hast du die her?«, fragte ich begeistert und sprang auf, um sie direkt anzulegen. Der silberne Libellenanhänger schmiegte sich in die Kuhle an meinem Hals. Es war die Kette, die Ryan mir einst geschenkt hatte. Sie bedeutete mir wirklich viel, und ich wäre dem Typen in der Verborgenenorganisation fast an die Kehle gesprungen, als er sie mir vor meiner Inhaftierung abgenommen hatte.

»Dein Liebster hätte fast unsere Flucht aus der VO vereitelt, weil er sie unbedingt zurückholen wollte.«

Ich umklammerte die Kette fester und schloss die Augen. Bei dem Gedanken an Ryan zog sich mein Herz zusammen, und ich versuchte schnell, mich davon abzulenken.

»Ich habe mich etwas mit Dad unterhalten«, sagte ich, um das Thema zu wechseln.

»Habe ich schon gehört«, murmelte Chaz. »Meinst du wirklich, das war eine gute Idee, Leviathans Dämonen in die Stadt zu lassen?«

»Ich weiß es nicht«, gab ich zu. »Aber irgendetwas muss sich hier ändern, darin sind sich doch alle einig. Nur scheint es mir, dass alle Angst vor dieser Veränderung haben, weil keiner weiß, wohin sie führt. Vielleicht ist es der falsche Weg, aber einen Versuch ist es wert.«

Chaz wirkte noch immer skeptisch, doch ich strich gedankenverloren über den Libellenanhänger, der mich an meine Zeit mit Ryan in der Elfenmulde der Winterfold Akademie erinnern sollte. Vielleicht war diese Welt doch nicht so verloren, wie alle glaubten. Vielleicht war das Ziel, das Baal sich gesteckt hatte, doch nicht unerreichbar.

»Worüber denkst du nach?«, fragte Chaz, der mich beobachtet hatte.

»Ich hatte nur gerade eine Idee.«

»Und verrätst du sie mir?«

Ich biss mir auf die Lippe und wog die Chancen ab, ob Chaz meine Meinung teilen oder mir einen Strich durch die Rechnung machen würde.

»Später«, sagte ich und wich seinem Blick aus.

»Na schön, wie du meinst. Können wir uns dann endlich über die Waffenkammer hermachen?«

Ich rollte mit den Augen. Männer.

»Ja, können wir. Ich muss vorher nur noch eine Kleinigkeit erledigen.«

Der Klang des Jagdhorns ging mir durch Mark und Bein. Ich umklammerte die Zügel des Geschöpfes unter mir fester und schaffte es nur mit Mühe, einen angeekelten Gesichtsausdruck zu verhindern. Nachdem wir uns in der Waffenkammer ausgerüstet hatten und Schwerter und Dolche sowie eine Armbrust in den Schlaufen meines Kampfanzuges baumelten, hatte Chaz mich in die Stallungen geführt. Begeistert war ich zu Caladrius geeilt, dem riesigen Dämonenvogel, auf dem ich bei meinem letzten Besuch hatte fliegen dürfen. Zugegeben, das Geschöpf war nicht weniger ekelerregend als die anderen Kreaturen der Unterwelt, doch Caladrius strahlte eine eigene Schönheit aus. Er war etwa zwei Meter groß, hatte lederne, etwas löchrige Schwingen und einen schleimigen Knochenpanzer, unter dem einige Federn hervorlugten. Schnabel und Klauen waren rasiermesserscharf, doch trotz seines respekteinflößenden Erscheinungsbilds war Caladrius das wohl freundlichste Geschöpf, das einem in der dämonischen Tierwelt begegnen konnte. Die wenigen Federn und seine Haut erstrahlten in einem klaren Weiß. Seine leuchtend blauen Augen hatten mich sofort erkannt, und er hatte liebevoll den gewaltigen Kopf gegen meine Handfläche gedrückt. Zu meinem Entsetzen hatte mich Chaz jedoch weitergeführt, und in der nächsten Box war keineswegs ein solch bewundernswertes Geschöpf zu finden gewesen.

Auf den ersten Blick hin hätte man es mit einem Pferd vergleichen können, doch erinnerte seine Statur eher an einen kleinen Elefanten. Und wie bei allen Lebewesen dieser Welt war sein vermutlich glänzend schwarzes Fell von einem Knochenpanzer bedeckt, unter dem nur einige Büschel hervorlugten. Sein Schweif wedelte aggressiv und durchschnitt die Luft wie Papier, während seine Hufe auf dem Boden dröhnten und die Wände erzittern ließen.

»Das ist Lilly«, hatte Chaz mir begeistert erklärt und beruhigend auf das monströse Pferd eingeredet. Lilly. Welch passender Name für dieses *liebreizende Wesen*.

»Ist sie nicht wunderschön? So eine Eleganz und königliche Haltung findest du nur bei wenigen Tieren. Sie ist wie geschaffen für dich, Prinzessin.«

Ich hatte ihn lediglich mit einem giftigen Blick bedacht. Seit ich wusste, warum er mich so nannte, und dass es nicht bloß ein süßer Kosename für sein Schwesterchen war, verabscheute ich diese Bezeichnung. Schlimm genug, dass mich die gesamte Belegschaft meines Vaters so ansprach und vor lauter Höflichkeit fast auf ihrer eigenen Schleimspur ausrutsche.

Jedenfalls hatte mein Bruder mit Engelszungen auf mich eingeredet, bis ich nach einer hitzigen Diskussion endlich nachgab und zu ihm in die Box stieg. Lilly hatte mich interessiert beschnüffelt und mir dabei eine Ladung glitschigen Schleim in die Haare geschmiert, während Chaz sein eigenes Reittier sattelte, einen feurigen Hengst, bei dem nur noch gefehlt hätte, dass ihm Rauch aus den Nüstern quoll. Nach dem Anblick dieser Rennmaschine war mir Lilly weitaus willkommener. Und nun ritt ich unbeholfen über den gewaltigen Burghof, während das Monstrum unter mir tänzelte und nur darauf wartete, loszustürmen und mich abzuwerfen. Was hatte ich mir nur dabei gedacht?

Chaz ritt neben mir, und uns folgten etwa ein Dutzend Anhänger meines Vaters zu Fuß. Nur den ranghöchsten Dämonen war es gestattet, zu Pferde an der Jagd teilzunehmen. Vor dem großen Torbogen, der auf die Straße nach Ignis Tenebris führte, konnte ich fünf Gestalten auf ebenso großen Tieren wie den unseren ausmachen. Chaz hatte mir von den Dämonenfürsten erzählt, die auf Vaters Seite standen und eine weite Reise in Kauf genommen hatten, um uns zu begleiten.

»Mach den Rücken gerade und versuch, wenigstens ein bisschen wie die Tochter eines der größten Herrscher der verlorenen Welt auszusehen!«

»Du kannst mich mal«, zischte ich und hätte beinahe das Gleichgewicht verloren, als Lilly beim Anblick der fremden Pferde durchstarten wollte.

Chaz dagegen saß elegant auf seinem feurigen Hengst Apollo und trug eine hoheitsvolle Miene zur Schau. Er war von klein auf darauf vorbereitet wurden, einst die Nachfolge unseres Vaters anzutreten. Ich dagegen fühlte mich völlig fehl am Platz. Wenn ich mich nicht einmal selbst ernst nehmen konnte, wie sollten es dann die Bediensteten tun? Sicher amüsierten sie sich hinter meinem Rücken ausgiebig über mich.

»Sie sind wegen dir gekommen«, raunte Chaz mir zu. »Normalerweise folgen sie den Einladungen zur Jagd selten. Wahrscheinlich gibst du eine gute Partie ab.«

Ich verschluckte mich fast. »Was?!«

Mein Bruder gab ein belustigtes Schnauben von sich. »Keine Sorge, ich habe Dad schon am ersten Tag erklären können, dass du dich mit aller Macht gegen eine Heirat wehren wirst. Er war recht schnell überzeugt.«

Ich stieß zischend die Luft aus. Das hätte mir gerade noch gefehlt.

Wir erreichten die fünf Fürsten, und ich übte mich an einem versteinerten Gesichtsausdruck, als sie sich vorstellten. Danag, ein Dämon mit olivfarbener Haut und schwarzem Haar, verbeugte sich höflich. Latura und Indra, beides gut gebaute Männer mit kaffeebrauner Haut, gaben sich mit einem Lächeln und einer Kopfbewegung zufrieden, während Chaz ihre Namen und Titel herunterrasselte.

Etwas überrascht war ich, als ich einen der fünf Dämonen als Frau ausmachte. Peri war eine Schönheit mit hohen Wangenknochen und silbernem Haar, das sie zu einem glänzenden Knoten aufgesteckt hatte. Ihre Augen schimmerten blau mit einem Hauch von Quecksilber, und ich hatte Mühe, den Blick von dem bezaubernden Gesicht der Mittzwanzigerin zu lösen. Sie reichte mir mit verschwörerischem Augenzwinkern die Hand und gesellte sich dann zurück zu ihrem Partner Nebruel, einem düster dreinschauenden Mann mit braunem Vollbart und buschigen Augenbrauen. Seine muskulösen Oberarme drohten den geschmeidigen Lederanzug zu sprengen, und ich war froh, dass er sich mir nicht weiter näherte.

Als die Förmlichkeiten beendet waren, ritten wir zum Burgtor hinaus auf die staubige Straße. Schon nach wenigen Metern sorgte die schwüle Luft dafür, dass mir das dünne Leder auf dem Rücken klebte. Doch ich war froh, endlich wieder meinen Kampfanzug tragen zu können, und kümmerte mich nicht weiter darum. Mit einer fließenden Bewegung knotete ich die langen Haare im Nacken zu einem Zopf und rümpfte die Nase bei dem verbrannten Geruch, der seit meiner Ankunft in der Unterwelt dauerhaft in meiner Nase festsaß.

Von der Bergstraße aus hatte ich einen guten Überblick, und es freute mich, dass von keinem der zerfallenen Gebäude der Stadt Rauch aufstieg. Trotz der Anwesenheit von Leviathans Anhängern war es bis auf wenige Ausnahmen ruhig geblieben, und das schon eine ganze Woche lang. Wir ritten gemächlich durch die düsteren Straßen, während die Pferde unter uns vor Ungeduld zitterten und ganz scharf darauf waren, sich gegenseitig zu übertrumpfen. Das Ergebnis war, dass ich mich verkrampft am Zügel festklammerte und den Großteil des Wegs damit verbrachte zu versuchen, nicht wie ein nasser Sack auf den Boden zu plumpsen.

Der düstere Himmel über uns war durchzogen von der wabernden Prana. Sie tauchte die Straßen in das vertraute tiefblaue Licht, dessen Schatten nur von einigen Fackeln verdrängt wurden. Ich versuchte, mich vom Anblick von Lillys Knochenpanzer loszureißen und die Straße im Auge zu behalten. Hier und da standen ein paar Wachen meines Vaters und grüßen uns mit einem höflichen Nicken.

Wir erreichten den Marktplatz, und mein Nacken war schon vollständig schweißgetränkt. Hier herrschte eine angespannte Stimmung. Zwischen den aufgestellten Wachen, übrigens bedeutend mehr als beim letzten Mal, lungerten die narbigen und entstellten Dämonen Leviathans. Beide Parteien warfen sich misstrauische Blicke zu, als warteten sie nur darauf, dass einer den Anfang machte und den wackeligen Waffenstillstand brach.

Leviathans Männer blicken uns verächtlich ins Gesicht. Eifersucht und Hass beherrschten ihre Züge. Ich konnte es ihnen nicht verübeln. Hier saßen sie, von ihrem Meister verlassen und vom gegnerischen Lager gerade so akzeptiert. Ihre einzige Beschäftigung, nämlich Krieg für Leviathan zu führen, wurde eine immer aussichtslosere Sache. Sie waren dazu da, Befehle auszuführen, nur gab es momentan von der oberen Etage keine Befehle. Noch dazu waren sie auf die Gunst des Feindes angewiesen, und hier ritten nun die Drahtzieher zu einer *lustigen* Jagd, um sich die Langeweile zu vertreiben. Ohne länger zu überlegen, riss ich an Lillys Zügel. Das Pferd gehorchte widerwillig, und ich lenkte es nach rechts, direkt auf die Gruppe von Leviathans Männer zu.

»Jill«, zischte Chaz und war sofort an meiner Seite. Auch eine ganze Gruppe von Dads Männern hatte mich sofort umringt. Mit einer Handbewegung bedeutete ich ihnen zu warten, und ritt weiter auf die Dämonen zu, die mir teils belustigte, teils höhnische Blicke zuwarfen. Wie Jugendliche, die aus Langeweile gerade einen neuen Streich ausheckten, saßen sie auf der Straße und lehnten sich gegen die Treppe eines Gebäudes. Etwa drei Meter von ihnen entfernt stieg ich ab, um nicht von oben auf sie herabzublicken. Prinzessin hin oder her.

»Wir reiten zur Jagd«, sagte ich schlicht.

Die Dämonen wechselten einen Blick, der bulligste von ihnen antwortete. »Wie schön für Euch, Prinzessin.«

Seine Stimme triefte vor Hohn, und er erntete Gelächter von seinen Kollegen. Das war alles nur eine Fassade, was mich allerdings nicht beruhigte, denn hinter dieser Maske verbarg sich abgrundtiefer Hass auf mich und meine Familie. Mit seiner Statur machte der bullige Dämon Peris bärtigem Gemahl Nebruel durchaus Konkurrenz, und für einen Moment stellte ich mir die beiden beim Armdrücken vor. Dem Dämon vor mir fehlte die Hälfte eines Ohrs, und eine Narbe zog sich über die Wange bis in den Mundwinkel hinein, was ihm den seltsamen Anblick eines schiefen Grinsens verlieh. Sie waren allesamt heruntergekommen, ihre Kleidung schmutzig und zerrissen, während ein verfaulter Geruch von ihnen ausging. Ich hätte umdrehen, ihre stechenden Blicke ignorieren und mich einfach zu den fünf Dämonenfürsten gesellen sollen, die abseits warteten und uns mit neugierigen Blicken bedachten. Stattdessen sah ich nach und nach in jedes der entstellten Gesichter vor mir, bis es an dem des Dämons hängen blieb, der augenscheinlich ihr Anführer war. Ich holte tief Luft.

»Wollt ihr uns begleiten?«

Kapitel 19

Nun, eines musste ich zugeben. Ich hatte ein Talent dafür, Unruhen heraufzubeschwören. Kaum hatte ich die Worte ausgesprochen, war ich umringt von Vaters Wachen und Beratern, die hitzig auf mich einreden. Ich ignorierte sie und erwiderte ruhig den nun neugierigen Blick des narbigen Anführers, der jeden Zentimeter meines Gesichtes zu mustern schien.

»Wie heißt du?«, fragte ich ihn.

Er zögerte, doch schließlich entschloss er sich, mir zu antworten, auch wenn es nicht mehr als ein missmutiges Brummen war. »Oni.«

»Sprich sie gefälligst mit Prinzessin an«, fuhr ihn einer der Berater meines Vaters an, ein Glatzkopf mit schwarzem Spitzbart.

»Sie ist eure Prinzessin, nicht meine«, erwiderte Oni.

Mit einem Blick brachte ich den Berater zum Schweigen, bevor er seiner Körperhaltung entsprechend etwas Angriffslustiges erwidern konnte.

»Also, Oni, habt ihr Lust, uns zu begleiten?«

Der narbige Dämon schwieg, doch ich konnte sehen, dass seine Neugier geweckt war. Wieder gab es laute Proteste in unseren eigenen Reihen. Nur Chaz schien unschlüssig zu sein und schwieg.

»Niedere Dämonen dürfen nicht an der Jagd teilnehmen, es sei denn, sie gehören zu den engsten Vertrauten eines Fürsten und sind für sein Wohlergehen während der Zeit im Wald zuständig«, redete der Glatzkopf mit dem Spitzbart auf mich ein. Ich hatte das Gefühl, dass er sich nur mühsam beherrschen konnte.

»Sagt wer?«, fragte ich ihn höflich und sein Gesicht nahm eine bedrohlich rote Farbe an.

»Das ist ein ungeschriebenes Gesetz!«

»Wenn es ungeschrieben ist, wird sich auch keiner darauf berufen.« So schnell ließ ich mich nicht einschüchtern. »Wenn es Euch glücklich macht, dann gehören sie eben ab sofort zu meinen Vertrauten und kümmern sich um mein Wohlergehen im Wald.«

Der Berater schnappte nach Luft, und sein Spitzbart erzitterte, doch er merkte schnell, dass er auf diese Tour nicht weiterkommen würde. Auf der Stelle änderte sich seine Stimme und wurde schmeichelnd. »Prinzessin, als Euer treuester Diener und Berater …«

»… werdet Ihr tun, was ich Euch sage!«, beendete ich herrisch den Satz für ihn. Langsam reichte es mir. Wenn sie mir schon diesen blöden Prinzessinnentitel verpassten, sollten sie sich gefälligst auch daran halten.

Chaz zog beeindruckt die Augenbrauen in die Höhe. Mittlerweile hatten sich auch die fünf Fürsten zu uns gesellt. Peri schmunzelte und sah aus, als könne sie das Lachen kaum noch verbergen. Ihr Gemahl Nebruel dagegen baute sich vor mir auf und ließ seine Muskeln bedrohlich zucken.

»Ihr bringt nicht nur Euch, sondern uns alle in Gefahr«, sagte er mit zusammengezogenen Augenbrauen. »Auf der Jagd braucht man gegenseitiges Vertrauen und nicht jemanden, der einem bei der nächstbesten Gelegenheit in den Rücken fällt.«

So langsam hatte ich dieses Ich-bin-etwas-besseres-als-die-Gerede satt.

»Ich vertraue ihnen genauso wenig, wie ich Euch vertraue, also macht es wohl kaum einen Unterschied. Ich werde niemanden in Gefahr bringen. Wer sich bedroht fühlt, darf diese Gesellschaft natürlich auf der Stelle verlassen. Ansonsten ist diese Regel, wer was darf, totaler Quatsch. Wer mit auf die Jagd will, kann sich uns anschließen, egal ob Fürst oder nicht. Und jetzt lasst uns endlich aufbrechen, damit ich diesen Unsinn so schnell wie möglich hinter mich bringen kann.«

Ich ging zurück zu Lilly und ärgerte mich darüber, dass ich die Hilfe meines Bruders brauchte, um aufzusteigen. Ein bisschen mehr Würde nach dieser Ansage hätte jetzt nicht geschadet.

»Kannst du mir mal verraten, was das sollte?«, zischte er mir zu.

»Ich weiß es nicht«, musste ich eingestehen. Aus den Augenwinkeln sah ich, dass uns nicht nur die anfängliche Truppe folgte, sondern auch Leviathans Dämonen sich zögerlich erhoben.

»Die Unterwelt ist im Moment dein einziger Zufluchtsort. Vielleicht solltest du nicht alles daran setzen, auch hier unerwünscht zu sein!«

Ich biss mir auf die Lippe. Vielleicht hatte Chaz recht. Ich hatte keine Ahnung, auf was ich mich bei dieser Jagd einließ und was ich damit angerichtet hatte, die Leviathaner einzuladen. Um ehrlich zu sein wusste ich nicht einmal, was in mich gefahren war, als ich mich gegen Baals Berater gestellt hatte. Vielleicht war es die Tatsache, dass sie mich zwar als Prinzessin anredeten, aber trotzdem seit meiner Ankunft behandelten, als wäre ich ein unwissendes und naives Kleinkind. Ich konnte es ihnen nicht einmal verübeln.

»Wieso hast du dann eben nichts gesagt?«, fragte ich

Chaz leise, als wir über den Marktplatz ritten. Er schwieg und biss die Zähne aufeinander. Ich konnte ein kleines Lächeln nicht unterdrücken. Anscheinend stand ich mit meinen Ansichten doch nicht alleine da.

Deshalb sprach ich ihn nicht weiter darauf an, sondern packte die Zügel fester, da Lilly mich wieder einmal abzuwerfen drohte. Nach einer Weile lichteten sich die Häuser, und vor uns erhob sich ein gewaltiger verdorrter Wald, der uns in Finsternis tauchte. Ich schluckte. Weit hinter uns ertönte das Jagdhorn.

Meine Nerven waren zum Zerreißen gespannt. Wir mussten seit Stunden in diesem Wald umherirren, und obwohl sich meine Augen an das Dämmerlicht gewöhnt hatten, das der mitternachtsblaue Himmel durch die verwelkten Kronen der Bäume warf, konnte ich keine drei Meter weit blicken. Der Geruch nach verrottetem Laub hatte sich in meiner Nase festgesetzt, und die Schatten der Bäume und Büsche schienen sich ständig zu bewegen. Doch das war es nicht, was mich so aufwühlte. Es war diese Stille. Das Wort Jagd traf es ganz gut, allerdings hatte Chaz wohl vergessen, dabei zu erwähnen, dass eher wir die Gejagten waren. Die einzigen Geräusche, die an meine Ohren drangen, waren die leisen Schritte und ab und zu das Knacken eines Astes unter den Füßen der Dämonen, die mit uns gezogen waren. Selbst wenn Lilly ein leises Schnauben von sich gab, zuckte ich zusammen.

Ein unheimlicher Nebel kroch über den Waldboden, während ich nach oben blickte und die Baumspitzen nach Bewegungen absuchte. Der erste Angriff war so überraschend gekommen, dass ich aufgeschrien hatte. Ein zwei Meter großer, von Knochen umschlossener Eber mit Hauern dick wie angespitzte Baumstämme war ohne Vorwarnung aus dem dunklen Nichts gekommen und in den hinteren Teil der

Karawane geprescht. Unter seinem tonnenschweren Gewicht hatte er mehrere Männer begraben, bevor die Umstehenden reagieren und ihn aufspießen konnten. Chaz hatte beruhigend die Hand auf meinen Arm gelegt, als ich entsetzt die Kreatur betrachtete.

»Hast du immer noch Mitleid mit ihnen?«, hatte er mich gefragt.

»Was zur Hölle geht hier vor?«, hatte ich fassungslos geantwortet, ohne den Blick abwenden zu können.

»Die meisten Tiere in der Umgebung sind harmlos«, war Chaz' Antwort gewesen. »Sie hören das Jagdhorn und suchen das Weite. Manche legen es aber darauf an und suchen den Konflikt mit uns. Das sind die Tiere, die bis in die Stadt kommen und Ärger machen. Sie sehen uns als Beute. Besser wir erwischen sie mit einer großen Jagdgesellschaft, als dass sie dich alleine in einer einsamen Straße finden.«

»Klingt einleuchtend«, hatte ich trocken gesagt, und von da an war mein Albtraum wahr geworden. Es hatte noch zwei weitere Angriffe gegeben, einen von zwei Zerberussen und einen weiteren von einem Dämonenvogel, der sich von oben auf uns herabgestürzt hatte. Sie waren aus dem Nichts gekommen, in der Finsternis ließ sich ihre Anwesenheit kaum erahnen, und auch wir hatten schon ein Opfer zu beklagen.

Chaz und ich befanden uns mit den fünf Dämonenfürsten ziemlich in der Mitte unserer Jagdgesellschaft und waren umringt von den Bediensteten und Leviathans Anhängern. Hätte einer von den Narbigen während eines Angriffes den Dolch gezogen und seinen Nachbarn abgestochen, wäre es nicht einmal aufgefallen. Die Finsternis hier verschluckte alles. Chaz hielt sich unmittelbar in meiner Nähe, doch ich konnte spüren, dass er sich am liebsten in den Kampf gestürzt hätte. Selbst Peri, die hübsche Dämonin, ging mit einem Kampfschrei auf einen der Zerberusse los und rammte ihm das Schwert in die Brust. Es machte ihnen allen Spaß.

Ich dagegen wäre am liebsten umgekehrt und hätte mich in der Burg eingeschlossen. Doch Chaz hatte mir unmissverständlich klargemacht, dass dies ein Zeichen von Schwäche gewesen wäre und ich mir mein Ansehen unter den Dämonen mit dieser Jagd erst verdienen musste.

Und nun ritten wir hier in der alles verschlingenden Dunkelheit und warteten darauf, gejagt zu werden. Einmal mehr vermisste ich die Realität. Das leise Geräusch der Pferdehufe hörte sich in der Stille wie Trommelschläge an. Vielleicht war es auch mein Herz, das mir bis zum Hals schlug. Ich hatte das Gefühl, der Nebel würde sich verdichten und die Sicht noch schlechter werden. Eine unnatürliche Kälte hatte längst die schwüle Hitze vertrieben und bereitete mir eine Gänsehaut. Peri ritt neben mir. Ich konnte in der Dunkelheit gerade so ihre Umrisse ausmachen. Hier standen die Bäume sehr dicht und schlossen auch das letzte Leuchten des Himmels aus. Wir ritten fast blind durch die Gegend, und ich hatte das Gefühl, jemand hätte mir eine Augenklappe aufgesetzt.

»Wir sind nicht mehr alleine«, flüsterte Peri, und ich versteifte mich.

»Wie meinst du das?«, fragte ich mit hoher Stimme.

Mit einer Geste schloss sie unsere Umgebung ein. »Wir werden beobachtet.«

Auch die anderen schienen dies zu spüren, allgemeine Anspannung machte sich bemerkbar. Wer seine Waffen noch nicht gezogen hatte, tat es jetzt. Der schmale Waldweg, dem wir folgten, führte bergab, bis wir uns in einer leichten Kuhle befanden. Umgestürzte Bäume und Wurzeln behinderten unser Vorankommen. Aus den Tiefen des Waldes rechts von uns erklang ein dumpfes Grollen, das die

Bäume zittern und den Waldboden erbeben ließ. Ich rutschte unruhig in Lillys Sattel umher und versuchte, die aufkeimende Panik zu unterdrücken. Meinem Pferd schien es nicht besser zu gehen, es tänzelte aufgeregt auf einer Stelle.

»Ich will umkehren«, wisperte ich. Es war mir egal, was die anderen dachten. Sollten sie mich doch für feige halten, das hier war nichts für mich.

»Mach dir keine Sorgen darüber«, sagte Peri leise, doch die Anspannung in ihrer Stimme sprach Bände. »Wir sind ziemlich nahe am verlorenen Wald, und das, was du gehört hast, stammt nicht von Tieren. Es ist noch meilenweit entfernt, und wir betreten diesen Abschnitt nicht. Sorgen solltest du dir nur über das machen, was du *nicht* hörst.«

Sie verstummte. Wir kamen nur langsam voran. Ein paar Leute meines Vaters räumten Baumstämme aus dem Weg. Wir befanden uns in einer Senke, in der das Gestrüpp unüberwindbar zu sein schien. Um uns herum erhoben sich die trockenen Laubhänge. Sie ließen die Bäume noch größer und bedrohlicher wirken. Ich hatte das seltsame Gefühl, gerade in eine Lebendfalle getappt zu sein, und fühlte mich eingesperrt.

»Wir sollten einen anderen Weg nehmen«, zischte ich Chaz zu, der wieder an meine Seite geritten kam.

»Ja«, antwortete er mit gerunzelter Stirn und nicht weniger besorgtem Blick. Er gab dem Dämon, der neben seinem Pferd lief, leise gemurmelte Anweisungen, und der Trupp blieb stehen. Jeder schien zu lauschen, und nach einem verwirrten Moment hörte ich es auch. Das Rascheln des Laubes um uns herum.

»Zu spät«, murmelte Peri, und mir lief es eiskalt den Rücken herunter.

Ich spähte in die Dunkelheit, konnte jedoch nichts erkennen. Die Pferde wurden nervös, die Schatten um uns herum schienen zuzunehmen. Das Rascheln kam nun von allen

Seiten. Ich war kurz davor, in Panik auszubrechen. Meine Hände kribbelten, überhaupt hatte ich das Gefühl, tausende von Ameisen krabbelten über meinen Körper. Mir wurde schwindelig und übel, die Dunkelheit schien mich zu erdrücken.

»Nicht bewegen«, sagte Chaz, laut genug, dass es auch in den hinteren Reihen gehört wurde.

»Was zur Hölle ist das, Chaz?« Meine Stimme war nicht mehr als ein Krächzen.

»Naga«, antwortete er ruhig. »Schlangen«, fügte er hinzu, als hätte er das riesige Fragezeichen über meinem Kopf bemerkt. Instinktiv zog ich den Kopf ein und die Beine nach oben. Plötzlich schienen sich die Äste der Bäume zu bewegen, lange Schatten glitten daran herab.

»Fackeln an«, ertönte die Stimme meines Bruders. In nur wenigen Sekunden gingen ein Dutzend Fackeln in Flammen auf, und ich schmeckte die säuerliche und fremde Magie einiger Dämonen auf meiner Zunge. Geblendet schlug ich die Hände vor die Augen, doch nach einem Augenblick wagte ich es, daran vorbei zu schauen. Ich erstarrte. Wir waren umzingelt von hunderten meterlangen Schlangen. Sie schlängelten sich an den Bäumen herab, über den Boden, hingen an Ästen direkt über uns und starrten uns aus blauschimmernden Schlitzaugen an. Der Schein der Fackeln glänzte auf handtellergroßen, schwarzen Schuppen, die hart wie Knochen sein mussten. Die riesigen Köpfe mit drei Reihen messerscharfer Zähne ließen keinen Zweifel daran, dass sie jeden von uns locker mit Haut und Haaren verschlingen konnten. Gespaltene Zungen durchschnitten die Luft, witterten uns. Der Schein der Fackeln hatte sie für einen Moment erstarren lassen, doch nun glitten sie langsam und bedrohlich auf uns zu. In Sekundenschnelle hatten sie uns eingekreist. Unser Trupp drängte sich näher aneinander.

»Ganz ruhig«, sagte Chaz, doch seine Stimme bebte.

»Wir sind in ihr Nest gelaufen, sie wollen uns vertreiben. Wir treten den Rückzug an. Keine schnellen Bewegungen!«

Verzweifelt hielt er nach einem Stück Waldboden Ausschau, auf dem es nicht von sich windenden und schlängelnden Gestalten wimmelte. Und plötzlich hielt Lilly es nicht mehr aus. Mit einem trommelfellzerfetzenden Wiehern bäumte sie sich auf und preschte in das Schlangenbündel, während die ersten Fangzähne nach uns schnappten.

Kapitel 20

Lilly und ich waren nicht weit gekommen, da bäumten sich die ersten Naga vor uns auf und ließen die Köpfe nach vorne schnellen. Geistesgegenwärtig beugte ich mich gerade noch rechtzeitig zur Seite, um dem Schnappen einer der Kreaturen zu entgehen. Mit der linken Hand zog ich mein Schwert, während meine Rechte sich an die Zügel klammerte und ich versuchte, nicht in den Schlangenhaufen zu Lillys Füßen zu fallen. Ich schlug nach einem Schlangenhals, streifte aber nur den Schuppenpanzer und hinterließ nicht einmal einen Kratzer. Die Schatten, die die Fackeln warfen, machten es unmöglich, die einzelnen Schlangen auf dem tiefschwarzen Waldboden zu erkennen. Wir standen wie in einem Meer aus sich windenden Schuppenpanzern. Sie waren überall.

Lilly tobte und stampfte mit ihren donnernden Hufen über die Kreaturen, wobei sie nicht wenige unter sich begrub. Mit aller Gewalt versuchte ich, die Kontrolle über sie zurückzuerlangen, doch der Überlebenstrieb des Pferdes war stärker. Mir blieb nichts weiter übrig, als mich irgendwie auf ihrem Rücken zu halten und nach den Schlangenköpfen zu schlagen, die immer wieder aus der Dunkelheit auftauchten.

Als ein schweres und glitschiges Exemplar auf meinen Schultern landete, wurde ich auf Lillys Rücken gedrückt.

Mit einem angewiderten Schrei versuchte ich, die Schlange abzuwerfen, doch im Bruchteil einer Sekunde hatte sie sich um meinen Körper gewunden und zog ihren Leib immer fester zusammen. Ich konnte die stählernen Muskeln unter dem Schuppenpanzer spüren, die Kraft, die dahinter steckte und mit der die Schlange ihr Opfer bewegungsunfähig machte. Sie wand sich um meinen Brustkorb, klemmte meine Arme ein und schlängelte hinauf zu meinem Hals. Dabei konnte ich die Kälte ihres Körpers durch meinen Lederanzug spüren. Sie schien bis ins Innerste meiner Knochen zu dringen.

Meine Arme waren weitestgehend an meine Seite gepresst, doch die Hand lag frei an meinem Oberschenkel, direkt neben dem Dolch in der Schlaufe meines Kampfanzugs. Ich umklammerte den Griff, doch ich bekam ihn nicht richtig zu fassen. Die Schlange wand sich enger um mich, die raue Haut rieb über meinen Nacken, und die ersten Atembeschwerden machten sich bemerkbar.

Panisch versuchte ich, die Hand auf meinem Oberschenkel näher zum Dolch zu bewegen, doch damit das gelang, musste ich Lillys Zügel loslassen. Ich hatte nicht das Bedürfnis, direkt in diesen Schlangenhaufen unter uns zu fallen, doch ich hatte keine Wahl. Die Schlange zog ihren Körper ein weiteres Mal zusammen, quetschte mich mit ihrem Leib ein und presste den letzten Atem aus meinen Lungen. Ich versuchte, Luft zu holen, rang nach Atem, doch der erlösende Sauerstoff blieb aus. Ich spürte das Blut in meinem Kopf pochen, es rauschte in meinen Ohren, und hinter meinen Augen begann sich ein unangenehmer Druck aufzubauen.

Mit einem weiteren Pressen der Schlange brach eine meiner Rippen, der Schmerz schoss durch meinen Körper und betäubte meine Sinne ebenso wie die Luftnot. Ein stummer Schrei lag auf meinen Lippen, die Schmerzen in meinem

Brustkorb schienen sich ins Unermessliche zu steigern. Irgendwie schaffte ich es noch, die Oberschenkel fest auf den Rücken des Pferdes zu drücken, um den Halt nicht zu verlieren. Doch wir schlingerten bedrohlich, und die schwarzen Punkte, die vor meinen Augen tanzten, machten die Situation nicht einfacher. Mir blieben nur noch Sekunden.

Endlich bekam ich den Griff des Dolches zu fassen. Irgendwie schaffte ich es, ihn aufzurichten, und mit letzter Kraft warf ich meinen Körper mitsamt der Schlange nach vorne. Der Dolch stand aufgerichtet auf meinem Oberschenkel, gehalten von meiner verkrampften Hand, während ich mein ganzes Gewicht in meinen Oberkörper legte.

Ich spürte, wie sich die Klinge in die weiche Bauchpartie der Kreatur grub, nicht tief, aber immerhin so weit, dass die Schlange ihren Griff etwas lockerte. Ich sog erleichtert die Luft in die Lungen und stieß einen Schmerzensschrei aus, als sich mein Brustkorb ausdehnte und der Schmerz der gebrochenen Rippe wie glühende Kohlen brannte. Doch auch meine Arme hatten jetzt etwas mehr Spielraum, und so stieß ich ein weiteres Mal zu, wieder und wieder, während die Schlange zischte und versuchte, mich abermals einzuklemmen. Sie schien die Geduld verloren zu haben und entrollte sich etwas. Nun konnte ich mich besser bewegen, doch stand ich gleichzeitig auch dem riesigen Schlangenschädel gegenüber, der nach hinten ausholte und zum letzten tödlichen Biss ansetzte.

Ich krallte die Finger in den Hals der Schlange, grub sie in den Knochenpanzer und versuchte, sie von mir zu drücken, während ich gleichzeitig die Magie in meinem Inneren aufbaute und in meine Arme fließen ließ. Mit einem erlösenden Gefühl strömten die flüssigen Pranastränge durch meine Venen, hinterließen ein aufregendes Kribbeln und erfüllten meinen Körper mit Macht. Ich schmeckte den vertrauten metallischen Geschmack auf meiner Zunge und spürte das Schweben meiner Haare in einem unsichtbaren Wind. Mit jeder Faser meines Körpers konzentrierte ich mich darauf, die knisternde Energie durch meine Hand und in den Schlangenkörper zu leiten.

Das Biest zischte schmerzerfüllt und schnappte nach meinem Arm. Einer der Fangzähne grub sich direkt in meinen Unterarm, und ich betete, dass ich es nicht mit einer Giftschlange zu tun hatte. Die Schlange biss fester zu, ich spürte das Ende des Fangzahns an der Unterseite meines Armes herausdringen, und nun hatte sich das Maul fest genug geschlossen, dass auch die drei Reihen der kleineren, spitzen Zähne meine Haut berührten. Ich schrie lauter als je zuvor. Mit aller Kraft verstärkte ich den Druck meiner Prana, stieß alle Energie in meinen Arm und in die Schlange hinein. Sie begann, schimmernd aufzuleuchten, während blaue Pranablitze an ihrem Körper entlangglitten und aus ihren Poren drangen. Der Griff ihrer Fangzähne lockerte sich etwas, der Körper der Schlange erschlaffte, und mit letzter Kraft schleuderte ich sie von mir.

Endlich lichtete sich der Nebel in meinem Kopf, und ich konnte meine Umgebung wahrnehmen. Warmes Blut lief an meinem Arm herab. Lilly hatte ihr Hinterteil an das undurchdringliche Gestrüpp gepresst und verharrte reglos. Den Grund dafür erkannte ich nach einem kurzen Moment. Wir waren hoffnungslos von sich windenden Kreaturen eingekreist.

Endlich konnte ich einen Blick auf die anderen werfen. Sie waren in einen blutigen Kampf verwickelt. Über die Lichtung schoss die Magie der Dämonen in Form von Feuer oder Pranablitzen, alles war ein heilloses Durcheinander. Chaz konnte ich nirgendwo erkennen, sein Pferd Apollo lag auf der Seite und war von einem riesigen Schlangenleib umschlungen. Tote und verletzte Männer lagen am Boden. Bei dem Anblick einer Schlange, die einen Dämon mit Haut und Haaren verschlang, würgte ich Galle hoch. Seine Schreie schienen sich in meine Seele zu brennen, wo sie sich auf ewig in meiner Erinnerung festsetzen würden.

Ich griff nach dem Kilidsch, das ich auf meinem Rücken befestigt hatte. Das Schwert hatte ich verloren, ohne mich daran erinnern zu können. Die nächste Schlange bäumte sich vor mir auf, und ich trennte ihr mit einer einzigen Bewegung den Kopf ab. Es waren zu viele. Sie schienen von überall zu kommen, krochen aus dem Gebüsch und verborgenen Erdlöchern, erklommen die Bäume und Äste über uns.

Ich sah es zu spät. Eine der Naga stieß sich von oben herab und grub ihre Zähne in die ungepanzerte Flanke meines Pferds. Lilly wieherte, bäumte sich auf und ignorierte meinen Griff an den Zügel. Ich schlang die Arme um ihren Hals und versuchte, nicht abgeworfen zu werden, während sie blind vor Angst in das Gewirr schwarzer Schlangen vor uns preschte. Lilly taumelte, als ihre Hufe auf Schlangenleiber trafen. Ein Dutzend der Kreaturen bäumten sich auf und griffen uns an, versenkten die Zähne in Bauch und Beine meines Pferdes. Eine erwischte mich an der Wade, doch Lilly rannte von Panik getrieben einfach weiter und schüttelte die Schlangen somit ab.

Und dann war der Weg plötzlich frei. Vor uns erstreckte sich die tiefschwarze Finsternis, während wir das Getümmel hinter uns ließen. Ich versuchte, Lilly zu bremsen, ohne Erfolg. Noch nie war ich gut im Reiten gewesen. Mein einziger Gedanke galt Chaz, die Sorge um ihn raubte mir schier den Verstand. Ich riss an den Zügeln, redete erst sanft auf Lilly ein, später drängte ich und versprach ihr duftendes Heu, dann brüllte ich sie an. Es half alles nichts, sie lief tiefer und tiefer in den Wald, während Dunkelheit und Stille uns immer mehr umschlossen. Ich betete, dass Lilly trotz der tiefschwarzen Nacht nicht über Wurzeln oder Steine stolpern und sich dabei vielleicht noch ein Bein brechen würde. Meine Hoffnung, dass sie den Weg nach Hause eingeschlagen hatte, verblasste mit jeder Minute mehr. Endlich blieb sie stehen, völlig am Ende ihrer Kräfte.

»Komm schon«, murmelte ich und drückte meine Fersen in ihre Flanken, aber Lilly gab nur ein mattes Schnauben von sich. Beklommen versuchte ich, etwas zu erkennen. Wir standen auf einer schmalen Lichtung, umgeben von Laubbäumen, deren mächtige Kronen uns wie ein verrottetes Dach in den Schatten tauchten. Na super, ich stand mitten im Wald, hatte keine Ahnung, in welche Richtung ich musste, und hatte zudem ein bockiges Pferd bei mir, das keinen Schritt mehr gehen wollte. Ich stieg ab und drehte mich hilflos im Kreis, auf der Suche nach einem Anhaltspunkt, der mir als Wegweiser dienen konnte. Es gab nichts.

Ein Grollen durchschnitt die Nacht, viel zu mächtig und zu laut, zu dunkel und zu tief, um von einem der Tiere zu stammen. Es war, als würde der Wald selbst seinen Unmut über meine Anwesenheit kundtun, während das Geräusch die Blätter der Bäume rascheln ließ und dabei sowohl von oben als auch aus der Tiefe der Erde zu kommen schien. Der Klang fuhr mir durchs Mark und erfüllte meinen Körper mit einem Beben. Mir fielen Chaz' Worte ein, die er bei meinem letzten Besuch in der Unterwelt gesagt hatte, als ich allein durch die Gegend gestreift war. *Du bist beim verlorenen Wald gelandet?! Du hast wahnsinniges Glück, dass du noch lebst, weißt du das? Da draußen lauern … Dinge. Ich rede nicht von Höllenhunden. Ich rede von … großen Dingen.*

Ich verfluchte mich dafür, dass mir diese Erinnerung gerade jetzt in den Sinn kam.

»Ich weiß ja nicht, was du vorhast, aber ich verschwinde von hier«, zischte ich Lilly zu, doch das Pferd strafte mich mit Ignoranz.

Wir hatten bei unserem Ritt genügend Lärm gemacht, um

den ganzen Wald aufzuscheuchen, meine Schreie mussten kilometerweit zu hören gewesen zu sein. Dennoch herrschte jetzt wieder Totenstille, es gab nicht das kleinste Anzeichen für die Anwesenheit der Kreaturen des Waldes. Hierfür gab es zwei Möglichkeiten. Entweder sie mieden diesen Ort wegen des Grollens, das sich für meinen Geschmack viel zu nahe angehört hatte, oder sie waren auf dem direkten Weg hierher. Ich wollte es nicht herausfinden, also setzte ich mich in Bewegung. Lilly blieb, wo sie war. Auf meinen Versuch, sie am Zügel zu führen, schnappte sie mit ihren messerscharfen Zähnen nach meiner Hand.

Bedauernd ließ ich sie zurück und kämpfte mich durch das Gestrüpp. Irgendwann musste dieser Wald doch zu Ende sein, und auf freiem Feld konnte ich vielleicht mehr erkennen. Ich überlegte kurz, einen Magieball in den Himmel zu senden, um die anderen auf mich aufmerksam werden zu lassen, sofern sie den Schlangenangriff überlebt hatten. Aber damit hätte ich auch die Tiere angelockt. Je unsichtbarer ich blieb, umso besser.

In Gedanken versunken setzte ich meinen Weg fort. Das Blut lief mir noch immer am Arm herab, über meine Hand und Finger. Der Biss an meiner Wade war nicht ganz so schlimm, aber er brannte ebenso, und mein Kampfanzug klebte an der Stelle fest, an der sich das Blut gesammelt hatte. Mürrisch blieb ich stehen und zückte den verbliebenen Dolch, die letzte der Waffen, die ich noch bei mir hatte.

Mit einem Reißen trennte ich das Leder des Kampfanzuges unterhalb des Knies ab und zerschnitt es in Streifen, um einen provisorischen Verband um die Wunden zu legen. Es war nicht so gut wie Stoff, aber vielleicht stoppte es die Blutung etwas.

Ein weiteres Problem machte sich bemerkbar – meine Kehle war wie ausgetrocknet, und mein Hals fühlte sich an wie Schmirgelpapier. Während dieser ganzen Zeit im Wald waren wir nicht ein einziges Mal auf Wasser gestoßen, und die Flaschen, die wir uns mitgenommen hatten, lagen im Gepäck auf der Lichtung der Naga. Ein kleiner Bach käme mir jetzt gerade recht, doch ich wusste nicht einmal, ob das Wasser in dieser Ödnis genießbar war. Ich drängte den Gedanken beiseite.

Frustriert schleppte ich mich weiter und ignorierte das Pochen meiner Verletzungen. Ab und zu lichteten sich die Bäume, und ich konnte den Weg mehrere Meter weit überschauen. Dann wieder herrschte Finsternis. Mein keuchender Atem schien die Stille zu durchschneiden, mein Herz klopfte vor Anstrengung wild in meiner Brust.

Das Rascheln von Blättern ließ mich abrupt innehalten und die Augen schließen. *Bitte, bitte nicht.* Das Grollen aus der Kehle einer Raubkatze brachte mich dazu, meinen Körper fest an die Rinde des nächsten breiten Baumstamms zu pressen. Ich hörte riesige Pfoten über den Boden tanzen, während sich mehrere Meter von mir entfernt der Leib einer riesigen Katze vorbeischob. Sie hatte mich noch nicht entdeckt, doch ihrer Haltung entnahm ich, dass sie das Blut an meiner Kleidung gewittert hatte.

Sie erreichte eine Stelle, an der die Baumkronen etwas des blauen Lichtes des Pranahimmels durchließen. Stahlharte Muskeln spannten sich unter seidigem, gepunktetem Fell. Wie bei allen Tieren hier waren Brust, Rücken und die obere Kopfpartie von einem schleimigen Knochenpanzer umschlossen. Fangzähne glänzten im bläulichen Licht, die riesigen Pranken waren mit gebogenen Dornen bestückt.

Elegant verschwand die Raubkatze in dem nächsten Schatten. Die Angst lähmte mich, und ich wagte es nicht, Atem zu holen. Plötzlich ertönte ein Fauchen ein paar Meter weiter rechts. Ein zweiter Leopard erschien, er knurrte und fletschte die Zähne, woraufhin der andere ebenfalls fauchend antwortete. In Nullkommanichts waren die beiden ineinander verschlungen und bekämpften sich gegenseitig. Eine bessere Chance würde ich nicht bekommen, also ließ ich die raufenden Raubkatzen allein und stahl mich durch die Dunkelheit davon. Blindlings stolperte ich durch die Dunkelheit und versuchte, keine Geräusche von mir zu geben. Für heute hatte ich eindeutig genügend Monster getroffen.

Ich verfluchte mich selbst dafür, dass ich mich zu dieser Jagd hatte überreden lassen. Der Zwischenfall mit den Leoparden hatte dafür gesorgt, dass ich abermals die Orientierung verloren hatte. Ich wagte es nicht, stehen zu bleiben, doch eine plötzliche Stille brachte mich dazu, angespannt zu lauschen. Die Geräusche der Kreaturen waren verstummt, sie hatten ihren Kampf beendet. Waren sie auf mich aufmerksam geworden?

Ein Knurren unmittelbar hinter mir beantwortete meine Frage. Ohne weiter darüber nachzudenken, nahm ich die Beine in die Hand und lief. Sie hatten mich sowieso schon bemerkt, das Versteckspiel konnte ich mir sparen. Mit einem animalischen Fauchen nahmen sie die Jagd auf. Ich sah blitzende Augen in der Dunkelheit aufleuchten, während ich mich plötzlich von drei Schatten eingekreist sah. So viel zum Thema Flucht. Sie waren gut zwanzig Meter von mir entfernt, trotzdem konnte ich in keine Richtung laufen, ohne dass sie die Möglichkeit hatten, mir den Weg abzuschneiden.

Die Panik schnürte mir die Luft ab, doch sie brachte auch meine Prana dazu, wild in meiner Brust zu pulsieren und sich zu einem Energieball zusammenzufügen. Ein hellblauer Pranaball materialisierte sich vor mir, das Ergebnis einer Mischung aus Dämonen- und Hexenmagie. Ich schleuderte das knisternde Geschoss auf den Leoparden vor mir und rannte los, in der Hoffnung, ihn damit außer Gefecht gesetzt zu haben.

Leider hatte ich nicht mit der Geschwindigkeit dieser Kreaturen gerechnet. Der Leopard wich dem Geschoss elegant aus und sprang mir in den Weg, die Zähne gefletscht und bereit, mich sogleich anzufallen. Mit einer geschmeidigen Handbewegung wandelte ich die Energie in meinem Inneren zu Feuer um, verstärkte meine Gedanken und beschwor eine Säule aus Glut zwischen mir und der Raubkatze herauf. Die Flammen schlugen in den Himmel, erreichten die Äste der verwelkten Bäume und tauchten die Lichtung in orangefarbenes Licht.

Ein Fauchen hinter mir ließ mich herumwirbeln. Es waren nicht nur drei, sondern insgesamt sieben Raubkatzen. Sie kreisten mich ein, während ich mit dem Rücken zu dem Flammenmeer stand und die Hitze fast unerträglich wurde. Ein rabenschwarzer Panther täuschte einen Sprung an, doch in dem Moment, als ich mich ihm zuwenden wollte, griff von rechts einer der Leoparden an. Ich schaffte es gerade noch, meinen Oberkörper zu drehen, dann riss mich sein Gewicht von den Beinen. Ich nutzte den Schwung und stemmte ihm die Füße in den Bauch, sodass ich ihn abwerfen konnte. Noch beim Aufstehen zückte ich den Dolch und rammte ihn der nächsten angreifenden Raubkatze in die Brust, direkt in eine Lücke zwischen dem Knochenpanzer.

Einer erledigt, blieben noch sechs. Ich keuchte und wischte mir den Schweiß von der Stirn, während die Raubkatzen mich weiter umkreisten. Alle hatten eine geduckte Haltung eingenommen, bereit zum Sprung. Immer wieder täuschten sie Angriffe vor, um mich dazu zu bringen, mich ablenken zu lassen. Ich ließ die Prana in meine Hände gleiten, die blauen Blitze umspielten meine Finger. Irgendetwas musste ich mir einfallen lassen, sonst endete ich als Abendbrot zwischen ihren Klauen. Flammen schienen sie nicht im Mindesten einzuschüchtern, die Feuersäule war längst erloschen. Nur noch ein paar Blätter des Baumes brannten und sorgten für schummriges Licht.

Ich konzentrierte mich auf die Raubkatze vor mir. Einen direkten Angriff konnte ich nicht wagen, ohne dass sich die anderen auf mich stürzten, aber vielleicht konnte ich sie unbemerkt außer Gefecht setzen. Ich verband einen Teil meiner Energie mit dem Gedanken an Kälte. Der Leopard erstarrte und seine glühend blauen Augen blickten mich misstrauisch, ja fast ängstlich an. Es war ihm unmöglich, sich zu bewegen, während Reif seinen Körper überzog und das Blut in seinen Adern gefror.

Mit ein paar hinter mich geschleuderten Pranablitzen hielt ich mir die anderen Raubkatzen vom Leib. Einen Feuerball schleuderte ich auf den Panther neben der steifgefrorenen Kreatur. Er sprang zur Seite und eröffnete mir somit einen Fluchtweg. Ich machte mir keine Hoffnungen, zu Fuß waren mir die Raubkatzen weit überlegen, also machte ich einen Satz und klammerte mich an den untersten Ast des nächstgelegenen Baums, der vielleicht zu Zeiten seiner Blüte eine Buche gewesen sein mochte.

Heißer Schmerz durchzog meinen verletzten Unterarm, doch ich drängte ihn beiseite. Geschickt schwang ich die Beine hoch und schob gerade rechtzeitig den Oberkörper hinterher, als schon die ersten krallenbesetzten Pranken nach mir schlugen. Ich kletterte flink weiter nach oben und ließ mich auf einer Astgabel nieder. Die sechs verbliebenen Dämonenkatzen umkreisten angriffslustig den Baum, den Blick auf mich geheftet. Für sie gab es nur die eine Frage, wie sie ihre Beute schnellstmöglich vom Baum herunterbekommen konnten.

Der Panther versuchte es zuerst und schlug seine Krallen in die morsche Rinde. Mit nur einem einzigen Satz hatte er mich fast erreicht, doch genau darauf hatte ich gewartet. Mit einer gezielten Bewegung schoss ich ihm einen knisternden Ball meiner Prana entgegen, der sein Ziel direkt in die Brust traf. Der Panther stürzte ab, landete auf dem Rücken und zuckte wild unter den blauen Pranablitzen, die seinen Körper bedeckten. Die anderen Kreaturen wichen zurück. Sie hatten meine durchaus überlegenere Position schnell erkannt. Mit einem Knurren zogen sie sich in die Schatten der Bäume zurück, und endlich hatte ich einen Moment zum Aufatmen. Ich zitterte am ganzen Leib, sowohl von der Anstrengung als auch von dem Adrenalin in meinem Körper. Hier konnte ich nicht ewig bleiben, so viel war klar. Irgendwann würde ich schlafen müssen, trinken oder essen. Blieb nur die Frage, ob die anderen es aus dem Schlangennest heraus geschafft und sich auf die Suche nach mir begeben hatten. Hatten sie vielleicht die Flammen gesehen, die kurzzeitig über die Bäume geschossen sein mussten? Ich überlegte, ein weiteres Feuerzeichen zu geben, doch meine Kräfte waren fast ausgezehrt, und ich wusste nicht, wie viel davon ich noch im Kampf gegen die Raubkatzen benötigen würde.

Erschöpft lehnte ich mich mit dem Rücken gegen den Baumstamm und lauschte der ewigen Nacht. Die Raubkatzen bewegten sich auf leisen Pfoten, doch ab und zu sah ich ihre Schatten zwischen den Bäumen. Sie lauerten. Gerne hätte ich die Augen geschlossen und mich der Müdigkeit hingegeben, die von mir Besitz ergriffen hatte. Wie einladend nun das Himmelbett in meinem Zimmer wirkte. Stattdessen saß ich auf einem Baum fest, dessen harte Rinde mir in den Hintern piekste. Ich zwang mich dazu, wachsam den Erdboden im Blick zu behalten.

Wie aus dem Nichts durchschnitt plötzlich ein angriffslustiges Fauchen die Nacht. Bevor ich mich versah, sprangen die Raubkatzen gleichzeitig den Baumstamm hinauf, zogen sich an der Rinde nach oben und fletschten die Zähne. Ich schrie auf und hätte beinahe den Halt verloren, bevor ich mich besann und verzweifelt nach meiner Prana in meinem Inneren tastete. Mit einer panischen Handbewegung stieß ich die Energie aus, presste die Augen fest zusammen und konzentrierte mich mit aller Gewalt auf mein Vorhaben. Ich hielt die Augen geschlossen, jeden Moment damit rechnend, messerscharfe Zähne oder Pranken an meiner Kehle zu spüren, und war fast verwundert darüber, dass nichts passierte. Unter größter Anstrengung öffnete ich die Augen einen Spalt weit und hielt den Magiefluss aufrecht.

Es funktionierte. Es hatte tatsächlich funktioniert. Die Dämonenkatzen schwebten lautlos und bewegungsunfähig etwa einen Meter über dem Waldboden, während ich mit aller Gewalt versuchte, die Telekinese zu praktizieren. Ein leiser, glücklicher Laut glitt über meine Lippen. Kurz kam mir der Gedanke in den Sinn, wie viel Kraft es meinen Vater gekostet haben musste, nicht nur sechs Raubkatzen, sondern weitaus mehr Dämonen auf diese Art und Weise in Schach zu halten.

Doch bevor ich überlegen konnte, was ich mit den Kreaturen anstellen sollte, erstarrte ich geschockt. Kälte fuhr durch meine Glieder, und Entsetzen ließ mich den Mund aufreißen. Unter mir schwebten nicht sechs, sondern nur fünf Raubkatzen. Der Panther fehlte.

Das Knacken eines Zweiges direkt über mir bestätigte meine Vermutung, und noch bevor ich den Kopf hochreißen konnte, prallte der massige Körper der schwarzen Kreatur von oben gegen mich. Ich verlor den Halt und stürzte in die Tiefe, während ich noch im Fallen dachte, wie gerissen diese verdammten Biester doch waren. Die anderen Raubkatzen lösten sich aus ihrer Starre, und ich schlug auf dem Waldboden auf – direkt in ihrer Mitte.

Kapitel 21

Es ging alles viel zu schnell. Schmerz durchfuhr meine gesamte rechte Hälfte, mein Gesicht schleifte über den staubigen Waldboden. Zähne bohrten sich in meinen Oberschenkel, das Gewicht des Panthers presste mir die Luft aus den Lungen. Mit tränenden Augen sah ich gepunktetes Fell direkt über meinem Gesicht und rechnete jeden Moment mit einem tödlichen Biss in meinen Hals.

Doch plötzlich riss ich die Arme nach oben, geblendet von einem grellen blauen Licht. Ich schmeckte Magie auf meinen Lippen, säuerlich und dunkel, doch war es nicht meine eigene. Das Gewicht der Raubkatzen war auf einen Schlag spurlos verschwunden, das Fauchen entfernte sich. Ich rollte mich hilflos auf dem Boden zusammen, versuchte, den Schmerz in meinem Kopf zu verdrängen. Heiße Tränen liefen über meine Wangen, während mein Körper zitterte. Nicht vor Angst, es war der Schock, der in meinen Gliedern steckte. Ich schaffte es nicht einmal, den Kopf zu heben, sondern blendete die Kampfgeräusche aus, die durch den finsteren Wald hallten. Ich hörte die Schreie der Katzen im Todeskampf, Körper prallten dumpf gegen irgendetwas, Knochen brachen.

Irgendwann verebbte der Lärm, doch ich lag weiterhin auf der Seite, umschlang meine Knie und schluchzte. Als die

Stille fast unerträglich wurde, riss ich mich zusammen, öffnete die Augen und versuchte, in der Dunkelheit etwas zu erkennen.

Vor mir stand Oni, der bullige Anführer der Leviathaner, dessen Narbe über die gesamte Gesichtshälfte und in den Mundwinkel hinein dafür sorgte, dass er unaufhörlich schief grinste. Dennoch war nichts Belustigtes in seinem Blick zu erkennen, im Gegenteil, er starrte unergründlich und reglos aus stechendblauen Augen von oben auf mich herab. Und schlimmer noch, er war allein.

»Hast du mich gerettet, um mir selbst den Garaus zu machen? Dein Meister würde dich sicher dafür knutschen.« Meine Stimme war nicht mehr als ein krächzendes Flüstern.

»Ich stehe nicht so auf Küsse«, erwiderte er brummig, und zu meiner Überraschung entlockte mir das ein Lächeln. Vielleicht drehte ich auch einfach nur gerade durch und wurde hysterisch.

»Was hast du jetzt vor?«

»Ich bringe dich zurück«, sagte er, packte mich an den Oberarmen und zog mich unsanft auf die Beine. Ich taumelte.

»Du bist mir gefolgt?«

Er antwortete nicht.

»Wieso?«

Wieder keine Antwort. Das würde wohl eine sehr schweigsame Heimreise werden. Ich stützte mich an dem Stamm eines Baums ab und versuchte, mich zu beruhigen. Jeder Atemzug fühlte sich wie tausend Nadelstiche in meiner Lunge an.

Das Knacken eines Zweiges war die einzige Warnung, die wir bekamen. Plötzlich war Oni in ein saphirblaues Licht getaucht und wurde zwei Meter in die Luft gerissen, während ein stummer Schrei auf seinen Lippen lag. Hinter den Bäumen trat eine dunkle Gestalt hervor. Ich erkannte das

Gesicht im Schein seiner Magie, noch bevor ich seine Stimme hörte.

»Lass sie zufrieden!«

Oni wurde an den nächsten Baum geschleudert und gab ein Ächzen von sich.

»Dad!« Ich sprang vor meinen Vater. »Lass ihn runter! Er hat mir gerade das Leben gerettet.«

Für einen kurzen Moment spiegelte sich Verwirrung in dem Gesicht meines Vaters wieder, dann warf er einen weiteren misstrauischen Blick auf den narbigen Dämon, den er noch immer unter Kontrolle hielt.

»Was ist passiert?«

Ich bedeutete ihm, Oni zurück auf den Boden zu lassen. Er machte es nur widerwillig.

»Wir sind in ein Schlangennest geraten«, rasselte ich hinunter und konnte die Tränen nicht mehr aufhalten. Mein Vater war hier, er hatte sich auf die Suche nach uns gemacht, und endlich bestand eine reelle Chance, den Heimweg anzutreten.

»Mein Pferd ist durchgedreht und hat mich durch den halben Wald geschleppt, ich habe keine Ahnung, was mit den anderen ist. Bitte, Dad, wir müssen zu ihnen und helfen. Vielleicht sind sie immer noch in Gefahr!«

Er packte mich an den Oberarmen und zwang mich dazu, ihm in die Augen zu sehen. Sein schulterlanges dunkles Haar wirkte stumpf und zerzaust.

»Die anderen sind längst zurückgekehrt, oder jedenfalls das, was von eurem Trupp übrig geblieben ist. Chaz geht es gut«, beantwortete er meine unausgesprochene Frage. Ein erleichtertes Schluchzen entfuhr meinen Lippen. Schnell erzählte ich ihm die Kurzfassung davon, was ich in den letzten Stunden erlebt hatte.

»Oni ist ein paar Minuten vor dir aufgetaucht und hat mich in letzter Sekunde gerettet«, schloss ich und wartete schweigend ab. Baal runzelte die Stirn und kniff die Augen zusammen. Die Starre des narbigen Dämons löste sich.

»Wieso hast du ihr geholfen?«, fragte er ebenso wie ich zuvor.

»Weil sie nicht so ist wie Ihr«, spie Oni aus und spuckte verächtlich auf den Boden. Ruckartig drehte er sich um und verschwand zwischen den Bäumen. Fast schon verdutzt blickte mein Vater hinter ihm her.

»Kannst du laufen?«, fragte er mich abwesend, und ich nickte, obwohl sich meine Beine noch immer anfühlten wie Gummi.

»Dann sollten wir schleunigst hier verschwinden«, sagte Baal, reichte mir die Hand, und wir eilten dem narbigen Dämon hinterher.

In der Gesellschaft meines Vaters fühlte ich mich weitaus sicherer, und ich war froh über das gemurmelte Gespräch.

»Wie hast du mich gefunden?«

»Zuerst bin ich dem Schein eines Feuers gefolgt, und danach waren weder du noch die Raubkatzen besonders leise.«

Ich blickte mich verstohlen um, suchte die Schatten nach Bewegungen ab, nach irgendeinem Geräusch, das nicht hierher gehörte. Es war unheimlich still. Nach gut einer halben Stunde Fußmarsch runzelte ich die Stirn.

»Ich will mich ja nicht beschweren, aber wieso werden wir nicht angegriffen?«

Baal schwieg für eine ganze Weile, und fast schon dachte ich, er würde gar nicht mehr antworten.

»Es liegt nicht an mir, falls du das glaubst. Es hat mit dem Wald zu tun.«

Ich schluckte, und wieder fiel mir das tiefe Grollen ein, das der Wald selbst von sich gegeben zu haben schien. Doch diesmal blieb es still. Mein Vater behielt konzentriert die

Umgebung im Auge, und zum ersten Mal hatte ich das Gefühl, er sei nervös.

»Was hat es mit diesem Abschnitt des Waldes auf sich?«, wagte ich schlussendlich zu fragen. In Baals Gesicht verdüsterte es sich.

»Um ehrlich zu sein, weiß ich es nicht. Niemand ist bisher aus dem verlorenen Wald zurückgekehrt. Manche sagen, der Wald selbst verschlinge jene, die sich hineinwagen. Andere wiederum sprechen von einer riesigen Kreatur, die diesen Teil des Waldes bewacht und alles bei lebendigem Leibe frisst, was ihr in die Quere kommt.«

Abrupt blieb ich stehen und starrte ihn an. Er ging einige Meter weiter, bevor er meine Abwesenheit bemerkte und sich verwirrt zu mir herumdrehte.

»Ist das dein Ernst? Und wieso zur Hölle laufen wir dann hier durch?«

Mein Vater seufzte und fuhr sich durch die Haare, was sie nur noch mehr durcheinanderbrachte. »Weil es der kürzeste Weg ist. Du bist nicht in der Verfassung, noch weitere Angriffe zu überstehen, und auch ich bin nicht allmächtig. Mit eurem Lärm habt ihr den halben Wald aufgescheucht, und ich kann es nicht riskieren, von einer ganzen Horde Dämonen angegriffen zu werden.«

Ich rührte mich noch immer keinen Millimeter vom Fleck und senkte meine Stimme zu einem heiseren Flüstern. »Aber von einem unbekannten Monster, oder was?«

»Jill, das sind nur Legenden«, sagte Baal. »Ständig verschwinden Dämonen in den Wäldern. Du hast selbst gesehen, welche Kreaturen hier lauern. Jetzt weißt du auch, warum die Jagd so wichtig für uns ist. Sie dient nicht nur als Zeitvertreib oder dazu, uns zu brüsten, wie stark und mutig wir sind. Diese Tiere haben keine natürlichen Feinde, sie vermehren sich wie Karnickel, und es ist nur eine Frage der Zeit, bis sie auf der Suche nach Nahrung in die Städte kommen. Wir sind darauf trainiert, mit diesen Gefahren fertig zu werden, und für gewöhnlich gibt es nach einer Jagd nicht mehr als ein paar leichte Verletzungen. Chaz hat einen Fehler begangen, er hat zu spät erkannt, dass er euch in ein Schlangennest geführt hat. Vielleicht liegt die Schuld auch bei mir, ich hätte ihn besser darauf vorbereiten sollen. Zu zweit oder zu dritt«, sagte er und ruckte mit dem Kopf nach rechts, wo ich Oni plötzlich zwischen zwei gewaltigen Bäumen erkennen konnte, »sind unsere Chancen nicht einmal halb so gut, wie ich es mir wünschen würde. Deshalb gehe ich lieber durch einen stillen und verlassenen Teil des Waldes, dem einige Geschichten anhaften, als mitten in die Höhle des Löwen.«

Mein Blick fiel wieder auf den narbigen Dämon. Wie lange hatte er uns schon zugehört? Er schien vollkommen angstfrei zu sein. Fragend blickte ich ihm in die dunklen Augen. Er zuckte mit den Achseln.

»Es schläft«, sagte er lediglich und machte auf dem Absatz kehrt, um sofort weiterzulaufen.

Verdattert schaute ich ihm hinterher, dann lief ich los und holte auf.

»Was schläft?«, fragte ich ihn und konnte gerade noch verhindern, dass ich ihn ungeduldig am Ärmel zerrte. Er antwortete nicht.

»Oni, was ist *es?*«, drängte ich weiter.

Endlich blieb er stehen und drehte sich ruckartig zu mir um.

»*Es* wird bald aufwachen, wenn du nicht endlich einmal für fünf Minuten die Klappe hältst«, fuhr er mich an. Wow, das war der bislang längste Satz, den ich aus seinem Mund hatte kommen hören.

»Du hast gesagt, ich bin anders als die anderen«, murrte ich etwas beleidigt.

»Womit ich garantiert nicht *intelligenter* meinte«, murmelte der Dämon gerade so laut, dass ich ihn verstehen konnte.

Baal gesellte sich dazu, und nach einer Weile fing er tatsächlich ein leise geflüstertes Gespräch mit Oni an. Wahrscheinlich darüber, wie naiv und unwissend ich doch war. Ich trottete hinter ihnen her und behielt die Umgebung so gut wie möglich im Auge, doch nichts rührte sich, und bald ließ meine Konzentration nach. Meine Wunden brannten, die Glieder schmerzten, und der Durst brachte mich fast um. Ich hätte mein letztes Hemd für ein Glas Wasser gegeben. Die Stille und die Dunkelheit lasteten auf mir, immer wieder wurde ich von Müdigkeit überrollt und hätte mich am liebsten in mein Himmelbett teleportiert. Doch ich zwang mich dazu, weiterzugehen und immer wieder einen Fuß vor den anderen zu setzen.

Inzwischen war ich ein gutes Stück zurückgefallen. Meine beiden Begleiter schien es nicht zu kümmern. Ab und zu hörte ich Dads ernste Stimme, volltönend und beruhigend. Er stellte dem narbigen Dämon Fragen, und Oni antwortete kurz und abgehackt. Ich war tief in Gedanken versunken, fragte mich, was Ryan wohl gerade tat, und schob die Erinnerung an ihn schnell beiseite. Es schmerzte zu sehr.

Im Augenwinkel meinte ich plötzlich, ein Schimmern zu erkennen, und blieb erschrocken stehen. Hatten wir den ruhigen Teil des Waldes schon verlassen? Doch bei genauem Hinsehen herrschte zwischen den Bäumen nur Finsternis. Stirnrunzelnd ging ich weiter, vielleicht hatte ich es mir nur eingebildet.

Doch schon nach wenigen Metern sah ich es wieder. Eine Lichtreflexion.

War das etwa das leise Plätschern eines Baches? Sofort meldete sich meine brennende Kehle zurück.

»Dad«, sagte ich leise, doch ich sah nicht nach, ob er mich gehört hatte. Ich bahnte mir einen Weg durch dichtes

Gestrüpp und achtete sorgfältig darauf, nicht zu viel Lärm zu machen. Nun sah ich das Schimmern ein weiteres Mal, etwas weiter rechts, und ging direkt darauf zu. Die Bäume wurden weniger, und plötzlich stand ich auf einer riesigen Lichtung, deren Herz ein schimmernder See bildete. Er war wunderschön. Der Himmel über uns war durchzogen von der mitternachtsblauen Prana, ein Lichtspiel wie die geheimnisvollen Polarlichter in der Realität. Sie spiegelte sich auf dem ruhigen Wasser, und ich trat näher heran. War das tatsächlich nur eine Spiegelung, oder war das nachtschwarze Gewässer selbst von der dämonischen Magie durchzogen?

»Jill«, sagte Dad warnend, und ich zuckte zusammen. Ich hatte ihn nicht kommen hören.

»Sieh dir das an«, hauchte ich und trat an das seichte Ufer.

»Wir sollten hier verschwinden«, sagte Baal, doch auch er schien sich dem Bann der funkelnden Oberfläche nicht entziehen zu können. Hinter ihm schob sich Oni durch das Gebüsch.

»Das Herz des verlorenen Waldes«, sagte er beeindruckt. »Die Geschichten stimmen also.«

»Geschichten?«, fragte ich verträumt und ging am Ufer auf die Knie. Als ich mich über das Wasser beugte, sah mir mein Spiegelbild entgegen, eingehüllt in diesen magischen Schimmer. Ich hatte dunkle Ringe unter den Augen, Blut und Schmutz bedeckten mein Gesicht. Meine Haare sahen aus, als hätte sich ein Vogel darin niedergelassen und sie als Nest benutzt.

»Ich weiß nicht viel darüber«, gab der Dämon zu, »aber ihr solltet es auf keinen Fall trinken.«

Ich rollte mit den Augen. Selbst wenn ich kurz vor dem Verdursten gewesen wäre, hätte ich nicht einfach etwas davon getrunken. Ganz so blöd war ich nun doch nicht. Dennoch übte dieser See eine eigene Anziehung aus. Ich schmeckte Magie auf meiner Zunge, als hätte ich ein Metallbonbon gelutscht. Wie konnte etwas so Wunderschönes in dieser toten und tristen Welt existieren? Völlig ergeben beobachtete ich die tanzenden Lichter auf meinen Armen und gab mich dem Gefühl der Faszination hin. Die Oberfläche bewegte sich in sanften Wellen und ließ die blau glitzernden Schlieren verspielt durch das Wasser wirbeln. Entzückt sah ich Kreise und Spiralen, während die Welt um mich herum scheinbar verblasste. Nichts schien mehr eine Rolle zu spielen, die beklemmende Angst wich zum ersten Mal seit Stunden von mir, und ich spürte eine seltsame Erleichterung.

Vorsichtig streckte ich die Hand aus und hielt kurz vor der Wasseroberfläche inne. Weit entfernt hallte die Stimme meines Vaters wie durch einen dicken Nebel durch meinen Kopf. Ich blinzelte und verdrängte seine Worte. Nichts sollte diesen Moment des Friedens zerstören. Alles, was zählte, war diese faszinierende Schönheit vor mir. Mit einem leisen Seufzen ließ ich die Finger in das Wasser gleiten.

Kapitel 22

Für einen Moment dachte ich tatsächlich, es würde nichts passieren. Das kühle Wasser umspielte meine Finger und wirkte herrlich erfrischend. Doch dann veränderte sich das Gefühl. Was ich vorher als kühl und angenehm empfunden hatte, wurde zu einer eisigen Kälte, die durch meine Hand und meinen Arm hinaufkroch. Schlagartig war das watteartige Gefühl in meinem Kopf verschwunden, und die Realität schlug auf mich ein. Ich war mitten im verlorenen Wald und hatte gerade in eine mir völlig fremde Art von Gewässer getatscht. Gratulation, Jillian.

Ruckartig versuchte ich, meine Hand aus dem Wasser zu ziehen, als die eisige Kälte meinen Oberarm erreichte. Mit Entsetzen registrierte ich, dass ich mich nicht bewegen konnte. Ich war wie versteinert. Mit einem Mal veränderte sich das Gefühl in meinem Arm, die Kälte schien nicht weiter in mein Innerstes zu drängen, sie floss wieder zurück in das Gewässer … und nahm all die Wärme aus meinen Adern mit.

Es war wie ein Sog, in den ich geraten war. Die Kälte verließ mich, doch sie zerrte an meiner Prana, als wolle sie sie in den Tiefen des Sees versenken. All meine Energie, die so wild in meinen Adern pulsierte, schien sich wie von einem Magneten angezogen auf den Weg in meine Hand zu machen.

Ich versuchte verzweifelt, mich zu bewegen, meine Finger aus dem gierigen Nass zu befreien, doch es half nichts. Entsetzt sah ich mit an, wie meine Prana aus meinen Fingern strömte und in das Wasser glitt. Wäre die Situation nicht so beängstigend gewesen, hätte mich die Schönheit des Anblicks, der sich mir bot, erneut in den Bann gezogen. Meine hellblaue Prana breitete sich funkelnd in dem Wasser aus, erhellte es mit ihrem schimmernden Licht und zog immer größere Kreise. Erst war es nur ein kleiner Farbklecks, der ins Wasser getropft war. Dann erreichten die hellblauen Schlieren das nahegelegene Ufer, glitzernd und wunderschön, ein Wirbel aus Farben, die sich zu den schönsten Blautönen zusammenfügten und den See erstrahlen ließen.

Doch da war diese Leere, die sich in meiner Brust anstelle der Prana ausdehnte, während die Energie weiter und weiter aus meinen Körper strömte und nur noch Kälte und Verzweiflung hinterließ. Stumme Tränen rannen über meine Wange, als ich matt zu Boden sank. Meine Haut veränderte sich, wurde durchscheinend wie Pergament, bleich und kalt. So also musste sich Leviathan gefühlt haben, als ich ihm die Prana entzogen hatte. Nur bezweifelte ich, dass der See Gnade kannte, so wie ich sie bei ihm hatte walten lassen.

Müdigkeit senkte sich auf mich herab, und endlich, endlich betäubte sie auch diese unerträgliche Kälte. Mein Kopf sank in das weiche Gras am Ufer, die Farben verschwammen vor meinen Augen. Der letzte Funke Magie verließ meine Adern, während meine Lungen das Leben aushauchten und mein Herz um den letzten Schlag kämpfte.

Im Unterbewusstsein hörte ich Stimmen, spürte eine Hand, die mich von dem kalten Wasser wegzerrte, bevor die tiefschwarze Nacht mich umfing. Mein Körper bäumte sich auf, versuchte, gegen das Unvermeidliche anzukämpfen. Und plötzlich machte mein Herz einen weiteren Schlag. Und noch einen. Quälend langsam kämpfte es um ein weiteres Klopfen, dann presste es immer schneller wieder Blut in meine Venen, begann zu rasen, und schlagartig glühte es und schickte flüssiges Feuer zurück in meinen Körper. Ich schaffte einen verzweifelten Atemzug, Luft erfüllte meine Lungen, und allmählich setzten die Körperfunktionen wieder ein. Ich erkannte die Stimme meines Vaters, der verzweifelt meinen Namen rief.

Das Gefühl der Schwäche verblasste, Energie breitete sich aus und sorgte dafür, dass ich mich abrupt aufrichtete und die Augen aufriss. Ich krümmte mich, beugte mich zur Seite und übergab mich. Es fühlte sich falsch an. Das hier war nicht meine eigene Energie, es war die meines Vaters, die mich wieder mit Leben erfüllte. Sie verursachte Bewusstseinsstörungen und Schwindel. Ich hatte das Gefühl, die Welt um mich herum drehe sich wie ein Karussell. Ich presste die Augen fest zu und biss auf die Zähne, bis dieses schreckliche Gefühl endlich etwas nachließ. Meine Arme und Beine zitterten wie Espenlaub, als ich mich vorsichtig aufrichtete. Blinzelnd verscheuchte ich den Schleier vor meinen Augen, und meine Sicht klärte sich. Mein Vater beugte sich zu mir herunter, sah mir direkt in die Augen. Ich konnte Besorgnis darin erkennen, doch er wirkte auch ausgelaugt und ebenso müde, wie ich mich bis eben noch gefühlt hatte. Seine düstere Prana wirbelte in meinem Inneren, doch sie verursachte weder Macht noch unbekannte Stärke, sondern einfach nur Übelkeit.

»Das ist jetzt verdammt noch mal das dritte Mal, dass ich dir das Leben retten musste, und du bist noch nicht einmal drei Wochen hier!«, stieß Baal hervor, als er sich sicher war, dass ich nicht jeden Moment wieder aus den Latschen kippen würde. Die Besorgnis in seinem Blick wich einem üblen Vorwurf.

Wie wäre es mit einem »Schön, dass du noch unter den Lebenden verweilst?«, fragte ich mich. Mein Körper schmerzte, als ich mich von ihm abwandte. Dann fiel mir die Kinnlade herunter. Erst jetzt wurde mir bewusst, wie genau ich die Gesichtszüge meines Vaters erkennen konnte. Hätte uns nicht Dunkelheit einhüllen müssen? Stattdessen war alles in ein freundlich blaues Licht getaucht, als hätte sich die Dämmerung eingestellt.

»Wie zur Hölle ist denn das passiert?«, rief ich entgeistert. Der See glitzerte wie schon zuvor in der Farbe meiner hellblauen Prana, doch schien auch der Himmel diese Helligkeit übernommen zu haben. Statt der mitternachtsblauen Prana, die sonst als einzige natürliche Lichtquelle in der Unterwelt zu finden war, war der Horizont durchzogen von blassblauer Farbe, meiner eigenen Prana.

Missmutig betrachtete auch mein Vater die Umgebung in der plötzlichen Helligkeit. Es war immer noch düsterer als in der Realität, klar, aber plötzlich ließ sich selbst die Rinde an den Bäumen erkennen. Das tote Laub wirkte dadurch jedoch nur noch trister. Dad verschränkte die Arme vor der Brust und sah mich finster an.

»Was ist? Ich habe das doch nicht mit Absicht gemacht!«

Er seufzte und schüttelte den Kopf. Mir entging dabei nicht, dass er schwankte. »Seit du hier bist, bringst du alles durcheinander! Leviathans Dämonen in meiner Stadt, weiß der Geier, was in mich gefahren ist, als ich das veranlasst habe. Dann lädst du sie ohne meine Einwilligung auf eine Jagd ein und brichst damit uralte Traditionen. Es hätte sonst was passieren können. Und nun sieh dir das an!« Er holte aus und schloss mit seiner Geste die Umgebung ein. »Du berührst einfach ein magisches Gewässer und der Himmel ist hell! Dabei wärst du fast gestorben. Hast du denn überhaupt keinen Selbsterhaltungstrieb? So läuft das nicht, Jill! Auch in der Unterwelt gibt es Regeln! Du kannst nicht einfach alles auf den Kopf stellen!«

»Wieso nicht?«, fragte ich kleinlaut und schluckte die

Galle hinunter, die in meinem Hals brannte. »Sieht doch gut aus.«

Frustriert fuhr sich mein Vater mit der Hand durch die Haare, eine Geste, die auch Chaz sich angewöhnt hatte. Trotz meines Zustandes konnte ich ein Lächeln nicht unterdrücken.

»Du findest das lustig?«, fragte Baal entgeistert.

»Nein«, seufzte ich und versuchte, nicht auf die falsche Magie in meinem Inneren zu achten. »Aber das war das erste Mal, dass ich eine Vater-Tochter-Predigt am eigenen Leib zu spüren bekommen habe. Irgendwie … rührt mich das.«

Meinem Dad entglitten sämtliche Gesichtszüge. Er suchte nach Worten, fand aber keine.

»Hör zu, Dad, es tut mir leid. Ich hatte keine Ahnung, was passieren würde. Da war diese Anziehungskraft, der ich mich nicht entziehen konnte. Du musst es doch auch gespürt haben!« Sein Gesichtsausdruck verfinsterte sich wieder, worauf ich schloss, dass ich den Nagel auf den Kopf getroffen hatte. Wieder wandte er sich dem See zu.

»Es ist die Quelle«, sagte Oni, der plötzlich aus dem Schatten getreten war und uns zusammenzucken ließ. Wir hatten seine Anwesenheit völlig vergessen.

»Was weißt du darüber?«, fragte ihn Baal.

»Nicht viel«, gab der Dämon finster zu. »Leviathan hat sich einige Zeit damit beschäftigt, uns jedoch nur teilweise in seine Erkenntnisse eingeweiht. Er hat von einer Quelle gesprochen, aus der die Prana entstammt, aus der die Unterwelt und alles Leben darin erschaffen wurde. Anscheinend haben wir sie gefunden. Wenn er recht gehabt hat, gibt sie nicht nur Energie an die Umgebung ab, sondern entzieht sie auch dem Boden und den Pflanzen. Früher, als die Elfen sich noch um die Natur gekümmert haben, bevor sie durch unsere Kriege verjagt und fast ausgerottet wurden, war alles im Gleichgewicht. Die Quelle spendete Leben, erschuf ihre Kinder, die Elfen, und nährte sich von dem Leben, das die Elfen ihr in Form der blühenden Natur zurückgaben. Ein Kreislauf, den wir Dämonen unterbrochen haben.«

Wir starrten ihn beide an, als hätte er uns gerade offenbart, dass er eigentlich kein Straßendämon, sondern Professor Doktor Oni sei. Verlegen blickte er zur Seite.

»Die Quelle hungert, seit der Boden und die Pflanzen ausgelaugt sind«, sagte Baal nachdenklich. »Deshalb hat sie Jills Prana aufgesaugt, als sie die Möglichkeit dazu hatte. Allerdings stammt Jill eben nicht aus der Unterwelt und hat als halbe Hexe eine andere Prana als wir. Stellt sich die Frage, ob das so bleibt, und ob es noch andere Auswirkungen haben wird.«

Oni zuckte mit den Achseln. »Ob es so bleibt, kann ich nicht sagen, aber ich denke nicht, dass es weitere Veränderungen hervorrufen wird. Ihre Prana ist für die Quelle lediglich Nahrung gewesen.«

Erschöpft lehnte ich mich an einen Baum und sank daran herab, während die beiden Männer weiter fachsimpelten. Der Boden schien unter meinen Füßen zu schwanken, und ich hatte immer mehr Mühe, mit den Nachwirkungen der dunklen Energie meines Vaters in meinem Inneren zu kämpfen. Es fühlte sich so falsch an. Ich stieß die Luft aus und schloss die Augen. Das war alles so dermaßen schräg, dass ich vermutlich Wochen brauchen würde, um es zu verarbeiten.

Nach einer Weile schlug ich die Augen wieder auf, zu stark war das Schwindelgefühl in meinem Kopf. Zögernd stützte ich mich mit den Händen auf dem Waldboden ab. Der Boden schien sich zu bewegen, doch als ich verstärkt darauf achtete, war es keineswegs ein Schwanken. Eher ein leichtes Zittern. Oh, verdammt.

»Dad«, sagte ich leise, weil nackte Angst mir die Kehle

zuschnürte. Weder Baal noch Oni reagierten. Sie spekulierten hitzig weiter.

»Dad!«, rief ich noch einmal, lauter diesmal. Der hohe und fast panische Klang meiner Stimme ließ die beiden endlich innehalten und zu mir blicken.

»Hat sich einer von euch schon mal gefragt, wieso wir die ersten sind, die diese Quelle gefunden haben? Wo sie doch mitten im Wald liegt?«

Das Zittern des Erdbodens wurde stärker.

»Im verlorenen Wald?«, half ich nach, als sie mich verständnislos anblicken.

Die Erkenntnis ließ beide die Augen aufreißen, noch bevor das Grollen durch den Wald tönte, vor dem ich mich so gefürchtet hatte. Ein bedrohlicher Laut, der aus der Kehle des Waldes selbst zu kommen schien.

»Der Wächter«, flüsterte Oni und wurde so bleich, dass seine Narben stark hervorstachen. »Er kommt.«

Kapitel 23

Mit einem Satz sprang ich auf und ignorierte die bleiernen Beine. Aufgewühlt baute ich mich vor Oni auf. Tanzende Sternchen flimmerten vor meinen Augen. Ich kniff sie zusammen.

»Raus mit der Sprache, was zur Hölle macht da gerade Jagd auf uns?«

Oni wirkte sichtlich erschüttert. »Ich weiß es nicht, wirklich. Fakt ist, dass wir auf der Stelle hier verschwinden müssen!«

Ich glaubte ihm, und hilfesuchend wandte ich mich an meinen Vater. Das Grollen erschütterte erneut die Luft, ließ meine Glieder vibrieren und den Boden erzittern. Es schien von überall zu kommen.

»Wohin?«, quietschte ich verzweifelt.

Baal runzelte die Stirn, schloss die Augen und sah aus, als konzentriere er sich. Ein Beben erschütterte die Erde, kurz darauf folgte ein weiteres. War das etwa das Stampfen von Füßen? Ich fühlte mich schlagartig, als wäre ich mitten im Jurassic Park gelandet.

»In diese Richtung«, sagte Baal und deutete hinter mich. »Er kommt von rechts.«

Das ließen wir uns nicht zweimal sagen. Augenblicklich nahmen wir die Beine in die Hand und rannten, bahnten uns einen Weg durch Gestrüpp und Dornenranken, die unsere Haut und Kleidung aufrissen. Der helle Schein des Himmels ermöglichte uns ein schnelleres Vorankommen als zuvor. Geschickt wichen wir umgestürzten Bäumen aus, sprangen über Wurzeln und duckten uns unter tief hängenden Ästen hindurch. Leider wuchsen die Bäume hier spärlich, dafür aber meterweit in den Himmel. Was immer uns folgte, hatte sehr viel Bewegungsspielraum. Schon nach wenigen Metern konnte ich nur noch pfeifend und rasselnd Atem holen. Ich hatte Seitenstechen, und mein Herz überschlug sich fast. Wozu hatte ich eigentlich all die Jahre Ausdauertraining gemacht, wenn ich in brenzligen Situationen immer aus dem letzten Loch pfiff?

Dennoch war die Angst in meinem Nacken stärker, brachte mich dazu, an meine Grenzen zu gehen und das Gefühl des totalen Kreislaufkollapses zu verdrängen. Baal packte meine Hand und zog mich unerbittlich weiter. Ich hatte keine Ahnung, in welche Richtung wir liefen. Meine Gedanken schalteten auf Ausnahmezustand, ließen mich lediglich einen Fuß vor den anderen setzen und die Schmerzen in meinem Körper ausblenden. Wie begegneten keinem weiteren Tier, der Wald schien ausgestorben zu sein.

Mit einem Mal begann sich die Welt um mich herum zu drehen, und ich sackte auf die Knie. Durch die Hand meines Vaters wurde ich ein Stück über den trockenen Boden geschleift. Mein lederner Kampfanzug riss an den Knien, doch das war meine geringste Sorge. Schweiß lief mir in Strömen am Körper herab, vermischte sich mit Staub, Dreck und Blut. Er brannte in meinen Augen und Wunden, schmeckte salzig auf meinen Lippen. Wo zur Hölle hatte mein Körper noch so viel Flüssigkeit versteckt?

Ich war am Ende meiner Kräfte und versuchte, den Schwindel zu unterdrücken. Dads Energie wirbelte heiß glühend in meiner Brust, doch sie hielt mich lediglich am

Leben. Ich konnte sie nicht benutzen, ohne sämtliche Zellen meines Körpers zu verbrennen. Vielleicht hätte es funktioniert, wenn sie sich mit meiner eigenen Prana hätte verbinden können, doch der See hatte selbst den letzten Funken Lebensenergie aus mir herausgesaugt.

»Steh auf«, schrie Baal und klemmte die Hände unter meine Schultern, damit er mich auf die Beine hieven konnte. Stolpernd versuchte ich, einige Schritte zu gehen, doch ich brauchte unbedingt eine Pause. Oni kam auf meine andere Seite und stützte mich, damit das Gewicht nicht allein von meinem geschwächten Vater getragen werden musste. Zusammen schafften wir es, einige Minuten weiterzulaufen, dann mussten wir einsehen, dass wir zu langsam waren. Ächzend stützte sich mein Vater an einem Baum ab. Ich ließ mich in verdorrtes Moos fallen und presste die Handballen auf die Augen, um zu Atem zu kommen und meinen Pulsschlag zu beruhigen.

»Lauf«, sagte Dad zu Oni. Es klang resigniert. Ich öffnete die Augen einen Spalt weit, doch der narbige Dämon wirkte entschlossen.

»Nein«, sagte er schlicht und erntete einen weiteren erstaunten Blick von Baal. Wir waren umgeben von dichtem Gestrüpp. Dahinter lag ein Hang, der mit schiefergrauen Felsen gespickt war. Mussten wir etwa *da* hochklettern? Nie im Leben würde ich heute noch klettern können. Immerhin hatten wir eine geschützte Lage.

Nur unsere schweren Atemzüge durchschnitten die Stille der Nacht. Ich richtete mich auf. Stille?

»Es ist weg«, japste ich und war entsetzt über meine dünne, klägliche Stimme. »Das, was uns verfolgt hat, meine ich.«

Kein Erdbeben war zu spüren, kein Grollen erfüllte die Luft, keine markerschütternden Fußstapfen folgten uns. Während des Laufens war ich so damit beschäftigt gewesen, nicht in Ohnmacht zu fallen, dass es mir gar nicht aufgefallen war.

»Seit einer Weile, ja«, sagte Baal. Doch er schien keineswegs beruhigt zu sein.

»Und?«, hakte ich nach und schaffte es, allem zum Trotz genervt die Stirn zu runzeln. Was war das nur mit den Dämonen? Konnten sie nicht ein einziges Mal gleich mit der Sprache herausrücken? Baal zuckte unschlüssig mit den Achseln.

»Er war für meinen Geschmack zu nahe, um die Jagd abzubrechen.«

»Oh«, sagte ich lediglich und kämpfte gegen das hysterische Lachen, das meiner Kehle entsteigen wollte.

Baal seufzte erschöpft. »Vielleicht haben wir Glück, und es hat ein anderes Opfer gefunden. Wir wissen nicht, mit was wir es überhaupt zu tun haben und wie viel Ausdauer es hat. Wir haben keine andere Wahl, die Pause brauchen wir.«

»Das glaube ich doch alles nicht«, murmelte ich und ließ mich gegen den Baum sinken. Ein Wunder, dass mein Körper noch nicht gänzlich aufgegeben hatte. Eines wusste ich definitiv. In meinem ganzen Leben würde ich in der Unterwelt keinen Wald mehr betreten. Schweigend hielten wir uns dicht beieinander, während jeder seinen eigenen Gedanken nachhing und sich bestmöglich zu erholen versuchte. Irgendwann schaffte ich es, wieder normale und tiefe Atemzüge zu machen, selbst mein Herzschlag ging wieder regelmäßig und kräftig, auch wenn sich die Magie meines Vaters noch immer dunkel und falsch anfühlte. Ich fragte mich, wie lange es wohl dauern würde, bis meine eigene Prana sich wieder so weit aufgefüllt hatte, dass sie den mitternachtsblauen Wirbel in meinem Inneren verdrängen konnte. Vorausgesetzt natürlich, wir überlebten diesen Horrortrip.

Oni schritt nervös auf und ab. Er war von uns allen noch in der besten Verfassung. »Wir sollten weitergehen. Das gefällt mir ganz und gar nicht. Wenn es tatsächlich eine Pause macht, dann ist das jetzt unsere Möglichkeit, schnell zu verschwinden.«

Fragend blickte mich mein Vater an. Ich nickte vorsichtig. Hier im Wald würde ich definitiv nicht wieder vollständig zu Kräften kommen, doch ich fühlte mich mittlerweile imstande, eine weitere Wegstrecke zurückzulegen.

»Solange ich nicht klettern muss«, sagte ich mit zweifelndem Blick auf den steilen Hang zu meiner Rechten.

»Ich weiß, was du meinst«, stimmte mein Dad mir zu. Noch nie hatte ich ihn so ausgelaugt gesehen. Er musste einen Großteil seiner Energie in mich hineingepumpt haben. »Wir werden einen kleinen Bogen schlagen, Hauptsache, wir kommen so schnell wie möglich aus diesem Wald heraus.«

Angespannt machten wir uns auf den Weg. Wir hielten uns am Fuß des Hangs, auf einer Seite geschützt durch Geröll, auf der anderen verdeckt durch Gebüsch. Ohne es angesprochen zu haben, beendeten wir die Gespräche und verhielten uns so leise wie möglich. Ich wagte kaum, wirklich zu hoffen, dass wir das Monster abgeschüttelt hatten.

Nach ein paar Schritten blieb ich abrupt stehen. Da war dieses Gefühl, dieses Prickeln in meinem Nacken, wenn sich die Härchen hochstellten. Ich hasste es. Wenn ich mich auf eines verlassen konnte, dann war es dieser Instinkt, der mich schon mein Leben lang begleitete und mir mehrfach das Leben gerettet hatte.

»Wartet«, sagte ich gepresst, doch die Lautstärke reichte aus, um meinen Vater innehalten zu lassen. Oni ging einige Meter weiter, bevor er ebenfalls anhielt, diesmal sichtlich genervt.

»Hier stimmt etwas nicht. Ich glaube, wir werden beobachtet«, beantwortete ich die unausgesprochene Frage. Allerdings hatte ich keine Ahnung, wie ich es ihnen erklären sollte.

»Jill, wir haben keine Zeit für so etwas«, sagte mein Vater sanft und sichtlich um Gelassenheit bemüht, als würde ich kurz vor einem Nervenzusammenbruch stehen. Ich konnte es ihm nicht verübeln. Aber das hier war keine Einbildung.

»Vertrau mir, Dad«, flehte ich ihn förmlich an. Das Gefühl der Gefahr lies mich nicht wieder los. Baal wirkte sichtlich hin- und hergerissen. Er wollte so schnell wie möglich verschwinden, aber etwas an meiner Stimme oder meinem Gesichtsausdruck ließ ihn stutzen. Ich wusste selbst nicht, was wir nun machen sollten. Da war einfach nur dieses Gefühl, dass wir auf keinen Fall weitergehen sollten.

»Also mir reicht es«, sagte Oni grimmig und stapfte weiter. Unentschlossen sah ich dabei zu, wie er zwischen dem dichten Gestrüpp verschwand und von dem Dämmerlicht verschluckt wurde.

»Oni, warte! Nicht!«, rief ich verwirrt und stürmte dem Dämon hinterher. Bevor er den steilen Hang erreichte, drehte er sich wütend zu mir um.

»Ich habe genug davon«, zischte er. »Ich will endlich aus diesem verdammten Wald raus, und entweder ihr kommt mit mir, oder ihr könnt hier versauern.«

»Es ist hier«, quiekste ich. Mittlerweile schlotterte ich am ganzen Körper.

»Woher willst du das wissen?«, fuhr Oni mich an.

Verzweifelt wand ich mich unter seinem Blick. Ja, woher sollte ich es wissen?

»Ich kann es spüren! Ich kann meine eigene Prana spüren, nur ist sie nicht bei mir, sondern in ihm!«

Vielleicht war dieses Etwas ja mit der Quelle verbunden. Was hatte Oni gleich gesagt? Es war ein Wächter …

Der narbige Dämon sah mich an, als hätte ich den Verstand verloren. Mein Vater trat hinter mich und legte mir beruhigend die Hand auf die Schulter.

»Und wieso zeigt es sich nicht? Wieso folgt es nicht schnüffelnd unserer Fährte?«, knurrte Oni mit funkelnden Augen.

Plötzlich wurde mein Gesicht kalt, Übelkeit stieg in mir auf und ich wich langsam einen Schritt zurück. Oh. Mein. Gott.

»Weil es uns schon gefunden hat«, flüsterte ich kaum hörbar, während das Entsetzen mich lähmte. »Du bist ihm direkt vor die Nase gelaufen.«

Einen verwirrten Moment lang verstärkte sich Baals Druck an meiner Schulter, dann sog er zischend die Luft ein. Wie hatte ich es nur übersehen können? Felsen hatten nicht die Form von Schuppen. Auf unserem ganzen Weg hierher war uns kein Geröll begegnet. Das hier war kein verdammter Steinhang. Es war das, was uns jagte.

Noch bevor Oni meine Worte verstanden hatte, erfüllte ein Beben die Luft, während der Boden sich bewegte. Ein Grollen aus tiefster Kehle, dunkel und gefährlich, fuhr mir durch Mark und Bein, ließ mich den Atem anhalten und brachte mein Herz dazu, vor Angst auszusetzen. Langsam und bedächtig wandte sich Oni um, doch anstatt der grauen Schieferfelsen, die er zu sehen hoffte, stand er vor einem Auge, dessen Größe ihn überragte. Es hatte die Farbe von flüssigem Gold, und die geschlitzte Pupille verengte sich gerade. Es starrte uns an, hypnotisierend, als wolle es sich jedes Detail von uns einprägen.

»Beweg dich nicht«, hauchte ich, doch Oni war längst zur Salzsäule erstarrt. Ich ließ den Blick über das riesige Geschöpf wandern, versuchte, irgendwie zu erfassen, was uns da gerade entdeckt hatte. Was war das für ein Wesen, das uns in die Falle gelockt hatte, als wären wir nichts weiter als lästige kleine Ratten, die es so schnell wie möglich loswerden wollte? Es hatte Ähnlichkeit mit einer Echse, einmal abgesehen von der grauschwarzen Haut, die sich so perfekt an die Umgebung angepasst hatte. Wenn ich darüber nachdachte, wie lange wir unwissend neben ihm hergegangen waren, wurde mir übel. Es musste mehrere hundert Meter lang sein und war trotzdem schlank und wendig, da es sich so durch den Wald hindurch schlängeln konnte.

»Vielleicht lässt es uns einfach gehen«, sagte ich verzweifelt und bewegte mich langsam einen Schritt zurück.

Baal lächelte bitter. »Hast du es noch immer nicht gelernt, Tochter? Wenn es eines in der Unterwelt nicht gibt, dann ist es Gnade.«

Ich hätte es wissen müssen. Noch bevor er gesprochen hatte, bewegte sich der steinerne Berg mit einer Geschwindigkeit, die ich nicht für möglich gehalten hätte. Ruckartig schoss der Kopf zur Seite, und bevor ich mich versah, hatte das riesige, höhlenartige Maul sich um Onis Körper geschlungen. Ich hörte die Knochen brechen, unfähig, den Blick von dem überraschten Gesicht des Dämons abzuwenden, als das Wesen ihn in der Mitte zerteilte und die gesamte obere Hälfte verschlang. Spurlos verschwand der Teil des Dämons in dem felsigen Schlund, aus dem Zähne wie Stalagmiten und Stalaktiten ragten, während eine gespaltene Zunge sich zischelnd zwischen ihnen hervorschlängelte, auf der Suche nach weiterer Nahrung, weiteren Feinden. Mit einem erneuten Schnappen des Mauls, das die Bäume erzittern und das tote Laub herabrieseln ließ, verschlang es auch die zweite Hälfte von Onis Körper. Des Dämons, der mir das Leben gerettet hatte. Der sich geweigert hatte, uns allein zurückzulassen. Er hatte mit dem Leben dafür bezahlt.

Starr vor Schreck registrierte ich kaum, wie mein Vater an meinem Arm zerrte und versuchte, durch die Schockstarre zu mir hindurchzudringen. Eine schallende Ohrfeige holte mich zurück in die Wirklichkeit. Irgendwie schaffte ich es, meinen Beinen den Befehl zum Laufen zu geben. Ich stolperte, ließ mich von Baal unerbittlich weiterziehen, während ein gellender Schrei die Luft erfüllte. Erst nach einigen Metern erkannte ich, dass er meiner eigenen Kehle entsprang, woraufhin ich schluchzend den Mund zuklappte und mir den restlichen Atem für die Flucht aufsparte.

Ein wuterfülltes Brüllen erklang hinter uns, machtvoll und gewaltig. Ich warf einen Blick über die Schulter zurück, doch das entlockte mir nur einen weiteren verzweifelten Schrei aus tiefster Kehle. Die riesige Echse hatte die Verfolgung aufgenommen und schob sich geschickt zwischen den Bäumen hindurch, wobei nicht wenige der gewaltigen Stämme wie Zahnstocher abbrachen. Die kurzen, aber kraftvollen Pranken der Kreatur gruben sich in den Boden und zogen den schlanken Körper hinter sich her, während der Bauch fast auf dem toten Laub schleifte und Sträucher unter sich zerdrückte. Nun, da das Wesen seine Tarnung aufgegeben hatte, entpuppten sich die steinernen Felsformationen auf dem Rücken als ungleichförmige Stacheln.

Selbst wenn mein Vater und ich nicht vollkommen ausgelaugt gewesen wären, hätten wir mit Magie keine Chance gehabt. Wir schlängelten uns zwischen dicht beeinander stehenden Bäumen hindurch, in der Hoffnung, dass sie die Kreatur aufhalten würden. Vergeblich. Die übernatürliche Größe ermöglichte es ihr nur, schneller als wir voranzukommen. Der Abstand zwischen uns hatte sich beunruhigend verkleinert.

»Schneller«, brüllte Baal unter dem tosenden Röhren, das die Echse von sich gab, und bog scharf nach links ab. Vor uns erstreckte sich ein steiler, mit Kiefern gespickter Hang. Wir rutschen daran herunter, wobei der trockene Waldboden meinen Kampfanzug zerriss und tiefe Schürfwunden hinterließ. Ich verlor den Halt, überschlug mich mehrmals und landete mit einem dumpfen Aufprall zwischen zwei gewaltigen Stämmen. Die dröhnenden Schritte der Echse verklangen für einen Moment, sie hatte uns aus den Augen verloren. Mein Vater half mir unbeholfen auf die Beine, schwer keuchend und schweißüberströmt.

»Dort entlang!« Mit zitternden Händen wies er zu einer Gruppe von dicht stehenden Bäumen, die das Wesen zwar wahrscheinlich nicht aufhalten, aber dennoch die Sicht auf uns verdecken würden. Es war noch immer beunruhigend still. Und da sah ich es. Schwarzes Fell, das zwischen den Bäumen hervorblitzte und von einem Knochenpanzer geschützt wurde. Ich hörte das vertraute Schnauben und wäre vor Erleichterung fast in die Knie gegangen.

»Das ist mein Pferd«, japste ich. »Das ist Lilly!«

Das gewaltige Ross verschwand wieder zwischen den Büschen, und ohne auf meine zitternden Beine zu achten, eilte ich ihr nach. Als sie mich erblickte, blieb sie schnaubend stehen, doch als ich einen Schritt auf sie zu machte, wich sie zurück. Uns trennten nur noch einige Meter. Lilly schien nicht allzu begeistert von meinem Auftauchen zu sein, was man ihr nach den Erlebnissen mit mir als Reiterin nicht verübeln konnte. Den Sattel hatte sie längst abgeworfen, der Gurt musste beim Kampf gerissen sein, doch die Zügel hingen noch immer baumelnd von ihrem Hals herab.

»Komm her, Süße«, flüsterte ich und streckte die Hand nach ihr aus. Das Dämonenpferd warf hochmütig den Kopf zurück und machte Anstalten, davonzurennen.

Ich knurrte und setzte ihr nach, doch natürlich war Lilly schneller. Nach wenigen Metern allerdings erstarrte sie mitten in der Bewegung, als wäre sie zu Eis gefroren.

»Wir haben keine Zeit für Spielchen«, knurrte Baal und trat neben mich, die Hand hoch erhoben und auf das Pferd gerichtet, das er mit Telekinese hatte erstarren lassen. Welch eine hilfreiche Gabe das doch war.

Das Benutzen von Magie schien ihn weiter auszulaugen,

jegliche Farbe hatte sein Gesicht verlassen, und die Wangenknochen traten deutlich hervor. Mit einem Satz war ich bei Lilly, ergriff die Zügel und ließ mir von Baal auf ihren Rücken helfen. Nachdem er sich hinter mich gezogen hatte, löste er den Zauber, und Lilly bäumte sich zornig und panisch zugleich auf. Ich klammerte mich an ihren Hals und schaffte es nur dank der entschlossenen Umarmung meines Vaters, nicht herunterzufallen. Baal übernahm die Führung und wendete das Pferd in dem Moment, als die monströse Echse vor uns durch das Geäst brach. Wie schaffte es ein so gewaltiges Geschöpf, sich fast lautlos fortzubewegen?

Mit einem panischen Wiehern bäumte sich Lilly erneut auf, doch Baal hatte sie schnell wieder unter Kontrolle und dirigierte sie weg von dem geöffneten Maul, das nach uns schnappte und in das wir mitsamt Pferd hineingepasst hätten. Das Maul, in dem Oni verschwunden war. Die Echse war nur noch wenige Meter entfernt, doch Lilly peitschte getrieben von Angst und Panik zwischen den Bäumen hindurch, sprang leichtfüßig über Wurzeln und Gestein, brachte mit halsbrecherischem Tempo immer mehr Abstand zwischen uns und das Monster, das uns mit donnerndem Gebrüll folgte. Ich spürte Lillys verkrampfte Muskeln unter mir und vergrub das Gesicht an ihrem Hals. *Bitte, bitte, halte durch.*

Ich wusste nicht, wie lange ich betete, flehte und um mein Leben bat, doch irgendwann wurde das tobende Grollen der Echse leiser. Die bebenden Schritte verklangen, und das Zittern der Erde wurde schwächer. Ich konzentrierte mich darauf, gleichmäßig zu atmen und die Augen geschlossen zu halten, während die Arme meines Vaters mich sicher umschlossen.

Wir hatten es geschafft und waren tatsächlich dem Tod von der Schippe gesprungen. Ich hatte nicht mehr daran geglaubt, den Wald jemals lebend verlassen zu können. Doch nach einer Weile wurden Lillys Schritte sicherer, als der unebenmäßige Waldboden einer Wiese wich. Das Pferd atmete schwer und verfiel in einen gemächlichen Trab. Erst da fiel ein Teil der Anspannung von mir ab und hinterließ eine Erschöpfung, die mich zu überwältigen drohte.

Ich klammerte mich weiter an den knochigen Hals des Pferdes, presste mein Gesicht in seine Mähne und dämmerte immer wieder weg. Ich war mehr als einmal an meine Grenzen gegangen, und der Blutverlust erledigte den Rest. Schwärze umfing mich immer wieder, benebelte meinen Kopf und betäubte den Schmerz und die Panik, die immer wieder in mir aufstieg, wenn ich an das Erlebte dachte. Irgendwann erreichten wir die Straße, und endlich hörte ich Lillys Hufe kraftlos über den Burghof klappern. Dämonen redeten wild durcheinander, und ich verzog das Gesicht. Schlafen. Ich wollte einfach nur noch schlafen. Dabei hörte ich Baals gedämpfte, erschöpfte Stimme, ohne die Bedeutung seiner Worte zu verstehen.

Unter äußerster Anstrengung schaffte ich es, die Lider einen Spalt weit zu öffnen. Ich sah direkt in das Gesicht meines Bruders, der mich besorgt und doch unendlich erleichtert musterte.

»Das war die beschissenste Jagd, auf der ich je gewesen bin«, nuschelte ich leise, bevor meine Lider sich wieder schlossen und starke Arme mich hochhoben.

Kapitel 24

Angestrengt versuchte ich, nicht zu schwanken und meinen Rücken gerade zu halten. Das elegante Kleid lastete auf meinen Schultern. Ich widerstand dem Drang, mir Luft zuzufächeln, und klammerte mich an den Gedanken, dass es bald vorbei sein würde. Drei Tage war unser Horrorausflug in den Wald nun her, drei Tage lang hatte ich mein Zimmer kaum verlassen und mich unter der Bettdecke verkrochen – teilweise aus Erschöpfung, teilweise einfach nur, um die Augen zu schließen und das Erlebte zu vergessen. Ich fühlte mich etwas kräftiger, und auch ein Teil meiner eigenen Prana hatte den Weg zu mir zurückgefunden, doch die Nachwirkungen waren noch immer deutlich zu spüren. An einigen Stellen trug ich juckende Verbände, doch die Abschürfungen und Prellungen wurden weitestgehend von dem bodenlangen, mit Goldfäden durchwirkten Kleid verdeckt.

Die Zeremonie zu Ehren der Toten sollte jeden Moment beginnen. Zusammen mit meinem Vater und meinem Bruder stand ich auf der Treppe zum Rathaus, während sich der große Marktplatz von Ignis Tenebris vor uns erstreckte. Baal warf mir einen Blick von der Seite zu und lächelte verhalten. Ich schenkte ihm einen warmen Blick. Wir hatten unsere Differenzen, und möglicherweise würde ich niemals seine teilweise doch sehr grausamen Regierungsmethoden verstehen, doch das gemeinsame Erlebnis im Wald hatte uns auf eine eigene Art und Weise näher zueinander gebracht. Man konnte nicht gemeinsam dem Tod entgehen, ohne eine gewisse Verbundenheit zu spüren.

Ich legte den Kopf in den Nacken und sah hinauf zum Himmel, der nun von hellblauen und grünlichen Schlieren durchzogen war, die mich an meine eigene Prana erinnerten. Genau genommen war es ein Abbild meiner Prana, darin waren wir uns mittlerweile einig. Die Veränderung des Himmels hatte fast schon Panik unter den Dämonen ausgelöst, bis wir ihnen die Wahrheit gesagt hatten. Mehrere Fachleute hatten stundenlang darüber diskutiert und spekuliert, doch keiner konnte sagen, ob der Zustand dauerhaft sein würde.

Viele waren verärgert über die Veränderung und gaben mir die Schuld daran. Da der erwartete Aufstand jedoch ausblieb und sich die meisten selbst mit bösen Blicken zurückhielten, war ich mir fast sicher, dass sie insgeheim gar nicht so schlecht über die neugewonnene Helligkeit dachten.

Mit einem Räuspern gab mein Vater mir zu verstehen, dass er die Zeremonie jeden Moment einleiten würde, und ich konzentrierte mich wieder. Der Marktplatz war gefüllt. Auf der einen Seite drängten sich Leviathans Dämonen dicht an dicht, ihnen gegenüber standen die Anhänger meines Vaters. Der Keil zwischen ihnen war nicht zu übersehen und wurde nur von dem gewaltigen Scheiterhaufen ausgefüllt, auf den man gerade die Toten bettete. Die Jagd hatte viele Opfer gefordert, nicht nur auf unserer Seite. Unter ihnen konnte ich die feine Kleidung von Latura und Indra ausmachen, zwei der Dämonenfürsten, die uns begleitet hatten. Doch abgesehen von ihrer Kleidung wurde ihnen die gleiche Behandlung zuteil wie den niederen Dämonen. Nach dem Tod gab es keine Standesunterschiede mehr. Als die letzten leblosen Körper auf das tote Holz gelegt waren, hob mein Vater gebieterisch die Hand, und die Menge verstummte. Ich verschränkte förmlich die Hände vor mir und war mir bewusst, dass einige der Blicke auch auf mir ruhten. Ich hasste es, wie auf einem Servierteller vor der großen Menge zu stehen.

»Seit Jahrzehnten herrscht in unserem Land Krieg«, sagte Baal, und seine Stimme hallte über den gesamten Marktplatz. »Wir schlachten uns ab, wie jagen uns gegenseitig in die Luft und machen nicht einmal vor unseren Kindern halt.« Er legte eine bedeutungsschwere Pause ein.

»Warum?«, fragte er hitzig. »Weil es uns in die Wiege gelegt wurde! Weil wir nichts anderes kennen! Weil es immer jemanden geben wird, der sich für den Stärksten hält, der das Zepter verdient hat. Und nun seht euch an, was wir aus unserer Welt gemacht haben.«

Wieder folgte Schweigen.

»Wir leben in den Ruinen unserer eigenen Dummheit, wir stehen kurz vor dem Aussterben, weil wir uns gegenseitig bekriegen und ausrotten. Vor drei Tagen habe ich etwas erlebt, das ich nicht für möglich gehalten hätte. Ein Anhänger meines größten Widersachers stellte sich an meine Seite, und gemeinsam blickten wir dem Tod entgegen. Oni bezahlte mit seinem Leben dafür, dass er mir und meiner Tochter beigestanden hat, als wir es am dringendsten benötigten. Dafür gilt ihm all mein Dank, und es gebührt ihm Ehre. Er ist der beste Beweis dafür, dass es auch anders geht. Dass wir die Ansichten, die uns eingeprügelt wurden, hinter uns lassen und einer Zeit des Friedens entgegenblicken können.«

Er wandte sich den narbigen Dämonen zu, die ihn finster anstarrten und doch aufmerksam zuhörten.

»Euer Meister ist abgetaucht und hat euch zurückgelassen. Ich bin nicht hier, um euch zu bekehren, euch zu unterwerfen oder von meinen Ansichten zu überzeugen. Aber ich lasse euch die Wahl. Schließt euch uns an, nicht als Diener, sondern als Volk. Ich will nicht, dass ihr für mich kämpft, aber ich verlange ein friedliches Zusammenleben. Wer es schafft, die Differenzen zu überbrücken und über seinen Schatten zu springen, ist in dieser Stadt herzlich willkommen. Unser Ziel ist es, Ignis Tenebris wieder aufzubauen und die Welt so werden zu lassen, wie sie einst war, fruchtbar und in voller Blüte. Wir brauchen nicht die Realität, das Paradies, wie viele von euch sie nennen. Wir haben unser eigenes Paradies gehabt und es durch unsere Machtkämpfe zerstört. Wir haben die Augen davor verschlossen! Aber nun ist es an der Zeit, die Dinge wieder klar zu sehen. Ihr seid als *Gleichgestellte* in unseren Reihen herzlich willkommen. Wer unsere Ansichten teilt, ist als *Bruder* herzlich willkommen. Lauft nach Hause, holt eure Frauen und Kinder und lasst sie an unserem gemeinsamen Ziel teilhaben. Alle anderen verlassen nach dieser Zeremonie die Stadt. Wer sich gegen uns stellt, hat keine Gnade zu erwarten. Ihr habt die Wahl: Krieg oder ein Neuanfang.«

Ich versuchte, im Antlitz der Dämonen zu lesen. Widersprüchliche Gefühle spiegelten sich darin wider. Einige schienen tatsächlich über die Worte meines Vaters nachzudenken, den anderen stand der Trotz förmlich ins Gesicht geschrieben. Mein Vater schritt bedächtig die Treppe hinunter auf den Marktplatz, Chaz und ich folgten dicht hinter ihm. Vor dem riesigen Scheiterhaufen blieben wir stehen, während die anderen Dämonen sich in einem Kreis darum versammelten.

»Lasst uns nun unsere Toten ehren«, sagte Baal schlicht. Wie auf ein stummes Zeichen hoben sämtliche Dämonen die Hände und ließen ihre Magie fließen. Mit einem Zischen ging der Scheiterhaufen in Flammen auf. Die Prana der Dämonen floss in Strömen, aus jeder Hand schoss wilde, düster knisternde Energie, die mit den Flammen verschmolz und den orangefarbenen Schein blau färbte. Nur eine einzige Prana unterschied sich von ihnen, meine eigene, die sich ebenso machtvoll und doch lieblicher und sinnlicher dazu gesellte. Niemand beschwerte sich, niemand warf mir zornige Blicke zu. Die Dämonen nahmen die Bestattung ihrer Toten ebenso ernst wie die Normalsterblichen.

Dichter Qualm bildete sich über unseren Köpfen und brannte in meinen Augen. Der scharfe Geruch nach verbranntem Fleisch drang in meine Nase. Ich versuchte, durch den Mund zu atmen und nicht daran zu denken, dass ich mich jeden Moment würde übergeben müssen. Wortlos betrachteten wir die Kraft des Feuers, das Holz und Körper verzehrte und dessen Hitze mein Gesicht glühen ließ, bis es endlich niedergebrannt war und nur noch Glut in dem verkohlten Kreis übrig blieb.

Meine Gedanken galten Oni. Er hatte sich uns angeschlossen, er hatte bewiesen, dass er eine gute Seite hatte. Hatte er noch vor seinen Kameraden erkannt, wie sinnlos dieser Krieg war? Wäre er bereit dazu gewesen, etwas zu ändern? Ich wusste es nicht. Und ich würde es nie erfahren. Die letzten Flammen erloschen, und alle Blicke richteten sich wieder auf Baal, der die Versammlung mit einem Nicken offiziell auflöste. Ich berührte ihn zaghaft am Arm.

»Dad, ich möchte es ihnen zeigen«, flüsterte ich.

»Jetzt?«, fragte er zweifelnd.

»Ja, jetzt.«

Für einen Moment sah ich so etwas wie Stolz in seinem Blick.

»Wir möchten euch bitten, uns zu folgen«, sagte er und erntete verwirrtes Gemurmel. »Meine Tochter möchte euch etwas zeigen«, verbesserte er sich, und ich spürte, wie mir das Blut in die Wangen schoss, als sämtliche Blicke sich auf mich richteten.

»Und was soll das sein?«, knurrte einer der narbigen

Dämonen. Er machte keinen Hehl aus der Verachtung, die er für mich empfand.

»Das Paradies«, sagte ich schlicht und bedachte ihn mit einem kalten Blick. Verwirrung spiegelte sich in den Gesichtern der Dämonen wider und entlockte mir ein Lächeln, als ich mich wortlos umdrehte und mich meinem Vater anschloss, der vorausgegangen war. Ich wagte es nicht, noch einmal zurückzublicken, als wir die Stadt durchquerten und die steinerne Straße erreichten, die in gewundenen Pfaden hinauf zum Schloss führte. Irgendwann hielt ich es nicht mehr aus und schielte in einer engen Kurve zur Seite. Einige Dämonen folgten uns tatsächlich. Aufregung setzte sich in meinem Magen fest, und doch freute ich mich auch auf ihre Reaktion.

Wir passierten das Tor zum Burghof und erreichten den weitverzweigten Garten, der sich daran anschloss und von einer hohen Mauer umgeben war. Dad ließ mir den Vortritt, und entschlossen öffnete ich das schmiedeeiserne Tor. Die ersten Dämonen traten ein und keuchten verblüfft auf, während ich mich im Schatten der Mauer hielt und sie ihren Eindrücken überließ.

Ich selbst hatte fast den gesamten gestrigen Tag hier verbracht, erstaunt darüber, wie gut mein Plan aufgegangen war. Bevor Chaz und ich zur Jagd aufgebrochen waren, hatte ich das Gewächshaus besucht und die Hälfte der Elfen in die Freiheit entlassen. Ich war das Risiko eingegangen, dass sie für ewig in die große weite Welt verschwinden würden, und doch hatte ich die Hoffnung gehegt, dass sie sich auf dem nächstbesten Fleck verdorrten Grüns niederlassen würden.

Die Tage im Wald hatten mich keinen weiteren Gedanken mehr daran verschwenden lassen, zu viel hatte ich verarbeiten müssen. Baal mussten sämtliche Gesichtszüge entglitten sein, als er den Garten gestern zufällig betreten hatte.

Natürlich war sein Verdacht zugleich auf mich gefallen, zu Recht, wie ich zögernd eingestanden hatte, als er schnurstracks in mein Zimmer gestürmt war. Und dann hatte ich es mit eigenen Augen sehen können. Innerhalb weniger Tage hatten die zauberhaften Wesen den toten Garten wieder aufgepäppelt. Er erblühte in strahlenden Farben, an Büschen und Bäumen sprossen saftige, apfelgrüne Blätter. Es würde nicht lange dauern, bis die ersten Früchte reiften. Das Sommergras auf den ordentlich angeordneten Wiesenabteilen war während unserer Abwesenheit sorgfältig von den Elfen gestutzt worden, während die leuchtenden Blumen in Rot- und Lilatönen erblühten. Hier und da wuchsen Farne und Büsche, die dem Garten einen leicht verwilderten Eindruck verliehen. An anderen Stellen waren Blumenbeete angeordnet, bei deren Farbverteilung die Elfen sich selbst übertroffen hatten.

Einige Dämonen schlenderten jetzt durch den Irrgarten, der nicht mehr leblos und trist wirkte, sondern einladend und bezaubernd. Baal hatte angeordnet, dass die Marmorskulpturen vom Dreck befreit und auf Vordermann gebracht wurden, selbst die steinernen Bänke erstrahlten in neuem Glanz. Der Garten war wunderschön, auch wenn ich mir eingestehen musste, dass ihm ein klein wenig von Tante Amalias lieblicher Fürsorge fehlte. Vielleicht hatte ich mich auch einfach nur an ihre zahlreichen Zierkugeln und Solarleuchten gewöhnt.

Chaz legte den Arm um meine Schulter. Seit dem Vorfall im Wald machte er sich schwere Vorwürfe und wich mir kaum noch von der Seite.

»Es war eine gute Idee«, sagte er anerkennend, und ich lächelte gequält.

»Dad hat dir eine Predigt gehalten?«, vermutete mein Bruder bei meinem Gesichtsausdruck. Ich schnaubte.

»Ja, eine von diesen Was-hätte-alles-passieren-können-

Predigten. Dabei konnte er nicht einmal das Leuchten in seinen Augen verbergen, dieser Heuchler«, schmunzelte ich.

Chaz seufzte und zog mich zu einer steinernen Bank, die von Rosenbüschen umgeben war. Der schwere, süße Duft der Pflanzen ließ mir die Augen tränen, dennoch war es ein schönes Gefühl.

»Du musst ihn verstehen«, begann mein Bruder. »Er hat deine gesamte Kindheit verpasst und jetzt wahrscheinlich das Gefühl, er müsse an deiner Erziehung arbeiten. Du machst es ihm ja auch nicht gerade leicht. Regeln scheinen für dich nicht zu existieren, ständig bringst du dich in Schwierigkeiten oder machst einfach nur dumme Sachen.«

Ich verzog das Gesicht. Dass ich einfach in diesen See gefasst hatte, würde mich wohl für den Rest meines Lebens verfolgen.

Chaz schien sich davon nicht stören zu lassen. »Dennoch schaffst du es immer wieder, andere zu überraschen und Dinge in Bewegung zu setzen, auf die sonst niemand gekommen wäre.« Er legte den Kopf in den Nacken. »Mir gefällt die Farbe des Himmels, sie erinnert mich an die Dämmerung in der Realität. Und auch diesen Garten haben wir dir zu verdanken. Irgendwie hast du es geschafft, dieser Welt etwas von deinem eigenen Zauber zu verleihen, und dafür bin ich dir dankbar. Vielleicht ist es genau das, was wir Dämonen brauchen. Eine kleine Veränderung, einen Hoffnungsschimmer, einen Blick auf eine bessere Welt. Wir haben unsere Augen längst vor der Schönheit verschlossen, die unser Zuhause einst zu bieten hatte. Aber du stammst eben nicht aus dieser Welt. Du siehst die Dinge so, wie sie sein könnten, und nicht so, wie sie sind.«

Gedankenverloren wickelte ich eine der dunklen Locken um meinen Finger.

»Wer weiß, vielleicht finde ich noch einen weiteren verzauberten Tümpel, der mir die gesamte Energie aussaugt und plötzlich die Sonne an den Himmel katapultiert«, scherzte ich, doch Chaz hatte den bitteren Unterton in meiner Stimme nicht überhört.

»Du scheinst dich noch immer nicht mit dem Gedanken angefreundet zu haben, für längere Zeit hier zu sein, oder?«

»Ich gehöre einfach nicht hierher«, flüsterte ich niedergeschlagen, und er berührte tröstend meine Hand. »Versteh mich nicht falsch, ich gebe mir wirklich Mühe, deine Welt besser kennenzulernen. Aber diese Dinge, die ich in Bewegung gesetzt habe, sind nicht aus einer besonderen Begabung entstanden, die ich habe. Sondern aus Unwissenheit.«

»Aber sie sind entstanden«, sagte Chaz. »Und das ist, was zählt. Vielleicht tröstet es dich etwas, dass du unsere Welt ein kleines bisschen verbessert hast.«

Ich versuchte es mit einem schiefen Lächeln. Wenigstens etwas Positives hatte dieses ganze Chaos, zu dem mein Leben geworden war. Wie gerne wäre ich einfach nach Hause zurückgekehrt, um mit meinen Freunden Spaß zu haben oder einfach nur Ryans Berührungen zu genießen. Doch selbst wenn ich irgendwann würde heimkehren können, es würde nie mehr so sein wie früher. Melancholisch ließ ich den Blick über die Dämonen gleiten, die noch immer die wundervolle Natur unter freiem Himmel betrachteten. Jetzt, wo ich sie länger ungesehen beobachten konnte, fielen mir weitaus weniger narbige Dämonen auf.

»Ich dachte, es wären mehr«, sagte ich stirnrunzelnd.

Chaz schüttelte mit dem Kopf.

»Noch bevor wir den Scheiterhaufen anzünden konnten, haben sich einige von Leviathans ehemaligen Anhängern davongeschlichen.«

»Ich dachte, die Ehre der Toten wäre selbst den Dämonen heilig«, erwiderte ich verwirrt.

Das Gesicht meines Bruders verdüsterte sich. »So ist es auch, aber irgendeine Nachricht ist durch die Reihen der

Leviathaner gegangen und hat für Aufregung gesorgt. Einer von Baals Männern ist ihnen gefolgt, um herauszufinden, was los ist.«

Ich richtete mich auf. »Was, wenn es Leviathan ist? Wenn er seine Männer wieder zu sich zurückholt? Chaz, vielleicht plant er gerade einen Angriff auf uns!«

Beruhigend schüttelte er den Kopf, wobei ihm die blonden Haare in die Augen fielen. »Ich bin mir sicher, dass er etwas plant, ja. Ein Dämon wie Leviathan verschwindet nicht einfach von der Bildfläche und gibt sich geschlagen. Aber er würde nie einen offenen Angriff auf Baal riskieren. Vater ist zu mächtig, das musste Leviathan schon oft genug spüren. Seine Waffen sind List und Hinterhalt. Außerdem sind einige seiner Anhänger auf unsere Seite gewechselt, was ihn zusätzlich schwächt, auch wenn manche vermutlich nur als Spione dienen. Für den Moment dürften wir sicher vor ihm sein. Wenn wir Glück haben, schafft es unser Vater, seine Pläne vorab zu durchkreuzen. Auch wir haben Spione im feindlichen Lager.«

Nur wenig beruhigt erhob ich mich und ließ mich von Chaz ins Innere des Schlosses führen. Baal erwartete uns mit ausgebreiteten Armen in der Eingangshalle aus Marmor.

»Sie sind begeistert«, sagte er strahlend und wuschelte mir mit der Hand durch die Haare, als hätte er sein kleines, zehnjähriges Mädchen vor sich. »Der erste Schritt zu einer gravierenden Veränderung ist getan. Ich bin gespannt, wohin uns deine Anwesenheit noch führen wird, Tochter.«

Ich entzog mich seiner Berührung und ignorierte den verwirrten Blick meines Vaters. »Dad, Leviathan plant irgendetwas. Er wird all deine Fortschritte zunichtemachen, wenn du ihn nicht aufhältst.«

Baal schenkte mir ein nachsichtiges Lächeln. »Mach dir keine Sorgen. Meine Informanten müssten jeden Moment zurück sein, und dann wissen wir Genaueres. Ich habe nicht vor, zuzulassen, dass mir dieser machtgierige Fürst in die Quere kommt.«

In diesem Moment öffnete sich die Eingangstür erneut, und zwei von Vaters Männern traten ein. Das mussten die Spione sein, von denen er gesprochen hatte.

»Was gibt es zu berichten?«, fragte Baal, und sein Gesicht wurde ernst.

Einer der Männer räusperte sich. »Leviathan hat soeben mit der Anhängerschaft, die ihm verblieben ist, die Unterwelt verlassen, um die Herrschaft in der Realität zu übernehmen.«

Eine eisige Hand legte sich um mein Herz und drückte zu.

Kapitel 25

Sprachlos starrte ich den Boten an, bis ich langsam registrierte, was seine Worte bedeuteten. Kälte und Schrecken lähmten meine Glieder, nahmen mir für einen Moment den Atem und ließen mich schwanken. Alles drang wie durch einen dichten, rauschenden Nebel zu mir hindurch, während meine Gedanken im Kreis wirbelten.

Ryan. Alissa. Derek. Tante Amalia. Sie alle schwebten in größter Gefahr. Leviathan hatte sich irgendwie einen Weg zurück in die Realität gebahnt. Chaz neben mir war erbleicht, Baal winkte die beiden Dämonen vollständig herein.

»Begleitet mich in mein Arbeitszimmer. Ich möchte einen vollständigen Bericht«, sagte er ruhig. Seine Schritte hallten zwischen den Marmorsäulen wider. Die beiden Männer folgten ihm, doch mir und Chaz gab er ein Zeichen, hier zu bleiben. Ich war viel zu geschockt, um zu protestieren.

»Chaz, wir müssen zurück«, sagte ich aufgebracht, als ich endlich meine Stimme wiedergefunden hatte. Zu meiner Überraschung schüttelte mein Bruder den Kopf, auch wenn es ihm sichtlich schwerfiel.

»Wir können nicht einfach überstürzt aufbrechen. Keiner weiß, ob es wirklich stimmt, was die Informanten erzählen. Um ehrlich zu sein, wissen wir gar nichts! Sollte es Leviathan tatsächlich geschafft haben, den Silax wiederherzustellen, bräuchte er immer noch jemanden, der ihm von der Realität aus hilft. Ich glaube das Ganze einfach nicht.«

»Er hat es geschafft, ich weiß es«, sagte ich mit lauter Stimme und war selbst überrascht, wie aggressiv es klang. »Leviathan manipuliert ständig Leute und sucht schon seit Jahren nach einer Methode, diese Welt zu verlassen. Chaz, er könnte sie schon alle umgebracht haben!«

Mein Bruder packte mich an den Oberarmen und zwang mich dazu, ihn anzusehen. »Und was, wenn nicht? Was, wenn er es geschafft hat, sich aber noch bedeckt hält? Willst du in die VO marschieren und ihnen eröffnen, dass *eventuell* ein Dämon die Unterwelt verlassen hat und du aufopferungsvoll gekommen bist, um sie zu warnen? Halb London sucht nach dir, Jill! Sie werden dir nicht glauben.«

Ich entriss mich seinem Griff und funkelte ihn verständnislos an. »Du willst einfach hier bleiben und nichts tun? Du willst sie im Stich lassen?«

Für einen Moment weiteten sich seine Augen. »Natürlich nicht! Aber wir brauchen einen Plan, Jill!«

Ein bitteres Lachen entfuhr meinen Lippen. »Ich werde keine Pläne schmieden, während meine Freunde dieser Bestie ausgeliefert sind.«

Chaz atmete tief durch und schloss die Augen, um sich zu beruhigen. »Genau das ist dein Problem, weißt du? Du bist zu impulsiv! Du stürzt dich mir nichts, dir nichts in unbekannte Situationen, ohne über die möglichen Konsequenzen nachzudenken. Hast du schon mal überlegt, dass es eine Falle sein könnte? Wir wissen rein gar nichts! Ich will genauso wenig wie du, dass Alissa etwas zustößt, aber du wirst die Unterwelt nicht verlassen, bevor wir Genaueres wissen!«

Schlagartig wurde mir klar, dass ich ohne Chaz keine Chance hatte, wieder in die Realität zurückzukehren. Und er war mir gerade in den Rücken gefallen. Er sperrte mich hier ein.

»Das kannst du nicht machen«, sagte ich fassungslos.

»Ich kann und ich werde«, antwortete er, doch ich sah ihm an, welches Unbehagen ihm dies bereitete. »Wir werden etwas unternehmen, wenn es notwendig ist, das verspreche ich dir. Zuerst brauchen wir alle Informationen, die Baal gerade von den Spionen erhält, aber wir werden kein Wort aus ihm herausbekommen, bevor die Besprechung vorbei ist. Ich versuche in der Zeit, Cassandra zu erreichen. Tu mir einen Gefallen und halte so lange die Füße still!«

Aufgewühlt fuhr ich mir mit der Hand durch die Haare und stieß einen frustrierten Laut aus.

»Geh in dein Zimmer und warte dort auf mich«, sagte Chaz sanft, doch ich drehte mich nur wortlos um und stiefelte davon, damit er meine Tränen nicht zu Gesicht bekam.

In meinem Zimmer pfefferte ich die schicken hochhackigen Schuhe von den Füßen und schlüpfte aus dem Kleid. Solange ich etwas zu tun hatte, hielt sich die aufkeimende Panik in Grenzen, also durchwühlte ich das Ankleidezimmer meiner Mutter nach passenden Sachen. Mein Kampfanzug war nach dem Jagdausflug auf direktem Weg in den Mülleimer gewandert, und Chaz hatte es seitdem noch nicht geschafft, mir in der Realität einen neuen zu besorgen. Ich fand eine enge, schwarze Jeans und ein luftiges Trägertop, über das ich einen schwarzen Kapuzenpullover streifte. In der Realität konnte der Spätherbst bissige Kälte mit sich bringen. Nach einigem Wühlen im Schuhregal kamen abgetragene Lederstiefel zum Vorschein, die wie angegossen passten.

Mein nächstes Ziel war die Waffenkammer. Mit grimmiger Genugtuung steckte ich zwei Dolche in meine Stiefel, band mir einen Waffengurt mit einem Kilidsch um und hängte mir eine der Armbrüste über die Schulter, um aus der Entfernung etwas ausrichten zu können, auch wenn meine Zielgenauigkeit meist zu wünschen ließ. Auf schnellstem Wege kehrte ich zurück zu meinem Zimmer, um auf Chaz zu warten. Jetzt, wo ich nichts mehr zu tun und mich bestmöglich vorbereitet hatte, strömten sämtliche Ängste auf mich ein, und in meinem Kopf spielten sich Horrorszenarien ab. Alissa, wie sie von Leviathan gefoltert wurde. Ryan, der sich in den Kampf stürzte, obwohl er der Macht der Dämonen hoffnungslos unterlegen war. Wie viele seiner Anhänger hatten Leviathan begleitet? Ich erinnerte mich an Dereks Worte im ersten Schuljahr, als er erzählte, dass es einst eine Handvoll Dämonen in die Realität geschafft hatte.

»Dämonen kannst du nicht mit Mairas vergleichen. Sie sind intelligent und wahnsinnig gerissen. Und sie haben unglaubliche Macht. Sie können die Gestalt ändern und sich somit ungesehen zwischen den Menschen bewegen. Sie können ein Gebäude ohne mit der Wimper zu zucken in die Luft jagen. Sie haben magische Fähigkeiten, von denen Hexen nur träumen können. Laut den Geschichtsbüchern waren sie es, die die Unruhen in England angezettelt haben.«

»Und was bitte sollten sie davon haben?«

»Langsame Machtübernahme. Sie waren schließlich nur zu fünft. Ich will mir gar nicht vorstellen, was passiert wäre, wenn die gesamte Unterwelt den Weg hierher gefunden hätte. Ich vermute mal, England wäre ein Inferno geworden.«

Ich schloss die Augen und lehnte den Kopf an die kühle Fensterscheibe, die in den Burghof hinausging. Hatte Leviathan schon ein Inferno verursacht? Oder hielt er sich bedeckt und wartete auf die richtige Gelegenheit? Er hatte nicht die gesamte Unterwelt auf seiner Seite, aber seine Anhängerschar umfasste einige hundert Dämonen. Wie viele waren zurückgeblieben? Die Ungewissheit machte mich wahnsinnig, zerrte an meinen Nerven und ließ mich laut fluchen. Ich hasste es, nichts tun zu können. Und ich hasste es, hier festzusitzen. Ich fühlte mich so hilflos.

Nach endlos langen Minuten erschien Chaz in der Tür. »Dad erwartet uns im Arbeitszimmer.«

Ich verlor keine Zeit und eilte ihm hinterher. »Was hat Cassandra gesagt?«

Chaz schüttelte vorsichtig den Kopf, und eine Sorgenfalte erschien auf seiner Stirn. »Das ist kein Telefonat, das ich mit ihr führen kann. Cassandra hat eine spirituelle Verbindung zur Unterwelt. Sie spürt es, wenn ich sie kontaktieren will.«

Mit eiligen Schritten durchquerten wir den langgezogenen Flur.

»Und?«, drängte ich, doch das Zögern meines Bruders ließ mich die Antwort fast erahnen.

»Ich konnte sie nicht erreichen«, sagte er ruhig, doch die Anspannung in seiner Stimme war nicht zu überhören.

Ich musste fast rennen, um mit seinen langen Schritten mithalten zu können.

»Was soll das heißen? Chaz, was bedeutet das?« Hieß das, dass Cassandra tot war?

»Ich weiß es nicht«, gab er zu. »Vermutlich ist sie einfach nicht zu Hause. Cassandra wohnt über ihrem Laden, der vollgestopft ist mit magischen Artefakten, spiritueller Energie, Symbolen und Pentagrammen. Ich weiß nicht, warum sie eine Verbindung zur Unterwelt hat, aber ich vermute, es hängt damit zusammen.«

Wenig beruhigt folgte ich ihm in das Arbeitszimmer unseres Vaters. Baal hatte sich hinter seinem klobigen Schreibtisch zurückgelehnt und bedachte uns mit einem prüfenden Blick. Nervös ließ ich mich neben Chaz auf einem gepolsterten Sessel gegenüber unserem Vater nieder. Es war der, auf dem ich stundenlang seinen Geschichten gelauscht und zum ersten Mal etwas mehr über meine Kindheit erfahren hatte.

»Was hast du herausgefunden?«, fragte ich ihn und

rutschte aufgeregt an die äußerste Kante des Sessels. Baal runzelte die Stirn.

»Leviathan hat es tatsächlich geschafft, den Silax wiederherzustellen und ein Tor zur Realität zu schaffen, das er heute mit seinen Anhängern passiert hat.«

Das Gefühl, im Boden würde sich ein Loch auftun und mich in die Tiefe hinabziehen, ließ mich einen Moment taumeln.

»Wie konnte er das schaffen?«, fragte Chaz aufgebracht. »Ein Silax kann nicht allein mit Dämonenblut geschaffen werden!«

»Die verschwundenen Hexen aus London«, sagte ich matt. »Die Verbrechen, die sie mir angelastet haben. Leviathan muss sie benutzt haben.«

Wie hatte ich das nur ignorieren können? Baal musterte mich, dann nickte er kaum wahrnehmbar. »Wir wissen nicht viel über die Experimente, die er in seinem Labor durchgeführt hat, aber die toten Hexen können wir auf seine Rechnung setzen. Zudem hat er Hilfe aus der Realität erhalten.«

Mir schwirrte der Kopf. Die einzige, die verrückt genug war, um Leviathan aus dem Gefängnis der Unterwelt zu befreien, war Annabell Grant, doch die verrückte ehemalige Schulleiterin saß noch immer hinter Schloss und Riegel. Hatte sie einen Weg gefunden, ihren Meister zu rufen?

»Was hat er vor?«, fragte ich Baal. Ich war mir sicher, dass er meinem Blick auswich.

»Das wissen wir nicht.«

Ich gab ein Knurren von mir. Glaubte er tatsächlich, das hätte mich überzeugt? »Aber ihr ahnt es.«

Baal seufzte und verschränkte die Hände hinter dem Kopf. Wieso wirkte er so verschlossen? Wir benötigten vor unserem Aufbruch alle Informationen, die wir kriegen konnten.

»Wir wissen es tatsächlich nicht genau. Leviathan hat

sich für einen Kampf gerüstet, aber der kann genauso gut erst in ein paar Jahren stattfinden, wenn er die Regierung infiltriert hat«, sagte er schließlich resigniert.

Ich krallte die Hände in die Sessellehne. »Leviathan hat nicht die Geduld, so lange zu warten, das weißt du genauso gut wie ich. Wir müssen in die Realität, und das so schnell wie möglich!«

Nun war ich mir sicher, dass mein Vater mir nicht in die Augen blickte, ebenso wenig wie mein Bruder. Was war hier los? Doch mit einem Schlag wurde es mir klar.

»Ihr wollt nichts unternehmen«, flüsterte ich fassungslos und sah von einem zum anderen. Chaz presste die Lippen fest aufeinander.

»Die Realität fällt nicht in meinen Zuständigkeitsbereich. Ohne einen Silax kann ich ohnehin nicht dorthin gelangen«, erwiderte Baal schließlich.

»Aber Chaz und ich können es!«

Der Blick meines Vaters ruhte auf mir. »Dein Bruder gehört hierher, ebenso wie du. Es ist zu gefährlich.«

Das Band um meine Brust zog sich zusammen und schnürte mir die Luft ab.

»Was soll das heißen? Dass du mich hier einsperrst?«, fragte ich kalt, und Baals Gesicht verfinsterte sich.

»Es ist nur zu deinem Besten. Zu unserem Besten.«

Und da wurde es mir klar.

»Du bist *froh* darüber, dass Leviathan weg ist, oder? Jetzt hast du endlich ein Problem weniger am Hals. Was kümmert es dich, was er mit der Realität anstellt?« Meine Stimme triefte nur so vor Verachtung. Wut überschwemmte mich und vermischte sich mit der Enttäuschung über meinen Vater. Wie hatte ich mehr in ihm sehen können als einen herzlosen Dämon? Zum ersten Mal seit langer Zeit spürte ich die Prana in mir aufwallen, heiß und zornig. Dad schien es ebenfalls zu registrieren. Er wirkte verblüfft.

»Wieso, Jill?«, fragte er schlicht, und die Frage schien ihn tatsächlich zu beschäftigen. »Sie haben dich aus ihrer Welt verbannt, allein wegen deiner Herkunft. Sie fürchten sich vor dir und haben dich deshalb verraten! Wieso willst du sie retten?«

Heiße Tränen stahlen sich in meine Augenwinkel. »Weil es trotzdem noch Menschen dort gibt, die ich liebe.«

Baal sah mich grimmig an. »Manchmal muss man Opfer bringen.«

Mir klappte der Mund auf. War das sein Ernst?

»So, wie du Mum geopfert hast?«, fragte ich bitter, und seine Gesichtszüge entgleisten. »Ist das damals passiert? Du hast dich selbst gerettet und sie sterben lassen?«

Zornig sprang mein Vater auf, presste die Hände auf den Tisch und funkelte mich an.

»Ich hätte alles getan, um deine Mutter zu retten!«, brüllte er mich an, und Schmerz verzog sein Gesicht.

»Wieso hast du es dann nicht getan?«

»Weil ich meine *Kinder* gerettet habe!«, fuhr er mich an, und ich erstarrte. Ich hatte nie die ganze Geschichte gehört. Hatte Dad sich zwischen seinen Kindern und seiner Frau entscheiden müssen?

Kraftlos sank er zurück in den Sessel.

»Ich hätte alles dafür getan, Silva zu retten«, flüsterte er erneut, und ich konnte erkennen, wie viel Schmerz ihm die Erinnerung daran bereitete. Ich konnte einfach nicht anders, als mich vorzubeugen und ihn beruhigend an der Hand zu berühren.

»Und von mir verlangst du, dass ich tatenlos zusehe, während meine Freunde und meine Familie in Gefahr sind?«, fragte ich ihn sanfter. Baal schien hin- und hergerissen.

»Du kannst ihn nicht besiegen, Jill. Ihr beide könnt ihn nicht besiegen! Ich habe dich gerade erst wiederbekommen ...« Doch ich hörte die Resignation in seiner Stimme.

»Vielleicht kann ich ihn nicht besiegen«, sagte ich. »Ganz sicher sogar nicht. Aber ich kann es ihm so schwer wie möglich machen. Bitte, Dad. Du kannst mich nicht hier einsperren.«

Müde rieb sich Baal über die Augen.

»Ich weiß«, hauchte er. »Aber genau das hat deine Mutter vor ihrem Tod auch zu mir gesagt.«

Wortlos erhob er sich und ließ mich und Chaz zurück. In der Tür hielt er noch einmal inne und sah uns abwechselnd tief in die Augen, als wolle er sich den Anblick für den Rest seines Lebens einprägen.

»Passt auf euch auf«, sagte er und ging.

Ich atmete tief durch und konnte mir nur schwer vorstellen, was es für ihn bedeuten mochte, seine beiden Kinder an einen Ort zu schicken, an den er ihnen nicht folgen konnte und an dem sein Erzfeind wütete.

»Und, wie gehen wir vor?«, fragte Chaz vorsichtig, und ich funkelte ihn an. Ich hatte sehr wohl bemerkt, dass er sich bei der Auseinandersetzung zwischen mir und meinem Vater zurückgehalten hatte, und war mir sicher, dass er Baals Entscheidung akzeptiert hätte. Er zog den Kopf zwischen die Schultern und rutschte unbehaglich über das Polster seines Sessels.

»Ich hätte Ally nicht im Stich gelassen, das musst du mir glauben«, flüsterte er. Ich kommentierte es mit einem Brummen.

»Da Cassandra verschwunden ist und wir auch sonst niemanden in der Realität erreichen können, haben wir nur eine Wahl. Du musst mich mit einem Kreis in die andere Welt schicken«, sagte ich sachlich und sprang auf.

»Ohne einen Gegenkreis in der Realität, in dem du landen kannst, könntest du sonst wo auftauchen«, gab Chaz stirnrunzelnd zu bedenken.

»Immerhin kann ich im Gegensatz zu dir überhaupt die

Dimensionen ohne einen Zwillingskreis wechseln, also bleibt uns nichts anderes übrig. Sobald ich dort bin, versuche ich, Cassandra oder Derek zu erreichen, damit sie dich beschwören.«

Chaz sprang ebenfalls auf und folgte mir den Flur hinunter zu dem Raum, in dem mich mein Vater bei meiner Ankunft empfangen hatte.

»Was ist, wenn du die beiden nicht erreichst? Es ist besser, wenn du das Ritual durchführst und mich gleich an deine Seite holst«, protestierte er.

Energisch schüttelte ich den Kopf. »Es dauert zu lange, wir dürfen keine Zeit verlieren. Außerdem habe ich noch nie eine Beschwörung durchgeführt, ich kann ja nicht einmal Latein. Es ist zu gefährlich – ein falsches Wort und du bleibst vielleicht zwischen den beiden Welten stecken.«

»Du bist ein mieser Dämon«, murmelte er, als wir den möbellosen Raum erreichten, der wie immer im Halbdunkel lag. Ohne Umschweife begann Chaz mit den Vorbereitungen, während ich nervös von einem Fuß auf den anderen trat. Bevor ich mich in den Kreis stellen konnte, packte er mich noch einmal an den Armen und sah mir tief in die Augen.

»Versprich mir, dass du keine Dummheiten machst«, flüsterte er und zog mich an sich. Ich presste die Lippen aufeinander und schwieg. Es war ja nicht so, dass ich die mit *Absicht* machte.

»Ich versuche es«, wisperte ich, auch wenn die Antwort ihn keineswegs zufriedenstellte. Ich stellte mich in dem mit Kerzen umringten Kreis auf.

»Hol mich so schnell wie möglich nach, damit ich dich aus dem Misthaufen ziehen kann, in den du dich ohne Frage schmeißen wirst«, scherzte Chaz. Ich verzog das Gesicht. Er begann, die lateinischen Worte zum murmeln, und mein Körper wechselte die Welten.

Kapitel 26

Eisiger Wind umfing mich, als ich mich in der Realität materialisierte. Für einen Moment hielt ich die Augen geschlossen, überwältigt von dem Gefühl der Sonne auf meinem Gesicht. Mir war nicht bewusst gewesen, wie sehr ich sie vermisst hatte. Doch bevor ich den Augenblick richtig genießen konnte, drang ein scharfer Geruch in meine Nase. Asche und Rauch ließen mich husten, und ich riss die Augen auf.

Sprachlos erfasste ich meine Umgebung. Verwirrt wanderten meine Augen über die zerstörten Gebäude. Hätte der Himmel nicht in dem hellen Goldton der untergehenden Sonne gestrahlt, wäre ich mir sicher gewesen, noch immer in der Unterwelt zu verweilen. Diese ausgestorbene, rauchverhangene Straße mit den ausgebrannten und teilweise eingestürzten Gebäuden konnte unmöglich die Realität sein. Kaltes Entsetzen lähmte mich für einen Moment, ebenso wie Dereks Worte in meinem Kopf.

Ich vermute mal, England wäre ein Inferno geworden.

Wie in Trance verließ ich die enge Seitengasse, in der ich gelandet war, und betrat eine größere Straße, die ebenso ausgestorben, leer und zerstört vor mir lag. Ich hielt mir den Arm vor Nase und Mund, als der Wind auffrischte und eine beißende Rauchwolke mich einhüllte. Autos standen kreuz und quer auf der Straße, zerstört und demoliert. Auf der gegenüberliegenden Seite baumelte ein Schild über einer zersprungenen Glastür, dessen Aufschrift das zerstörte Café als das beste von London ausgab. Ich war direkt in der Stadt gelandet. Und ich war zu spät.

Dennoch unterdrückte ich die aufkeimende Panik und versuchte, einen klaren Kopf zu behalten. Derek. Ich musste Derek erreichen. Ich verfluchte im Stillen den VO-Mitarbeiter, der mir bei meiner Verhaftung das Handy abgenommen hatte. An einer entfernten Straßenecke konnte ich eine Telefonzelle ausmachen, aber ohne Kleingeld blieb mir auch diese Option verwehrt. Planlos und völlig überfordert schlug ich die nächstbeste Richtung ein und versuchte, den Gedanken zu verdrängen, wie viele Menschen wohl bei Leviathans Eroberungsfeldzug ihr Leben gelassen hatten. Ob meine Freunde auch darunter waren? Ich biss die Zähne aufeinander und bekämpfte die Angst, die meine Kehle zuzuschnüren drohte. Mein Kopf weigerte sich, das Ausmaß dieser Katastrophe zu erfassen.

Eine Bewegung rechts von mir ließ mich abrupt innehalten. Im Eingang eines relativ unbeschadeten dreistöckigen Gebäudes kauerte eine Frau, deren Wangen mit Ruß überzogen waren. Die schmutzigen Haare fielen ihr wirr ins Gesicht. Sie hielt ihre Knie umschlungen und zitterte am ganzen Körper. Ich eilte zu ihr und kniete mich hin, doch als ich die Hand ausstreckte, um ihr aufzuhelfen, schreckte sie vor meiner Berührung zurück. Sie stand offensichtlich unter Schock.

»Was ist hier passiert?«, fragte ich sie eindringlich, doch sie hielt den Blick stur geradeaus gerichtet, als könne sie durch mich hindurchsehen.

»Weißt du, wie ich nach South Kensington komme?«, versuchte ich es wieder, doch auch diesmal reagierte sie nicht. Frustriert ließ ich sie zurück und eilte weiter in die

Richtung, die ich für die richtige hielt. Etwas weiter entfernt erblickte ich eine U-Bahn-Station. Ich rannte die Treppe hinunter in den ausgestorbenen Tunnel. Einer der Züge ruhte verlassen auf den Schienen. Wären da nicht die aufgebrochenen Türen gewesen, hätte man meinen können, er würde jeden Moment weiterfahren.

Und da konnte ich den Anblick der leblosen Körper, die auf dem Bahnsteig und im Inneren des Zuges lagen, nicht länger ignorieren. Mein Magen rebellierte, und saure Galle stieg meinen Hals hinauf. Ich schluckte sie verbissen wieder hinunter. Auf der Straße hatte ich mir noch einreden können, dass die Stofffetzen unter den Gebäudetrümmern nicht von den Toten stammten, die Leviathan auf seinem Rachefeldzug hinterlassen hatte. Hier allerdings konnte ich die Augen nicht länger davor verschließen.

Mit einem erdrückenden Gefühl der Hilflosigkeit eilte ich zum nächsten Fahrplan, der mir immerhin meine Position verriet. Bis zum Hauptgebäude der VO war es nicht einmal weit. Allerdings machte ich mir nicht allzu viel Hoffnung, mehr als Tod und Zerstörung vorzufinden. Ich war zu spät. Die Worte hallten in meinen Gedanken wieder. *Zu spät.* Ich schüttelte den Kopf, als wollte ich eine lästige Fliege vertreiben, doch der Vorwurf fraß sich tiefer und tiefer in meine Seele. Ich hätte sie warnen müssen. Ich hätte mich nicht darauf einlassen dürfen, erst in meinem Zimmer zu warten, bis Baal und Chaz sich entschieden hatten.

Entschlossen straffte ich die Schultern, bereit für das, was mich im Zentrum des Schlachtfelds erwarten würde. Es stand außer Frage, dass Leviathan die Verborgenenorganisation vollkommen ausgelöscht hatte. Ich musste mich förmlich zwingen, einen Fuß vor den anderen zu setzen und die schützenden Mauern der U-Bahn-Station zu verlassen. Auf der abgetretenen Steintreppe blieb ich stehen und atmete tief durch. Vor mir lag der Ausgang wie ein hell strahlendes

Himmelstor. Ich zögerte, doch dann riss ich mich zusammen und beugte mich zu dem leblosen Körper, der wie ein Bündel Kleidung neben mir lag. Der Mann war in einen grauen, mit altmodischen Flicken versehenen Anzug gehüllt. Ich brauchte zwei Anläufe, um den massigen Körper auf den Rücken zu drehen. Seine Hände waren verkrampft, die Haut hatte eine gräuliche Farbe angenommen. Ich atmete flach durch den Mund, um eventuellen Körpergerüchen oder Verwesungsgestank zu entgehen. Mein Magen stand kurz davor zu rebellieren. Ich versuchte, dem Mann nicht ins Gesicht zu sehen und die weit aufgerissenen Augen zu ignorieren, als ich mit zitternden Händen seine Taschen absuchte. Schnell fand ich, wonach ich gesucht hatte. Heutzutage trug fast jeder ein Handy mit sich. Ein Seufzer der Erleichterung entfuhr mir, als ich die erste Taste drückte und weder eine Tastensperre noch ein leerer Akku meinen Plan vereitelten.

Fahrig fuhr ich über die Tasten und musste mit bebenden Fingern mehrmals korrigieren, bis ich endlich Dereks Nummer eingegeben hatte. Fast augenblicklich ging die Mailbox ran. Fluchend versuchte ich es bei Alissa und Ryan, deren Nummern ich ebenfalls im Kopf hatte. Auch hier hob keiner ab.

»Verdammter Mist«, zischte ich, bevor ich eilig eine SMS an Derek tippte: *Bin in London. Beschwört Chaz, zeichne denselben Kreis wie im VO-Kerker. Ich komme so schnell wie möglich. Jill.*

Mit dem Anflug eines schlechten Gewissens ließ ich das Handy in die Taschen meiner Jeans gleiten und trat aus der U-Bahn-Unterführung. Die Sonne blendete mich, doch das Geräusch von Flügeln ließ mich zurück in den Schatten weichen und reglos verharren. Vor meinen Augen tanzten Staub und Rauch in den zarten Sonnenstrahlen. Angestrengt lauschte ich, bis der Klang von ledernen Flügeln, die die Luft zerschnitten, in der Ferne verhallte. Mairas. Die hatten mir gerade noch gefehlt. Es hätte doch weiß Gott genügt, wenn Leviathan nur seine Dämonen mitgebracht hätte.

Um auf Nummer sicher zu gehen, zückte ich meine Armbrust. Den Himmel immer im Auge behaltend und die Armbrust schussbereit erhoben kämpfte ich mich durch die Straßen und kletterte über den Trümmerhaufen, der einst zu einer Kirche gehört hatte. Fast konnte ich die Schreie der Menschen hören, die hier im Inneren Zuflucht gesucht und nur den Tod gefunden hatten. Immer wieder musste ich in Deckung gehen, wenn sich das Flügelschlagen und Kreischen der Mairas näherte. Leviathan schien sie als Wachtposten abgestellt zu haben. Ich fragte mich, wofür, denn die Straßen waren ausgestorben und leer.

Nach schier endlosen Minuten erreichte ich endlich den Platz des VO-Gebäudes, verstaubt und mitgenommen, obwohl ich noch keinen einzigen Kampf gehabt hatte. Aus sicherer Entfernung spähte ich zu dem riesigen einstigen Museum, während die tief hängende Abendsonne blutrot hinter den rauchenden Gebäuden der Stadt versank. Fast hätte ich laut aufgestöhnt, als ich vor der VO, unmittelbar auf der Eingangstreppe, zwei Dämonen postiert sah. Ihre entstellten Gesichter wirkten selbstzufrieden und gelangweilt.

»Hättet ihr mir nicht einfach erspart bleiben können?«, murmelte ich und tauchte in den Schutz einiger Trümmer, um das Gebäude in einem weiten Bogen zu umrunden. Ich traf auch am Hintereingang auf einen Dämon, doch das verstärkte mein Misstrauen noch. Wieso hatte es Leviathan nötig, ein Gebäude bewachen zu lassen, während er die Welt eroberte? Ich musste herausfinden, was passiert war. Wo auch sonst hätte ich mit meiner Suche weitermachen können? Befand sich Leviathan vielleicht sogar noch in der Verborgenenorganisation? Ich wagte nicht, es zu hoffen.

Mit dem Dämon am Hintereingang würde ich fertigwerden müssen, um in das Gebäude zu gelangen. Ohne lange zu überlegen, schloss ich für einen Moment die Augen und konzentrierte mich, bis die Energie in meiner Brust zu einem wirbelnden Ball zusammengefügt war und wild vor sich hin pulsierte. Das vertraute Kribbeln kroch über meine Haut, der metallische Geschmack meiner Zunge war nur allzu vertraut, und ich bemerkte überrascht, dass Baals restliche Energie völlig aus meinem Körper verschwunden war. Derek hatte mit seiner Theorie vollkommen recht gehabt. Die Prana der Dämonenfürsten, schwer und düster, konnte die Dimensionen nicht ohne Weiteres verlassen. Es war wie ein Sieb, das die Energie beim Wechseln der Welten herausfilterte und in der Unterwelt beließ. Auch Leviathan hätte die Unterwelt nicht verlassen können, wenn er nicht mit dem Silax ein gewaltiges Loch in dieses Sieb gerissen hätte.

Mit schlechtem Gewissen dachte ich an Chaz, der mir in den letzten Wochen immer wieder eingebläut hatte, meine Energie stets und ständig einsatzbereit durch die Adern fließen zu lassen. Wie lange war ich nun schon in der Realität, ohne einen Gedanken daran verschwendet zu haben? Grummelnd überlegte ich mir eine Taktik. Es ärgerte mich, dass ich noch immer nicht gelernt hatte, wie ich meinen Körper mithilfe der Biokinese fast unsichtbar machen konnte, aber Baal hatte mich darüber aufgeklärt, dass nur wenige Dämonen dazu imstande waren.

Mir wollte absolut kein glorreiches Ablenkungsmanöver einfallen, also schlich ich mich so nah wie möglich an den Dämon heran. Uns trennten noch etwa zwanzig Meter, als der Schutz der Häuser endete. Ich hatte keine Ahnung, wie es um die Fähigkeiten meines Gegners stand, und konnte nur hoffen, dass Leviathan seine stärksten Krieger nicht zur Wache eingeteilt hatte. Ich biss mir konzentriert auf die Unterlippe, als ich die Armbrust hob und aus meinem Versteck heraus zielte. Der Schuss musste sitzen, sonst war nicht nur meine Position verraten, sondern der Dämon auch vorgewarnt.

Die letzten Strahlen der Sonne waren verblasst, der Himmel leuchtete in einem blutigen Rot, das mich an ein Schlachtfeld erinnerte und in das sich immer mehr violette Streifen mischten. Ich hielt den Atem an, zielte und ließ den Finger über dem Abzug schweben. Über mir erklang wieder der Flügelschlag eines Mairas.

Konzentrier dich, ermahnte ich mich und nahm mir einen weiteren Moment Zeit, um mein Ziel anzuvisieren. Mit einem schnappenden Geräusch schoss der Pfeil durch die Luft und bohrte sich direkt in die Schläfe des Wachpostens, der mit einem Laut des Erstaunens in sich zusammensackte. Für einen kurzen Moment hatte ich das Bedürfnis, den Arm triumphierend in die Luft zu stoßen, hätte ich nicht eigentlich auf das Herz und nicht das Gesicht des Dämons gezielt. Wenigstens war mein Ziel erreicht.

Mit einem weiteren Blick nach oben schlüpfte ich aus dem Versteck und eilte zur Hintertür. Doch gerade, als ich über die Überreste des toten Dämons stieg, öffnete sich die Tür, und ich stand einem weiteren verdutzten Dämon mit gelben Zahnstümpfen gegenüber.

»Hi«, sagte ich aufgesetzt, griff an meine Seite und rammte ihm mein Kilidsch in den Hals. Röchelnd ging er in die Knie, und ein Schwall von dunklem, zähflüssigem Blut ergoss sich über meinen Pullover. Ich taumelte würgend zurück und übergab mich an der Außenmauer der Verborgenenorganisation, als mich der Geruch nach Fäulnis und Blut überschwemmte.

Nachdem ich auch das letzte bisschen, das in meinem Magen übrig geblieben war, herausgewürgt hatte, lehnte ich mich bitter lächelnd an die kühle Steinmauer, bis mein Magen sich beruhigt hatte. Falls Leviathan etwas von dem

Vorfall bemerkt hatte und mich kotzend und röchelnd hier fand, würde er sich vor Lachen kringeln. Ich brauchte einen Moment, um wieder zu Atem zu kommen. Die Aufregung, die Angst, die Leichen der Menschen und nun auch noch stinkendes Dämonenblut auf meiner Kleidung waren einfach zu viel gewesen.

»Weichei«, schalt ich mich und rappelte mich auf.

Vorsichtig drückte ich die Tür einen Spalt weit auf und spähte ins Innere. Die große Halle mit dem riesigen Dinosaurierskelett war ruhig und verlassen, doch auch hier waren die Spuren eines Kampfes nicht zu übersehen. Fast wäre ich auf einer schimmernden Blutlache ausgerutscht, die eindeutig menschlich war. Die Leichen hatte man beiseite geräumt, doch hier und da waren Anzeichen von Magie zu erkennen, die Löcher in die Wände gerissen und einen steinernen Torbogen zum Einsturz gebracht hatte. Meine Schritte hallten unnatürlich laut auf dem gefliesten Boden, doch offenbar hatte Leviathan nur wenige seiner Anhänger hier gelassen.

Nach einem kurzen ratlosen Moment entschied ich mich gegen den Weg, der zu den Laboren und dem Kerker führte. Stattdessen huschte ich in den Gang, der mich zu den Büros und dem Archiv brachte. Es war keine Menschenseele zu sehen. In einigen Räumen waren Tische und Stühle umgeworfen, woraus ich schloss, dass der Angriff vollkommen unerwartet stattgefunden hatte. Ich warf nur flüchtige Blicke in die Räume.

Vor der Tür zum Archiv lag ein lebloser Körper. Ich kannte dieses langgezogene Gesicht und die schlaksigen Gliedmaßen, die unnatürlich verdreht waren. Zögernd trat ich näher und betrachtete die Leiche von Robert Yannick. Er war überzogen von Reif, der ihn in dem Dämmerlicht seltsam glitzern ließ. Irgendjemand hatte ihn noch in der Bewegung zu Eis erstarren lassen. Ich empfand kein Mitleid für den

Mann, der mich verraten und an die VO verkauft hatte. Dennoch blieb ich einige Atemzüge reglos stehen und konnte den Blick nicht von dem bleichen Gesicht abwenden. Dann riss ich mich zusammen und forschte weiter.

Das Archiv war abgeschlossen, und auch die Versammlungshalle wirkte düster und verlassen. Ich kniff die Augen zusammen. Wieso waren die Eingänge bewacht? Irgendetwas musste es hier geben. Ich trat den Rückzug an, doch beim Büro der Jäger hielt ich inne. Hinter dem letzten Schreibtisch wand sich eine Treppe nach oben, halb verdeckt von einem Aktenschrank. Ich hatte sie vorher nicht entdeckt, doch da ich nun einmal hier war, wollte ich die Gelegenheit nicht ungenutzt lassen. Es ärgerte mich, dass ich hier anscheinend völlig umsonst Zeit vergeudet hatte. Ich stieg die Metallstufen empor und fand mich in einem weitläufigen Korridor wieder, an dessen Ende sich eine hölzerne Doppeltür befand. Hoffnungslos und doch neugierig stieß ich sie auf, um gleich darauf vor Schreck einen Schritt zurück zu machen. Der Raum war keineswegs so verlassen, wie ich es vermutet hatte, doch nach einem kurzen Augenblick hatte ich mich wieder gefasst.

»Mr. Cole?«

Ich befand mich in seinem Büro, so viel ließ sich schon mal sagen. Dieser monströse Schreibtisch, der edle Parkettboden und die schweren, bestickten Vorhänge konnten nur zu einem Raum gehören, dessen Besitzer viel Macht und Einfluss hatte. Allein deshalb wollte der gebrochene Mann im zerrissenen Anzug und mit den zerzausten, hellblonden Haaren nicht so recht ins Bild passen. Henry Cole, der VO-Leiter, kauerte mit blutender Lippe vor seinem Schreibtisch und hielt einen Bilderrahmen fest umklammert, während er sinnlose Worte vor sich hin flüsterte. Nichts an ihm erinnerte mehr an den arroganten, stattlichen Mann, den er einst dargestellt hatte.

»Mr. Cole«, sagte ich erneut und betrat den Raum, noch immer nicht sicher, was ich davon halten sollte. Seine Augen huschten zu mir und wanderten ungläubig über mein Gesicht.

»Du!«, stieß er hervor, als ich näher trat und mich zu ihm herabbeugen wollte. Ängstlich kroch er rückwärts, ohne mich aus den Augen zu lassen. Verwirrt hielt ich inne.

»Bist du nun hier, um mich endgültig zu erledigen?«

Mit aufgerissenen Augen erinnerte ich mich gerade noch so daran, wie man den Mund schloss.

»Ich weiß nicht, was Sie meinen. Was ist hier passiert?«, stammelte ich.

Mr. Cole schien mich gar nicht zu hören. »Fast hatte Vanessa mich so weit. Ich wollte deine Strafe lockern, doch stattdessen hetzt du uns diese Dämonenbrut auf den Hals! Du und Yannick, ihr habt ein tolles Schauspiel geliefert!«

Jedes Wort spie er förmlich aus, wobei er den Fußboden mit Spucke besprenkelte. Seine Worte waren wie Messerstiche, die mich bis tief ins Herz trafen. Sie glaubten tatsächlich, dass ich dafür verantwortlich war? Bevor ich es stoppen konnte, wallte meine Energie in mir auf und ließ meine Haare schweben.

»Mr. Yannick? Was soll das heißen? Ich habe nichts mit alldem zu tun«, stieß ich zornig hervor, doch das ließ nur noch das letzte bisschen Farbe aus dem Gesicht des Mannes weichen.

Der VO-Leiter besann sich einen Moment und kniff misstrauisch die Augen zusammen.

»Was willst du dann hier?«, fragte er matt. Er schien nicht ein Wort von dem zu glauben, was ich ihm gerade gesagt hatte.

»Tja, bis vor kurzem hatte ich noch vor, Sie beim Kampf gegen Leviathan zu unterstützen, aber vielleicht sollte ich einfach wieder verschwinden.« Ich verschränkte bockig die

Arme vor der Brust, doch dann seufzte ich. Dort draußen waren hunderte von Menschen gestorben. Widerwillig entkrampfte ich meine Arme und ließ mich vor Mr. Cole nieder.

»Ich gebe einen Eid darauf, dass ich nichts von alldem gewusst habe, oder zumindest nicht rechtzeitig genug, um Sie zu warnen«, sagte ich milde und hielt seinem Blick stand. Dem Blick eines Mannes, der vor kurzem erst dem Tod ins Auge geblickt hatte. »Was ist hier passiert? Wo ist Leviathan?«

Henry Cole holte zitternd Luft. »Robert Yannick. Er ist ein Verräter und hat gemeinsame Sache mit diesem Leviathan gemacht. Sie kamen wie aus dem Nichts aus dem Archiv. Diese Kreaturen, sie haben die Stadt in Schutt und Asche gelegt und uns niedergemetzelt. Wir hatten keine Chance«, flüsterte er heiser, und seine Stimme brach.

Das Archiv. Natürlich. Der ganze Keller lag in einem riesigen Beschwörungskreis, in dem die VO einen Zerberus hielt, um die wichtigen Dokumente zu schützen. Wir waren dem Höllenhund vor zwei Jahren begegnet. Mr. Yannick musste den Kreis genutzt haben, um Leviathan und seine Dämonen zu beschwören. Groß genug war der Keller allemal.

Ich konnte nur ahnen, warum der VO-Leiter verschont worden war. Leviathan schien mit ihm noch nicht fertig zu sein.

»Was ist mit Yannick passiert? Wo ist Leviathan jetzt?«, fragte ich angespannt.

Zu meiner Enttäuschung zuckte der VO-Leiter mit den Achseln. »Yannick wurde vor meinen Augen von Leviathan selbst getötet. Ich schätze, der Dämon hat ihn nicht mehr gebraucht oder wollte mir damit Angst machen. Er hat uns mit seinem Angriff mitten ins Herz getroffen, und das wusste er genau. Ich schätze, er wird nach und nach alle auslöschen, die ihm nur irgendwie gefährlich werden können.«

Unruhig erhob ich mich und ging im Raum auf und ab. Vor der riesigen Fensterwand verdunkelte sich der Himmel, und die ersten Sterne waren zu sehen. Unter uns lagen die Trümmer der Stadt.

»Leviathan hat das VO-Gebäude nicht zerstört«, sagte ich stirnrunzelnd. Wollte er es als eigenen Sitz nutzen? Wollte er hier seine Herrschaft beginnen? Wo zum Teufel war er dann jetzt? Wenn Mr. Cole recht hatte, dann wollte der Dämonenfürst den Überraschungseffekt nutzen und so schnell wie möglich alle aus dem Weg räumen, die sich für einen Kampf rüsten konnten. Doch wer konnte ihm am gefährlichsten werden? Die Jäger der VO, die Kampftruppe der verborgenen Welt, hatte er erfolgreich ausgelöscht. Auf wen hatte er es als Nächstes abgesehen? Das Militär? Oder ...

Ich schnappte nach Luft, während ich mich fühlte, als wäre ich in einen Kübel mit Eiswasser gesprungen. Entsetzt drehte ich mich zum VO-Leiter um, der noch immer keine Anstalten machte, sich vom Fußboden zu erheben. Er wirkte wie ein getretener Hund.

»Wann ist Leviathan hier verschwunden?«, fragte ich panisch.

Er zuckte mit den Achseln, als wäre diese Frage vollkommene Zeitverschwendung. »Vor etwa zwei Stunden. Ich glaube nicht, dass er so bald wieder hier auftaucht.«

»Darum geht es nicht. Ich weiß, wohin Leviathan wollte«, hauchte ich heiser, doch Henry Cole schien es kaum noch zu interessieren.

»Wo haben Sie die meisten Ihrer Leute hingeschickt? Ich meine außer denen, die hier gebraucht wurden?«

Bei meinem panischen Blick schien er nun doch stutzig zu werden.

»Ich habe einige Männer abgeordnet, die sich voll und ganz auf die Suche nach Ihnen begeben haben«, sagte er verwirrt. »Sie sind in London Streife gelaufen und hauptsächlich …« Er verstummte und sein Gesicht wurde aschfahl.

Stöhnend hockte ich mich hin und vergrub das Gesicht in den Händen.

»Leviathan ist auf dem Weg zur Winterfold Akademie.« Die Akademie war nicht nur mit voll ausgebildeten Lehrern, sondern auch regelmäßig mit Wächtern der VO ausgestattet, seit … nun ja, seit ich angefangen hatte, die Schule zu besuchen. Es war der Ort, an dem sich noch die letzten richtigen Krieger versammelten. Der Ort, an dem neue Krieger herangezogen wurden. Potenzielle Gefahren für Leviathan. Und es war der Ort, an dem meine Freunde sich befanden.

Kapitel 27

»Jetzt kommen Sie schon«, sagte ich ungeduldig und zerrte Mr. Cole auf die Beine. Er schwankte, und die weißblonden Haare fielen ihm wirr in die Stirn. Sie glänzten wie Silber im Schein der Schreibtischlampe, die ich eingeschaltet hatte.

»Wohin gehen wir?«, fragte er unmotiviert.

»Wohin? Ist das Ihr Ernst? Zur Winterfold Akademie natürlich!«

Seine schreckgeweiteten Augen musterten mich, als hätte ich den Verstand verloren. Er hatte Angst, das war deutlich erkennbar, und bei dem, was er in den letzten Stunden erlebt hatte, auch nachvollziehbar. Doch ich hatte keine Zeit, um darauf auch noch Rücksicht zu nehmen.

»Mr. Cole, Ihre Tochter befindet sich in der Akademie!«

Sorge überzog für einen Moment seine Gesichtszüge, vertiefte die Fältchen und ließ ihn älter wirken als jemals zuvor.

»Vanessa. Vielleicht kann sie sich ...«

Genervt warf ich die Hände in die Luft.

»... retten? In Sicherheit bringen?«, fauchte ich ihn ungläubig an. »Seien Sie kein Narr! Vanessa wird kämpfen bis zum bitteren Ende, genauso wie viele andere dort. Sie brauchen alle Hilfe, die sie kriegen können! Oder wollen Sie hier warten, bis Leviathan zurückkehrt?«

Mr. Cole riss die Augen auf und schüttelte den Kopf. Endlich. Unsanft schob ich ihn zur Tür. Er humpelte, doch sonst schien er keine Verletzungen zu haben.

Bevor wir den Korridor erreicht hatten, blieb er jedoch wie angewurzelt stehen. »Wir können hier nicht weg! Dort draußen sind Dämonen!«

»Ach, was Sie nicht sagen«, erwiderte ich trocken.

»Nein, ich meine *hier* im Gebäude! Er hat sie zurückgelassen.«

Mit meiner Geduld am Ende verpasste ich ihm einen Stoß aus der Tür hinaus.

»Ich weiß nicht, wie viele er zurückgelassen hat«, sagte ich gedämpft, »aber zwei davon sind erledigt.«

Er drehte sich ungläubig um.

»Wie haben Sie das geschafft?«, fragte er erstaunt.

Entschlossen packte ich ihn an dem verschlissenen Ärmel des Anzuges und zerrte ihn vorwärts.

»Ich bin selbst ein Dämon, schon vergessen?« Seine eisblauen Augen musterten mich, als wäre ihm diese Tatsache in den letzten Minuten nicht bewusst gewesen.

»Abgesehen davon braucht es keine besonderen Fähigkeiten, sie sind genauso verwundbar wie wir. Nur eben stärker«, fügte ich unbehaglich hinzu, doch zum ersten Mal huschte ein Hauch von Hoffnung über das Gesicht des VO-Leiters. Auf leisen Sohlen stiegen wir die Treppe hinunter und schlichen durch das Büro. Henry Coles Schritte wurden immer zögernder. Ängstlicher. Ich zog die Armbrust von der Schulter und drückte sie ihm in die Hand.

»Können Sie damit umgehen?«, fragte ich ihn, und er schüttelte mit dem Kopf.

»Macht nichts«, murmelte ich. »Ich auch nicht. Halten Sie das Ding einfach in Richtung der Dämonen und drücken Sie ab.«

Er hob die Armbrust unbeholfen hoch und prüfte ihr Gewicht.

»Der anderen Dämonen!«, fügte ich hinzu und riss sie ihm fast aus der Hand, als der Lauf für einen kleinen Moment auf meine Brust zeigte. Gott, was hatte ich mir nur dabei gedacht? Doch der zitternde Mann an meiner Seite schien endlich etwas selbstsicherer geworden zu sein.

»Gibt es hier eine Tiefgarage oder so?«, fragte ich planlos, als wir die große Halle erreichten. Mit einem Kopfnicken deutete er auf einen der Torbögen auf der anderen Seite der Halle, den ich bisher nie betreten hatte. Ich warf einen nervösen Blick zum Haupteingang, vor dem immer noch zwei Dämonen stehen mussten. Hatten sie mein Blutbad an der Hintertür schon bemerkt?

Der fensterlose Korridor, in den wir gelangten, führte uns hinab zu einer weitläufigen Garage. Unachtsam öffnete ich die schwere Metalltür und stieß Mr. Cole im letzten Moment hinter einen Jeep, als ein saphirblauer Energieball direkt an der Stelle, an der wir gestanden hatten, an die Wand prallte und Staub von der Decke rieseln ließ. Das Gebäude war also doch nicht ganz unbewacht.

Auf dem Boden hockend spähte ich um das Auto. Ein untersetzter Dämon mit Buckel und einem faustdicken eitrigen Furunkel unter dem Auge schritt langsam auf uns zu. Ich drängte den VO-Leiter hinter das nächste Auto, als der Jeep mit einem tosenden Krachen explodierte und Metallteile auf uns herabrieselten. Panisch klopfte ich auf meinen brennenden Pulloverärmel. Meine gesamte rechte Körperhälfte schien zu glühen, und ich spürte, wie sich die Haut unter der Hitze ablöste. Rauch hüllte uns ein und verdeckte meine Sicht.

Ich hörte die Schritte des Dämons unmittelbar in der Nähe, warf mich hinter dem Auto hervor und schoss im selben Moment meinen eigenen Energieball ab, der sein Ziel hoffnungslos verfehlte. Der Dämon stoppte verdutzt und schien erst jetzt zu erkennen, dass er es nicht nur mit einem verängstigten VO-Leiter zu tun hatte. Ich nutzte den unachtsamen Moment und wandelte die Energie in meinem Inneren zu Telekinese um. Mitten in der Bewegung erstarrte der Dämon, bewegungsunfähig bis in die letzte Pore. Meine Fähigkeiten waren jedoch längst nicht so gut wie die meines Vaters. Ich spürte, wie der Dämon dagegen ankämpfte und sich immer weiter aus der Starre meiner Magie befreite. Mir blieben nur noch wenige Augenblicke, um etwas zu unternehmen.

Plötzlich schoss sirrend ein Pfeil durch die Luft und bohrte sich in die Brust der Kreatur. Ein weiterer folgte, blieb in der Schulter stecken und ließ ihn in die Knie gehen. Die Haut des Dämons wurde aschfahl, vertrocknete zusehends und löste sich in Fetzen auf, die wie Aschepartikel in unsichtbarer Zugluft davonschwebten. Henry Cole ragte mit erhobener Armbrust und am gesamten Leib zitternd hinter der Motorhaube des Wagens hervor.

»Nicht schlecht«, sagte ich anerkennend, und ein stolzer Anflug eines Lächelns umspielte seine bleichen Lippen. Dieser verfluchte Bürokrat konnte besser schießen als ich.

»Also, wo sind die Schlüssel? Wir sollten hier verschwinden, bevor noch mehr von denen auftauchen.«

Mr. Cole führte mich zu einem verschlossenen Metallkasten an der Wand und zückte einen monströsen Schlüsselbund. Es dauerte einen Moment, bis er den richtigen Schlüssel gefunden hatte und das Schloss entsicherte. Hervor kamen etwa fünfzig Autoschlüssel, die zu den Limousinen und Sportwagen gehören mussten, die uns umgaben. Ich schnappte mir den nächstbesten mit einem BMW-Zeichen und drückte auf den Knopf der Zentralverriegelung. Im hinteren Teil der Tiefgarage leuchteten die Lichter eines Autos blinkend auf.

»Das ist ein M5«, stieß Mr. Cole mit zweifelndem Blick hervor.

Ich hatte keine Ahnung, was er mir damit sagen wollte. »Und?«

»Der ist mehr wert als ... ach, vergessen Sie es«, endete er kopfschüttelnd.

Ich drückte ihm die Schlüssel in die Hand. »Sie fahren.«

Er blieb wie angewurzelt stehen. »Ich ... es tut mir leid, ich kann nicht Auto fahren.«

Entgeistert starrte ich ihn an. »Was? Und das sagen Sie mir erst jetzt?!«

Entschuldigend zuckte er mit den Achseln. »Für gewöhnlich werde ich überall hingefahren.«

Ich schnaubte frustriert, eilte zu dem mattschwarzen Wagen, der von Nahem bedeutend furchteinflößender wirkte, und ließ mich hinter das Lenkrad gleiten. Der VO-Leiter setzte sich zögernd auf den Beifahrersitz.

»Sie wissen, wie man fährt?«, fragte er skeptisch.

»Nein«, antwortete ich wahrheitsgemäß. »Aber wir haben keine Zeit zu verlieren.«

Tante Amalia hatte in den letzten Sommerferien versucht, mir in ihrem alten Chevy das Fahren beizubringen, und so wusste ich wenigstens die Grundregeln. Als ich jedoch die vielen Knöpfe vor mir erblickte, zweifelte ich an dem gesamten Vorhaben.

»Wozu sollen die alle gut sein?«, fluchte ich und startete den röhrenden, kraftvollen Motor. Mr. Cole klammerte sich an den Sitz, als ich den Rückwärtsgang einlegte, die Kupplung kommen ließ, wie Tante Am es mir erklärt hatte, und langsam das Gas betätigte. Der Wagen schnellte zurück, schoss in einem Bogen durch die Tiefgarage und mit einem Scheppern rammten wir das Heck einer schwarzen Limousine.

»Ups«, sagte ich kleinlaut und legte den ersten Gang ein. Mr. Cole vergrub das Gesicht in den Händen und stöhnte. Plötzlich ertönte Musik, obwohl ich nicht einmal den Versuch gestartet hatte, das Radio zu betätigen. Es dauerte eine Weile, bis mir klar wurde, dass das Klingeln aus meiner Tasche kam. Das Handy!

Ich warf einen Blick darauf und erkannte Dereks Nummer.

»Gehen Sie da mal ran!«, sagte ich und warf es dem VO-Leiter zu, bevor ich das Gas erneut betätigte und den röhrenden Wagen ruckelnd zum Ausgang lenkte.

»Derek!«, rief ich, als Vanessas Vater den Anruf entgegengenommen und den Lautsprecher angestellt hatte.

Dereks Stimme klang abgehackt und war unter dem Rauschen nur schwer zu verstehen. »Jill, mein Gott bin ich froh, dass es dir gut geht.«

Fast auf der Stelle schossen mir Tränen in die Augen. Wie sehr hatte ich meine Freunde in den letzten Wochen vermisst. Die Sorge um sie hatte mich fast wahnsinnig gemacht.

»Wie ist die Lage bei euch? Geht es euch gut?«, fragte ich mit erstickter Stimme.

Ein weiteres Rauschen war zu hören, bevor er antwortete.

»Bis jetzt, ja. Ich habe Chaz beschworen. Leviathan ist hier. Das Schild der Schule hält ihn noch auf, die Lehrer verstärken es mit ihrer Magie, aber es ist nur eine Frage der Zeit bis sie hier eindringen. Du ... du solltest nicht kommen.«

Ich erstarrte, und es rumpelte, als ich über einen flachen Trümmerhaufen fuhr. Ich sollte nicht kommen? Das konnte nur heißen, dass Derek unsere Gewinnchancen nicht allzu gut einschätzte.

»Was soll das?«, fragte ich heiser. »Natürlich komme ich.«

Derek seufzte am anderen Ende der Leitung. »Ich habe nichts anderes erwartet.«

Eine peinliche Pause entstand. Das Schweigen lastete auf mir.

»Wenn sie so weiterfährt, kommen wir sowieso nie an«,

knurrte Mr. Cole und durchbrach die Stille. Ich warf ihm einen bösen Blick zu und trat fester aufs Gas.

»Haltet durch« sagte ich, und Derek legte auf. Ich konnte nur hoffen, dass ich seine Stimme gerade nicht zum letzten Mal gehört hatte.

Wir hatten einen Plan! Zugegeben, es war kein besonders guter, und für meinen Geschmack waren es eindeutig zu viele Dinge, die dabei schief gehen konnten, doch war es wenigstens etwas. Fast die gesamte Fahrt hatten wir darüber gesprochen, gefachsimpelt und spekuliert. Wider Erwarten war Henry Cole ein ausgezeichneter Stratege, der voll und ganz in seiner Rolle aufging und Lücken in meinem Vorhaben entdeckte, auf die ich nie gekommen wäre. Widerwillig musste ich zugeben, dass wir ein gutes Team abgaben. Ich gehörte nicht zu denjenigen, die wundersame Pläne austüftelten, sondern war eher diejenige, die einfach drauflos hexte.

Nur bei einer Sache waren wir uns uneinig gewesen. Ich hatte den VO-Leiter gebeten, sämtliche Einsatzkräfte zu mobilisieren, die wir bekommen konnten. Er sollte beim Radiosender anrufen und eine Durchsage machen, dass jeder, der nur irgendwie einsatzfähig war, sich auf direktem Weg zur Winterfold Akademie begeben sollte. Henry Cole hielt es für völlig nutzlos. Erst als ich ihn darauf hinwies, dass dies unsere letzte Chance sei, die Welt davor zu bewahren, in Schutt und Asche gelegt zu werden, hatte er zugestimmt. Immerhin einen Vorteil hatte es, den wohl einflussreichsten Mann Englands an seiner Seite zu haben. Es hatte nicht einmal fünf Minuten gedauert, bis er den Verantwortlichen des Senders an der Strippe hatte. Nur wenige Augenblicke später ertönte die Stimme der Nachrichtensprecherin aus dem Kanal mit dem verschlüsselten Sendesignal, das den Normalsterblichen unbekannt war. Sie hielt eine bewegende Ansprache, erläuterte kurz die Situation in London und rief dann dazu auf, die Winterfold Akademie im Kampf gegen die Dämonen zu unterstützen.

Je näher wir unserem Ziel jedoch kamen, umso mehr zweifelte ich an meiner Idee und hoffte, dass ich nicht auch noch die Menschen, die dem Aufruf folgten, in den Tod schickte. Dass der VO-Leiter in Schweigen verfallen war, machte die Situation nicht einfacher. Er ließ keinen Zweifel daran, dass er dies für die letzte Nacht seines Lebens hielt. Aber wie hieß es so schön: Die Hoffnung stirbt zuletzt. Es unversucht zu lassen, Leviathan die Stirn zu bieten, war für ihn ebenso wie für mich noch unerträglicher, als bei dem Versuch zu sterben.

Als ich in den finsteren Waldweg des Winterfold Forests abbog, waren meine Hände schweißnass und die Muskeln vor lauter Anspannung verkrampft. Meine rechte Gesichtshälfte brannte noch immer wie Feuer. Ich hatte noch keinen Blick in den Rückspiegel gewagt, denn ich wusste auch so, dass meine Wange mit Brandblasen übersät war. Im Angesicht der Tatsache, dass wir auf dem Weg in den sicheren Tod waren, spielte es eine eher geringe Rolle. Ich betete, dass Leviathan es noch nicht in die Schule geschafft hatte und wir wenigstens den Hauch einer Chance hatten, unseren Plan in die Tat umzusetzen, so jämmerlich er auch sein mochte. Falls wir es überhaupt bis in die Schule schafften. Der BMW hatte schon vor etlichen Kilometern angefangen, klappernde und röhrende Geräusche von sich zu geben, die selbst ich als Anti-Autoexperte nicht länger ignorieren konnte.

Die Straßen in London waren katastrophal gewesen. Ich hatte den Wagen um die Trümmer der Stadt herumlenken müssen, war über umgestürzte Zäune und herabgefallene Dachziegel gefahren und hatte auch nicht angehalten, wenn Äste oder gar dünne Baumstämme die Straße blockierten.

Zusammen mit meinen katastrophalen Fahrkünsten hatte der Wagen einiges aushalten müssen, und es grenzte an ein Wunder, dass wir es bis hierher geschafft hatten. Mr. Cole hatte nach wenigen Minuten aufgegeben, mich anzubrüllen, und nachdem ich ihm gedroht hatte, ihn auf der Stelle mitten auf dem Bürgersteig abzusetzen, waren auch seine nervigen Seufzer verstummt. Vermutlich würde ich für den Rest meines Lebens Schadensersatz leisten müssen, sollten wir das hier überleben.

Mittlerweile hatte es zu regnen begonnen. Ich atmete auf, als der Scheibenwischer von alleine ansprang, ohne dass ich danach suchen musste.

»Haben Sie eigentlich auch nur einen einzigen Gedanken daran verschwendet, wie wir auf das Gelände der Akademie kommen sollen, wenn es von Dämonen umringt ist?«, fragte der VO-Leiter, und ich biss die Zähne zusammen.

»Ja«, sagte ich schlicht und blickte stur geradeaus, während ich den BMW mit hundert Sachen über den Waldweg jagte. Die Schlieren auf der Scheibe verschlechterten die schon eingeschränkte Sicht der unbeleuchteten, engen Schotterstraße noch weiter.

»Und darf ich fragen, wie?«, fragte er spöttisch, doch ich wusste, dass er damit nur seine Nervosität überspielte.

»Nein, dürfen Sie nicht«, murmelte ich und packte das Lenkrad fester.

Für gewöhnlich hielt ein Schutzschild nur Dämonen und Mairas ab, jeder mit nur einer annähernd hexenähnlichen Prana konnte ihn ungehindert passieren. Allerdings hatte man den Schild verstärkt, und ich war mir keineswegs sicher, was das bedeutete.

Vor uns lichtete sich der Wald, während die Bäume verschwommen an den Fenstern des Wagens vorbeirasten und in der Dunkelheit rechts und links verschwanden. Soweit ich es sagen konnte, war nirgends ein Dämon zu sehen, doch ich machte mir auch nicht die Mühe, langsamer zu werden und die Umgebung abzusuchen. Vor uns glitzerte das schmiedeeiserne Tor der Akademie im schwachen Mondlicht, während die Gebäude sich düster dahinter erhoben. Nichts deutete darauf hin, dass hier ein Kampf stattgefunden hatte oder bald stattfinden würde. Alles lag friedlich und unbeleuchtet an Ort und Stelle. Ich rutschte tiefer in den Sitz und drückte das Gaspedal durch, als wir uns dem Tor näherten.

»Was haben Sie vor?!«, rief Mr. Cole mit hoher, fast panischer Stimme.

»Halten Sie sich fest«, sagte ich, ohne langsamer zu werden, während die Gitterstäbe und damit auch der Schutzschild immer näher kamen.

Kapitel 28

Ein Krachen, ein Splittern, und schon war meine Sicht von einem weißen Ballon getrübt, der unangenehm gegen mein Gesicht schlug und mir die Luft zum Atmen nahm. Geistesgegenwärtig trat ich die Bremse, während der Motor des Wagens erstarb und Rauch aus den Schlitzen der verbeulten Motorhaube drang. Laute Stimmen riefen etwas, doch ich konnte sie durch die geschlossenen Scheiben nicht verstehen. Neben mir ächzte der VO-Leiter und hielt sich die blutende Stirn. Sein Airbag war nicht aufgegangen. Wie schade.

Ich versuchte, die Tür zu öffnen, doch erst, nachdem ich mich mit der Schulter dagegen geworfen hatte, strömte die kalte Nachtluft herein, und Regentropfen benetzten mein Gesicht. Ich blinzelte, als mir eine Taschenlampe direkt ins Gesicht leuchtete, bis plötzlich ein heller Energieball mit einem kaum merklichen blauen Schimmer den düsteren Campus erhellte und uns in mattes Licht tauchte. Er musste Chaz gehören. Die Schatten nahmen Gestalt an und entpuppten sich als Jäger der Verborgenenorganisation in ledernen Kampfanzügen und mit hocherhobenen Waffen.

»Immer mit der Ruhe«, japste ich und riss die Hände in die Luft, als ich in den Lauf eines Maschinengewehres blickte.

»Meine Güte, nehmen Sie die Waffen herunter«, ertönte

die Stimme der Schulleiterin. Die zierliche Vampirin sah mir prüfend ins Gesicht, bevor sie mich am Arm packte und sanft an den Wächtern vorbeischob. Sie warf einen ungläubigen Blick zurück auf das, was einmal ein nagelneuer BMW gewesen war.

»Ist das etwa Henry Cole dort im Auto?!«

Ich schenkte ihr ein Achselzucken, und sie schüttelte verdutzt den Kopf. Plötzlich wurde ich in eine schraubstockähnliche Umarmung gezogen, während mir rostrote Ringellöckchen die Sicht raubten.

»Du hättest in Sicherheit bleiben sollen«, schluchzte Alissa, und ich drückte sie an mich, während ich tief den vertrauten Duft nach Blumen einsog und zum allerersten Mal seit meiner Ankunft das Gefühl hatte, wieder zu Hause zu sein.

»Ich habe euch so vermisst«, schluchzte ich mit erstickter Stimme, als zwei starke Arme sich um uns legten und Dereks Gesicht hinter Alissa erschien. Zitternd und mit schmerzenden Knochen löste ich mich von ihr, um auch ihn in den Arm zu schließen. Conchobhar sprang auf meine Schulter. Der kleine Kobold schmiegte sich wortlos an meine unverbrannte Wange.

»Was hat sie mit dem Auto gemacht?!«, tönte plötzlich Ryans Stimme zu mir herüber, und ich löste mich von meinen Freunden, um nach dem Vampir Ausschau zu halten. Er stand einige Meter entfernt und starrte mit offenem Mund auf den Wagen, der sich kaum noch als M5 identifizieren ließ.

Hallo? Verschollene Freundin zurück aus Unterwelt, dachte ich und verschränkte schnaubend die Arme vor der Brust. Ryan warf mir einen fassungslosen Blick zu, erst dann schien er sich zu besinnen und zog mich in eine feste Umarmung. Auf der Stelle entkrampften meine Muskeln, und hätte er mich nicht festgehalten, wäre ich zusammengesackt. Heiße Tränen liefen an meinen Wangen herab, als sein düsterer, vertrauter Geruch nach Leder und Vampir mich einhüllte und für einen Moment vergessen ließ, in welch aussichtsloser Situation wir steckten. Ich konnte nicht anders, als seinen Kopf zu mir herabzuziehen und fast verzweifelt die weichen Lippen zu küssen, die sich zu einem atemlosen Grinsen verzogen. Cox verließ mit einem angeekelten Laut meine Schulter. Viel zu schnell musste ich mich von Ryan lösen, wohl wissend, dass wir von allen Seiten beobachtet wurden. Mittlerweile war auch Mr. Cole aus dem Wagen gekrochen.

»Wie sieht es aus?«, fragte ich Ryan, und sein Gesichtsausdruck verdüsterte sich.

»Nicht gut. Der Schild wird von Minute zu Minute schwächer, uns bleibt nicht mehr viel Zeit. Alle Schüler haben sich in der großen Halle versammelt, die Lehrer und VO-Wächter sichern das Gelände. Selbst wenn wir alle kämpfen … Jill, es sind einfach zu viele. Es sind hunderte, wenn man die Mairas mit einbezieht.«

Das stimmte ungefähr mit dem überein, was Mr. Cole mir gesagt hatte. Etwa hundert Dämonen, und auf jeden Dämon kamen drei oder vier Mairas. Wenn man bedachte, dass wir im letzten Jahr mit einer Handvoll Leute gegen *einen* Dämon gekämpft und dabei noch einen von uns verloren hatten, standen die Chancen ziemlich schlecht.

Stirnrunzelnd spähte ich in die Dunkelheit, doch der Wald entlang der Winterfold Akademie lag still und verlassen im schwachen Schein des Mondes. Die Baumwipfel glänzten in einem silbernen Licht und bewegten sich im sachten Wind. Nichts deutete darauf hin, dass die Dämonen und ihre Kreaturen der Unterwelt dort draußen lauerten, einen Weg ins Innere suchten und wir kurz vor einem entscheidenden Kampf standen. Und dennoch waren sie da. Ich konnte das Prickeln im Nacken spüren, wie immer, wenn Gefahr drohte. Die Stille zwischen den Tannen war fast unnatürlich, selbst für eine verregnete Nacht. Nervös trat ich von einem Fuß auf den anderen, während die kalten Tropfen meinen Pullover durchnässten. Mit einem Wink gab ich meinen Freunden zu verstehen, mir zu folgen. Etwas abseits der wachsamen Erwachsenen, die unbehaglich die Dunkelheit im Auge behielten, rief ich sie zusammen.

»Hört zu, wenn wir das hier überleben wollen, müssen wir uns etwas einfallen lassen. Wir sind kräftemäßig weit unterlegen und haben in einem offenen Kampf so gut wie keine Chance. Mr. Cole wird gleich alle im großen Speisesaal zusammenrufen und eine Ansprache halten. Ally, du wirst dich zu ihm gesellen und die Gefühle der Menschen so gut wie möglich beeinflussen. Wenn dieser Lappen von VO-Leiter etwas kann, dann ist es, die Menschen mit Worten anzustacheln. Macht ihnen Mut, weckt ihren Kampfgeist und gebt ihnen vor allem das Gefühl, dass noch nicht alles verloren ist, dass wir kämpfen können und müssen!«

Ally nickte entschlossen, und ich warf ihr einen dankbaren Blick zu. Sie hatte die Hoffnung doch noch nicht ganz über Bord geworfen, was ihrer Aufgabe nur zugutekam. Wer konnte schon die Menschen motivieren, wenn er selbst den Kopf in den Sand gesteckt hatte? Alles in allem schien sie froh zu sein, endlich eine vernünftige Aufgabe und etwas zu tun zu haben. Cox thronte auf ihrer Schulter, und ich gab ihm mit einem Nicken zu verstehen, dass er bei ihr bleiben und sie im Notfall beschützen sollte.

»Chaz«, sagte ich, und mein Bruder hob die Augenbrauen bei meinem befehlshaberischen Ton. »Du musst zurück in die Unterwelt. Nur für einen Moment«, fügte ich schnell hinzu, als er zu einem Protest ansetzte. Ich erklärte ihm den Grund, und nach einem brummigen Gemurmel stimmte er zu.

Dann wandte ich mich an Derek und Don.

»Ihr beiden müsst etwas vorbereiten«, erklärte ich ihnen meinen Plan und erntete erstaunte, doch auch skeptische Blicke.

»Das wird nicht funktionieren«, sagte Derek sachlich und wischte sich die Regentropfen von der Brille.

»Es ist der einzige Plan, den wir hier haben«, rief ich verzweifelt. »Wir müssen es einfach versuchen.«

Betretenes Schweigen folgte auf meinen Ausbruch. Ich räusperte mich.

»Passt nur auf, dass niemand etwas bemerkt und keiner euch sieht. Ihr habt etwa zwanzig Minuten Zeit, jedenfalls hat Cole mir das zugesagt. So lange wird er alle mit seiner Rede einlullen. Außerdem müsst ihr Chaz in die Unterwelt schicken und vor dem Kampf zurückholen. Und jetzt lasst uns die Menge zusammentreiben, bevor die Dämonen uns doch noch überraschen.«

Als ich mich umblickte, war ich fast erleichtert, dass die meisten der Wächter und Lehrer schon auf dem Weg zum Hauptgebäude waren, nachdem der VO-Leiter die Befehlsgewalt an sich gerissen hatte. Einige warfen mir misstrauische Blicke zu. Ich konnte es ihnen nicht verübeln. Für sie gehörte ich ebenfalls zu den Kreaturen, die vor dem Schutzschild der Schule darauf warteten, uns alle niederzumetzeln. Und plötzlich sollten sie Seite an Seite mit einem Dämon kämpfen? Ich hoffte, dass Henry Cole sie überzeugen konnte.

»Und welche Aufgabe bekomme ich?«, fragte Ryan etwas verstimmt, als wir die Treppen zur großen Halle hinauf stiegen.

»Das sage ich dir, wenn wir Vanessa und Jonathan gefunden haben«, flüsterte ich ihm zu und erntete einen erstaunten Blick. Es dauerte nicht lange, und ich konnte die beiden in dem Gedränge ausmachen. Eilig winkte ich sie heran. Mit skeptischen Blicken lauschten sie meinen Worten und stimmten zu. Ich atmete tief durch. Blieb nur noch zu hoffen, dass ich mich nicht gänzlich irrte und gerade unseren Untergang besiegelt hatte.

Eine halbe Stunde später standen wir auf dem Campus versammelt. Ryan hatte die Formation der Kampftruppen übernommen und dabei auf einen Ausgleich der Kräfte geachtet. Schüler standen nun jeweils zu gleichen Teilen zwischen Lehrern und Wächtern, um keine Schwachstelle in der kleinen Armee zu haben, die nun auf dem gepflasterten Platz vor dem Hauptgebäude postiert war. Ich selbst stand mit meinen Freunden relativ weit vorne. Hinter mir konnte ich Mrs. Preston schniefen hören, rechts und links flankierte uns eine kleine Gruppe von VO-Jägern.

Die Hexen und Hexer bildeten einen Halbkreis in der ersten Reihe, da Magie auch von Weitem etwas ausrichten konnte. Auf sie würden die Dämonen zuerst treffen. Hinter uns standen die Werwölfe und Vampire versammelt, ließen ihre Muskeln spielen und Knochen knacken, bereit dazu, jedem Dämon, der sich durch die Reihen der Magieträger mogelte, das Genick zu brechen.

Einzig Ryan selbst hatte sich nicht dazu bewegen lassen, zu den anderen Vampiren zurückzukehren und den Platz an meiner rechten Seite zu verlassen. Ich tastete still nach seiner Hand und drückte sie fest, während der Nieselregen, der noch immer nicht aufgehört hatte, an meinem neuen Kampfanzug abperlte. Die unheimliche Stille war längst einem noch viel beunruhigenderen regelmäßigen Dröhnen gewichen. Die Dämonen hatten den Schutzschild fast gänzlich zerstört. Zwischen den Tannen erklang das Geräusch von Magie, die auf Magie traf – es hörte sich so an, als würden die Dämonen etwas gegen einen Hochspannungszaun werfen.

Ich blickte in die Gesichter, die ich in der Nähe sehen

konnte. Henry Cole und Alissa hatten gute Arbeit geleistet. Viele schienen es kaum abwarten zu können, endlich ihrer Anspannung und Angst ein Ventil zu geben. Ich konnte zwar auch ein paar ängstlich aufgerissene Augen erkennen, doch deren Besitzer bewegten sich trotz allem nicht von der Stelle. Es gab keine Möglichkeit zur Flucht. Aus der Menge heraus ragte der Springbrunnen der Schule und bildete das Herz unserer Gemeinschaft. All die Streitigkeiten unter den verschiedenen Arten waren vergessen. Hier standen sie, Vampire, Hexen und Werwölfe, Seite an Seite und bereit, ihr Leben für eine dämonenfreie Welt aufs Spiel zu setzen. Welche Ironie, dass unter ihnen zwei Dämonen waren.

Alissa und Chaz standen zu meiner Linken. Cox saß auf Allys Schulter, bereit, sie bis zum letzten Atemzug zu verteidigen. Don und Derek befanden sich hinter uns. Sie alle hielten die Hand ihres Partners fest umklammert, als sei dies die letzte Möglichkeit, noch einmal ihre Berührungen zu spüren. Auch ich selbst schaffte es nicht, meine verschränkten Finger von Ryan zu lösen.

Der Himmel brach auf, der Regen verebbte und ließ uns zitternd und bebend vor Angst und Kälte zurück. Ich strich mir eine nasse Locke hinters Ohr und zuckte zusammen, als ich meine verbrannte Gesichtshälfte berührte.

Der Mond schob sich sanft hinter den Wolken hervor und tauchte die Welt in ein silbrig glänzendes Licht. Wenigstens mussten wir nicht blind kämpfen. Aus den Kehlen der Werwölfe ertönte ein animalisches Knurren, das mir einen Schauder über den Rücken jagte. Und plötzlich verebbte das weit entfernte Dröhnen, der Wald erzitterte und erbebte für einen Moment, bevor sich die Stille wie ein Schleier über uns legte.

»Sie kommen«, hauchte ich und spannte mich an.

Kapitel 29

Ich hörte das Flügelschlagen und Kreischen der Mairas, noch bevor ich ihre Silhouetten am Himmel erblickte. Und plötzlich überrollte mich ein überwältigendes Gefühl. Noch nie hatte ich so viele Hexen und Hexer an einer Stelle gesehen, die ihre Magie in ihrem Inneren sammelten, bereit dazu, sie gegen die Dämonen einzusetzen. Die Härchen auf meinen Armen stellten sich auf, während ein Kribbeln meinen Körper beherrschte und die Luft knisterte. Unsere nassen Haare bewegten sich in einem unsichtbaren Wind, hervorgerufen durch die geballte Macht der gesammelten Magie. Selbst die Vampire und Werwölfe gaben verwunderte und erstaunte Laute von sich. Ich war mir sicher, dass sie den metallischen Geschmack ebenfalls bemerkten, die Elektrizität in der Luft spürten und erst jetzt den Hauch einer Ahnung davon bekamen, zu was Magie imstande war.

Das Kreischen der Mairas wurde lauter, doch als ich den Blick hob, konnte ich weitere große Gestalten über den schwarzen Nachthimmel jagen sehen. Einige Dämonen hatten sich verwandelt, hatten sich Flügel und Federn, Schuppen und Panzer wachsen lassen. Ich zwang mich dazu, den Blick auf den Wald zu richten, in dessen Tiefen die Schatten lebendig zu werden schienen und sich von der Dunkelheit lösten. Immer mehr Dämonen traten aus dem

Dickicht, erschienen wie aus dem Nichts zwischen den Bäumen und rückten langsam und unaufhaltbar auf uns zu.

»Haltet euch bereit«, bellte Mr. Cole. Er stand in der ersten Reihe, etwas weiter entfernt von mir. Vanessa warf ihm besorgte Blicke zu. Er hatte nicht zugelassen, dass sie sich neben ihn stellte. Ich musste ihn für seinen Mut bewundern. Von dem verängstigten, gebrochenen Mann, den ich in der Verborgenenorganisation vorgefunden hatte, war nichts mehr übrig geblieben. Kampfbereit richtete er sich auf, bereit dazu, diejenigen zu führen, die zu schützen er geschworen hatte.

Ich spannte mich an, meine Magie loderte wild in meiner Brust, brannte sich durch meine Venen und wartete darauf, endlich zum Einsatz zu kommen. Mr. Cole hob die Hand zu einem stillen Zeichen. Die Mairas und fliegenden Dämonen hatten uns fast erreicht, ihr Gestank nach Asche und Verwesung raubte mir für einen Moment die Luft.

Doch kurz bevor sie in den Sinkflug übergehen konnten, stieß Mr. Cole einen gellenden Pfiff aus. Explosionsartig schoss die Energie aus meinen Händen, während ich sie in Gedanken zu Telekinese umformte. Alissa und alle anderen, die dieses Gebiet beherrschten, taten das Gleiche und richteten ihre Magie auf die geflügelten Kreaturen, deren Kreischen augenblicklich verstummte. Wie an seidenen Fäden blieben sie in der Luft hängen, unfähig, sich zu bewegen. Ich dankte meinem Vater für diesen Einfall.

Ein weiterer Pfiff ertönte, und die Feuerhexen machten sich bereit, darunter auch Vanessa. Sie richteten die Arme gen Himmel, und im Nu war der Campus erfüllt von orangerotem Schein, während die Kreaturen hilflos in der Luft verbrannten und den Himmel mit lautlosen Feuerbällen füllten.

Inzwischen rückten die Dämonen zu Fuß unaufhörlich

näher, während auch neue Mairas die flammenden Artgenossen im Himmel umflogen und auf uns zu stürzten.

»Gleich wird es ungemütlich«, stieß ich zwischen zusammengebissenen Zähnen hervor und richtete meine Aufmerksamkeit auf die schwarze Menge vor uns.

»Schild!«, rief Mr. Cole, und die Wächter der VO traten vor. Die ersten Kämpfer in unseren Reihen gingen in Flammen auf oder erstarrten zu Eis, als die Magiewelle der Dämonen auf uns traf. Schreie erfüllten die Luft, und ein heilloses Durcheinander entstand, während die Umstehenden von ihren brennenden Kameraden wegstürzten. Ich versuchte, nicht daran zu denken, wen es erwischt hatte.

Plötzlich waren wir in einen regenbogenfarbenen, summenden Schimmer eingehüllt, der die Pranageschosse der Dämonen abprallen ließ und uns für einen Moment die Möglichkeit gab, uns neu zu ordnen. Die Dämonen kamen näher, wie eine unaufhaltsame Flutwelle rückten sie knurrend und fauchend vor, griffen unseren Schild an und erfüllten die Luft mit Donner. Ich konnte die ersten Gestalten erkennen. Einige hatten sich in grausam verformte Tiere verwandelt, doch die meisten waren in ihrer narbigen, entstellten Gestalt geblieben, in der sie die Magie durch ihre Hände nutzen konnten. Der Schutzschild vibrierte, und ich meinte, ein Flackern zu erkennen. Es war gar keine Frage, der Schild würde fallen, noch bevor sie uns erreichen würden und wir uns im Zweikampf stellen mussten.

Ich biss die Zähne zusammen und hob die Hände, während meine Haare wild um meinen Kopf peitschten und in der Woge der Magie flatterten, die von uns Hexen ausging. Nur das leichte Wellen des Grases verriet, wo meine Magie sich einen Weg bahnte. Bevor sich Leviathans Anhänger versahen, waren sie in einen Sturm gehüllt. Blätter peitschten in heillosen Wirbeln um sie herum, Staub und Dreck wehten in ihre Gesichter, der gnadenlose Wind zerrte an ihrer zerrissenen Kleidung. Meine Magie wurde von anderen verstärkt, die ebenfalls die Aerokinese beherrschten und erkannten, was ich vorhatte. Wir erschwerten ihnen das Vorankommen.

»Eis!«, ertönte die Stimme des VO-Leiters. Sie wurde mit Kampfschreien beantwortet. Nach und nach erstarrten die Dämonen in der ersten Reihe, nachdem ein silbern schimmernder Reif ihre Haut überzog und das Blut in ihren Adern gefror. Ich überließ es den anderen und konzentrierte mich weiter auf den tosenden Sturm, um meine Kräfte zu schonen. Denn genau hier lag das Problem. Die Magie der Hexen und Hexer war viel zu schnell erschöpft und reichte nicht einmal annähernd an den Level, den die Dämonen zustande brachten. Am Ende würde uns nur der Zweikampf bleiben.

Sie waren nur noch zwanzig Meter entfernt, als der Schild mit einem tosenden Krachen brach und die Mairas sich mit blitzenden Krallen und messerscharfen Dornenzähnen auf uns stürzten. Das Klirren von Schwertern erfüllte die eisige Nachtluft. Der Lärm des Kampfs dröhnte in meinen Ohren. Alle liefen durcheinander, Dämonen und Menschen stürzten aufeinander zu, gefangen in ihrem eigenen Blutrausch.

Eine eisige Ruhe nahm Besitz von mir, als ich mein Kilidsch zog und es dem ersten Dämon, der zu mir vordrang, in die schuppenbesetzte Brust rammte. Sein schlangenähnlicher Kopf schnappte nach mir, die gespaltene Zunge glitt schleimig über meine Wange, bevor ich der sterbenden Kreatur auswich und dem nächsten Dämon, der sich gerade auf Don stürzen wollte, die Waffe zwischen die Schulterblätter stieß. Don schenkte mir ein dankbares Lächeln, doch zu spät bemerkte ich, dass sich seine Augen weiteten, als er über meine Schulter blickte.

Bevor ich herumwirbeln konnte, schoss ein scharfer Schmerz in meine Schultern. Die Klauen des Mairas gruben sich in mein Fleisch, packten mich und zerrten mich in die

Luft. Panisch registrierte ich, dass ich einige Meter über dem Boden schwebte, bevor mein Verstand wieder einsetzte und ich mit dem Kilidsch um mich schlug. Ich erwischte die Bestie mit der Spitze der Waffe, nur ein kleiner Schnitt am Bauch, doch er reichte aus, um das Wesen dazu zu bringen, den Griff zu lockern.

Mit einem Aufschrei des Schmerzes wand ich mich aus seinen Klauen und stürzte zu Boden, wo ich hart auf den Steinen aufschlug und einen Moment brauchte, um wieder klar sehen zu können. Ich war etwas abseits des eigentlichen Kampfgeschehens gelandet und konnte mir zum ersten Mal einen richtigen Überblick verschaffen.

Mitten zwischen den Kämpfenden explodierte plötzlich etwas. Eine Rauchsäule stieg gen Himmel, während Dämonen ebenso wie Menschen zur Seite geschleudert wurden. Eine löwenähnliche Raubkatze, überzogen mit einem schleimigen Knochenpanzer, mit glühenden, mitternachtsblauen Augen riss einen Keil in die Menge. Ein zwei Meter großer Dämon, der mich mit seiner massigen Gestalt und der grünlichen Lederhaut an einen Troll erinnerte, hielt in jeder Hand einen schreienden und zappelnden Wächter, ohne sich um die drei Speere zu kümmern, die aus seiner Brust ragten. Ich hatte die Gestalt auf seinem Rücken fast nicht bemerkt, doch bei genauerem Hinsehen japste ich nach Luft. Ryan thronte auf den Schultern des riesigen Geschöpfes, doch bevor ein Angstschrei meine Lippen verließ, hatte er sein Schwert gezückt und dem Troll die Kehle durchgeschnitten. Die Kreatur sank zu Boden und ließ die Erde erzittern, bevor sie sich in Asche auflöste.

Noch ließ sich nicht erkennen, wer am Ende die Oberhand behalten würde. Fieberhaft suchte ich die Gesichter der Kämpfenden ab, und meine Vermutung bestätigte sich. Ich stürzte mich wieder ins Getümmel und verteilte hier und da ein paar Energiebälle, die die Gegner unter Strom setzten. Endlich erblickte ich den Vampir und stürzte auf Ryan zu.

»Er ist nicht hier«, brüllte ich Ryan zu, der gerade damit beschäftigt war, einem Maira mit bloßen Händen das Genick zu brechen. Nie hatte ich ihn mit so viel tödlicher Eleganz und so viel unbändiger Kraft erlebt. Für einen Moment starrte ich ihn wie gebannt an. Die Muskeln spannten sich unter dem Leder seiner Kampfmontur, seine Fangzähne blitzen auf, und seine ganze Haltung hatte etwas Raubtierartiges. Und zugleich etwas Faszinierendes, wie ich erstaunt feststellte.

»Ich weiß. Das hast du doch erwartet«, antwortete er schnaubend und zog mich aus der Menge. Im Vorbeigehen fing ich Dereks Blick auf und gab ihm ein Zeichen. Leviathan war nicht aufgetaucht. Er ließ seine Dämonen den blutigen Kampf austragen, doch ich war mir sicher, dass er einige von ihnen zurückhielt, um am Ende den entscheidenden Schlag auszuführen. Wir mussten ihm zuvorkommen, und, was am allerwichtigsten war, wir mussten den Silax zerstören.

Endlich schafften wir es, uns von den Kämpfenden zu entfernen und in der Dunkelheit der angrenzenden Wiese zu verschwinden. Ich warf einen Blick zurück und wäre am liebsten augenblicklich wieder umgekehrt. Dort, in diesem Getümmel, kämpften Freunde und Bekannte um ihr Leben. Es kostete mich alle Willenskraft, nicht die Nerven zu verlieren und ihnen beizustehen. Immer wieder rief ich mir in Erinnerung, dass wir eine andere Aufgabe erfüllen mussten.

Das bedrohliche Schlagen von Flügeln ließ mich den Blick abwenden und angestrengt in den dunklen Nachthimmel spähen. Ich schaffte es, einen Warnschrei abzugeben, als einer der Mairas sich von oben herab auf Ryan stürzte. Der Vampir warf sich zur Seite, gerade rechtzeitig, um den messerscharfen Klauen zu entgehen. Trotz allem erwischte ihn die Kreatur am Oberschenkel. Ich konnte den Stoff seines Kampfanzuges reißen hören, während er sich mit einem dumpfen Aufschlag abrollte.

Bevor ich mich versah, hatte ich meine Prana in den Händen gesammelt. Ein leuchtender Energieball materialisierte sich, und zornig schleuderte ich ihn der Kreatur entgegen. Sie antwortete mit wildem Kreischen, bevor sie mehrere Meter nach hinten wirbelte und die Energie sie außer Gefecht setzte. Wütend stapfte ich auf die sich windende Bestie zu, zückte mein Kilidsch und rammte es ihr zwischen die Rippen, die einzige Stelle, durch die man das Herz erreichen konnte. Noch während das Wesen sich aufbäumte, zerfiel es zu Asche.

Meine Hände bebten vor Wut. An dem Ganzen war Leviathan schuld. Er wagte es, in unsere Welt einzudringen. Seine Kreaturen töteten Menschen, die mir am Herzen lagen. Er verwandelte die Realität in ein blutiges Schlachtfeld. Mir reichte es! Blind vor Zorn stapfte ich auf den Wald zu. Ich hörte Ryans keuchende Schritte hinter mir.

»Wir müssen auf die anderen warten«, raunte er, doch ich blieb nicht stehen.

»Wir haben keine Zeit mehr«, fauchte ich ihn an, lauter als beabsichtigt. »Verstehst du es denn nicht? Niemand weiß, ob überhaupt jemand heil aus dieser Sache herauskommt oder es vielleicht schon manche von uns erwischt hat. Vielleicht Alissa! Oder Derek!« Meine Stimme war zu einem verzweifelten Schluchzen geworden. »Ich habe keine Zeit, auf jemanden zu warten, der vielleicht nicht mehr kommt! Ich werde dem Ganzen ein Ende setzen, und zwar jetzt gleich! Und wenn ich mich ihm alleine entgegenstellen muss, sei es drum.«

Meine Wut überdeckte die Tatsache, dass ich alleine keine Chance gegen Leviathan hatte. Auch wenn ich ihn einmal mit der Fähigkeit hatte überraschen können, ihm die Prana zu entziehen, ein zweites Mal würde er nicht darauf hereinfallen.

Ryan folgte mir stumm, und ich widerstand dem Drang, mich in seine starken Arme zu werfen, um ihm zu sagen, er solle umkehren, oder gar selbst mit ihm zu flüchten. Weg von diesem Albtraum, zu dem mein Leben geworden war. Doch Ryan war niemand, der vor einem Kampf floh. Er würde mir überall hin folgen, selbst in den sicheren Tod. Als ich die hohen Tannen betrachtete, die das Mondlicht verschluckten, fand ich den Gedanken an den Tod gar nicht mehr so abwegig. Noch vor zwei Jahren hätte ich alles daran gesetzt, Leviathan nie wieder zu begegnen. Und nun suchte ich ihn sogar.

»Hast du eine Ahnung, wo er sich versteckt?«, fragte Ryan leise.

»Ich habe eine Vermutung«, antwortete ich vorsichtig. »Hast du dich nicht gefragt, wie Leviathan von der Verborgenenorganisation hierher gelangt ist? Er hat bestimmt nicht den Bus genommen«, sagte ich bitter.

»Ein Beschwörungskreis«, beantwortete Ryan verwundert die Frage.

»Ich weiß es nicht«, gab ich zu und tauchte in die Schatten des Waldes ein, »aber es liegt nahe, dass er einen Beschwörungskreis zur Verborgenenorganisation und einen zur Akademie gezogen hat. Statt den Weg auf der Erde zurückzulegen, musste er nur für einen Moment zurück in die Unterwelt wechseln und quasi das nächste Tor öffnen, den nächsten Kreis betreten.« Zielstrebig schlug ich einen verwachsenen Trampelpfad ein und kämpfte mich durch dornenbesetztes Gestrüpp.

»Die Hütte!«, rief Ryan aus, und ich nickte grimmig. Leviathan war im letzten Jahr von dem Werwolf Jonathan beschworen worden. Direkt an der Schutzschildgrenze hatte er auf einer Lichtung einen Kreis gezogen, den wir nach seiner missglückten Beschwörung zerstört hatten. Die Magie des Ortes war kaum zu leugnen, selbst die verfallene Hütte auf der Lichtung schien einen magischen Hintergrund zu haben.

Leviathan kannte diesen Platz, und für Minister Yannick wäre es ein Leichtes gewesen, dort während seiner Zeit an der Schule einen weiteren Beschwörungskreis zu ziehen. Ich dankte der Voraussicht der Wächter, die nach dem Angriff in London den Schutzschild der Schule verkleinert hatten, um alles sicherer zu machen. Sie hatten somit den Beschwörungskreis auf dem Gelände ausgeschlossen. Die Dämonen hatten nicht damit gerechnet, außerhalb des Schildes zu landen, was uns einige Stunden verschafft hatte.

Ich hoffte, dass ich mich nicht irrte und wertvolle Zeit damit vergeudete, im Wald umherzuirren. Noch immer konnte ich den Lärm des Kampfes hören, wenn auch gedämpft durch das dichte Gestrüpp, das uns mittlerweile verschlungen hatte. Würde Derek zu der gleichen Schlussfolgerung gelangen? Je mehr ich von der unnatürlichen Stille des Waldes gefangen wurde, umso mehr zweifelte ich an meinem Vorhaben, mich Leviathan nur mit einem Vampir an meiner Seite zu stellen.

Die Bäume ragten wie stumme Wächter zu beiden Seiten des Weges auf, ihr Blätterdach fügte sich zu einem undurchdringlichen Dickicht zusammen, das auch die letzten Strahlen des Mondes verbannte. Augenblicklich fühlte ich mich in der Zeit zurückversetzt, als wäre ich wieder im verlorenen Wald der Unterwelt gelandet. Ich strauchelte und blieb stehen. Mein Herz klopfte wild gegen meine Brust, mein Atem ging flach und viel zu schnell. Jeden Moment würden wir angegriffen werden, von irgendeinem Untier, das sich in den Tiefen des Waldes versteckte, auf uns lauerte und nur darauf wartete, seine dämonischen Klauen in uns zu schlagen. Schwindel übermannte mich, ich schwankte und stützte mich an einem der rauen Stämme neben mir ab.

Plötzlich spürte ich Ryans Hand in meiner, warm und kräftig. Er riss mich zurück in die Realität, erinnerte mich daran, was unsere Aufgabe war. Sein vertrauter Geruch umhüllte mich und gab mir ein Gefühl von Sicherheit, etwas, woran ich mich klammern konnte. Ich war nicht allein. Hier gab es keine dämonischen Raubkatzen oder überdimensionalen Schlangen. Ich war in der Realität. Mit einem Räuspern erlangte ich meine Fassung zurück. Dankbar drückte ich Ryans Finger.

»Ich habe mich gerade an etwas erinnert«, erklärte ich ihm kleinlaut, doch er fragte nicht weiter danach, sondern schenkte mir einen verständnisvollen Blick, bei dem es mir warm ums Herz wurde. Nie wieder würde ich diesen Mann verlassen, wurde mir klar, und nie wieder würde ich in die verkommene, albtraumhafte Welt der Dämonen flüchten. Selbst wenn ganz England mir auf den Fersen wäre, Ryan würde immer zu mir halten, und das allein zählte.

Schweigend setzten wir unseren Weg fort, bis die Bäume weniger wurden und wir auf die Lichtung traten, auf der die einsame, verfallene Hütte im Mondlicht schimmerte. Ich schloss die Augen, als das Dickicht neben uns raschelte und glühende Augen aus der Dunkelheit auftauchten. Es wurden immer mehr. Im Nu waren wir umringt von schleichenden Schatten, deren röchelnder Atem mir nur allzu bekannt vorkam. Höllenhunde. Ich konnte das tiefe Grollen in ihren Kehlen hören. Die krallenbesetzten Pranken scharrten über den Boden. Sie kreisten uns ein, wie eine Beute, die sie auf Kommando anfallen und in Fetzen reißen würden, während wir reglos auf der Lichtung verharrten und uns nicht zu bewegen wagten.

»Ich hätte mir denken können, dass du nicht so leicht zu beseitigen bist«, ertönte eine schnurrende Stimme, die wie

Eis über meine Haut strich und Schauder über meinen Rücken jagte. Leviathan trat aus dem Schatten der Hütte. Sein glühender Blick haftete auf mir, seine Augen funkelten vor Hass. »Es wird Zeit zu sterben, Jillian Benett!«

Kapitel 30

»Gut erkannt«, sagte ich lahm, doch meine Stimme klang keineswegs so fest, wie ich es erhofft hatte. Leviathan brach in schallendes Gelächter aus.

»Du hast mehr Mut als Verstand«, rief er und breitete die Arme aus. »Ihr seid umgeben von Höllenhunden, die nur auf mein Kommando warten.«

Ich warf einen nervösen Blick zur Seite. Immer mehr der Kreaturen versammelten sich um uns, zwanzig, vielleicht dreißig Stück.

»Verrate mir deinen Plan, Prinzessin«, schnurrte der Dämon. Das alles schien ihm einen Heidenspaß zu machen. »Dein Vampir als Rückendeckung gegen meine Hunde? Während du dir den großen, bösen Dämon vorknöpfst?«

Sein kaltes Lachen erfüllte die Lichtung, und ich biss die Zähne zusammen. Ja, es war ein verdammt mieser Plan, aber der einzige, den wir hatten.

»Du hast den großen, bösen Werwolf vergessen«, ertönte plötzlich eine Stimme hinter uns. Völlig aus dem Konzept gebracht drehte ich mich um. Jonathan trat aus der Dunkelheit und stellte sich zu uns, während er mit wachsamem Blick die Umgebung und die Höllenhunde im Auge behielt, von deren knochenbesetzten Masken der Geifer tropfte.

»Das ist das erste Mal, dass du dich freust, mich zu sehen,

was, Vampir?«, knurrte Jonathan. Ryan schnaubte. Verwirrt blickte ich zurück zu Leviathan.

»Jonathan!«, rief dieser aus, fast schon erfreut. »Wie schön, dich wiederzusehen. Hast du nicht Lust auf eine Kostprobe? Du erinnerst dich sicher noch an den köstlichen Geschmack der Macht, die durch deine Adern geflossen ist. Komm zu mir, und ich werde dir die Magie schenken, nach der dein Herz sich so verzehrt. Du träumst noch immer nachts davon, habe ich recht? Du lechzt noch immer nach ihr, so wie jeder, der einst von ihr kosten durfte. Sie ist berauschend, nicht wahr?«

Der blonde, kräftige Werwolf versteifte sich, und ich erinnerte mich daran, wie ausgezehrt er im letzten Jahr gewirkt hatte. Wie ein Junkie, dem man die Drogen entrissen hatte.

»Es ist nichts als Lug und Trug«, presste Jonathan zwischen zusammengebissenen Zähnen hervor. »Ich werde nicht wieder auf deine Lügen hereinfallen.«

Es fiel ihm sichtlich schwer, den Gedanken an die Macht zu verbannen, die er kurzzeitig gehabt und die ihn in einen monströsen Dämonenwolf verwandelt hatte.

»Zu schade«, sagte Leviathan gleichgültig und zuckte mit den Achseln. »Dann wirst auch du sterben.«

»Was willst du, Leviathan?«, zischte ich laut. »Diese Welt gehört dir nicht!«

Mit zusammengekniffenen Augen musterte er mich. »Ich werde nicht noch einmal mit dir über meine Pläne reden. Deine Zeit ist abgelaufen. Tötet sie!«

»Warte«, rief ich verzweifelt aus. Fieberhaft suchte ich nach einer Möglichkeit, Leviathan zum Weiterreden zu bringen. Doch was brachte es mir, wenn ich unseren Tod für eine Weile hinauszögerte? Bildete ich mir tatsächlich ein, dass uns jemand zu Hilfe eilen würde? Wer sollte diesmal der Retter in der Not sein? Die gesamte Schule war damit beschäftigt, gegen blutrünstige Dämonen zu kämpfen. Es gab niemanden, der uns herausholen konnte. Selbst wenn es meine Freunde tatsächlich hierher schafften.

»Du schuldest mir etwas«, stieß ich hervor.

»Ich bin ein Dämon, ich schulde dir überhaupt nichts«, knurrte Leviathan, doch sein makelloses Gesicht verfinsterte sich vor Ärger. Er hatte noch immer die Gestalt eines Geschäftsmanns im maßgeschneiderten Anzug. Sein Auftreten wollte so gar nicht zu den wild glühenden Augen passen. Man hätte ihn als attraktiv bezeichnen können, wäre da nicht der Hass gewesen, der seine Züge entstellte.

»Ich habe dir das Leben gerettet«, flüsterte ich leise, doch jedes Wort war in der unheimlichen Stille deutlich zu verstehen. Selbst die Dämonenhunde schienen lauschend abzuwarten.

Es war deutlich zu erkennen, dass Leviathan am Ende seiner Geduld war.

»Du hättest mich töten sollen, als du die Chance dazu hattest«, sagte er achselzuckend und sprach damit das aus, was mir seit seinem Angriff auf der Seele brannte. Hätte ich all das verhindern können?

»Nun, wenn es dich glücklich macht«, sagte er gedehnt, und bei der Kälte in seiner Stimme schien mir das Blut in den Adern zu gefrieren, »dann gebe ich dir einen Vorsprung von, sagen wir, hundert Metern. Und jetzt lauf, Jillian Benett!«

Ich rührte mich nicht von der Stelle. Wie ein hilfloses Tier von seiner Meute durch den Wald gehetzt zu werden, war das Letzte, was ich wollte.

»Ich werde nicht davonlaufen«, sagte ich bestimmt und wusste, dass ich gerade mein Schicksal besiegelt hatte. Ohne ein weiteres Wort zu verschwenden, wedelte Leviathan mit der Hand, woraufhin die Hunde sich auf uns stürzten. Ich hörte das Fletschen von Zähnen, als ich zur Seite geschleudert wurde, wie von einem Rammbock getroffen, während schleimiges Fell mir die Sicht raubte. Ich wurde unter dem schweren Knochenpanzer eines Zerberus begraben, spürte, wie sein mit messerscharfen Zähnen besetztes Maul nach mir schnappte. Ich sandte einen Magiestoß über meinen Körper, setzte jede meiner Zellen unter Strom, woraufhin die Bestie von mir abließ. Mein Dolch im Schaft des Stiefels war das Erste, was ich zu fassen bekam, und bevor die Kreatur sich erneut auf mich stürzen konnte, warf ich ihn gezielt. Er bohrte sich zwischen die Augen des Zerberus, deren wütendes Glimmen nach wenigen Momenten erlosch.

Plötzlich war ich flankiert von Ryan und Jonathan, die die Bestien gekonnt in Schach hielten. Misstrauisch umkreisten uns die Kreaturen, auf der Suche nach einer Stelle, an der sie uns anfallen konnten. Ein Zerberus stürzte vor, um Ryan von der Seite anzugreifen. Mit einer unmenschlichen Geschwindigkeit, für das bloße Auge kaum sichtbar, wirbelte der Vampir herum und rammte der Bestie seine Waffe in den Nacken. Er ließ angriffslustig die Schwerter kreisen, bereit, alles niederzumetzeln, was uns zu nah kam.

Jonathan packte den nächsten angreifenden Höllenhund mit bloßen Händen am Hals und rang ihn mit einer unbändigen Kraft zu Boden. Er hatte sich verändert. Sein Gesicht war in die Länge gezogen, seine Arme mit dichtem Fell bedeckt, während Klauen und Fangzähne aufblitzten. Obwohl nicht einmal Vollmond war, hatte der Werwolf seine Verwandlung herbeigeführt. Nur wenige seiner Spezies waren dazu imstande. Keine Magie der Welt konnte mit der Eleganz und Schnelligkeit der Vampire und mit der Stärke und Brutalität der Werwölfe mithalten.

Und plötzlich kapierte ich, was sie machten. Sie hielten mir den Rücken frei, damit ich mich um Leviathan kümmern konnte. Sie glaubten an mich. Sie glaubten fest, dass ich ihn besiegen konnte, so wie ich es schon einmal fast geschafft hatte. Wenn sie nur die Wahrheit kennen würden. Leviathan würde sich kein zweites Mal überlisten lassen. Hier ging es um einen puren Machtkampf, bei dem ich hoffnungslos unterlegen war. Ich konnte nicht mit der Macht eines Dämonenfürsten mithalten. Und doch hatten wir keine andere Wahl.

Mit gestrafften Schultern ging ich auf ihn zu, ohne mich nach den Höllenhunden umzublicken. Ich vertraute darauf, dass Ryan und Jonathan die Meute zumindest für den Moment im Griff hatten. Mein Herz klopfte wild in der Brust. Ein Lächeln umspielte die Lippen des Dämons, als er erkannte, was ich vorhatte. Es wurde zu einem höhnischen Grinsen, während mitternachtsblaue Prana seine Finger umspielte. Er machte sich über mich lustig. Für ihn war es nichts weiter als ein herrlicher Spaß. Er nahm mich nicht einmal ernst. Dort draußen starben Menschen, nur weil er sich in den Kopf gesetzt hatte, diese Welt zu erobern.

Und endlich überkam mich der erwartete Zorn. Er verdrängte die Angst, dass ein Kampf gegen Leviathan ein aussichtsloses Unterfangen war, und überdeckte die Verzweiflung im Angesicht des Todes. Von einer Minute auf die andere wollte ich Leviathan einfach nur wehtun, ihm etwas von dem Schmerz zurückgeben, den er mir zugefügt hatte, als er mir einen meiner liebsten Menschen nahm. Nathan. Der Hexer war nicht durch Leviathans Hand, aber durch seine Intrigen gestorben. Bei dem Gedanken daran zog sich mein Herz schmerzhaft zusammen. Nun endlich hatte ich die Möglichkeit, die unterdrückte Trauer herauszulassen, die Wut auf Leviathan zuzulassen und etwas von der Rache zu nehmen, auf die ich so lange gewartet hatte - auch wenn es für mich den Tod bedeutete.

Vielleicht schaffte ich es ja, ihn zu schwächen. Vielleicht konnten die anderen sich dann doch gegen die Dämonen durchsetzen und Leviathan in die Schranken weisen. Es war egal, wie schlecht die Chancen standen. Ich konnte nicht einfach aufgeben.

Hinter mir erklang das Geräusch brechender Knochen, das Fletschen von Zähnen, Ryans und Jonathans Ächzen, wenn sie die Schwerter schwangen und einen Zerberus nach dem anderen angriffen. Ich kümmerte mich nicht darum. Die beiden mussten sich gegenseitig helfen. Vor mir lag nur ein Ziel.

Bereit für den Kampf blieb ich stehen und musterte Leviathan, achtete auf jede noch so kleine Bewegung. In Seelenruhe ließ er die Anzugjacke von den Schultern gleiten. Sein sehniger Körper hob sich deutlich unter dem weißen Hemd ab, dessen Ärmel er hochkrempelte, als hätte er alle Zeit der Welt.

Das Anspannen der Muskeln seines Unterarmes war die einzige Warnung, die ich bekam. Mit atemberaubender Geschwindigkeit materialisierte sich ein saphirblauer Energieball in seinen Händen und schoss auf mich zu. Mit einem Aufschrei warf ich mich zur Seite und rollte mich ab, doch noch bevor ich mich erheben konnte, hörte ich ein weiteres Geschoss heranzischen. Instinktiv rollte ich weiter und spürte die Hitze und das Knistern der dämonischen Prana knapp an meinem Kopf vorbeisausen. Stöhnend stützte ich meine Ellenbogen in den feuchten Waldboden und versuchte, mich auf die Knie zu ziehen, als der nächste Energieball mich mitten in die Brust traf. Ich wurde zurückgeschleudert und stieß krachend mit dem Rücken vor einen Baum. Die Luft wurde aus meinen Lungen gepresst, während unbändiger Schmerz die Kontrolle über meinen Körper erhielt. Ich biss die Zähne zusammen, doch die Schockwellen, die meinen Körper unter Strom setzten, lösten die Verkrampfung in meinem Kiefer, sodass ich einen schmerzvollen Aufschrei nicht unterdrücken konnte.

Wimmernd ertrug ich den Schmerz, der wie pure Säure

über meine Haut glitt. Ich konnte nicht mehr denken, alles schien nur noch aus einem Wirbel von Rot und Schwarz zu bestehen, es existierte nichts weiter als dieses Gefühl, innerlich und äußerlich zu verbrennen. Ich sterbe, schoss es mir durch den Kopf. Der Gedanke an den Tod schien so unendlich süß zu sein. Ich müsste mich nur der Dunkelheit hingeben, einfach loslassen …

Und plötzlich war er verschwunden. Der Schmerz verebbte und ließ mich zitternd und aufgelöst zurück. Meine Kehle brannte, obwohl ich mich nicht daran erinnern konnte, durchweg geschrien zu haben. Matt rutschte ich an dem Baumstamm herunter, als eine unsichtbare Kraft meinen Körper einhüllte und mich aufrecht stehen ließ. Blinzelnd spähte ich durch den Tränenschleier zu Leviathan. Er hatte eine Hand erhoben und hielt mich mit der Telekinese an Ort und Stelle, sein boshaftes Grinsen erhellte sein Gesicht, und plötzlich wünschte ich mir, ich wäre tatsächlich gestorben. Bewegungsunfähig musste ich mit ansehen, wie der Dämon jede einzelne Sekunde meiner Qual genoss. Er würde mich nicht so einfach sterben lassen. Mir war klar, ich würde für all seine misslungenen Eroberungsversuche der Realität leiden müssen. Er würde mich bestrafen, weil ich seine Pläne mehr als einmal vereitelt hatte.

Ryans Rufe drangen wie aus weiter Ferne zu mir. Ich schaffte es, den Kopf zu wenden und seinen entsetzten Blick aufzufangen. Er versuchte, mich zu erreichen, doch die Höllenhunde schnitten ihm den Weg ab. Ich sah zu, wie er sie mit eleganten Bewegungen abwehrte, prägte mir jeden seiner Gesichtszüge ein und lächelte unter Tränen. Die Erinnerung an ihn, die schönen Stunden, die wir zusammen verbracht hatten, seine blasse, kühle Haut, als sich sein Körper an meinen geschmiegt hatte … das alles verdrängte den Gedanken an die Schmerzen und ließ die Qual verblassen, die ich durchgemacht und auch noch vor mir hatte.

Ich hörte Leviathans Knurren, als er mich mit einer weiteren Welle seiner Magie misshandelte. Wieder schien der Schmerz in meinem Kopf zu explodieren und mir jeden klaren Gedanken zu nehmen. Kurz bevor die erlösende Ohnmacht über mich hereinbrach, stoppte er den Energiefluss und ließ mich wieder zu Atem kommen.

»Wünschst du dir den Tod, Jillian Benett?«, fragte er mit eisiger Stimme. Es dauerte eine Weile, bis die Worte sich in meinen wirren Gedanken zu einem sinnvollen Satz zusammenfügten.

»Nein«, hauchte ich, kaum hörbar. Ich wollte nicht sterben. Ich wollte nichts weiter, als dass dieser elende Albtraum mich endlich entließ. Ich wollte endlich wieder Normalität in meinem abstrusen Leben.

»Nein?«, fragte Leviathan, fast schon verwundert. »Zu schade, denn ich wünsche mir deinen Tod mehr als alles andere, und ich bin die Spielchen leid.«

Stöhnend schloss ich die Augen, riss sie aber sofort entsetzt wieder auf, als ein Knurren die Luft durchschnitt. Matt wanderten meine Augen über die Lichtung, auf der Suche nach der Quelle des Geräusches. Jonathan hatte sich von hinten an Leviathan herangeschlichen, hielt ihn mit seinen Klauen umfasst und schlug ihm die messerscharfen Wolfszähne in den Hals.

»Nein«, japste ich, doch es war zu spät. Der Dämon schrie wütend auf, packte den Werwolf über die Schulter hinweg und zog ihn vor sich. Jaulend landete Jonathan vor den Füßen Leviathans, doch bevor er sich erheben konnte, setzte der Dämon die Ferrokinese ein. Die Waffen des Werwolfs schwebten aus seinen Händen, wandten sich gegen seinen Besitzer und bohrten sich in seine Brust. Blut schwappte aus Jonathans Mund, der sich wieder zu dem eines ganz normalen Jungen formte, als der Tod der Verwandlung entgegenwirkte. Mit einem letzten gurgelnden Röcheln sackte sein lebloser Körper zurück auf die Erde.

Der kurze Moment der Ablenkung hatte dafür gesorgt, dass Leviathans fesselnde Telekinese von mir abfiel. Ich ging in die Knie. Heiße Tränen liefen an meinen Wangen hinab und sammelten sich am Kragen meiner Kampfmontur.

Meine Arme schmerzten, als ich sie hob, doch Wut und Trauer erfüllten plötzlich jeden Zentimeter meines Körpers. Meine Prana erwachte aus ihrer Starre, pulsierte wild und ungezähmt in meinen Adern. Sie gab mir die Kraft zurück, die ich brauchte, um mich zu erheben und mich schluchzend Leviathan zuzuwenden. Noch bevor er von dem toten Werwolf aufsehen konnte, schleuderte ich ihm meine eigene Prana entgegen, die ihn unerwartet in der Brust traf. Meine Hände brannten, als die Energie aus meiner Haut hervortrat, doch ich stoppte sie nicht.

Entsetzt registrierte ich, dass Leviathan sich zwar krümmte und keuchte, er aber keineswegs so außer Gefecht gesetzt war wie ich noch vor wenigen Minuten. Meine hellblaue Energie kroch über seine Haut, doch sie war nicht mächtig genug.

Er hob die Hand und griff mich seinerseits an. Wieder traf mich der Schmerz, ließ mich in die Knie gehen und einen Schrei der Verzweiflung ausstoßen. Ich hatte längst vergessen, wie ich Leviathan angreifen, ihn schwächen konnte. Doch plötzlich entwickelte sich eine Idee in den hintersten Ecken meiner Gedanken. Ich griff nach ihr, bevor sie mir zu entgleiten drohte und der Schmerz wieder meine Sicht trübte. Leviathan beschoss mich mit seiner Prana. Der Prana, die ich ihm einst entzogen hatte. Die ich einst in mein Innerstes hatte fließen lassen.

Ich spürte die wilde Energie wie Schockwellen über meine Haut gleiten, doch anstatt mich ihr weiter zu verschließen, entkrampfte ich unter heftigster Anspannung meine Muskeln. Ich schloss die Prana nicht länger aus, ich ließ sie in meine Brust fließen, wo sie wie wildes Feuer in meinen Adern brannte. Dennoch wehrte ich mich nicht dagegen, auch wenn mir die Schmerzen schier den Verstand raubten. Und endlich erreichte sie meine eigene Prana, die sich wie ein hilfloses blaues Glimmen zurückgezogen hatte. Die beiden Energien trafen aufeinander, vereinten sich und verschmolzen immer mehr miteinander.

Endlich ließ der Schmerz nach. Meine hellblaue Prana legte sich kühl um die des Dämons. Die Kraft schien in meine Muskeln zurückzukehren, auch wenn ich die Übelkeit bekämpfen musste. Leviathans Prana fühlte sich genauso falsch an wie die meines Vaters. Dennoch brachte sie mich nicht um. Ich zwang mich, Leviathan ins Gesicht zu sehen, blickte in seine verwirrten, aufgerissenen Augen. Seine Magie floss stetig weiter in mich hinein, doch sie konnte mir nichts mehr anhaben.

Als er das registrierte, stoppte er fluchend den Energiefluss. Wir umkreisten uns vorsichtig, immer darauf bedacht, genügend Abstand zu halten.

»Dumm gelaufen, was?«, fragte ich und versuchte, Hohn in meine kratzige Stimme zu mischen.

Leviathan nahm sich nicht die Zeit für eine Antwort. Blitzschnell änderte er seine Taktik, und funkelnde Eiskristalle krochen über meine Arme, meinen Hals und mein Gesicht. Die Kälte versuchte, sich einen Weg in mein Innerstes zu bahnen, doch darauf war ich vorbereitet. In mir wirbelte eine schier unbändige Energie, wild und heiß. Ich ließ sie aus meinen Poren strömen, wo sie sich wie ein Schutzfilm über meine Haut legte und den Reif vertrieb. Im Stillen dankte ich Chaz für seine Unterrichtsstunden.

Ein boshaftes Lachen erfüllte die Lichtung, und die Haare in meinem Nacken stellten sich auf.

»Das beginnt tatsächlich, Spaß zu machen«, flötete der Dämon und begann, mich mit Feuerbällen zu beschießen.

Ich duckte mich hinter den nächsten Baumstamm, der unter der Wucht eines der Geschosse brach und mich dazu zwang, weiter zu fliehen. Immer wieder versuchte ich, meine Pranabälle durch den Feuerwirbel dringen zu lassen. Einige trafen Leviathan, doch sie schenkten mir nur kurze Atempausen. Seine Quelle schien unerschöpflich zu sein, die Angriffe auf mich schwächten ihn nicht im Geringsten. Meine eigene Kraft dagegen schien mit jeder Magieanwendung nachzulassen. Mein Körper war übersät mit blauen Flecken und Prellungen, die ich mir bei jedem Ausweichmanöver und Abrollen zugezogen hatte. Wie hatte ich auch glauben können, mit einem Dämonenfürsten mithalten zu können? Der Dämon schien dasselbe zu denken.

»Du allein willst mich aufhalten?«, spottete Leviathan, und ein boshaftes Grinsen verzog sein Gesicht. Keuchend presste ich die Hand an meine Seite und versuchte, zu Atem zu kommen.

Plötzlich drang ein Geräusch an meine Ohren, federleichte Schritte, so süß wie der Klang von Elfenstimmen. Mein Blick huschte zu Ryan, der von den beiden letzten Höllenhunden beschäftigt wurde. Die Schritte kamen von hinten. Ich konnte nicht anders, ich musste die Mundwinkel zu einem Lächeln verziehen.

»Genau das ist dein Problem, weißt du«, sagte ich kalt. Die Augen des Dämons verengten sich. »Du vergisst etwas Entscheidendes. Ich bin nicht allein.«

Ich konnte hören, wie sie aus den Schatten hinter mir traten. Alissas Blumenduft hüllte mich ein und gab mir mehr Mut, als jede Waffe gegen Dämonen es gekonnt hätte. Aus den Augenwinkeln sah ich Derek und Don, Vanessa und Chaz, die sich neben mir aufstellten und angriffslustig dem Dämon entgegensahen. Ich widerstand dem Drang, sie auf der Stelle zu umarmen.

»Glaubst du wirklich, eine Handvoll Hexen hätte eine

Chance gegen mich?«, schnurrte Leviathan, doch ein Anflug von Unsicherheit huschte über sein Gesicht, als er lauernd auf und ab ging.

»Und wieder machst du einen entscheidenden Fehler«, flüsterte ich, während sich Leviathans Gesicht versteinerte. »Ich bin nicht nur nicht allein. Ich bin auch keine Hexe.«

Ohne ihn aus den Augen zu lassen, streckte ich die Arme nach beiden Seiten aus. Alissas warme, zarte Finger legten sich in meine eine Hand, Chaz' raue, kräftige in meine andere. Wir bildeten eine Kette, jeder berührte seinen Nachbarn, und plötzlich keuchte ich auf.

Wilde Energie sammelte sich in meinem Inneren, sie strömte durch meine Arme, ausgehend von meinen Freunden. Sie füllte die Leere in meiner Brust auf. Vanessas Feuer brannte durch meine Adern, Alissas Telekinese durchzog mich federleicht und gab mir das Gefühl, ich würde schweben. Chaz schickte kühles Eis in erfrischenden Wellen und bildete einen angenehmen Kontrast zu Vanessas Hitze. Dereks und Dons Prana, rein und klar wie ein Gebirgsbach, vervollständigten das Ganze. Ich war überwältigt von der Macht, die unaufhörlich in mich strömte, sich ausbreitete und ein Feuer in meiner Brust entfachte.

Jede Energie schimmerte schwach in einer anderen Farbe auf einer anderen Frequenz, die nur ich sehen konnte, und doch fügten sie sich zusammen, als hätten sie nur darauf gewartet, sich wiederzufinden. Die wirbelnde Kraft in meinem Körper ließ mich taumeln, und ich schloss für einen Moment die Augen. Ich konzentrierte mich darauf, die Energie zu bündeln, bis sie zu einer schillernden Kugel zusammenfloss. Meine Hände zitterten, mein ganzer Körper erbebte unter der Macht, die von mir Besitz ergriffen hatte. Sie allein schien mich aufrecht zu halten, hatte die Kontrolle übernommen und drohte, mich zu ersticken. Es war zu viel, ich konnte sie nicht steuern, und doch floss immer mehr Magie aus den Händen meiner Freunde. Unaufhörlich füllte sie jede noch so kleine Zelle meines Körpers aus, bis sie aus den Poren drang und mich in einen leuchtenden, silbernen Schimmer hüllte, der über meine Haut kroch und meine Haare im Wind wehen ließ.

Ohne auch nur ein Quantum mehr Energie aufnehmen zu können, stieß ich die Macht von mir ab, konzentrierte mich mit jeder Faser meines Körpers darauf, sie zu Leviathan zu lenken. Es glich einer Explosion. Blendendes Licht hüllte uns ein, als die Schreie des Dämons über die Lichtung schallten, so verzweifelt und schmerzerfüllt, dass meine Augen tränten. Leviathans Schatten flimmerte in dem silbrigen Regenbogenschein, der ihn unbarmherzig einschloss. Der Energiefluss meiner Freunde war noch immer nicht verebbt, sie leiteten ihre Macht durch mich hindurch, während meine eigene Prana sie bündelte, ohne dass ich etwas daran hätte ändern können.

Ich stand wie angewurzelt an einer Stelle, unfähig, den Blick von dem sich windenden Dämon abzuwenden. Und plötzlich gesellte sich ein weiterer Schatten dazu, stemmte sich gegen den Wind der Magie, die Arme schützend erhoben, um die Augen vor dem gleißenden Licht zu schützen. Ryan. Der Vampir arbeitete sich Schritt für Schritt vor, kämpfte gegen die Mächte, die Leviathan in Schach hielten und ihn umwirbelten. Ich versuchte, die Energie zu stoppen, doch ich hatte längst keine Gewalt mehr über sie.

Ryan schaffte es nahe genug an den schimmernden Körper heran. Er zog sein Schwert und schwang es durch die Luft. Leviathans Kopf rollte noch im selben Moment über die Lichtung, in dem meine Freunde ihren Pranafluss stoppten und sich plötzliche Dunkelheit über uns herabsenkte.

Kapitel 31

Die Stille war fast schon erdrückend. Leviathans Körper löste sich zu Asche auf, die vom sanften Wind davongetragen wurde. Sprachlos sahen wir dabei zu. Eine bleierne Schwere senkte sich auf meinen Körper herab, und ich setzte mich keuchend und zitternd auf den Boden. Alissa und Derek waren die Ersten, die mir um den Hals fielen.

»Wir haben es geschafft«, schluchzte Ally herzzerreißend, und ich drückte sie an mich. Chaz nahm ihre Hand und legte mir die andere auf die Schulter. Sein Blick war erfüllt von Stolz und Erleichterung. Ich hörte Vanessas verzweifeltes Weinen. Sie beugte sich über Jonathans leblosen Körper, und ich wandte beschämt den Blick ab. Ja, wir hatten Leviathan besiegt. Aber zu welchem Preis?

Ryan gesellte sich zu uns, und ich erhob mich. Der Vampir sah mitgenommen aus. Sein Körper war übersät mit Schnittwunden, Krallenspuren und Blut. Er schloss mich in die Arme und drückte sein Gesicht in meine Haare. Ich schluckte die Tränen hinunter, für Trauer hatte ich später noch genug Zeit. Wenigstens für den Moment musste ich noch stark sein. Er drückte mir einen blauen Stein in die Hand.

»Der Silax?«, fragte ich blinzelnd.

Ryan zuckte mit den Achseln. »Das ist das Einzige, was von ihm übrig geblieben ist.«

Der Stein lag kühl in meiner Hand, und doch schien er zu pulsieren, als hätte er einen eigenen Herzschlag. Ich ließ ihn in die Tasche gleiten und wich Ryans Blick aus.

»Es ist noch nicht vorbei«, sagte Derek angespannt.

Die Dämonen, die Leviathan gefolgt waren. Und die Mairas. Ich fragte mich, welcher Albtraum mich diesmal erwarten würde. Derek schüttelte auf meinen fragenden Blick nur den Kopf, während Cox sich auf meiner Schulter niederließ und seufzte.

»Sie verlieren«, sagte Vanessa bitter, als sie sich mit blutunterlaufenen Augen zu uns gesellte. »Die Dämonen sind zu stark. Die Übriggebliebenen haben sich in der Schule verschanzt.«

Ich bedachte sie mit einem verständnisvollen Blick, doch sie wandte das Gesicht ab, ohne durchblicken zu lassen, ob sie es bemerkt hatte. Vanessa hatte Jonathan einst geliebt. Ich wusste, wie sie sich fühlte.

»Dann lasst uns keine Zeit verlieren«, sagte ich und erntete zustimmendes Gemurmel. Wir hasteten schweigend durch den Wald. Jeder hing seinen eigenen Gedanken hinterher. Ich fühlte mich ausgelaugt, doch die Kampfschreie, die mit jedem Schritt, den wir näher an die Schule kamen, lauter wurden, gaben mir die Kraft durchzuhalten. Leviathan war besiegt, der Silax befand sich sicher in meiner Tasche.

»Hast du nicht gesagt, sie hätten sich in der Schule verschanzt?«, fragte ich, als wir durch das Gestrüpp brachen und der Campus sich vor uns erstreckte. Dort, auf dem Platz vor dem Schulgebäude, fand definitiv ein Kampf statt. Lichtblitze erhellten den Nachthimmel und ließen die Rauchschwaden leuchten. Wir rannten über das feuchte Gras, und ich konnte deutlicher erkennen, was vor sich ging.

»Das sind nicht nur Wächter und Schüler«, rief Cox in mein Ohr und sprach damit aus, was ich längst erfasst hatte. Es war Verstärkung eingetroffen! Ich sah wutverzerrte Gesichter, die verbissen gegen die restlichen Dämonen und Mairas kämpften, die zwar stärker, aber zahlenmäßig unterlegen waren. Alles in allem schien der Kampf endlich ausgeglichen zu sein.

Und dann setzte mein Herz für einen Moment aus. Ich erkannte den leuchtend roten Haarschopf schon von Weitem und konnte einen panischen Aufschrei nicht unterdrücken. Tante Amalia stand inmitten der Kämpfenden und warf mit Magie um sich. An ihrer Seite stand Cassandra, die sich nicht einmal die Mühe gemacht hatte, die wallenden, bunten Tücher und den ganzen Schmuck an ihren Armen gegen einen halbwegs tauglichen Kampfdress zu tauschen. Die beiden Frauen schienen um Jahre jünger. Entschlossen und unerbittlich streckten sie die Mairas nieder. Und doch schnürte Angst mir die Kehle zu, wie ich sie noch nie erlebt hatte. Das dort war meine Tante, die Frau, die mich großgezogen hatte. Dass ein so liebenswertes und mütterliches Geschöpf an einem Dämonenkampf teilnahm, erschien mir einfach nicht richtig.

Ich sah mehrere Menschen in normaler Alltagskleidung, offenbar hatte unser Aufruf im Radio doch etwas gebracht. Ich bahnte mir einen Weg durch das Getümmel, wich Menschen und Magiegeschossen aus, während ich die Menge mit meinen Augen absuchte. Erleichterung durchströmte mich, als ich den Leiter der Verborgenenorganisation erblickte, umringt von Wächtern. Er hatte eine klaffende Wunde an der Stirn, die ihn jedoch nicht im Mindesten zu beeinträchtigen schien. Seine Augen weiteten sich vor Überraschung, als er mich erspähte, und kurz darauf erhellte ein Lächeln sein Gesicht, als ich beide Daumen nach oben reckte.

»Jetzt«, schrie er mehrmals hintereinander, um auch die letzten Kämpfenden zu erreichen. Wie auf Kommando lösten sich die verbliebenen Wächter aus der Menge, es waren gerade noch eine Handvoll. Sie stellten sich nebeneinander am Rande des Getümmels auf und erhoben die Hände. Ein flackernder, regenbogenartigen Schimmer, hauchzart, schloss sich wie eine Kuppel um die Kämpfenden und erlosch kurz darauf. Ich schlug mich zu ihnen durch und zog mir durch den Angriff eines Mairas einen weiteren tiefen Kratzer auf meinem Oberarm zu. Ich spürte die Wunde kaum. Viel zu sehr überdeckte der Schmerz meiner brennenden Muskeln alles andere.

»Was ist los?«, fragte ich Henry Cole, der fieberhaft auf die Wächter einredete.

»Sie schaffen es nicht«, knurrte er. »Ihnen fehlen einige Spezialgebiete, sie sind einfach zu wenige, und ein Schutzkreis dieser Größe braucht mehr Macht.«

Kurz entschlossen wandte ich mich den Wächtern zu. »Ich mache es. Erklären Sie mir, wie es geht.«

Stirnrunzelnd und etwas verwundert blickten mich die Männer an, als hätte ich den Verstand verloren.

»Vertrauen Sie mir«, sagte ich eindringlich. Ich hatte keine Zeit, ihnen zu erklären, dass ich die Kräfte mehrerer Leute in mir vereinen konnte. Ich hatte auch keine Zeit, darüber zu diskutieren, dass sie mir ein unter VO-Mitgliedern wohlbehütetes Geheimnis enthüllen sollten. Wir befanden uns im Ausnahmezustand.

Einer der Männer fasste sich ein Herz und erklärte mir mit knappen Worten, was es mit den Schutzschilden auf sich hatte. Noch vor einigen Stunden hätte ich ihn ratlos angeblickt und die ganze Sache abgeblasen, doch erst vor wenigen Momenten hatte ich im Grunde genommen das erlebt, was er mir beschrieb. Die Wächter vereinten ihre Prana, indem sie sie auf eine Frequenz brachten und in der Luft zusammenschmelzen ließen. Im Prinzip machte ich dasselbe, nur dass es innerhalb meines Körpers stattfand.

Entschlossen griff ich nach Dons Hand, der mir am nächsten stand, und packte mit der anderen die des Wächters. Wie zuvor bildeten wir eine Kette, die diesmal durch die VO-Mitglieder verlängert wurde.

»Gebt mir, soviel ihr könnt, aber langsam«, sagte ich und schloss die Augen, um mich für das zu wappnen, was gleich auf mich einströmen würde. Es war ein genauso berauschendes und entwaffnendes Gefühl wie auf der Lichtung, nur dass nun fremde Energien zwischen den bekannten meiner Freunde wirbelten. Ich versuchte, die Gefühle auszublenden und mich darauf zu konzentrieren, die wilden Pranastränge verschmelzen zu lassen.

»Langsamer«, keuchte ich, als die Magie mich abermals zu überwältigen drohte. Ich musste einen klaren Kopf und vor allem die Kontrolle behalten. In meiner Brust pulsierte wieder der silberne Energieball, überzogen mit dem Regenbogenschimmer. Ich hätte ihn abermals zu einem tödlichen Geschoss umwandeln können, doch diesmal hielt ich mich zurück. Statt die wilde Prana von mir zu stoßen, dehnte ich den Energieball gedanklich aus wie einen Luftballon. Ich stellte mir vor, wie kühle Luft hineinfegte und er sich aufblies, die Grenzen meines Körpers verließ und uns umschloss.

»Es funktioniert«, hörte ich Allys erstaunte Stimme und lächelte, ohne die Augen zu öffnen. Ich dehnte die Magie weiter und weiter aus, hielt inne, wenn mir der Ballon an einigen Stellen zu schwach vorkam, und wartete darauf, dass neue Energie in mich floss und die Wände verstärkte. Als ich das Gefühl hatte, dass die Kuppel groß genug war, entzog ich Don und dem Wächter meine Hände.

Blinzelnd betrachtete ich unser Werk. Unsichtbar und trotzdem durch das Flimmern in der Luft nicht zu übersehen schloss die Blase kreisartig den gesamten Vorhof des Hauptgebäudes ein. Ich hörte die Männer an meiner Seite rufen, doch ich musste mich zu sehr darauf konzentrieren, den Schutzschild zu halten. Es gab eine Möglichkeit, ihn von meinem Energiefluss zu trennen, die ich allerdings nicht kannte, und für Experimente war dies weder der richtige Ort noch der richtige Zeitpunkt.

Nach und nach strömten die menschlichen Kämpfer aus dem Kreis zu uns heraus und passierten die Barriere problemlos. Die Dämonen und Mairas blieben zurück, kreischend und fluchend. Sie kämpften gegen die Barriere an. Ich spürte jeden Angriff auf den Schutzschild, als sei es meine eigene Haut. Sobald die Prana der Dämonen auf die innere Wand der Blase schlug, erzitterte ich am ganzen Körper. Noch konnte ich ihn halten.

»Derek, es wäre besser, wenn du dich beeilst«, stieß ich hervor und sah aus den Augenwinkeln, wie er in meine Tasche griff und den Silax herausholte. Und nun erkannten auch die Dämonen, was wir vorhatten. Die gezeichneten Symbole auf dem Boden waren kaum zu übersehen. Sie befanden sich nicht nur in einem überdimensionalen Schutzkreis, sondern auch in einem Beschwörungskreis. Derek und Don hatten die Vorbereitungen getroffen und riesige Symbole und Kreise auf den Hof gezeichnet, hauchdünn und von den Kämpfenden kaum bemerkt. Beschwörungskreise, die Dämonen ein Tor zur Unterwelt öffneten, brauchten jedoch Blut. Bei dieser Größe hätte Dereks Blut nicht ausgereicht, selbst wenn er sich die Pulsadern aufgeschnitten hätte. Nun aber war der Platz übersät mit rotschwarzen Flecken, dem Blut von Hexen und Dämonen, die im Kampf gefallen waren. Es bildete dickflüssige Pfützen, sickerte zwischen die Pflastersteine des Hofes und füllte den Beschwörungskreis aus.

Derek begann, lateinische Worte zu murmeln, während die Dämonen im Inneren des Kreises tobten und mit Prana um sich schossen. Schweiß trat mir auf die Stirn, und ich schloss die Augen wieder. Und plötzlich war das Gefühl auf meiner Haut verschwunden. Der Druck in meinem Kopf ließ nach, die Schreie der Dämonen verebbten. Angestrengt kappte ich den Energiefluss und öffnete blinzelnd die Augen.

Der Platz vor uns war wie leergefegt. Lediglich das im Mondschein schimmernde Blut und die umherwehende Asche zeugten noch vom Kampf. Und natürlich die leblosen Körper derjenigen, die gefallen waren. Derek hatte die Beschwörung mit Hilfe gesonderter Runen nur auf die Dämonen angepasst, sodass die menschlichen Körper in der Realität blieben. Der Brunnen in der Mitte war gänzlich zerstört, auch das Schulgebäude hatte einige Schäden hinnehmen müssen.

Niemand traute sich, etwas zu sagen. Alle starrten wie gebannt auf den Vorhof des Hauptgebäudes, als rechneten sie jeden Moment damit, dass die Dämonen zurückkehrten. Auch ich schaffte es nicht, mich zu bewegen. Zu groß war die Erleichterung. Fast schon fassungslos wurde mir klar, dass wir es geschafft hatten. Meine Muskeln streikten, sie schienen nicht einmal mehr vorhanden zu sein. Mr. Cole legte mir wortlos die Hand auf die Schulter, eine einfache Geste, die doch so viel ausdrückte.

»Ob sie einen Weg finden werden, nochmals zurückzukehren?«, fragte er mit kratziger Stimme in die Stille hinein.

»Nein«, antwortete ich matt. »Derek hat sie direkt in das Schloss meines Vaters geschickt, der ihnen einen gebührenden Empfang bereiten wird.«

Chaz hatte Dad darauf vorbereitet, und ich zweifelte nicht daran, dass Baal seine umstrittenen Bestrafungsmethoden einsetzen würde. Vielleicht war es besser, nicht weiter darüber nachzudenken. Ich ignorierte die heruntergefallene Kinnlade des VO-Leiters und schenkte ihm ein bitteres Lächeln. Vermutlich würde ich einiges zu erklären haben, insbesondere, was es mit meinem Vater auf sich hatte. Vielleicht schickten sie mich auch auf direktem Weg zurück in die Unterwelt. Doch irgendetwas sagte mir, dass ich in Mr. Cole einen Verbündeten gefunden hatte.

Seine Hand auf meinem Rücken dirigierte er mich zum Hauptgebäude. Bevor ich die Treppe erreicht hatte, fiel mir Tante Amalia um den Hals. Ich drückte sie an mich, schluckte die Tränen hinunter und atmete ihren Lavendelduft ein. Augenblicklich fühlte ich mich in meine Kindheit zurückversetzt, so standen wir eng umschlungen.

»Wie bist du so schnell hierher gekommen?«, fragte ich sie mit erstickter Stimme. »Die Zeit zwischen dem Radioaufruf und dem Kampf hätte nie gereicht!«

Sie zwinkerte mir mit ihren grünen Augen zu und deutete auf Cassandra, die Chaz mütterlich in die Arme schloss.

»Sie hat es gesehen. In ihren Träumen. Es hat eine Weile gedauert, bis ich ihr geglaubt habe, aber dann sind wir sofort aufgebrochen.«

Ich betrachtete die etwas schräge Frau erstaunt, und wie immer schien eine ganz eigene Magie von ihr auszugehen.

»Deswegen hat Chaz sie nicht erreicht«, murmelte ich und legte müde den Kopf an die Schulter meiner Tante.

»Du gehörst in den Krankenflügel«, sagte sie mit strengem Blick auf meine verbrannte Wange und die vielen Schnitte und Blessuren, die ich davongetragen hatte. Vermutlich war ihr auch nicht entgangen, dass ich schwankte und mich kaum noch auf den Beinen halten konnte.

»Dafür ist später noch genügend Zeit«, sagte ich traurig. Ich musste erst einen der schwersten Augenblicke meines Lebens bewältigen.

Chaz und Cassandra gesellten sich zu uns. Zu meiner Überraschung umarmten sich mein Bruder und meine Tante herzlich, dann zog er mich zur Seite.

»Das, was du heute geleistet hast, war … ich meine … ich bin stolz auf dich. Baal wird stolz auf dich sein«, schloss er etwas lahm. Ich schenkte ihm ein mattes Lächeln.

»Ich weiß selbst nicht einmal, was genau ich getan habe«, sagte ich und bezog es darauf, dass ich die Fähigkeit hatte, Prana zu geben und zu nehmen. Dass meine eigene Prana wie ein Chamäleon zu sein schien, anpassungsfähig und wandelbar. Sie schaffte es, mehrere Energien auf eine Frequenz zu bringen, sie miteinander zu vereinen, sie zu einem Teil von mir zu machen. Ich hatte noch nie von so etwas gehört.

»Besondere Fähigkeiten zu haben, liegt meist in der Laune der Natur«, sagte Chaz. Sein Blick ruhte auf Alissa, die in Tränen aufgelöst telefonierte, vermutlich mit ihren Eltern. »Sieh dir Ally an, die Gefühle anderer spüren und beeinflussen kann. Oder Cassandra mit ihren Vorhersagen und Träumen. Und bei uns liegen diese Fähigkeiten anscheinend in der Familie. Baal beherrscht die Telekinese auf eine Art und Weise, die kaum ein anderer vorweisen kann.«

Ich dachte an den Moment, in dem unser Vater dutzende Dämonen mit nur einer Handbewegung gelähmt hatte. Es war gewesen, als habe er die Zeit angehalten.

»Bei mir ist es die Biokinese«, fuhr Chaz gedankenverloren fort. »Ich kann meine Zellen so verändern, dass sie sich fast vollkommen auflösen, sich an die Luft anpassen und mich unsichtbar machen. Auch das ist sehr selten. Und bei dir ist es die Prana, deine Mischung aus Dämonen- und Hexenprana, um genau zu sein, die dich zu etwas Besonderem macht. Sie ist einzigartig, genau wie du.«

Er streichelte mir liebevoll über die zerzausten Haare, wie nur ein großer Bruder es konnte. Obwohl wir dieselbe Abstammung hatten, unterschied sich seine Prana von meiner. Wie hatte er so schön gesagt? *Ich schlage etwas mehr in die Richtung unseres Vaters.* Allein dieser Unterschied hatte uns getrennt aufwachsen lassen. Und nun konnte ich mir ein Leben ohne ihn kaum noch vorstellen.

»Wie hat es Leviathan in die Realität geschafft?«, fragte

er nach einem stillen Moment, und wir ließen uns auf der untersten Treppenstufe des Hauptgebäudes nieder.

»Robert Yannick«, sagte ich bitter, und Chaz stöhnte auf.

»Das hätten wir uns denken können. Sein ganzes Gehabe von wegen ›Dämonen gehören in die Unterwelt‹ ...«

Ich schnaubte. »Er war die perfekte Person dafür, Chaz. Seine Arbeit mit den Dämonenvorfällen der letzten Jahre hat ihm das nötige Wissen vermittelt. Vermutlich hat Annabell Grant auch ihren Teil dazu beigetragen und ihm einiges anvertraut. Niemand hat ihn verdächtigt, den netten, hilfsbereiten Dämonengegner.«

Ich ballte die Hände vor Wut. Dass er durch die Hand der Kreaturen, die er befreit hatte, gestorben war, verschaffte mir nur wenig Genugtuung.

»Er hat auch die Hexen in London entführt?«, mutmaßte Chaz, und ich nickte. Das Blut der Hexen war für Leviathans Forschungen nötig gewesen. Ich presste für einen Moment die Hände vor mein Gesicht und rieb mir die Augen. Alles kam mir so unwirklich vor.

»Es wird Zeit«, murmelte Chaz, und ich erhob mich zitternd. Urplötzlich stand Ryan an meiner Seite. Ich schob dankbar für die Stütze meine Hand in seine.

Auf der Treppe waren schon die meisten Kämpfer versammelt. Nun bildete sich zwischen ihnen ein Durchgang, der hinauf zu den Toren der Akademie führte. Wir gesellten uns dazu, postierten uns wie stille Wächter in einer Reihe und warteten darauf, dass die Toten auf Bahren an uns vorbeigetragen wurden. Nicht, um sie zu begaffen, sondern um ihnen die letzte Ehre zu erweisen. Sie hatten ihr Leben verloren, um die Schule zu verteidigen, ja, um ein ganzes Land vor den Dämonen zu schützen. Viele waren noch nicht einmal volljährig gewesen. Sie hatten ihr ganzes Leben noch vor sich gehabt.

Stille Tränen flossen über meine Wangen, als ich in die

bleichen Gesichter blickte. Viele von ihnen kannte ich nicht, doch einige waren mir im Laufe der Jahre ans Herz gewachsen. Ich hielt den Atem an, als ich eine hübsche, farbige Werwölfin erkannte, die nun bleich und mit glanzlosen Augen in den Nachthimmel starrte. Zoe Balinda hatte für ihren Mut und ihre Einsatzbereitschaft mit dem Leben gezahlt.

Es folgten weitere bekannte Gesichter, darunter Vanessas Freundin Megan Morgatti, Jonathan, meine Klassenlehrerin Mrs. Preston und auch der grimmige Dämonologielehrer Mr. Sheffield. Als Jacob Changs blutiges Gesicht an uns vorbeischwebte, stöhnte Ryan leise auf. Ich drückte seine Hand, doch nichts auf der Welt konnte den Schmerz lindern, den er fühlen musste. Die beiden Vampire waren Freunde gewesen. All diejenigen, die im Kampf gefallen waren, würden auf ewig einen Platz in meinem Herzen haben, schwor ich mir, während meiner Kehle ein herzzerreißendes Schluchzen entfuhr.

Als die letzten leblosen Körper ins Innere der Akademie getragen waren und die Türen sich schlossen, verstummten wir zu einer Schweigeminute.

Mr. Coles Stimme durchbrach die Stille als erstes. »Diese Nacht wird in die Geschichte eingehen. Und mit ihr die Namen der Gefallenen. Sie sind als Helden von uns gegangen. Ihnen gebührt all mein Respekt und alle Ehre.«

Kapitel 32

Gedankenverloren strich ich über den Silax, der kühl und schwer auf meiner Handfläche lag und im flackernden Schein des Lagerfeuers schimmerte. Im Inneren des Steins wirbelte blaue Energie, mit bloßem Auge kaum zu erkennen. Allein das sanfte Pulsieren verriet seine Macht.

Ich war nervös. Ryan musste meine Aufregung spüren, doch er ließ mir Zeit. Dankbar kuschelte ich mich an ihn und zog die schwere Wolldecke enger um die Schultern, während ich lächelnd den funkelnden Elfen zusah, die in der Abenddämmerung mit den tanzenden Schneeflocken spielten. Die Elfenmulde war von einer weiß glitzernden Decke bedeckt, selbst die Blumen hatten es schwer, ihre Köpfe aus den Schneewehen zu stecken. Der kleine Bach war zugefroren und diente den winzigen Wesen als Rutschbahn. Die Lichtung war erfüllt vom Klang ihrer Flügel, der wie ein leises Glockenspiel durch die Luft hallte und sich mit dem Knistern des Feuers vermischte. Nichts konnte diese Ruhe stören, die mich immer wieder von Neuem verzauberte und mir half, über das Erlebte hinwegzukommen.

Die Winterfold Akademie war wie ausgestorben, fast alle Schüler waren über die Weihnachtsferien nach Hause zu ihren Familien gereist – selbst Alissa und Derek, nachdem bekannt geworden war, dass die pompöse Weihnachtsfeier ausfiel. Zu tief saß der Schmerz über die Verluste, die wir hinnehmen mussten und an die eine riesige Gedenktafel aus Marmor erinnerte, die nun anstelle des zerstörten Brunnens vor dem Hauptgebäude stand.

Ryan und ich hatten beschlossen, erst ein paar Tage später nach Hause zurückzukehren, um endlich etwas Zeit allein verbringen zu können. Bei dem Gedanken daran flatterte es in meinem Bauch, und sofort begannen meine Hände, nervös an meinen Haaren zu zupfen. Ich hatte vorgehabt, mit ihm über eine neue Möglichkeit zu sprechen, wie wir uns einander gefahrlos nähern konnten, doch nun, da es so weit war, verließ mich der Mut.

»Du willst ihn nicht zerstören, oder?«, flüsterte Ryan sanft mit einem Blick auf den Stein in meiner Hand.

Ich seufzte, froh über die Ablenkung.

»Nein«, sagte ich leise. »Aber ich werde ihn auch nicht behalten.«

Mit hochgezogenen Augenbrauen musterte mich der Vampir. Ich hatte lange darüber nachgedacht, was ich mit dem Silax anstellen sollte, und war zu einem Entschluss gekommen.

»Ich werde ihn Baal überlassen.«

Ryan schwieg, doch ich konnte die Skepsis in seinem Blick erkennen. Verständlich, nach dem, was wir erst vor wenigen Wochen erlebt hatten.

»Du traust ihm?«, fragte er mich, und nach einem kurzen Zögern antwortete ich mit einem Nicken.

»Dann tue ich es auch«, sagte er achselzuckend, und wieder einmal war ich verblüfft darüber, wie sehr wir uns verstanden und vertrauten. Uns verband mehr als nur Liebe, wir ergänzten uns vollständig und waren zu einer Einheit zusammengewachsen.

»Chaz wird den Stein brauchen, um zwischen den Welten wechseln zu können. Er kann sich nicht sein Leben lang auf

Cassandra oder Derek verlassen, die ihn beschwören. Was Baal angeht, so denke ich nicht, dass er sich allzu oft hier blicken lassen wird. Höchstens, um seinen Schwiegersohn kennenzulernen«, scherzte ich und stieß Ryan mit der Schulter an, nachdem er ganz blass geworden war.

»Mach dir keine Sorgen«, fügte ich lachend hinzu. »Mein Vater hat alle Hände voll damit zu tun, seine Regierung aufrecht zu erhalten.«

Ryan atmete erleichtert aus, doch ich hatte es nicht nur gesagt, um ihn zu beruhigen. Die Situation in der Unterwelt hatte sich verändert, seit Leviathan tot war. Seine Anhänger, die ihm nicht in den großen Kampf gefolgt waren, standen nun voll und ganz hinter Baal. Nun, da kein Krieg mehr herrschte, wurde Ignis Tenebris wieder aufgebaut. Chaz hatte mir mit leuchtenden Augen davon erzählt. Es lag immer noch viel Arbeit vor den Dämonen, doch ganze Teile der Stadt waren mittlerweile restauriert worden. Sie hatten sämtliche Elfen aus ihren Gewächshäusern befreit, und nach und nach erwachte auch die verdorrte Natur wieder zum Leben. Der Himmel der Unterwelt leuchtete weiterhin in einem hellen Blau mit grünen Schlieren, ein Überbleibsel meines *Fehltritts*.

Baal hatte sich große Ziele gesetzt, er erforschte die Quelle und den Kreislauf, der sich in der Unterwelt abspielte. Die Quelle war der Ursprung dieser einst verlorenen Welt. Sie erschuf das Leben, die Pflanzen, die Tiere, die Dämonen. Ihre Kraft zog sie wiederum aus der Erde und den Pflanzen. Als die Dämonen ihre Welt durch Kriege zerstört und damit auch die Elfen fast bis zum Aussterben gebracht hatten, unterbrachen sie diesen empfindlichen Kreislauf. Die kleinen Wesen hatten sich nicht mehr um die Natur kümmern können, was zur Folge hatte, dass die Quelle nach und nach alles Leben aus der Erde gezogen und nichts weiter als verdorrtes Unkraut zurückgelassen hatte.

Baals Ziel war es, auch die anderen Herrscher der Unterwelt vom Frieden zu überzeugen, ihnen sein eigenes Reich und eine bessere Zukunft zu zeigen. Sie schufen sich ihr eigenes Paradies. Ich hatte versprochen, es mir anzusehen, doch momentan war mein Bedarf an Besuchen der Unterwelt erst einmal gedeckt. Der Gedanke daran ließ mich erschaudern.

»Mach dir keine Sorgen, du darfst bleiben«, sagte Ryan beruhigend, nachdem er wieder einmal meine Gedanken gelesen zu haben schien. Er zog mich fester an sich.

»Ich hoffe es«, seufzte ich. Noch war es nicht endgültig entschieden, ob ich weiterhin meine Freiheit behalten durfte. Nachdem die Ratsmitglieder der Verborgenenorganisation allesamt das Zeitliche gesegnet hatten, war Henry Cole damit beschäftigt, seine Regierung neu aufzubauen. Wir hatten ein langes Gespräch geführt, in dem ich ihm alles über die Unterwelt erzählt hatte. Dann waren wir zu einer Übereinkunft gekommen. Ich durfte bleiben und meine Ausbildung beenden, wenn ich mich danach in den Dienst der Verborgenenorganisation stellte. Ich hatte ohne ein Zögern eingewilligt. Mein Traum war es seit eh und je, nach London zu gehen und als Mairajäger zu arbeiten. Mittlerweile hieß der Job »Dämonenjäger«, was dem Ganzen hinsichtlich meiner Abstammung eine gewisse Ironie verlieh.

Henry Cole war seit unserem Kampf vollauf davon überzeugt, dass ich auf der richtigen Seite stand, und natürlich wollte er mich lieber in seinen Diensten wissen, als mich unbeaufsichtigt zu lassen. Nur eine einzige Bedingung hatte ich gestellt: keine Laborversuche. Meine Prana sollte unantastbar bleiben. Auch hier hatte er zugestimmt, denn nun hatte auch Mr. Cole erkannt, dass man manche Dinge besser nicht erforschte. Dazu gehörte auch die hochgradig explosive Prana eines Halbdämons.

Jedenfalls musste nur noch der neu gewählte Rat der Verborgenenorganisation überzeugt werden, was in den Augen des VO-Leiters aber kein Problem darstellte. Ich hoffte es. Ein Leben in der Unterwelt, selbst wenn sie sich noch so sehr zum Paradies entwickelte, wäre für mich nicht infrage gekommen. Vielleicht würde ich dort irgendwann mit Alissa »Urlaub« machen. Auch das war ein Grund, warum ich den Silax in der Obhut meines Vaters und Bruders lassen wollte.

Ally und Chaz hatten endlich ein klärendes Gespräch geführt und planten eine Zukunft miteinander, so wie Mum und Dad es einst getan hatten. Ich hoffte nur, dass es nicht ebenso in einer Katastrophe enden würde wie bei unseren Eltern. Diese Befürchtung hatte mich bis jetzt davon abgehalten, den Silax auszuhändigen. Doch wenn man ihnen zusah, konnte man sich ihrer Liebe einfach nicht in den Weg stellen.

Gedankenverloren atmete ich den Geruch des Vampires neben mir ein und gab mich meinen Zukunftsträumen hin. Wir hatten uns über eine Vierer-WG unterhalten, Ally und ich zusammen mit Ryan und Chaz, der zwischen den Welten hin- und herreisen würde. Mein Job bei der VO war gesichert, doch auch bei den anderen stand einer Zukunft in London nichts im Wege. Durch die Verluste beim Kampf musste die VO die Lücken in ihren Reihen füllen, und so wurde das sonst so strenge Auswahlverfahren wenigstens in diesem Jahr abgeschafft.

Don und Derek planten zwar auch, nach London zu gehen, allerdings wollten die beiden sich der Forschung widmen. Dereks Theorien zur Entstehung der Unterwelt waren bei Mr. Cole sehr gut angekommen, und schon im Frühjahr war ein Vortrag geplant, bei dem Derek den Forschern seine neu gewonnenen Ansichten erklären sollte. Für ihn war das mehr als nur eine Ehre, und schon jetzt lag er uns ständig damit in den Ohren.

Erst jetzt bemerkte ich, dass ich lächelte. Ryan fuhr sanft mit dem Finger über meine Wange, drehte meinen Kopf, und bevor ich mich versah, lagen seine Lippen auf meinen. Ich schmolz förmlich dahin, nichts würde uns je wieder auseinanderbringen. Ich hörte die klappernden Flügel der Elfen, die sich diskret entfernten, wie immer, wenn wir Zärtlichkeiten austauschten. Ryans Kuss wurde fordernder, leidenschaftlicher und brachte mich dazu, die Welt um uns herum zu vergessen. Da waren nur wir beide, eingehüllt in diese dicke Wolldecke und gewärmt vom Lagerfeuer.

»Ich möchte etwas versuchen«, hauchte ich atemlos, bevor ich mich seinem nächsten Kuss hingab. Es kostete mich alle Kraft, ihn ein Stück von mir zu schieben und ihm in die Augen zu blicken. Augen, die mich belustigt ansahen und von Liebe erfüllt waren. Ich biss mir auf die Lippe und konzentrierte mich, bis meine Pranafäden in meiner Brust zu einer Quelle zusammenflossen. Statt sie wieder aufzulösen oder zu einer Kugel zusammenzufügen, verteilte ich die Energie in meinem ganzen Körper und setzte Ryan damit unter Strom. Es hatte mich einiges an Übung gekostet, das richtige Gleichgewicht zu finden, doch schlussendlich hatte ich es mit der Hilfe meines Bruders geschafft. Meine Prana floss sanft durch meine Venen und füllte mein Blut mit Energie, gerade so viel, dass es für mich nicht unangenehm und doch für Ryan deutlich spürbar war. Erstaunt zog er die Augenbrauen nach oben.

»Was hältst du davon?«, fragte ich, und meine Wangen begannen zu glühen.

»Es ist … anders«, sagte Ryan und runzelte die Stirn.

»Blutdurst?« Ich hielt die Luft an, als ich auf seine Antwort wartete. Hatte ich endlich einen Weg gefunden? Ein Stein von der Größe des Mount Everest fiel mir vom Herzen, als sich ein breites Lächeln auf dem Gesicht des Vampires ausbreitete.

»Es ist schwer zu beschreiben. Dein Blut ist immer noch anziehend, aber irgendwie … spüre ich, dass es gefährlich ist.«

Meine Vermutung hatte sich also bestätigt. Sein Selbsterhaltungstrieb überlagerte den Blutdurst. Lächelnd und mit klopfendem Herzen zog ich ihn zu mir herab.

»Ich glaube, wir haben einiges nachzuholen«, hauchte ich.

Seine Lippen legten sich auf meine und verzogen sich zu einem Lächeln.

»Und wir haben alle Zeit der Welt dafür«, antwortete er und zog mich fester in seine Arme.

Zarte Gefühle und knisternde Magie!

*Cover- und Preisänderungen vorbehalten

Nicole Gozdek

Inspired

Magie der Muse

Piper Taschenbuch, 400 Seiten
€ 15,00 [D], € 15,50 [A]*
ISBN 978-3-492-28222-2

In Tressina City sind die goldäugigen Musen die Elite unter den Völkern. Um ihre magischen Kräfte entfalten zu können, gehen sie meist ein Bündnis mit einem menschlichen Partner ein. Der 22-jährige Jay aus einem Getto der Menschen sieht in der Magie der Musen seine Chance, zum Verbrechergenie zu werden. Kurzerhand entführt er die hübsche 18-jährige Muse Niliana. Als die beiden im Streit ungewollt das Musenbündnis aktivieren, kann Niliana ihre Magie nur noch mit Jays Hilfe einsetzen ...

Leseproben, E-Books und mehr unter **www.piper.de**